D1858974

Joyce Stranger, geboren in London, Mutter dreier Kinder, studierte Biologie und Chemie und betreibt beruflich und als Hobby Verhaltensforschung an Wildtieren. Sie gilt als Meisterin der modernen Tiergeschichte, weil sie es wie kaum jemand sonst versteht, die Beziehungen zwischen Mensch und Tier humorvoll, überzeugend und voll Spannung darzustellen. Von Joyce Stranger erschienen im Fischer Taschenbuch Verlag außerdem: ›Der Kater Kym‹ (Bd. 12057), ›Das Glück hat eine weiche Schnauze‹ (Bd. 12058), ›Ein Hund für schlechtes Wetter‹ (Bd. 12059) sowie ›Großes Herz für kleine Tiere‹ (Bd. 13188).

Eine Freundschaft fürs Leben. Für die junge Polizistin Brier Morrey hat das Leben seinen Sinn verloren. Vor zwei Jahren ist ihr Mann, ebenfalls Polizist, bei einer Schießerei getötet worden. Da erhält sie das Angebot, eine Ausbildung bei der Hundestaffel der Polizei zu machen. Brier, von Kind an mit Hunden aufgewachsen, geht begeistert darauf ein. Die Arbeit mit dem ihr zugeteilten Hund füllt sie aus, und zum erstenmal seit langer Zeit ist sie wieder glücklich. Doch schon bald zeichnet sich eine Katastrophe ab, als sie den ihr zur Verfügung gestellten Hund wieder hergeben muß. Wo soll sie auf die Schnelle einen neuen Hund herbekommen? Da kommt ihr der Zufall zu Hilfe.

In diesem einfühlsamen Buch über die Beziehung zwischen einer jungen Frau und einem treuen Hund beweist Joyce Stranger einmal mehr ihre umfassenden Kenntnisse der Tiere und ihres Verhaltens.

Joyce Stranger
Eine Freundschaft fürs Leben
Roman

Aus dem Englischen von
Gisela Schneider

Fischer
Taschenbuch
Verlag

Dieses Buch ist all jenen gewidmet, die im Dienste der Polizei mit Hunden arbeiten. Nur wenige Menschen wissen, welch enorme Anstrengungen diese Arbeit erfordert.

Daneben ist es aber auch allen meinen Hunden gewidmet – den ehemaligen, wie Janus, Puma, Chita und Josse, und meinem Neuling Troy sowie allen, die während der vergangenen zwanzig Jahre zum Unterricht in meinen Hundeclub gekommen sind, und den deutschen Schäferhunden Sam und Timber. Gemeinsam mit John, Bob, Brian, Bill, Eddie und natürlich Bryn haben sie kürzlich meinem Unterricht eine faszinierende neue Richtung gegeben.

7.–10. Tausend: November 1997

Ungekürzte Ausgabe
Veröffentlicht im Fischer Taschenbuch Verlag GmbH,
Frankfurt am Main, August 1997

Lizenzausgabe mit freundlicher Genehmigung
der Paul Zsolnay Verlag Gesellschaft m.b.H., Wien
Die englische Originalausgabe erschien unter dem Titel
›Thursday's Child‹ bei Souvenir Press, London
© 1994 by Joyce Stranger
Für die deutsche Übersetzung:
© Zsolnay Verlag Gesellschaft m.b.H., Wien 1995
Gesamtherstellung: Clausen & Bosse, Leck
Printed in Germany
ISBN 3-596-13337-8

Anmerkungen der Autorin

Die Hundeabteilung der Polizei von Lee Valley sowie die dort verwendeten Methoden und die handelnden Personen existieren nur in meiner Phantasie.

Mein Dank gilt den vielen Männern, die entweder immer noch Hunde und ihre Besitzer ausbilden oder aber bereits ihren Ruhestand genießen. Ich habe sie bei Wettbewerben getroffen, an denen ich mit meiner eigenen deutschen Schäferhündin gemeinsam mit Polizisten und ihren Hunden teilgenommen habe.

Unter ihnen sind Les Edwards, der mir sehr bei der Ausbildung meiner eigenen Hunde geholfen hat, seine Frau Denise, die früher selber bei der Polizei war, Bini Moehler, Clive Ferries, Graham Mabbut und Wilf Chadwick, dessen Buch über Hundeausbildung ebenso wie seine langen Telefongespräche mit mir von unschätzbarem Wert für mich waren, sowie Marlene Jordan, die als Polizistin mit ihrem Hund in Gefängnissen ihren Dienst tat, und viele andere, die zu nennen den Rahmen dieser Anmerkungen sprengen würde. Je mehr wir über Hunde lernen, desto mehr wird uns bewußt, daß wir bisher nur einen Bruchteil des möglichen Wissens über sie besitzen. Hinter der Ausbildung von Hunden steckt wesentlich mehr, als wir durch die Lektüre einiger Bücher erfassen können.

Nur wenige Menschen, die mit Polizeihunden in Kontakt kommen, sind sich darüber im klaren, daß diese Hunde ursprünglich ausgelassene und unwissende Tiere waren. Enorme Anstrengungen sind erforderlich, um aus ihnen solch unbezahlbare Helfer zu machen, die nach nur dreizehn Wochen harter Ausbildung dazu in der Lage sind, eine Reihe komplizierter Prüfungen auf sehr hohem Niveau zu bestehen.

Erstes Kapitel

Seit seiner Pensionierung arbeitete Joe Gulley für die Hundestaffel der Polizei von Lee Valley. Er war eigentlich für die Pflege der Tiere und die Instandhaltung der Zwinger zuständig, hatte sich jedoch schon daran gewöhnt, daß er jede neue Ausbildungsgruppe bemuttern mußte. Er packte alle Neuankömmlinge zunächst mit Samthandschuhen an, munterte sie auf und schenkte ihnen stets ein offenes Ohr. Daneben mußte er sich aber auch noch um Josh Thornton kümmern, der die nicht immer ganz leichte Aufgabe hatte, aus den Anfängern kompetente Hundeführer zu machen.

Die neue Gruppe, die zur Ausbildung da war, hielt sie allerdings ganz besonders auf Trab. Die Stimmung war schlecht, und das Wetter trug nicht gerade zur Entspannung bei. Stürme, Regenschauer und klirrender Frost wechselten sich ab, und auf dem harten Boden konnte man die Hunde nicht springen lassen. Die Bedingungen waren für Hunde und Menschen miserabel.

»So schlimm war es noch nie«, stöhnte Josh an diesem Dienstag morgen. Die zweite Februarwoche war angebrochen, und damit hatten sie schon vier der insgesamt dreizehn Wochen dieses Anfängerkurses hinter sich.

»Die Männer schieben das der Tatsache in die Schuhe, daß wir zum erstenmal eine Frau im Team haben. Sie glauben, daß Brier Morrey nur Ärger und Unglück bringt.« Gulley zupfte an seinem zottigen Schnurrbart.

»Und du stimmst ihnen zu?« Josh blickte zu dem kleinen Hundepfleger mit der grauen Haartolle herunter. Gulley sieht aus wie ein ärgerlicher Hahn, der seine Hennen verteidigt, dachte er. Seine Miene verriet unausgesprochene Empörung.

»Ich habe sie vor diesem Datum gewarnt. Ein wirklich unglücklicher Jahrestag. Wir müssen Brier besonders rücksichtsvoll behandeln.«

»Aber nicht zu rücksichtsvoll«, erwiderte Josh. »Das könnte ihr den Rest geben. Sie ist noch immer ziemlich fertig mit den Nerven. Du weißt, daß sie noch Zeit braucht. Der Typ, der ihren Mann getötet hat, wird in einigen Jahren aus dem Gefängnis kommen und weiterleben. Das macht sie total verrückt. Tom ist tot, und ihre Familie leidet, während der Kerl, der ihn erschossen hat, eines Tages wieder frei herumlaufen wird.«

Heute ist es genau zwei Jahre her, dachte er, als er in sein Büro ging. Daran hatten sich offensichtlich auch noch andere erinnert, denn heute morgen lagen Blumen auf dem Bürgersteig, dort, wo Tom gestorben war. Josh hatte sie auf seinem Weg zur Arbeit gesehen und gehofft, daß Brier nicht diesen Weg entlangkommen würde. Er wußte, daß sie normalerweise einen Umweg von drei Kilometern in Kauf nahm, um nicht an dieser Stelle vorbei zu müssen. Die Erinnerungen taten zu weh.

Brier hatte lernen müssen, damit zu leben. »Du hast doch die Kinder«, sagten alle.

Ihre Ehe war glücklich gewesen. Von Tom hatte sie gelernt, nicht immer alles so ernst zu nehmen, denn er konnte über die Welt und sich selbst lachen. Das Lachen war mit ihm gestorben.

An diesem Morgen hatte Brier versucht, sich einzureden, daß es nur ein ganz normaler Tag werden würde, der sich in nichts von all den anderen unterschied.

Seit zwei Wochen regnete es unaufhörlich, aber trotzdem bestand Josh darauf, heute draußen zu arbeiten. Sie kamen langsam in Zeitnot. In etwa neun Wochen waren schon die Abschlußtests, und sie brauchten alle noch viel mehr Praxis. Die sechs Schäferhunde waren jung und ebenso unerfahren wie ihre Hundeführer. Kim, Briers Hund, war erst vor drei Wochen von seinen früheren Besitzern abgegeben worden. Kim war total undiszipliniert und konnte einen ganz schön auf Trab halten. Brier fand es extrem schwierig, mit ihm zu arbeiten.

Josh trieb sie alle unerbittlich an. Ein paarmal drohte er die Beherrschung zu verlieren. Was eigentlich nicht seine Art war. Aber es lag wohl daran, daß er völlig übermüdet und überarbeitet war. Dazu kam, daß gestern ein Mann, den sie über ein Jahr lang verfolgt hatten, mit einer lächerlichen Gefängnisstrafe davongekommen war. Im Moment fühlte Josh sich ungewöhnlich entmutigt.

Seine Laune verschlimmerte sich noch durch rasende Kopfschmerzen und den Anblick von Briers angespanntem Gesicht. Kim war trotz seiner Wildheit und Ausgelassenheit eigentlich einer der besten Hunde, die er seit langem gehabt hatte. Und Brier war sicher die Begabteste im Team, aber ihre aufgewühlten Gefühle übertrugen sich auf den Hund. Beide hatten Schwierigkeiten, sich zu konzentrieren.

»Können wir nicht mal eine Verschnaufpause einlegen und aus diesem entsetzlichen Wetter verschwinden?« fragte Tony Spence. Völlig verfroren, zerrte er an der Leine und versuchte, seinen Hund dazu zu bewegen, sich zu setzen. Bisher harmonierten die beiden noch nicht besonders gut miteinander. Jacko war ein verzogenes und widerspenstiges Haustier, das seine entnervten Besitzer der Polizei gebracht hatten, weil sie nicht mehr mit ihm fertig wurden. Jeder Versuch, Jacko zu disziplinieren, scheiterte kläglich.

Tony fand, Jacko klinge wie ein Affenname. Er hatte versucht, dem Hund einen würdigeren Namen zu verpassen. Aber das Tier hörte auf nichts anderes. Tony wußte, daß er der Sache zuviel Bedeutung zumaß, aber es wurmte ihn trotzdem. Der Hund war ein gutaussehender Bursche mit einem intelligenten, schelmischen Ausdruck und einem sehr starken eigenen Willen. Auf Biegen und Brechen, die zwei, dachte Josh. Tony war oft kratzbürstig, und er wünschte, er wüßte, warum.

»Tony mochte es noch nie, naß zu werden.« Rob Jacobs war der älteste Mann im Team. Manchmal erschien ihm Tony nur ein bißchen älter als sein ältester Sohn, der genau wie seine Tochter ständig Probleme verursachte. Es irritierte Tony, wie ein widerspenstiger Teenager behandelt zu werden. Er starrte Rob zornig an.

Sie arbeiteten in dem großen Hof, der das kleine einstöckige Bürohaus von den zwei gegenüberstehenden Polizeigebäuden trennte. Gulley hatte alle Garagentore geöffnet, damit sie dort während der schlimmsten Schauer Schutz suchen konnten. Ein Zaun umgab die völlig durchnäßte große Rasenfläche. Josh befürchtete, daß die ständige Beanspruchung durch Menschen und Hunde den Platz in ein Schlammloch verwandeln würde.

Die Zwinger waren leer. Sie wurden nur zeitweise als Unterkünfte verwendet, zum Beispiel dann, wenn einer der Männer Urlaub hatte. Dann blieb der Hund dort, und Gulley sorgte für ihn, fütterte und bewegte ihn und reinigte seinen Zwinger.

Der Platz lag etwas abseits – die Nachbarn würden sich sonst wahrscheinlich ständig über das Hundegebell beschweren –, und das Hauptgebäude war etwa sechs Kilometer entfernt. Von dort aus gab es eine Verbindung zur Autobahn.

»Denk ja nicht, Verbrechen geschehen immer nur bei Sonnenschein.« Josh Thornton fror mehr als die anderen, denn die konnten sich wenigstens mit den Hunden bewegen, während er nur still dastand. »Das ist wie bei der Bergwacht. Die schlimmsten Unglücke passieren, wenn das Wetter absolut miserabel ist, hoher Schnee liegt und ein eisiger Wind aus Sibirien herüberbläst.«

»Dachte, wir machen früher Schluß«, brummte Gulley von der Seite des Feldes. Er zog seine Mütze tiefer und den Schal höher. Wenigstens er war trocken. »Das ist nicht das richtige Wetter für Mensch und Tier. Wir werden uns alle nach einem heißen Schluck viel besser fühlen.«

Derek Mott nahm ein Handtuch aus seinem Auto und rieb Spike so trocken wie möglich. Er zog den Hund am Ohr, und Spike drehte sich glücklich im Kreis. Er war ein vergnügter Hund, der sich durchaus seinen eigenen Kopf bewahrt hatte.

Josh bemerkte Dereks Fürsorge für Spike und daß Brier ebenfalls ihren Hund abtrocknete, bevor sie sich unterstellte. Die anderen Männer hatten ihre Hunde lediglich an Gulley weitergereicht. Josh nahm sich vor, ihnen zu sagen, daß es so nicht ginge. Derek lebte bei seiner verwitweten Mutter. Bisher hatte er sich noch nicht zu einer Heirat durchringen können. Die anderen Mitglieder des Teams wetteten bereits, wie lange es Sue, seine derzeitige Freundin, wohl noch aushalten würde. Polizisten brauchten Frauen, die ungewöhnliche Arbeitszeiten, nicht eingehaltene Verabredungen und plötzliche Anrufe zu einem Einsatz akzeptierten. Die meisten von Dereks Freundinnen hatten ihre Illusionen schnell verloren.

Statt Kaffee bot Gulley eine siedendheiße Suppe an, von der sie alle dankbar aßen. Gesprochen wurde kaum. Nicht mal Tony verfiel auf seine üblichen Spötteleien. Jeder dachte das gleiche: Er könne enden wie Tom. Für einen Tag in den Schlagzeilen. Allen war die Gegenwart der Witwe ihres Kollegen schmerzlich bewußt. Brier arbeitete mit unbewegter Miene mit ihrem Hund und vermied den Kontakt zu ihnen. Sie vermied sogar den Kontakt zu Gulley. Tom hatte zwar nicht zur Hundestaffel gehört, aber alle hatten ihn gekannt, mit ihm gearbeitet und seine unbekümmerte Einstellung zum Leben und sein freundliches Wesen geschätzt.

Josh beobachtete Brier unauffällig und seufzte. Er hatte sie in dieses Team geholt, weil sie gut mit Hunden umgehen konnte. Dabei war ihm jedoch nicht klar gewesen, wie ihre tägliche Anwesenheit auf ihn wirken würde. Seine Frau war vor acht Jahren an Krebs gestorben, und Josh hatte sich mittlerweile soweit davon erholt, daß er zu einem Neuanfang bereit war. Aber Brier brauchte noch viel mehr Zeit. Außerdem konnte er ihr seine Gefühle nicht offen zeigen, denn er hatte Angst, die anderen würden etwas merken. So behandelte er sie meistens ziemlich distanziert.

Die Pause hatte allen gutgetan, und anschließend machten sie einige Fortschritte. Bald war Kim so gut dabei, daß Brier eine freudige Erregung spürte – ein Gefühl, das sie schon beinahe vergessen hatte. Alles wird einfacher werden, wenn das Wetter endlich besser wird, ermutigte sie sich selbst während einer kleinen Pause. Mit aufkeimendem Optimismus aß sie Gulleys Sandwiches mit Eiern und Kresse und trank von dem heißen Kaffee.

Gulley hatte eine Frau geheiratet, die seine merkwürdigen Arbeitszeiten spielend wegsteckte. Alice war der festen Überzeugung, daß man die Leute nur gut füttern müsse, dann könnten sie mit allem fertig werden. Sie liebte Hunde und besaß drei Tibetanische Terrier, die sie züchtete und auf Ausstellungen zeigte. Auch Gulley besaß seinen eigenen Jack Russell. Alice war eine hervorragende Köchin und hätte gerne ein eigenes kleines Restaurant aufgemacht, aber sie hatte das Gefühl, daß Gulley sie zu Hause dringender brauchte.

Brier beendete die Mahlzeit, rief nach Kim und ging schon mal hinaus, um etwas mit ihm alleine zu arbeiten. Die erste Stunde des Nachmittags war dafür vorgesehen, noch einmal alles zu wiederholen, was sie bisher gelernt hatten. Der Hund fing an, richtig zu reagieren, und die freudige Erregung tauchte wieder auf.

Als Josh sie ins Büro rief, dachte Brier, daß er mit ihr über den Hund reden wollte. Und so war es auch, allerdings etwas anders, als sie es erwartet hatte.

Ein Blick auf Josh genügte, um zu wissen, daß er schlechte Nachrichten hatte. Neben ihm standen zwei junge Leute. Der Mann hatte seine dunklen Haare zu einem Pferdeschwanz gebunden. Er trug einen herzförmigen Ohrring. Die junge Frau hätte ein Mannequin sein können – lange Beine, langes blondes Haar und einen der kürzesten Röcke, den Brier je gesehen hatte. Sie vermutete, daß die beiden noch nicht sehr lange miteinander verheiratet waren.

Der Mann sah peinlich berührt aus und schaute seine junge Frau mit einem Blick an, als wünschte er sich weit weg. Brier beobachtete die Frau eingehend, bis sie es plötzlich nicht mehr aushielt, eine Frau anzusehen, die so jung und schön war und die einen Mann hatte, der lebte.

»Ich kann ohne Kim nicht leben«, jammerte die junge Frau. Tränen liefen ihr über das Gesicht. »Ich dachte, ich könnte es, aber ich kann es nicht. Es ist fürchterlich ohne ihn. Können wir ihn bitte zurückhaben? Bitte?«

Es gab keinen Ausweg aus dieser Situation. Sie hatten nichts für den Hund bezahlt, und die Eigentümer hatten das Recht, ihre Meinung zu ändern. Auch wenn sie ihn vor drei Wochen munter und ohne auch nur einmal zurückzuschauen abgegeben hatten. Brier beobachtete, wie Gulley Kim an die Leine nahm und zu ihnen führte. Sie wandte den Kopf ab, als der Hund sich umblickte und an der Leine zog, um zu ihr zurückzugehen. Er verstand nicht, was mit ihm geschah. Seine früheren Besitzer hatte er nicht sehr enthusiastisch begrüßt. Eine kurze Bewegung mit dem Schwanz, und schon saß er wieder neben Brier und richtete seine braunen Augen aufmerksam auf sie. Es brach Brier das Herz, aber sie mußte Kim zurückgeben.

Der Tag schleppte sich nun dahin. Sie stand da und beneidete die Männer um ihre Hunde. Statt mitzumachen war sie nun zum Zuschauen verdammt. Um fünf Uhr fühlte sie sich verbittert und elend und war wütend. Die Leute hatten kein Recht, einfach so ihre Meinung zu ändern.

Josh brachte sie nach Hause. Der leere Transporter blieb in der Polizeigarage: Den brauchte sie jetzt nicht mehr. Er fuhr vor ihrem Haus vor. Gestern war sie mit ihrem eigenen Transporter vorgefahren, und Kim hatte hinten gesessen. Brier hatte sich so gefreut, daß Kim anfing, so gut zu lernen. Sie hatte hart dafür gearbeitet, in dieses

Team zu kommen; nun sah es so aus, als sei all die Mühe umsonst gewesen. Es sei denn, Josh fand einen neuen Hund für sie. Sie wäre sofort wieder mit dabei. Gedanken an Tom, die sie den ganzen Tag über unterdrückt hatte, überwältigten sie nun.

Josh sah Brier an und wußte, daß sie Trost brauchte. Sie saß steif und mit abgewandtem Kopf neben ihm. Er hätte gerne ihre Hand gedrückt, ihr gesagt, daß er sie verstehe, ihr versichert, daß der Schmerz eines Tages nachlassen würde. Er und Tom waren lange gute Freunde gewesen. Sie hatten oft zusammen gefischt, und Josh vermißte ihn sehr. Brier kannte er sogar noch länger, allerdings nicht sehr gut.

Briers Mutter war eine professionelle Züchterin hervorragender Schäferhunde. Sie war immer willens, einige Welpen aus einem Wurf der Polizei zu überlassen. Lee Valley, wie viele andere Hundestaffeln auch, kaufte die Hunde nicht, sondern war angewiesen auf Spenden und kleine, ungestüme Hunde, die so wild geworden waren, daß ihre Besitzer nicht mehr mit ihnen fertig wurden.

Brier wollte nicht aussteigen. Sie betrachtete das Haus, das sie so sehr geliebt hatte, als Tom noch lebte. Sie hatten es gemeinsam ausgesucht, die Möbel gemeinsam gekauft und beinahe zwölf Jahre darin zusammen gelebt. Beide Kinder wurden während dieser Zeit geboren.

Die Kinder. Sie würden schon warten, nicht nur auf sie, sondern auch auf den Hund. Kim brachte sie zum Lachen, hatte sie lockerer gemacht und angefangen, sie wieder zu einer Familie zusammenzubringen.

Die Laternen erleuchteten die regennassen Straßen. Irgendwo in der Ferne versteckten sich die Berge in der Dunkelheit. Einige Schneeflocken glitzerten im winterlich tristen Garten. Brier hatte sich schon auf die längeren Tage gefreut. Wie gerne hätte sie mit dem Hund schon früh am Morgen im Garten trainiert.

Nun gab es keinen Kim mehr.

Heute morgen noch hatte sie sich trotz des Datums optimistischer gefühlt als in den letzten Monaten. Dem trüben Januar war ein ungemütlicher Februar gefolgt. Nahezu vier Wochen des dreizehnwöchigen Kurses waren um, und sie hatte bereits zwei Hunde verloren, den ersten schon nach zwei Tagen. Eine Röntgenuntersuchung hatte ergeben, daß seine Hüften nicht in Ordnung waren: Sabre hätte niemals arbeiten können. Glücklicherweise hatten sie schnell ein neues Heim für ihn gefunden.

Sie hatte Sabre nicht sehr vermißt, denn Kim kam schon am selben Tag, und sie konnte den neuen Hund mit nach Hause nehmen. Die Kinder waren Sabre gegenüber immer zurückhaltend gewesen. Er hätte es vermutlich auch nicht mit gesunden Hüften geschafft, denn er war extrem wild und sehr schwierig unter Kontrolle zu halten. So einen eigensinnigen Hund zu unterrichten war mehr eine lästige Pflicht als ein Vergnügen gewesen.

Im Gegensatz dazu war Kim eine Freude gewesen, trotz seiner Überschwenglichkeit. Er machte viel besser mit als Sabre, der immer sehr mürrisch gewesen war. Kim hatte sich so schnell eingelebt, als wäre er schon immer bei ihnen gewesen. Brier und der Hund entwickelten bald ein engeres Verhältnis als irgend jemand sonst in der Gruppe.

Sein Verlust war eine Katastrophe.

Sie würde wieder ganz von vorne beginnen müssen, und das nach vier Wochen. Wenn man einen Hund für sie fand. Obwohl häufig Hunde angeboten wurden, war es äußerst schwierig, einen geeigneten zu finden.

Brier mußte den Kindern irgendwie beibringen, daß sie nun keinen Hund mehr hatten. Und das ausgerechnet jetzt, wo Dana das Tier zu mögen angefangen hatte und ihre Kratzbürstigkeit, mit der sie sich seit zwei Jahren umgab, abzulegen begann.

»Ich weiß nicht, wie ich das den Kindern sagen soll«, seufzte Brier. »Und was für ein Leben muß er jetzt führen? Die Probleme der beiden mit dem Hund sind doch entstanden, weil sie Kim total verdorben haben. Sie haben ihn vernachlässigt und ihm absolut nichts beigebracht.«

»Gulley hat sich darum gekümmert«, erwiderte Josh. »Du weißt doch, wie sehr ihm die Hunde am Herzen liegen. Er hat ihnen gedroht, daß sie den Hund wieder abgeben müßten, wenn sie nicht seinem Hundeverein beitreten und mit Kim arbeiten würden. Sie wären dann nicht geeignet für einen Schäferhund.«

Obwohl sie sich so elend fühlte, mußte sie lachen. »Gulley ist wirklich unmöglich. Ich wette, sein Verein hat nur deswegen Mitglieder, weil er die Leute erpreßt. Wie haben sie darauf reagiert?«

»Offensichtlich wie die Lämmer. Es ist wirklich ein Jammer, daß Leute älter werden. Gulley war der beste von uns und außerdem ein guter PR-Mann. Die Polizei hat wirklich etwas verloren, als er in Pension gehen mußte. Alice hilft ihm mit seinem Verein. Sie kümmert sich um die finanziellen Angelegenheiten, erledigt den Papierkram, kocht Tee und putzt hinterher auch noch. Sie ist, genau wie er, eine Ausnahmeerscheinung.«

»Für uns ist er ein Gewinn«, sagte Brier. Gulley hatte es gehaßt, in Rente zu gehen, und sich auf Joshs Angebot gestürzt, sich um die Zwinger und die Hunde zu kümmern. Alice war sehr froh darüber. Es gab nichts Schlimmeres als einen Mann, der nichts zu tun hatte und schlechtgelaunt zu Hause herumsaß. Nun kam Gulley abends glücklich nach Hause und berichtete ihr von seinem Tag. Sie hatte schon das Gefühl, die Leute vom Team so gut zu kennen wie er. Sie kannte bereits Josh, der öfter mal vorbeischaute und mit Kuchen, Quiches, Gebäck und anderem verwöhnt wurde. Oft gab sie ihm sogar etwas mit nach Hause. Alice, deren Söhne erwachsen und aus dem Haus waren, bemutterte gerne die Leute.

Sie war es, die Gulley beim Frühstück an den Jahrestag erinnert hatte. »Heute ist es genau zwei Jahre her, daß Tom Morrey getötet wurde. Paß ein bißchen auf Brier auf. Das ist heute ein besonders schlimmer Tag für sie.«

Gulley hatte versucht, Brier den Tag leichter zu machen. Er tat sein Bestes, sie von den Erinnerungen abzulenken, die sie immer wieder zu überwältigen drohten.

»Wir waren Gulleys Familie«, sagte Josh. »Er und Alice hatten immer Platz für uns in ihrem Haus. Gulley hat eines Tages mal fünf von uns unerwartet mit nach Hause gebracht, und sie hat nicht mal mit der Wimper gezuckt.« Josh grinste und holte die Keksdose hervor, die immer gut gefüllt war.

»Ich kann mir Alice gar nicht ohne etwas zu essen vorstellen«, sagte Brier. »Letztes Wochenende war ich mit den Kindern bei ihr. Sie sind noch nie zuvor so verzogen worden. Ich glaube, sie wären jederzeit bereit, zu ihr zu ziehen, nur um mehr von ihrem ausgezeichneten Apfelkuchen mit Sahne zu ergattern.«

Hinter ihnen stieß Spark, Joshs geliebter Schäferhund, einen tiefen Seufzer aus. Er hoffte offensichtlich, daß endlich etwas passieren würde. Spark war einer der besten Hunde, die sie je gehabt hatten. Neben ihm schüttelte Lim den Kopf, und seine Ohren schlugen gegen das Metall des Wagens. Lim war ein Spaniel, der darauf trainiert war, Sprengstoffe zu finden.

Heute würde in Briers Haus kein Hund sein. Kein Hund, der sie am Morgen begrüßen und den sie nach draußen begleiten und unterrichten würde. Kein Hund, dem sie beim Lernen zuschauen könnte und den sie loben würde, wenn er ein neues Kommando verstanden hatte.

»Es ist einfach nicht fair«, sagte sie. Josh fuhr sich mit den Händen durch das dichte Haar. Das Grau an seinen Schläfen unterstützte seine sympathische Ausstrahlung. Er war ein großer, schlanker Mann und schaute nun besorgt zu Brier hinunter.

»Es ist verdammt unfair.« Auch er hatte mit dem Hund gearbeitet, Brier unterrichtet und sich mit ihr über die Fortschritte gefreut.

Josh wußte, daß sie keine Ahnung hatte, wie er zur ihr stand. Liebevoll betrachtete er ihre dunklen bernsteinfarbenen Augen und ihr geschmeidiges blauschwarzes Haar. Er bemerkte feine Fältchen, die vor zwei Jahren noch nicht dagewesen waren.

Josh hatte unmittelbar nach Toms Ermordung davon erfahren. In der darauffolgenden Nacht war er bei der Familie geblieben und hatte Briers Mutter geholfen. Tom war ein guter Freund gewesen, und wie die anderen Kollegen empfand Josh eine ohnmächtige Wut über diesen sinnlosen Tod.

Es war solch eine dumme Art zu sterben. Ein verschreckter Teenager, der noch nicht einmal richtig mit einer Waffe umgehen konnte, hatte Tom während eines verpfuschten Postüberfalls erschossen. Als Tom dazwischengekommen war, war der Kerl in Panik ausgebrochen und hatte geschossen. Hinterher hatte er in seiner Zelle Rotz und Wasser geheult, aber das brachte Tom nicht mehr zurück. Nichts konnte das.

Josh blickte auf das erleuchtete Haus, das Tom von dem Erbe seiner Eltern gekauft hatte. Er spürte, daß Brier Zeit brauchte, um sich zu sammeln, bevor sie hineinging.

»Ich habe Blumen zu Toms Grab gebracht, bevor ich heute morgen gekommen bin.« Brier sah ihn nicht an. »Ich war nicht die einzige. Mindestens sechs andere haben Blumen auf sein Grab gelegt.

Gulley hat gesagt, daß einige Leute auch Blumen auf den Bürgersteig vor der Post gelegt haben.«

Josh hatte ihr das nicht gesagt. Er fragte sich, ob Gulley sich besser in Brier einfühlen konnte als er. Sie brauchte es zu reden. Es wäre anders gewesen, wenn sie sich um Kim hätte kümmern müssen. Ihn zu füttern und zuzusehen, wie er sich auf dem Teppich ausstreckte, hätte sie abgelenkt. Der Hund hätte ihr geholfen, den Schmerz zu ertragen.

»Haben die Blumen geholfen?« Joshs Stimme war sanft. Die Dunkelheit machte Vertraulichkeit einfacher.

»Zu wissen, daß man sich an ihn erinnert? Und zwar mit Zuneigung? Daß es ihnen wichtig genug war, Blumen hinzubringen? Ja, das hat geholfen. Ein Strauß war von der Mutter des Kerls, der ihn getötet hat, sagte Gulley. Sie ist nach seiner Verurteilung zu mir gekommen... Es war sehr schwierig.«

»Das hast du mir ja gar nicht erzählt. Was wollte sie? Wollte sie erklären, was ihn dazu veranlaßt hat?«

»Nein. Sie wollte mir sagen, daß sie und ihr Mann völlig niedergeschmettert seien und ihm niemals vergeben könnten. Daß er die Familie ruiniert und die anderen Kinder in Mitleidenschaft gezogen hätte und daß sie es sich nicht erklären könnten, warum er so geworden ist.«

»Das passiert einfach«, sagte Josh. »Vielleicht ist unsere Gesellschaft daran auch nicht ganz unschuldig. Die Art, wie wir leben, und die Tatsache, daß die schönsten Sachen nur etwas für diejenigen sind, die das nötige Kleingeld haben. Videos, Kameras, Autos, Designerklamotten...«

Brier war nicht in der richtigen Stimmung für philosophische Erörterungen. Sie war mit ihren Gedanken wieder beim heutigen Nachmittag.

»Ich dachte, ich hätte einen Hund, der uns alle stolz machen würde«, sagte sie mit ausdrucksloser Stimme.

»Das war vielleicht eine Szene.« Josh war bestürzt gewesen. Er haßte Schauspielerei, aber seine ruhige Art hatte auch Brier etwas beruhigt.

»Sie hat uns was vorgemacht.« Brier hatte die Frau auf den ersten Blick nicht leiden können, und sie wußte, daß das nicht ganz fair war.

»Wenn sie den Hund so sehr mochten, warum haben sie ihn dann überhaupt erst weggegeben?«

Sie dachte über den vor ihr liegenden Abend nach.

»Kommst du noch mit rein? Es würde mir helfen, wenn ich es den Kindern sagen muß.«

»Besser nicht. Gulley und ich müssen noch eine ganze Reihe von Leuten anrufen. Wir hoffen, daß einer von ihnen einen Hund für dich hat. Wir haben ja nicht viel Zeit, einen zu finden. Oder sollen wir lieber versuchen, dich in einem anderen Kurs unterzubringen?«

»Hier in der Nähe?« Brier fragte, obwohl sie wußte, wie unwahrscheinlich das war.

»Ich finde einen Hund für dich. Wir versuchen es in Stafford, Manchester, Essex, Yorkshire und Derbyshire. Wir haben denen allen in der Vergangenheit öfter mal ausgeholfen. Die schulden uns was. Wenn wir einen finden, holt Gulley ihn sofort ab.«

Sie wußten beide, daß man sich angesichts der Zeitnot keine allzu großen Hoffnungen machen konnte. Vielleicht gab es irgendwo in einem Tierheim einen in Frage kommenden Hund, aber sie mußten ein stabiles, sensibles Tier finden, das nicht bereits durch Mißhandlung oder falsche Erziehung ruiniert worden war.

»Ich brauche einen Hund«, sagte Brier mit Nachdruck. »Es hilft, wieder ein Ziel im Leben zu haben. Ich möchte die Hundestaffel nicht verlassen müssen. Ich bin schon die letzten zwei Jahre wie ziellos im Nebel rumgeirrt.«

Josh nahm ihre Hand. »Ich weiß«, sagte er kurz. »Ich habe mich auch so gefühlt.«

»Ich bin egoistisch.« Brier öffnete die Tür und sprang hinaus. »Ich denke überhaupt nicht mehr an andere.«

»Laß dir etwas Zeit«, beruhigte Josh sie. »Soll ich dich morgen früh abholen?«

»Es gibt keinen Grund für einen Umweg. Ich nehme mein eigenes Auto. Es gibt ja keinen Hund mehr, der es einsauen könnte.«

Er sah ihr nach, wie sie zur Tür ging und den Schlüssel ins Schloß steckte. Seufzend fuhr er los und richtete seine Gedanken auf die Anrufe, die er machen würde, um einen Ersatz für Kim zu finden.

Ben und Dana kamen Brier schon entgegen. Sie rannten aus dem Wohnzimmer, wo sie »Raumschiff Enterprise« im Fernsehen gesehen hatten. Brier schaute sie an. Ben war klein und stämmig. Er hatte ihre blauschwarzen Haare und bernsteinfarbenen Augen; von Tom hatte er Nase und Kinn. Dana war ein schlankes und zierliches Kind, mit wuscheligen kastanienbraunen Haaren, die sie von ihrem Vater geerbt hatte. Sie blickte sie nun mit Toms grauen Augen an.

»Wo ist Kim? Warum hast du ihn nicht hereingebracht? Kann ich ihn aus dem Wagen holen?« Ben hatte von seiner Großmutter die Liebe zu Hunden geerbt. Beide Kinder verbrachten eine Menge Zeit in den Zwingern ihrer Großmutter.

»Ich habe ihn nicht mehr. Seine Besitzer wollten ihn zurück.«

Es gab keine Möglichkeit, ihnen die Neuigkeit schonend beizubringen. Ben, zehn Jahre alt, hatte bereits eine gute Beziehung zu dem Hund aufgebaut. Er schaute sie entsetzt an. Dana, erst sieben, brach in Tränen aus. Panik stieg in Brier hoch. Sie war zu erschöpft, um noch mehr Schmerz und Trauer auszuhalten.

»Warum hast du das zugelassen?« bedrängte Ben sie.

»Es war ihr Hund. Sie haben ihn gekauft und für ihn bezahlt. Sie hatten ihn schon als kleinen Welpen und lieben ihn.«

Kate Bird kam aus der Küche und nahm Dana in ihre Arme. Seit dem Tod ihres Vaters verhielt sich Dana ihrer Mutter gegenüber abweisend – beinahe, dachte Brier, als würde sie denken, es sei meine Schuld. Brier hatte die verwitwete Kate nach Toms Tod als Haushälterin eingestellt. Auch ihr Mann war Polizist gewesen. Die Polizei hatte dieses Arrangement vorgeschlagen, um sicherzugehen, daß alles, was möglich war, für die kleine Familie getan wurde. Kate war mit dem Hintergrund vertraut. Sie kannte die unregelmäßigen Arbeitszeiten und die Probleme, mit denen Brier kämpfen mußte.

Die Kinder hatten bald aufgehört, sie Mrs. Bird zu nennen, und tauften sie Birdie. Innerhalb kürzester Zeit war der Name von allen, die ins Haus kamen, übernommen worden.

Kate blickte Brier seufzend an. Sie führte den Haushalt mit fester Hand, und sie besaß viel Humor, aber sie wußte nur zu gut um die Bedeutung des heutigen Tages. Sie hatte gehofft, daß es wenigstens bei der Arbeit gut liefe. Durch den Hund hatte Brier gerade angefangen, ihr seelisches Gleichgewicht wiederzugewinnen. Die Situation war nun schlimmer, als sie erwartet hatte. Manchmal fühlte Kate sich, als müßte sie auf drei Kinder aufpassen und nicht nur auf zwei.

»In der Küche ist Kaffee für Sie«, sagte sie.

Die Küche war warm. Brier griff nach dem Becher. Die heiße Flüssigkeit tat ihr gut. Ihr Kopf begann zu schmerzen. Der Versuch, nicht in Gegenwart der Hundebesitzer die Beherrschung zu verlieren, hatte sie mehr Kräfte gekostet, als sie geahnt hatte.

»Die können ihn nicht zurückhaben. Er ist doch jetzt unser Hund.« Bens Stimme stockte. Er verfügte über intensive Gefühle, drückte diese aber nur selten in Worten aus. »Sie haben ihn nicht geliebt.« Sein kleines Gesicht war starr. Er fixierte sie mit seinen dunklen Augen und kämpfte gegen die Tränen an. »Wenn sie ihn gern gehabt hätten, hätten sie ihn nicht weggegeben. Das hätten sie nicht gekonnt.«

Brier konnte es nicht aushalten, darüber zu sprechen. Sie fühlte sich selbst den Tränen nahe. All die Arbeit umsonst. All die Zeit. Der Hund hatte so gut mitgemacht.

Kate schaute sie an und las, wie schon öfter, ihre Gedanken. Der Verlust des Hundes war ein Unglück, und die Kinder würden heute abend sehr schwierig sein. Es wäre besser für Brier, etwas Abstand zu haben. Kate, die die Kinder sehr mochte, nahm sie beide fest in ihre Arme.

»Das ist nicht fair«, heulte Dana. »Er war ein lieber Hund. Warum können wir ihn nicht behalten? Ich will ihn zurückhaben.« Sie starrte ihre Mutter anklagend an. Plötzlich riß Dana sich von Kate los, stampfte mit dem Fuß auf und schrie Brier an. »Ich hasse dich. Du nimmst uns alles weg. Es ist dir einfach egal. Du gehst jeden Tag einfach weg und läßt uns hier bei Birdie. Du willst nicht mal uns haben. Ich will Papa zurück.«

Das war mehr, als Brier ertragen konnte. Sie rannte nach oben. Ben ging schweigend aus der Küche und schaltete im Wohnzimmer den Fernseher wieder an. Er setzte sich mit ausdrucksloser Miene hin und weigerte sich, weiter an den Familienproblemen teilzunehmen. Das war die einzige Art, wie er mit schwierigen Situationen umgehen konnte – er tat so, als sei nichts vorgefallen, und setzte sich einfach ab.

Ben wußte, daß Dana nichts verstand. Er spürte, wie schlecht es seiner Mutter ging, aber er wußte nicht, wie er ihr helfen sollte.

Kate versuchte, Dana zu trösten, brachte sie schließlich nach oben, badete sie und steckte sie ins Bett.

»Deine Mutter muß arbeiten«, erklärte sie, als sie die Bettdecke feststeckte. Das Zimmer wirkte sehr hell durch die leuchtenden Farben der bunten Bilder, die Tom gemalt hatte. Thomas, der Kesselwagen und Bambi und Dumbo. »Wenn sie nicht arbeiten würde, könnten wir nicht in diesem Haus leben und hätten nichts zu essen.«

Dana drehte sich um und schloß die Augen. Sie weigerte sich zuzuhören.

Eine halbe Stunde später kam Brier herunter. Sie hatte nun eine Cordhose und einen Jerseypullover an. »Ich glaube, ich werde damit nicht fertig«, sagte sie und setzte sich an den Küchentisch. »Ich kann das Dana einfach nicht begreiflich machen.«

Kate schaufelte Zucker in eine zweite Tasse Kaffee. Sie verstand den Druck nur zu gut. Es gab nichts, was sie hätte sagen können. Sie hatten schon endlose Gespräche über Danas Problem geführt. Keine von beiden wußte, wie man am besten mit dem Kind umgehen sollte.

»Birdie, der Hund hat mir so geholfen. Wenn Josh keinen anderen Hund für mich findet, bin ich wieder raus aus der Abteilung. Die Chance, da hineinzukommen, hat mich überhaupt nur in den letzten beiden Jahren weitermachen lassen.« Kate sah sie besorgt an. Brier benutzte den Spitznamen, den die Kinder ihr gegeben hatten, nur sehr selten.

»Sie werden einen Hund für Sie finden. Alles wird am Ende wieder gut werden.« Ihre Stimme war beruhigend.

»Ach ja? Ist für Sie auch alles wieder gut geworden? Sie wissen doch auch, wie das ist, wenn der Mann im Dienst getötet wird.« Das hatte sie bisher noch nie erwähnt.

»Das war vor zwanzig Jahren. Ich hatte Susan, um nicht den Verstand zu verlieren. Sie war damals fünfzehn. Das ist nicht gerade das einfachste Alter, aber sie hat mich unterstützt, wo sie nur konnte. Manchmal glaube ich, sie wurde erwachsen, als ihr klar wurde, daß auch ich ganz am Ende war.«

Kate rührte ihren Kaffee um und setzte sich. Dabei bewegte sie sich merkwürdig, und es wurde Brier bewußt, daß ihr Rheuma sie wieder plagte. Sie hatte plötzlich Angst, daß das alles bald zuviel für Kate werden würde. Kate bemerkte nichts von Briers Sorgen um sie und rührte weiter ihren Kaffee um, als würde dies beiden helfen. »Für mich wurde es erst völlig unerträglich, als Susan nach Amerika ging und sich dort niederließ. Ich war sehr einsam. Daß ich hierher kommen konnte, hat mich gerettet. Sie brauchen mich, meine Tochter nicht.«

Brier lächelte sie an und ging um den Tisch herum, um sie in den Arm zu nehmen. Sie tat das für gewöhnlich nicht.

»Sie sind ein Schatz, Birdie. In diesem Irrenhaus zu arbeiten hilft?« Brier trank etwas und griff dann noch einmal zum Zucker. »Ich habe Lust auf etwas Süßes. Haben wir Kuchen?«

Kate stand auf und holte eine große Dose aus dem Schrank. Sie tat einige Plätzchen auf einen Teller und hielt dann plötzlich inne. Sie schaute auf das Arrangement und wechselte schließlich den Teller. Brier wußte, daß sie zunächst den Teller mit dem Motiv eines Hundekopfes gewählt hatte, ein Weihnachtsgeschenk ihrer Mutter.

»Ich habe Ihnen noch nie gesagt, daß ich ohne Sie überhaupt nicht zurechtkäme«, sagte sie und biß genüßlich in den Keks. »Sind Sie wirklich gerne hier?«

»Sie haben mir ein neues Leben geschenkt. Eine Familie, um die ich mich kümmern kann. Die Enkelkinder, die ich niemals hatte, weil meine eigenen doch so weit entfernt sind. Außerdem ist meine Rente sehr klein, und die Kosten eines Haushalts sind sehr hoch. Machen Sie sich um mich keine Sorgen. Warten Sie einfach darauf, daß es für Sie auch mal wieder besser wird. Es wird ganz bestimmt besser.«

»Was soll ich bloß mit Dana machen? Wenn ich jetzt zu ihr hochgehe, wird sie sich nur noch mehr aufregen und weiter reinsteigern.«

»Dana hat Angst, daß Sie auch eines Tages nicht mehr nach Hause kommen. Es hat sie wirklich schlimm erwischt. Sie ist so ganz anders als Ben. Sie war Toms kleiner Schatz. Ich glaube, Dana denkt, daß Ben Ihr Liebling ist und sie ihren Platz verloren hat, als ihr Vater starb.«

»Ich kann sie einfach nicht überzeugen«, sagte Brier. Eine große Müdigkeit überkam sie, so daß schon kleinere Entscheidungen zuviel Mühe zu machen schienen. Es wurde ihr bewußt, daß es oben ganz still war. Sie litt mit ihrer kleinen Tochter, sie wollte sie festhalten und trösten, aber Dana stand immer ganz steif und lehnte jegliche Zuneigung ihrer Mutter ab.

Das ständige Stimmengewirr im Hintergrund aus dem Wohnzimmer irritierte Brier. Sie sehnte sich danach, den Fernseher auszuschalten, in ihr eigenes Zimmer zu gehen und sich vom Rest der Welt abzuschotten. Sie wollte endlich frei davon sein, ständig darüber nachzudenken, was am besten für sie und für die Kinder war. Sie wollte frei sein von der Sorge um Bens Unfähigkeit, seine Gefühle mitzuteilen, und von Danas zu ausgeprägter Fähigkeit, die ihren auszudrücken.

Birdie brachte ihre Tasse zum Waschbecken und spülte sie aus. »Gehen Sie zu Ihrer Mutter? Sie sind schon seit beinahe vier Wochen nicht mehr bei ihr gewesen. Sie haben doch wohl nicht ihren Geburtstag vergessen?«

»Ich habe mich darum gekümmert.« Es war nämlich ein doppelter Jahrestag, was es noch schlimmer machte. Der Tag, an dem Tom starb, war der Geburtstag ihrer Mutter gewesen, und sie hatten für sie eine Party geplant; nur eine kleine Feier, sie und die Kinder, ein Kuchen mit Kerzen, ein Essen zu Hause. Ein glücklicher Tag.

Aber um sechs Uhr abends war Tom tot. Er hatte mittags zu Hause angerufen und sie daran erinnert, Wein zu kaufen. Sie hatten Witze gemacht und gelacht.

»Bis dann«, hatte Brier gesagt, als sie einhängte. Sie hatte ihn nie wieder lebend gesehen. Die schon vertraute Wut stieg in ihr auf, als sie an den Kerl dachte, der Tom erschossen hatte. Er war lebendig, und Gefängnis war eine kleine Strafe für das, was er getan hatte. Er würde wieder herauskommen und mit seinem Leben weitermachen. Tom war für immer weg.

Sie mußte dieses Gefühl unter Kontrolle bekommen, oder sie verlor ihren Job. Diese sinnlose Wut tauchte immer wieder dann auf, wenn irgendwo ein Mord passierte. Polizisten und Polizistinnen konnten sich diese Art Leidenschaft nicht leisten.

Kate unterbrach ihre Gedanken.

»Bleiben Sie doch zum Abendessen bei Helena. Ich komme hier schon zurecht. Mädchen, hören Sie auf, dazustehen wie ein Ölgötze, und unternehmen Sie was! Es hat keinen Sinn zu grübeln.«

Brier mußte trotz allem lachen. Kates direkte Art amüsierte sie. »Manchmal frage ich mich, ob ich meine Gedanken laut ausspreche, wenn Sie in der Nähe sind.« Sie hängte ihre Tasche über die Schulter. »Ich bin schon weg.«

Kate gab ihr ein lustig eingewickeltes Päckchen. Sie war eine kleine, geschäftige Frau und ständig in Bewegung. Das graue Haar war meist ein wenig zerzaust, aber ihre braunen glänzenden Augen leuchteten, wenn die Kinder sie zum Lachen brachten. Es war einfach, mit ihr zu leben, und sie war nur selten beleidigt.

»Kann ich noch was zu essen haben?« fragte Ben, der aus dem Wohnzimmer kam. Hinter ihm schossen Gewehre, und Männer schrien. Brier nutzte die Gelegenheit und schaltete das Gerät aus.

»Aber du hattest doch schon etwas.« Kate wusch die beiden Tassen ab.

»Ich habe aber wieder Hunger.«

»Du hast wohl ein Loch im Bauch«, sagte Kate, und Brier grinste ihn an.

»Ist es schon so lange her, daß du etwas zu futtern hattest?« fragte sie.

»Wir haben Oma unsere Geschenke gegeben und etwas gegessen. Würstchen und Bohnen und Geburtstagskuchen und Hundekekse.«

Brier lachte. Ihre Mutter hatte eine Plätzchenform gekauft, die die Form eines Hundes hatte. Sie hatte von diesen speziellen Plätzchen immer welche für die Kinder auf Vorrat.

»Das klingt, als wäre es ein Festmahl für kleine Schweinchen gewesen«, sagte sie.

»Schweine essen keine Kekse.« Ben tat sein Bestes, um die Atmosphäre zu entspannen.

»Brave Jungs dürfen nachmittags und abends essen«, sagte Kate. »Brötchen mit Marmelade und vielleicht noch ein Stückchen von meinem Spezialkuchen.«

»Sie mästen ihn ja«, warf Brier ihr scherzhaft vor.

»Ach was. Bei all dieser Energie. Er sitzt ja kaum mal eine Minute ruhig.«

Ben schaute gedankenverloren in die Keksdose. Brier wußte, daß sie ihn ruhig mit Kate allein lassen konnte. Dana würde schon schlafen und morgen vielleicht etwas fröhlicher sein.

Die leere Hundedecke in der Ecke war eine schmerzliche Erinnerung. Sein Napf mit Wasser stand immer noch auf dem Boden. Sie ging hinaus in die kalte Dunkelheit.

Zweites Kapitel

Das Haus ihrer Mutter lag eigentlich nur vier Felder entfernt. Um dorthin zu kommen, mußte Brier jedoch über drei Kilometer weit fahren. Die stetig wachsende Bebauung rund um das Ackerland hatte Helena Grants Haus und einige Weiden isoliert. Brier fuhr langsam, denn von Zeit zu Zeit war die Straße vereist und rutschig. Sonst war niemand unterwegs. Sie genoß die Ruhe und den Frieden ebenso wie die Tatsache, daß sie auf niemanden Rücksicht nehmen mußte. Dabei hörte sie eine verträumte Melodie aus *Schwanensee*, die beruhigend auf sie wirkte.

Je näher sie an das Zuhause ihrer Kindheit kam, desto stärker fühlte sie sich wie ein Schulmädchen, das nach Hause kam. Aber sogar hier auf der Willowbank Farm hatte es Veränderungen gegeben, und vor allen Dingen war ihr Vater nicht mehr da. Briers Erinnerung an ihn war so stark, daß sie beinahe erwartete, er würde um die Ecke biegen und sie begrüßen. Genauso fühlte sie sich manchmal zu Hause, wenn eine Tür geöffnet wurde und sie sich in der Erwartung umdrehte, daß Tom hereinkommen und sie in seine Arme nehmen würde.

Sie streckte ihre langen Beine aus. Dann nahm sie die Schlüssel und schlug die Fahrertür zu. Sie starrte den Wagen an. Es war Toms letzter Kauf vor seinem Tod gewesen. Brier runzelte die Stirn und erinnerte sich dann an die Geschenke. Sie schloß die Tür wieder auf und nahm die Päckchen vom Beifahrersitz.

Durch die Fenster fiel Licht in den Hof. Brier hielt einen Moment inne, während der Wind durch ihr volles dunkles Haar wehte. Ein kalter Wind aus Norden ließ sie erschauern. Ihre Mutter spähte durch das Fenster nach draußen, winkte und wandte sich dann ab.

Brier brauchte immer etwas Zeit, um sich nach einem Arbeitstag zu entspannen. Sie schaute das Farmhaus mit großer Zuneigung an. Nicht viele Leute konnten zu ihrem Geburtsort zurückkehren und ihn beinahe unverändert vorfinden.

Es war ein warmes, freundliches Gebäude aus rotem Backstein, der durch das Alter ganz weich geworden war. Das Haus war über drei Jahrhunderte hinweg gewachsen. In der alten Molkerei befand sich heute die Küche, die ehemalige Scheune barg nun ein zusätzliches Schlafzimmer, ein Badezimmer und das Zimmer ihres Vaters.

Die Kletterpflanze war schon fast abgestorben. Nur einige wenige rote Blätter hingen noch um das Fenster herum. Sie glühten beinahe in der abendlichen Beleuchtung. Neue Pflastersteine hatten das alte Kopfsteinpflaster ersetzt, und Brier war sich nicht sicher, ob das tatsächlich eine Verbesserung war. Sie machte sich immer Sorgen, daß ihre Mutter im Winter ausrutschen könnte, wenn es fror.

War diese Erinnerung trügerisch? War das alte Kopfsteinpflaster nicht genauso gefährlich gewesen? Ein Frostmantel bedeckte die kahlen Bäume, und es war bitterkalt. Die Hunde waren heute abend unruhig.

Das neue Gebäude für die Hunde war ein großer Fortschritt: Es war viel geräumiger, und die Hunde konnten überall aufrecht stehen. Außerdem war es viel leichter zu säubern.

Brier hatte kein Verlangen, die Hunde, die lediglich vorübergehend hier waren, zu sehen. Sie wollte nur die Hunde ihrer Mutter, ihre Freunde, besuchen. Sie war viel zu selten hier und vermißte das rege Treiben in den Zwingern. Wann immer Brier konnte, kam sie mit den Kindern her, um zu helfen. Ben konnte gut mit Tieren umgehen. Und Dana ... sie seufzte. Zur Zeit war es wirklich sehr schwierig, mit Dana zu leben.

Sie war noch nie ein einfaches Kind gewesen. Ungeduldig und tapsig, wollte sie immer genau das nachmachen, was ihr Bruder tat. Wenn sie ihren Kopf nicht durchsetzen konnte, schrie sie hysterisch und hielt den Atem an. Mit zwei war sie schrecklich, mit vier ermüdend. Als sie fünf Jahre alt war, hielt sogar Tom sie für unberechenbar. Und er konnte besser als jeder andere mit ihr umgehen. Ihre plötzlichen Wutausbrüche hatten alle erschöpft.

Brier öffnete die Tür, ging hinein und machte das Licht an. In diesem Gebäude waren zehn, nur zum Teil besetzte Zwinger. Ein lauter Hundechor begrüßte sie. Es hatte sich nicht viel verändert. Diese Art von Begrüßung hatte zu ihrem Leben gehört, seit sie alleine über den Hof zu den Zwingern tapsen konnte und zu den Hunden durch den

Drahtzaun gesprochen hatte. Sie hätte genausogut gerade von der Schule kommen können, statt als Erwachsene einen kurzen Besuch zu machen.

Tara säugte ihre Jungen, die nun beinahe sechs Wochen alt waren. In ungefähr einer Woche würden sie abgeholt werden. Brier ging in den Zwinger und kniete sich hin. Die Hündin stupste ein Junges zu ihr hin. Brier hob den hübschen kleinen Kerl hoch und betrachtete ihn eingehend. Ihre Mutter war wirklich eine sehr gute Züchterin.

Das kleine Tierchen schmiegte sich an sie, eine vertrauensvolle Zunge schleckte ihre Hand. Der Geruch des kleinen Hundes war wundervoll: ein warmer und vertrauter Duft, der Teil ihrer Vergangenheit war.

Die weiße Decke, auf der Tara lag, war ganz sauber. Sie hatte sich ausgestreckt, damit die Welpen auf ihr herumklettern konnten.

Brier seufzte. Sie war sich schmerzlich der Tatsache bewußt, daß sie heute nacht nicht mit dem Gefühl einschlafen würde, den Treffer des Jahres gelandet zu haben. Kim war so ein cleverer Hund. Sie war sich sicher, daß seine neuen Besitzer seine Intelligenz überhaupt nicht zu schätzen wußten und keine Ahnung hatten, welch ein wertvoller Schatz er war.

Sie vergrub ihren Kopf in dem warmen und weichen Fell, und der Welpe leckte ihr das Gesicht. Dabei kuschelte er sich vertrauensvoll an sie. Brier brauchte den munteren Trost ihrer Mutter, bevor sie ihrer Familie wieder gegenübertreten konnte.

Ihr Vater war ein Jahr vor Tom gestorben. Ein schwerer Schlaganfall hatte ihn plötzlich an einem Herbstwochenende aus ihrer Mitte gerissen. Brier vermißte seine vernünftigen Ratschläge. Die Ärzte hatten ihm geraten, etwas mehr auszuruhen und das Leben leichter zu nehmen, aber er hatte nie einen Rat angenommen. Brier konnte ihn sich nicht vorstellen, wie er herumkroch und bei jeder Bewegung vorsichtig war. Vater war immer eher gerannt als gegangen und hatte jeden ausgelassenen, wilden Moment genossen.

Briers Vater, ein großer, stets lachender Mann, der seine Familie und Tiere geliebt hatte, war immer für jeden dagewesen, um zuzuhören und zu trösten. Es war geradezu ein Wunder, wie er mit Hunden umgehen konnte. Sie vertrauten ihm und gehorchten immer. Wenn Brier doch nur die Hälfte dieser Fähigkeit geerbt hätte. Wenn er doch nur jetzt hier wäre. Wenn doch nur Tom jetzt hier wäre, und wenn sie doch bloß noch ihren Hund hätte. Und wenn doch nur...

Ihre Mutter hatte das Farmhaus behalten und das Land verkauft. Nur sechzehn Hektar hatte sie für den eigenen Gebrauch behalten. Mit dem Geld aus dem Verkauf konnte sie die Hundezwinger renovieren lassen.

Die vier Felder zwischen Briers Haus und dem ihrer Mutter waren bisher noch nicht bebaut worden. Jetzt waren sie allerdings vernachlässigt und zugewachsen. Der erste Käufer war pleite gegangen und hatte das Land an die Stadt verkauft. Die hatte es weiterverkauft, und das Gerücht ging um, daß dort ein großer Supermarkt entstehen würde. Aber bisher war noch nichts passiert. Brier hatte schon so manches Mal gedacht, daß es wahrscheinlich besser gewesen wäre, die Felder zu behalten und als Weideland zu verpachten. Aber hinterher war man ja immer schlauer.

Außerdem hatte der Verkauf dringend benötigtes Geld eingebracht, denn die Landwirtschaft machte heute niemanden mehr reich, und die letzten Jahre ihres Vaters waren in finanzieller Hinsicht wirklich nicht gerade leicht gewesen. Er hatte sich um die Landwirtschaft gekümmert und ihre Mutter um die Hundezucht. Die Zucht war jedoch auch seine Leidenschaft gewesen.

Plötzlich erinnerte Brier sich lebhaft daran, wie er über die Felder wanderte. Sein letzter Schäferhund lief ruhig neben ihm her und hätte nicht im Traum daran gedacht, einfach davonzulaufen, um die Gegend alleine zu erkunden. Das hätte er nur mit Erlaubnis ihres Vaters getan. Der alte Dante, der in seiner Blütezeit bei so mancher Hundeausstellung gewonnen hatte, war vier Monate nach seinem Herrchen gestorben.

Der Fußweg und die Zaunübertritte wurden tagsüber häufiger benutzt, nie jedoch nachts. Es war eine einsame Gegend, isoliert in den Grenzen der kleinen Stadt, die aus dem alten Dorf entstanden war.

Hinter dem letzten Feld stand ihr eigenes Haus an einer belebten Straße. Sie konnte die Straßenlaternen von hier aus sehen. Das Licht verfärbte den Himmel. Die Autobahn war irgendwo hinter dem dritten Feld. Scheinwerfer tauchten aus dem Dunkel auf, rauschten vorbei und verschwanden über den Abhang des kleinen Hügels.

Dahinter lag das Vorgebirge, das nach Wales führte. Sein Anblick veränderte sich ständig, weil Sonne und Schatten ein Lichtspiel boten und die Bäume vergoldeten.

»... grüne Tage in Wäldern und blaue Tage auf See.«

Tom hatte Lyrik geliebt. Sie schloß die Augen und hielt den kleinen Hund so fest, daß er quietschte. Tara schaute sie vorwurfsvoll an. Brier setzte ihn ab und beobachtete, wie er sich zwischen seine Geschwister kuschelte. Brier lauschte dem leisen, zufriedenen Gemurmel, das die kleinen Hunde von sich gaben. Wenn ihr Leben doch auch nur so einfach wäre. Brier schloß vorsichtig die Tür, ging durch die Reihen und begrüßte bekannte Gesichter.

Hero und Marlo, Dane und Gretal, Kari und Sancho – alle wuchsen zu Zuchthunden heran, an die hohe Erwartungen gestellt wurden: Sie sollten viele Siege und Preise erringen. Die Hunde begrüßten sie winselnd und wirbelnd vor ausgelassener Freude. Sie waren offensichtlich glücklich darüber, daß ihnen jemand Aufmerksamkeit schenkte. Hier, unter den Hunden, ließ der Druck des Tages etwas nach. Die Tiere verbreiteten eine so lebenslustige Stimmung. Menschen, die keine Hunde hatten, würden das nie verstehen, dachte sie, und war stolz, als sie die gespitzten Ohren und die leuchtenden, lebhaften Augen ansah.

Oh Kim, Kim, dachte sie. Was mache ich nur ohne dich?

Zuletzt kam sie zu Roi. Er war der König in den Zwingern. Was machte er denn hier draußen, anstatt im Haus zu sein mit den zwei Hündinnen, die zu alt zur Zucht geworden waren? Warum hatte ihre Mutter ihren Liebling verbannt? Roi lief ruhelos auf und ab, seine Augen drückten Besorgnis aus.

Er legte seine Pfoten auf Briers Schultern, als sie die Zwingertür öffnete, und starrte sie an, als würde er versuchen, ihr dringende Neuigkeiten mitzuteilen. Er winselte, scharrte und legte seinen Kopf auf ihre Schultern. Er wimmerte ganz verloren.

»Ich wünschte, ich könnte dich verstehen«, beruhigte Brier ihn. »Ist hier eine Hündin für dich? Ist es das?«

Sie schaute den weisen Kopf an, die spitzen Ohren, die gedankenvollen braunen Augen. Der Hund war einfach prachtvoll. Jedesmal, wenn sie ihn ansah, brach sie in Gedanken das siebte Gebot. Wenn er doch nur ihr gehören würde. Na ja, ich hatte halt keine achttausend Pfund für einen Hund, dachte sie und lachte traurig. Auch das war eine Folge des verlorenen Landes.

Ihre Mutter konnte es sich einfach nicht leisten, den Hund wegzugeben. Nicht diesen. Er war ein kluges Tier, intelligenter sogar als Kim, der immerhin der Beste aus einer Gruppe von sechs war. Dieser Hund war eine absolute Ausnahmeerscheinung. Roi leckte ihr Gesicht, während sein prächtiger Schwanz besorgt wedelte.

Er war einer der besten Hunde aus Deutschland in den letzten Jahren. Zweifelsohne würden seine Jungen Geschichte machen. Er war sensibel und freundlich, konnte aber auch bewachen, wenn es notwendig war. Roi war ein Botschafter für alle deutschen Schäferhunde und verkörperte alles, was eine Zucht sein sollte und doch so oft nicht war. Das lag an den vielen unseriösen Züchtern und den gierigen Käufern, die niemals die richtigen Fragen stellten.

Die meisten wußten nicht einmal, daß es Fragen gab, die man einfach stellen mußte. Sie fielen auf einen kleinen Welpen herein und bereuten dies bereits ein Jahr später. Die Tierheime waren nie so überfüllt gewesen wie heute.

»Roi, ich weiß nicht, was los ist, Junge, und ich kann nichts daran ändern«, erklärte sie ihm. Sie ging zur Tür und sah, wie er deprimiert den Kopf hängen ließ. Er legte sich hin, die Nase auf den Pfoten, und starrte sie an, als würde er ihr Verrat vorwerfen. Auch sie ließ ihn einfach hier draußen alleine, statt ihn mit in die warme, gesellige Küche zu nehmen.

Brier schloß die Tür und warf einen Blick in das Isolationshaus, wo eine einsame junge Hündin lag. Sie war bestimmt der Grund für Rois Exil. Seine Ruhelosigkeit würde die anderen sonst stören.

Brier ging durch die Küchentür, wobei sie die Hitze nach der frostigen Kälte draußen wie ein Schlag traf. Die Küche war das Herz im Haus ihrer Mutter. In dem großen Raum spielte sich beinahe alles ab. Die beiden Hündinnen, die sie freudig begrüßten, waren vielleicht diejenigen ihrer Kindheit.

Jede hatte dreimal geworfen und sich ihren Platz im Haus verdient. Helena hatte noch nie die Hunde, die zu alt zur Zucht geworden waren, im Stich gelassen oder verkauft, und sie hatte sie auch nie überstrapaziert. Tansy, die Birmakatze, lag beinahe unsichtbar in ihrem Korb in der Ecke. Mit ihren klugen Augen beobachtete sie Brier, entschied, daß sie ihr vertraut war und keine Bedrohung darstellte. Sie schloß die Augen wieder.

Während Brier die beiden Hündinnen streichelte, wünschte sie sich wieder, daß Kim ihr immer noch gehörte. Die Hündinnen ließen sich nach einigen Augenblicken wieder auf der Decke nieder. Beide waren darauf trainiert, niemanden mit ihrer Aufmerksamkeit zu sehr zu belästigen.

Helena Grant legte die Stammbaumformulare beiseite, die sie gerade mit ihrer schönen Schrift ausgefüllt hatte.

»Ich hoffe, deinen Käufern ist klar, daß deine Formulare richtige Kunststücke sind«, sagte Brier. »Du solltest das Gekritzel sehen, das manche Leute produzieren.«

»Vielleicht sind sie nur auf ihre Welpen nicht so stolz wie ich auf meine.«

Plötzlich ertönte ein lautes Gebell von draußen.

»Was ist bloß heute mit den Hunden los?«

»Ich denke, Roi ist der Grund. Und die Hündin, die auf ihn wartet.«

»Hündin? Ich wünschte, da wäre eine.«

»Da ist eine junge Hündin im Isolationshaus.«

»Das ist meine Neuerwerbung. Sie ist nicht läufig. Sie ist gerade aus der Quarantäne gekommen, aber ich wollte sie noch nicht zu den anderen Hunden lassen. Sie sollte sich erst etwas eingewöhnen und mich besser kennenlernen.«

Brier erinnerte sich plötzlich an den Grund ihres Besuches und nahm die beiden Päckchen aus der Tasche.

»Herzlichen Glückwunsch zum Geburtstag! Was haben die Kinder dir geschenkt? Kate hat ihnen beim Aussuchen geholfen, und beide haben mir nicht gesagt, was es ist. Sie denken wohl, ich könnte keine Geheimnisse für mich behalten.«

Helena Grant lächelte und schaute nachdenklich auf die Schleife. Sie begann, den Knoten zu lösen.

»Ben hat mir eine von diesen schnell zu lösenden Jagdhundeleinen geschenkt. Sehr praktisch. Gulley hat sie für ihn besorgt. Dana hat mir eine Karte mit einem Pferd darauf gemalt.«

Brier schaute auf den Kaminsims, wo das etwas auffällige Tier ihrer Tochter sie von einem roten Pappkarton anstarrte.

»Nicht schlecht für eine Siebenjährige«, bemerkte die stolze Großmutter. Sie öffnete die kleine Schachtel und nahm den Inhalt heraus.

»Ein Briefbeschwerer. Oh, es ist Roi! Woher hast du das Foto?«

»Ben hat es an einem Nachmittag gestohlen, an dem er dich zum Tee besucht hat. Ist das nicht eine erstaunliche Art und Weise für eine Polizistin, ihren Sohn zu erziehen? Mutter, wenn ich dich nicht besser kennen würde, würde ich sagen, daß du weinst. So ein tolles Geschenk ist es nun auch wieder nicht.«

»Doch. Es ist nur, daß alle meine Hoffnungen den Bach runtergegangen sind.«

»Findest du keine läufige Hündin für Roi? Was ist los? Er sieht doch wundervoll aus.«

»Das macht es um so schlimmer.« Helena stand auf und ging zum Fenster. Die Hunde hatten sich wieder beruhigt, nur Roi ließ von Zeit zu Zeit ein trauriges Geheul hören. »Ich hoffe nicht, daß da draußen irgendwo einer ist?«

»Ich schaue nach, wenn du möchtest.«

Brier nahm eine Taschenlampe und ging zum Tor. Es war während der letzten Stunde sehr kalt geworden. Die Felder lagen still und ruhig unter einem gespenstischen Mond, dessen Licht durch eine weiche Wolke hindurchschimmerte. Nebel stieg aus silbern glänzendem Gras auf, das unter ihren Füßen knirschte.

Fröstelnd ging sie wieder hinein, um ihre Hände am Feuer zu wärmen. »Nirgendwo eine Seele. Was ist los?«

»Erinnerst du dich, daß Roi vor einigen Monaten krank war? Er war mit einer Hündin zusammen und hatte dann eine Infektion, die Paul nicht identifizieren konnte.« Paul Matthews war auch der Tierarzt der Polizei. Brier kannte ihn sehr gut.

Sie nahm sich ein Stück Schokoladenkuchen. Das würde länger dauern, als sie erwartet hatte, und es war lange her, seit sie das letzte Mal etwas gegessen hatte.

»Ich brauche Kohlenhydrate, um meiner Familie wieder in ausgeglichenerer Verfassung gegenübertreten zu können«, erklärte sie ihrer Mutter, die erstaunt die Augenbrauen hochgezogen hatte.

»Ich dachte, du bestehst darauf, daß alle läufigen Hündinnen untersucht werden, bevor du sie an deine Rüden läßt.«

»Ja, das tue ich. Diese Hündin gehörte jemandem, den ich kenne. Einer Konkurrentin.« Helena ging zum Kühlschrank und öffnete die Tür. »Hast du etwas gegen ein Essen aus dem Tiefkühlfach? Ich war den ganzen Tag total beschäftigt.«

Sie packte zwei Pakete Fertighuhn auf einen Teller und schob ihn in den Herd.

»Sie zeigte mir das Attest des Tierarztes. Danach war die Hündin völlig in Ordnung. Ich glaube allerdings inzwischen, daß das Attest eigentlich zu einer anderen Hündin gehörte. Ich vermute, es war die Schwester. Ich nehme außerdem an, daß die Züchterin von der Infektion der Hündin wußte. Sie hat es entweder aus Leichtsinn gemacht oder in der vollen Absicht, Roi zu sterilisieren.«

Brier war immer wieder überrascht von der Bosheit der Menschen, obwohl sie in ihrer täglichen Arbeit genug davon zu sehen bekam. Die Welpen waren fünfhundert Pfund pro Tier wert, wenn Roi der Vater war. Und obwohl die Hündin Krankheitsträgerin war, würden die Welpen überleben. Roi wäre dann allerdings keine Bedrohung mehr. Er könnte nicht mehr länger anderen Rüdenbesitzern das Geschäft verderben.

»So?« sagte Brier, um ihre Mutter, die gedankenverloren vor sich hin starrte, daran zu erinnern, daß sie nicht alleine war. Helena nahm die Birmakatze hoch, die an ihren Beinen entlangstrich.

»Er hatte seitdem drei Hündinnen, und es ist nicht ein Welpe in Sicht. Ich mußte allen das Geld zurückgeben, und nun gibt es natürlich Gerede. Du kennst die Hundewelt genausogut wie ich. Paul denkt, daß Roi durch einen Bazillus sterilisiert worden ist. Er ruft mich heute abend an, um mir die Testergebnisse durchzugeben.«

»Mutter, du wirst all dein investiertes Geld verlieren!«

»Nicht alles. Roi ist gut versichert, und ich bekomme die Hälfte seines Wertes zurück, wenn er nun steril ist. Aber was mache ich mit ihm, wenn er es ist? Mein lieber Hund und Gefährte. Wer sollte ihn schon wollen. Ich bezweifle, daß ich ihn behalten kann; er ist erst drei Jahre alt und hat noch gut zwölf Jahre vor sich. Ich habe keine Zeit, um ihn für Wettbewerbe zu trainieren.«

Sie schaute ihre Tochter traurig an.

»Ich habe so viele Hoffnungen in diesen Hund gesetzt. Nächstes Jahr sollte er bei Crufts als Bester abschneiden. Es wäre überhaupt kein Problem gewesen, ihn zu qualifizieren. Er hat schon einmal eine Zuchtausstellung gewonnen, und er hat ein Zertifikat.«

»Du könntest ihn trotzdem zeigen. Er hat Nachkommen.«

»Offen zeigen, daß er nicht mehr in der Lage ist, Welpen zu zeugen? Was mache ich, wenn die Leute mich fragen, ob sie ihre Hündin bringen können? Das kann ich nicht.«

Draußen in der kalten Nacht heulte eine Eule lange und tief. Roi fügte sein trauriges Geheul hinzu.

Eine Idee keimte in Brier auf, aber jetzt war nicht der richtige Zeitpunkt, damit zu kommen.

»Wann wird der Tierarzt anrufen? Hat er eine Zeit genannt?«

Helena schaute auf die Uhr. »Er sagte, daß er ungefähr um acht Uhr anrufen würde.«

»Kann ich Roi hereinbringen? Es erscheint mir nicht richtig, ihn aus dem Haus zu verbannen. Kannst du es nicht ertragen, ihn anzusehen?«

»Wenn ich ihn sehe, muß ich weinen. Ich habe den Hund mehr damit aufgeregt, ihn hier drinnen zu behalten, als ihn draußen im Zwinger zu lassen. Er konnte meine Gefühle nicht verstehen. Wie sollte er auch. Ich hätte nicht solche hohen Erwartungen haben sollen.«

Sie war plötzlich still. Das einzige Geräusch im Zimmer war das Schnurren der Katze auf ihrem Schoß. Beide Frauen dachten an all das, was in den letzten drei Jahren ihr Leben verändert hatte. Keine von beiden konnte ihre Gedanken in Worte fassen, aber beide wußten auch so, was zwischen ihnen lag. Helena hatte das Gefühl, daß sie miteinander reden müßten. Reden über alles.

»Es ist nicht nur das Geld. Roi hat ein tolles Temperament, und nun kann er es nicht weitergeben. Er hat nur drei Würfe gezeugt.«

»Behalte einen seiner Söhne. Einen von Taras Welpen.«

»Das sind nicht Rois Welpen. Sie war sein erster Fehlschlag, aber ich habe mich geweigert, das Offensichtliche zu sehen. Erst als sie das nächste Mal läufig wurde, war mir klar, daß irgendwas nicht stimmt. Es hatte bis dahin auch schon andere Hündinnen gegeben, die keinen Wurf von Roi empfangen haben.« Helena starrte in das Feuer, als ob dort die Lösung ihrer Probleme läge. »So habe ich dann einen anderen Hund genommen. Der Zeitpunkt war zwar falsch, aber ich konnte mir diesen Ausfall einfach nicht leisten. Normalerweise züchte ich keine Winterwelpen. Ich hatte erwartet, daß sie im letzten Juni werfen würde. Aber nichts ist passiert.«

Brier wußte nicht, was sie sagen sollte. Es war eine Katastrophe, und es gab nichts, womit sie ihre Mutter trösten konnte. Helena öffnete Kates Geschenk. Beide schauten es an. Ein kleiner Schäferhund aus

Bronze für ihre Sammlung. Auf einer Karte stand: »Es sah so sehr wie Roi aus, daß ich dachte, das muß für Sie sein.«

»Ich glaube nicht, daß ich das aushalten kann«, seufzte Helena. »Ich weiß, was Paul sagen wird. Es hat keinen Sinn, mir selbst etwas vorzumachen.«

Brier stand auf, wobei ihr Blick auf ein in Seidenpapier gewickeltes Objekt auf dem Tisch fiel. Gold glänzte durch das Papier.

»Das sieht wie ein schönes Geburtstagsgeschenk aus. Oder hast du es dir selbst gekauft?«

»Das ist eine der größten Beleidigungen, die mir je im Leben widerfahren sind.« Ärgerliche rote Flecken tauchten auf Helenas Wangen auf. »Ich koche vor Wut... Brier, das ist nicht lustig!«

»Es ist so lange her, daß ich dich das habe sagen hören«, sagte ihre Tochter, als sie das Seidenpapier entfernte und ein goldenes Armband zum Vorschein kam.

»Entweder hast du vor Wut gekocht, oder du warst vor Zorn ganz starr. Ich habe Vater immer gefragt, was von beidem du gerade warst, wenn ich aus der Schule kam.«

Sie lachte über diese Erinnerung.

»Daumen nach oben bedeutete ›vor Wut kochend‹, Daumen nach unten hieß ›vor Zorn erstarrt‹.«

»Ihr wart vielleicht ein Paar! Ach, das ist schon so lange her«, sagte Helena. »Ich habe neulich daran gedacht, wie wir alle zum Bootfahren in Windermere waren. Dein Vater hat dich, ich weiß nicht, wie oft, ermahnt, vorsichtig zu sein, und dann war er derjenige, der ins Wasser fiel!«

Brier lachte.

»Erinnerst du dich an dieses fürchterliche Ferienhaus in Devon, als ich ungefähr acht war? Es war total unsolide gebaut, und alles brach entweder ab oder fiel runter. Da war irgendein Problem mit dem Heißwassertank, und Papa kletterte auf das Dach, geriet mit seinem Fuß zwischen zwei Dachsparren und fiel durch die Decke. Zum Glück fiel er auf das Bett, sonst hätte er sich wohl schwer verletzt. Ich fand, daß das äußerst komisch aussah. Normalerweise kommen Leute nicht auf diesem Weg in Zimmer, und ich nehme an, daß das die Phantasie eines kleinen Mädchens ganz schön angeregt hat. Ich habe gelacht, und er war sauer.«

Sie konnte ihn nun vor sich sehen, wie er empört auf dem Bett saß, über sich die gähnende Öffnung, und sagte: »Das ist nicht komisch, Brier.«

»Es war ziemlich schwierig, die ganze Sache zu erklären und jemanden zu finden, der es repariert«, erinnerte sich ihre Mutter.

Brier nahm das Armband und schaute es näher an.

»Das muß eine ganze Menge wert sein. Woher hast du es?«

»Lies das.«

Helena gab ihr ein Blatt Papier, auf dem der Name einer Hundezucht gedruckt war. Brier begann zu lesen.

»Sehr geehrte Frau Grant,
schon seit langem bewundere ich Sie und respektiere Ihr ausgesprochen faires Urteil. Bis jetzt hatte ich noch nicht das Glück, einer Jury mit Ihnen als Mitglied ein Tier vorzustellen, aber in ungefähr drei Wochen wird meine Hündin abgerichtet sein. Ich weiß, daß Sie von ihr begeistert sein werden. Ich füge diesem Brief ein Zeichen meiner Hochachtung bei und hoffe, daß Sie es akzeptieren werden. Ich weiß, daß Sie bald Geburtstag haben.«

Brier kannte die Unterschrift nicht. Es mußte ein Neuling in der Branche sein. Früher hatte sie alle guten Schäferhundezüchter mit Namen gekannt. »Wer ist sie?«

»Jemand, den ich nicht kennen möchte. Hast du schon mal so was Aufdringliches gesehen?«

»Eigentlich nicht. Was wirst du unternehmen?«

»Du schickst es per Post zurück. Als Zeugin, daß ich es nicht benutzt habe oder benutzen möchte. Es bringt mich total auf die Palme, daß irgend jemand annehmen kann, ich sei bestechlich.«

»Vielleicht ist sie nur etwas naiv? Immerhin ist es dein siebzigster Geburtstag.«

»Ich hoffe doch sehr, daß sie das nicht weiß! Ich halte mein Alter strengstens geheim und hoffe, daß du das auch tust. Es ist ganz nützlich, daß du erst so spät geboren worden bist. Auf diese Art und Weise kann ich gut und gerne zehn Jahre unterschlagen und trotzdem noch glaubwürdig wirken. Das ginge natürlich nicht, wenn du geboren worden wärst, als ich zwanzig war.«

»Dann wäre ich ja jetzt beinahe fünfzig.« Brier gefiel dieser Gedanke ganz und gar nicht. »Die Hunde machen schon wieder Lärm. Irgendwas ist da los.«

»Eine Sache noch«, sagte Helena und grinste ihre Tochter an. »Sie hat einen Fehler gemacht, alles war vergebene Mühe. Sie hat das Programm nicht sorgfältig genug gelesen. Sie zeigt nämlich eine Hündin, und ich beurteile nur die Rüden.

Ein Mann ist für die Hündinnen zuständig. Vielleicht sollte ich Armband und Brief an ihn schicken.«

»Mutter, du bist unmöglich«, rief Brier lachend aus. »Ich gehe mit Roi etwas raus und bewege ihn. Vielleicht beruhigt ihn das. Bestimmt mag er es nur einfach nicht, aus dem Haus verbannt zu sein.«

»Laß es im Moment lieber bleiben. Er bestraft mich nur dafür, daß ich ihn draußen halte.

Aber ich rede nur über mich, und dabei siehst du aus, als hättest du gerade drei Runden mit einem Schwergewichtler hinter dir und verloren. Was ist los? Es ist beinahe einen Monat her, seit ich dich das letzte Mal gesehen habe, und deine Telefonanrufe sagen auch nicht viel außer: ›Wie geht es dir, Mutter? Gut. Uns geht's auch gut. Tschüs.‹« Sie machte den Tonfall ihrer Tochter nach. »Keiner würde glauben, daß du gleich hier um die Ecke wohnst. Zehn Minuten über die Felder. Ich sehe Birdie und die Kinder, aber die sagen auch nicht viel. Danas Wutanfälle nehmen fast die ganze Zeit in Anspruch.«

»Sie ist so launisch. Ich verstehe Ben viel besser.«

»Ben ist wie wir. Du kannst nicht erwarten, daß alle Kinder gleich sind. Na, komm schon, erzähl es deiner Mutter. Was ist im Moment los, das schlimmer ist als gewöhnlich?«

Brier grinste. Ihre Mutter hatte so ihre eigene Art, die Dinge zu sagen. Das Alter hatte sie etwas nachsichtiger gemacht, aber sie konnte immer noch eine ganz schöne Wut und Aufregung entwikkeln, wenn das Leben mal wieder besonders hart zuschlug.

»Ach, alles. Ich wäre schon früher gekommen, aber es ist im Moment wirklich schwierig, und außerdem habe ich so gut wie keine Freizeit. Ben hatte eine Erkältung, und Dana ist die ganze Zeit über ziemlich unmöglich.«

Helena wartete, denn sie wußte, daß da noch mehr kommen würde.

»Ich habe Kim verloren. Seine früheren Besitzer wollten ihn zurückhaben. Josh vermutet, daß wir reingelegt worden sind. Sie haben nun einen Hund, der drei Wochen lang umsonst ausgebildet worden ist. Und ich bin die Gelackmeierte. Ben ist verwirrt und bestürzt und zeigt es nicht, und Dana hatte einen Koller.«

Plötzlich kam das ganze Elend über sie. Helena, die zuhörte, wußte, welche Gene tatsächlich für Danas Temperament verantwortlich waren. Es war lange her, daß Brier mal die Kontrolle verloren hatte. Aber Helena schwieg, denn es gab nichts, was sie hätte sagen können.

»Und das Ganze mußte natürlich ausgerechnet heute passieren. Wenn ich keinen anderen Hund bekomme, kann ich nicht weitermachen. Mir steht der alte Job bis zum Hals. Verbrecher kommen aus jedem Loch und jeder Spalte gekrochen, und alles, was die Richter tun, ist, Mitleid mit ihnen zu haben. Mit den Gaunern, nicht etwa mit den Opfern.«

Helena nahm zwei Becher und brachte sie zum Waschbecken, um sie abzuwaschen. Sie stieß sie gegen den Wasserhahn.

»Es ist nicht ganz so schlimm, wie du annimmst. Es gibt immer noch gute Menschen. Zum Beispiel Alice Gulley. Wir trafen uns kürzlich auf einer Ausstellung, wo eine Hündin von ihr gerade einen ersten Preis gewonnen hat. Ein niedliches kleines Ding. Alice und ich haben zusammen gegessen. Sie muntert mich immer auf.«

»Alice ist ein Segen für uns alle«, stimmte Brier zu. »Sie kann aus jedem Anlaß eine Party zaubern, und sie bringt uns alle zum Lachen.«

Die kleine Großmutteruhr tickte in ihrem eiligen Rhythmus. Die schwarze Katze in der Ecke hob den Kopf, weg von ihren Jungen. Brier ging neugierig hinüber.

Erstaunt sah sie, daß es sich nicht um reinrassige Birmakatzen handelte, sondern um fünf kleine hellrot und schwarz gesprenkelte Babys.

»Mutter! Was, zum Teufel, ist denn hier passiert?«

»Irgendein cleverer hellroter Kater hat sich eingeschlichen, bevor ich sie zu einem Birmakater bringen konnte. Sie sind hübsch, nicht wahr, allerdings leider völlig wertlos. Mehr als einen Fünfer kann ich für sie nicht nehmen. Reinrassig wären sie zweihundert Pfund wert. Das ist der Grund, warum ich einen kleinen Kater gekauft habe. Aber diese kleinen Mischlinge hier sind wirklich sehr süß. Ich habe schon eine ganze Reihe von Interessenten für sie.«

Sie nahm einen kleinen Birmakater hoch. Brier hatte ihn vorher noch gar nicht bemerkt.

»Er sieht gut aus.«

Helena streichelte den kleinen Kopf.

»Er wird bald erwachsen sein und dann die nächsten Würfe zeugen. Ich werde die Lady nicht mehr rauslassen.«

»Hast du sie denn rausgelassen?«

»Eigentlich nicht. Ich habe das Fenster einen Spalt aufgelassen, und ein paar kluge Hunde haben sich durchgezwängt. Danach war es natürlich etwas weiter auf. Ich habe den Kater dann in der Vorratskammer gefunden, aber erst als die Kleinen geboren wurden, ist mir klargeworden, daß er auf dem Weg dahin einen Zwischenstop bei Tansy eingelegt hatte. Übrigens hatte ich Fisch in Aspik zubereitet. Der war dann auch weg.«

Brier mußte gegen ihren Willen lachen.

»Der Schurke im Vorratsraum. Er hatte seinen Spaß mit der unschuldigen Jungfrau.«

»Unschuldig ist gut«, sagte Helena. »Sie ist mehr so etwas wie ein nymphomanischer Teenager. Sie kann durchdringend schreien. Jeder Kater in einem Umkreis von Kilometern hört sie. Draußen standen noch ungefähr zehn Schlange, aber er war der einzige, der es tatsächlich geschafft hat. Danach war das Fenster abgeschlossen.« Sie gähnte.

Brier versank in dem alten Sessel, der einmal ihrem Vater gehört hatte. Sie hörte ihn lachend sagen: »Verlaß dich nie auf das Sichere, denn nichts ist sicher.«

»Wir bräuchten beide Vater, um uns auf dem Boden zu halten«, bemerkte sie.

Als Helena ihre Tochter betrachtete, sah sie die Zeichen der Anspannung, die dunklen Schatten unter ihren müden Augen und ihre fahrigen Bewegungen.

»Wie kommen die Männer damit klar, daß in ihrem Team jetzt eine Frau ist?«

»Du bist genauso schlimm wie Kate. Du weißt auch alles, bevor man es dir erzählt hat. Könnt ihr Gedanken lesen?«

»Nein, aber wir haben viel Erfahrung mit Menschen. Hast du Ärger mit den Männern? Es hat hier bisher noch nie eine Hundeführerin gegeben. Außerdem weißt du mehr als sie. Du bist schließlich hier mit all den Hunden aufgewachsen. Ich wette, keiner von ihnen hat jemals vorher einen Hund ausgebildet.«

»Sie wissen das alles nicht... Ich habe ihnen nichts davon erzählt.«

»Du glaubst gar nicht, was die Leute so alles wissen. Aber du hast sicher einige Probleme dort erwartet, oder?«

»Das ist es nicht. Ich glaube, ich vermisse nur einfach eine andere Frau, mit der ich etwas klatschen könnte. Sie behandeln mich alle wie ein rohes Ei. Eine Frau würde etwas lustiger sein und Blödsinn mit mir machen. Die Männer sind ausgesprochen freundlich und höflich, aber das ist schlimmer, als wenn sie gleichgültig oder gedankenlos wären. Sie kannten alle Tom.«

Sie starrte in die Flammen.

»Ich bin eine selbstsüchtige Ziege, nicht wahr?«

Ihre Mutter ging zu Brier hinüber und umarmte sie kurz.

»Niemand kann einem dabei helfen«, sagte sie. »Wir müssen da durch und auf der anderen Seite wieder rauskommen. Es wird mit der Zeit einfacher, das verspreche ich dir.«

Der kleine Kater, der ein Spielchen mit einem Papierball begonnen hatte, hüpfte auf Briers Schoß und machte es sich schläfrig bequem.

Helena schüttete heißes Wasser auf den Pulverkaffe. Die braunen Becher waren mit den Köpfen von Schäferhunden dekoriert. Sie schnitt ein riesiges Stück Schokoladenkuchen ab.

»Sündige mit mir. Ich müßte eigentlich abnehmen, aber ich habe keine Lust mehr, es dauernd zu versuchen.«

»Ich verliere aus reinem Frust Gewicht«, seufzte Brier. »Sie machen sich über meinen Namen lustig. Brier – Dornenstrauch, wilde Rose –, wie kann man sein Kind nur so nennen? Ich weiß, daß sie mich nur necken wollen, aber sie übertreiben. Derek nennt mich Rosie. Pete sagt, ich sei dornig und stachelig. Wenn ich dann die Geduld verliere, nennen sie mich die wilde Rose. Ich wünschte, Opa Brier hätte anders geheißen. Ihr hättet mich bestimmt nicht Wellington genannt, wenn das sein Nachname gewesen wäre, oder?«

Helena biß in den Schokoladenkuchen und wartete mit ihrer Antwort. Sie grinste.

»Ein Mädchen namens Wellie! Das bezweifle ich. Ich hätte gedacht, daß du dich mittlerweile daran gewöhnt hast. Fünfunddreißig

Jahre sollten doch reichen, um sich an einen Namen zu gewöhnen. Die Grenze habe ich übrigens bei Arthurina gezogen. Dein Großvater hatte sich so sehr einen Jungen gewünscht, um den Familiennamen weiterzugeben.«

»Armer Großvater. Er war unmöglich, nicht wahr? Ich habe mich nie getraut, ihm gegenüber ungehorsam zu sein. Aber warum Brier Ruth? Sie sehen Brier R. und nennen mich Briar, und wenn mich etwas aufregt, dann das.«

»Stör dich doch nicht daran. Ruth war der Name seiner Mutter. Ich dachte, das hätte ich dir erzählt. Ich mußte es tun, um ihn damit zu versöhnen, daß ich nur ein Mädchen produziert hatte.« Sie seufzte. »Du hast Glück gehabt. Du bist nicht mit ihm aufgewachsen. Er brauchte Söhne und hatte nie welche. Und er hatte nur wenig Zeit für Frauen. Das war typisch für seine Generation. Ich denke, ich hätte immer noch Angst vor ihm, wenn er noch leben würde. Er war sehr streng und völlig humorlos. Deine Großmutter konnte das wahrscheinlich nur aushalten, weil sie selber über einen großartigen Sinn für Humor verfügte. Du kannst deinen Namen ja gerne in Amaryllis, Davida oder Athene ändern.«

»Schon gut, Mutter. Ich habe es verstanden. Auch andere Leute haben blöde Namen. Nein, es liegt nicht an den Männern. Ich bin nicht fair ihnen gegenüber. Eigentlich sind sie gar nicht so übel. Ich bin aufgewühlt heute abend, weil ich zwei Hunde in vier Wochen verloren habe, und wenn sie keinen anderen für mich finden, bin ich schon wieder draußen, nachdem ich gerade erst reingekommen bin.«

»Es tut mir leid«, sagte Helena, »aber aus dem zu schließen, was Ben mir erzählt hat, war Sabre kein besonders netter Hund.«

»Sabre? Stimmt, und ich war nicht allzu traurig, als sie herausfanden, daß seine Hüften nicht in Ordnung waren. Ich konnte nicht mit ihm arbeiten. Gulley hat ihn genommen und ein bißchen trainiert. Er hat ein gutes neues Zuhause für ihn gefunden. Es geht Sabre bestimmt prima.«

Brier nahm den Kater hoch und stupste seine Nase. Er streckte seine kleine Pfote aus und berührte sie vorsichtig an der Wange. Dann machte er sich frei und sprang auf den Boden, um die schwarze Königin und ihre Kleinen zu inspizieren. Tansy streckte eine Pfote nach ihm aus und wusch sein protestierendes Gesichtchen.

»Das wird dir eine Lehre sein«, wies Helena ihn amüsiert zurecht.

Roi heulte einen langen, traurigen Ton, der schiere Verzweiflung ausdrückte.

»Ich halte das nicht mehr länger aus. Ich lasse ihn raus.«

Brier sprang ungeduldig auf.

Ein eisiger Wind schlug ihr entgegen, als sie nach draußen trat. Als sie die Zwingertür öffnete, flog Roi an ihr vorbei, ohne sie zu beachten, und sprang aufgeregt bellend am Tor auf und ab.

»Irgend etwas stimmt da nicht.«

Brier öffnete das Tor, und der Hund raste hinaus. Er strebte zielsicher an einem Stapel von Abflußrohren vorbei ans andere Ende zur Ecke des Hofzauns. Diese Ecke war in der Nähe der Hundezwinger.

Brier lauschte erstaunt, wie sein normales tiefes Bellen plötzlich umschlug in das alte Welpengekläff. Das war das ungewöhnlichste Geräusch, das sie jemals von einem erwachsenen Hund gehört hatte.

Sie rannte zu ihm hin.

Was, zum Teufel, hatte er gefunden?

Drittes Kapitel

Roi kannte den Geruch ganz genau. Simon mußte irgendwo hier in der Nähe sein. Simon, der ihn häufig besuchte, mit ihm spielte und ihn verstand. Die enge Beziehung, die zwischen dem Hund und dem Jungen bestand, war für Erwachsene oft nicht nachvollziehbar.

Aber der Hund konnte ihn nicht erreichen. Der Junge saß irgendwo in der Falle, und obwohl Roi ihn wittern konnte, kam er nicht an ihn heran.

Simons größter Wunsch war es, diesen Hund zu besitzen. Rois Gegenwart linderte seine Einsamkeit. Mit dem Hund konnte er kuscheln, wenigstens ihn durfte er umarmen. Wenn er seinen Kopf an Rois Schultern ausruhte, fühlte er, wie ihn Erleichterung überkam und die Spannung nachließ. Der Hund war seine größte Freude. Roi fühlte die bewundernde Zuneigung des Jungen und erwiderte sie.

Simon Dennis besuchte dieselbe Klasse wie Ben Morrey und fand es beinahe genauso aufregend wie Briers eigene Kinder, daß sie in die Hundestaffel der Polizei aufgenommen worden war. Sooft er nur konnte, besuchte er Ben. Birdie lud ihn häufig zum Tee ein. Außerdem suchte er, wann immer es ging, die Zwinger auf. Manchmal war er dabei in Begleitung von Ben und Dana, oft ging er aber auch alleine.

»Er scheint nie das Bedürfnis zu haben, nach Hause zu gehen«, hatte Birdie eines Nachmittags zu Helena bemerkt, als sie die Kinder abholte. Dieser Umstand bereitete auch Helena einige Sorgen, aber der Junge sprach niemals über sich. Wenn sie vorsichtig nachfragte, wechselte er sofort das Thema.

Simon hatte etwas Geheimnisvolles an sich, wie er so unerwartet irgendwo auftauchte und ebenso plötzlich wieder verschwunden war. Er befürchtete offensichtlich, nicht willkommen zu sein, denn er fragte jedesmal um Erlaubnis. Dabei spiegelte sein Gesicht die verzweifelte Angst wider, man könne seine Bitte ablehnen und ihn wieder wegschicken.

Helena genoß Simons Gegenwart und amüsierte sich innerlich ein wenig über die kindliche Unterhaltung. Sie konnte sich darauf verlassen, daß er genau das machte, worum sie ihn bat. Er würde nie die Hunde einfach herauslassen, wenn sie ihn nicht zuvor dazu aufgefordert hatte.

Helena mußte insgeheim zugeben, daß er, soweit es die Hunde anging, zuverlässiger war als ihre eigenen Enkelkinder. Simon war ein ernstes Kind und ständig darum besorgt, alles richtig zu machen. Er wirkte geradezu überängstlich. Jedesmal, wenn Helena ihn mit einer Aufgabe bedachte, sicherte er sich doppelt und dreifach ab.

Zunächst hatte sie das irritiert. Aber dann wurde ihr klar, daß Simon aus Furcht, er könnte einen Fehler begehen, bei jeder Bitte, die sie an ihn richtete, absolut sichergehen wollte. Roi kannte Simon besser als Dana und Ben und versuchte nun verzweifelt, Briers Aufmerksamkeit zu erlangen. Er rannte aufgeregt hin und her und sprang an ihr hoch. Simon mußte hier irgendwo sein, und er brauchte dringend Hilfe. Aus irgendeinem Grund bewegte sich Simon nicht. Er machte keinen Versuch, zu Roi zu kommen. Das konnte der Hund einfach nicht verstehen.

Irgend etwas ganz Wichtiges, etwas Ungeheuerliches war geschehen, das spürte Roi ganz deutlich, doch die Menschen schienen keine Antenne dafür zu haben.

Er hatte schon den ganzen Abend über versucht, diese dummen Menschen davon zu überzeugen, daß irgendwas ganz furchtbar falsch lief. Aber niemand hatte ihn verstanden. Jetzt nahmen sie endlich Notiz von ihm, und Roi war fest entschlossen, sich nun durchzusetzen.

Irgendein fremder Geruch hing in der Luft. Zu Simons Geruch kam der der Angst hinzu. Roi hatte so etwas vorher noch nie gewittert, und es versetzte ihn in Alarmbereitschaft. Er wollte Simon unbedingt finden und ihn beruhigen. Der Hund konnte ein leises, verlorenes, kaum wahrnehmbares Schluchzen hören. Die in der Luft liegende Angst steckte Roi an und trieb ihn beinahe zur Raserei.

Alarmiert von der besorgten Unruhe des Hundes, lief Brier ihm nach, verlangsamte dann jedoch ihren Schritt. Wenn sie jetzt hinfallen und sich ein Bein brechen würde, half das niemandem. Was hatte Roi da nur gefunden? Einen verlassenen Welpen oder ein Kätzchen? Oder etwa eine Leiche? O Gott, bloß das nicht.

Die Wolken hatten sich etwas verzogen, der Mond schien nun wieder heller. Brier konnte Roi jetzt etwas leichter folgen. Das Feld war übersät von kleinen Maulwurfshügeln, und sie hatte bei jedem Schritt Angst, darüber zu fallen. Unter dem nächtlichen Himmel funkelte das weite, winterliche Gras.

Sie zitterte vor Kälte und aus Furcht vor der Tragödie, die da vielleicht auf sie wartete.

Ihr Funkgerät war in der Küche. Warum hatte sie es bloß nicht mitgenommen?

Roi kläffte beharrlich, aber gedämpft. Das klang ganz anders als das tiefe Gebell, mit dem er sonst Eindringlinge warnte, wenn er seiner selbstgestellten Aufgabe nachkam, die Zwinger zu bewachen. Die jüngeren Hunde überließen ihm für gewöhnlich diese Aufgabe. Keiner von ihnen versuchte, Roi herauszufordern. Er war der unumstrittene Chef. Merkwürdigerweise galt das nicht für die Katzen, denen Roi sich beinahe bedingungslos unterwarf.

Der runde Lichtstrahl der Taschenlampe tanzte über den Boden. Als Roi sich umdrehte, um nachzusehen, ob Brier ihm auch noch folgte, blendete ihn das helle Licht. Er versuchte, aus dem Lichtschein zu entkommen. Das Licht schien in die dunklen Öffnungen der Abflußrohre, die schon bereitlagen für die Arbeiter, die sie demnächst verlegen würden. Die Rohre bildeten ein wirres Labyrinth. Brier verlor beinahe die Übersicht, als sie versuchte, in alle Öffnungen hineinzuleuchten. Außerdem wurde ihr immer kälter.

Roi lief zu einem Rohr hin und winselte aufgeregt, als wolle er sagen: »Hier, hier, hier. Beeil dich, mach schnell!« Brier versuchte, den Eingang des Rohrs freizuräumen. Dazu mußte sie zunächst ein unhandliches und schweres Rohr beiseite schieben. Roi ging das alles nicht schnell genug. Er schnappte hektisch nach ihrem Arm. Endlich konnte Brier mit der Taschenlampe in das Rohr leuchten. Sie hielt Roi fest, damit er nicht verscheuchte, was auch immer sich dort in der Dunkelheit versteckt hielt.

Ein Junge versuchte aufgeschreckt und voller Angst, weiter in das Rohr zu kriechen. Er hielt seine Hände schützend vor das Gesicht, als hoffte er, daß ihn dann niemand mehr sehen könnte. In dieser kurzen Sekunde erkannte Brier ihn. Was, um Gottes willen, tat Simon hier draußen?

»Roi. Aus! Sitz! Es ist Simon. Simon, Junge, komm doch raus da. Es ist alles in Ordnung. Hier sind Roi und Bens Mutter.«

Der Hund wußte, daß sich Simon dort versteckte. Er war nun bereit, die Dinge den Menschen zu überlassen, und gehorchte. Roi hatte getan, was er konnte, und setzte sich wachsam hin. Seine Ohren bewegten sich vor und zurück, um die ungewöhnlichen Geräusche, die Simon verursachte, zu identifizieren.

»Simon!« Der Junge hatte sich überhaupt noch nicht bewegt. Brier redete beruhigend auf ihn ein und versuchte, ihre Besorgnis zu unterdrücken. War Simon vielleicht verletzt? »Ich bin es, Bens Mama. Komm raus, Liebes. Du wirst sonst noch erfrieren. Bitte, komm doch raus.«

Sie redete ohne Unterlaß auf ihn ein, um gegen seine Panik anzukämpfen.

»Ist er weg?«

Wer sollte weg sein? Was, zum Teufel, hatte ihn denn so verschreckt?

»Außer uns ist niemand hier.« Sie mußte ihn unbedingt dazu bringen, sich zu bewegen. Er wirkte ja geradezu versteinert. »Wenn du rauskommst, gehen wir zu Bens Oma. Dort ist es warm. Schnell, mir ist kalt, und du mußt ja ganz durchgefroren sein.«

Simon krabbelte zu Brier und hing plötzlich fest wie eine Klette an ihr. Er begann, hysterisch zu schluchzen. Roi stürzte sich mit wedelndem Schwanz auf das eiskalte Kind. Simons Hände waren blau und sein Gesichtchen ganz dünn. Das Weinen irritierte Roi, und er leckte Simons Hände.

Brier zog eilig ihren Pullover aus und wickelte Simon darin ein. Halb trug, halb zog sie ihn in Richtung des offenen Tores. Roi wich nicht von ihrer Seite und war fest entschlossen, sie gegen jede möglicherweise auftauchende Gefahr zu beschützen. Einmal lief er knurrend in die Dunkelheit, ganz so, als hätte er jemanden gewittert. Brier rief ihn, und er kehrte sofort zurück.

Briers Instinkte waren jetzt ganz wach. Irgendwo hier lauerte Gefahr. Sie lauschte, ob ihnen jemand folgte oder jemand in ihrer Nähe atmete. Aber es war nichts zu hören und zu sehen. Nachdem sie endlich den Hof erreicht hatten, wollte auch Roi nur noch hinein ins Warme. Er würde keinesfalls wieder in seinen Zwinger gehen.

Was hatte den Jungen nur dazu veranlaßt, ausgerechnet an solch einem Platz Schutz zu suchen? Warum lief er überhaupt in einer solch bitterkalten Nacht ohne Mantel draußen herum?

Helena stand schon in der offenen Küchentür. Mit einem Blick erfaßte sie die Situation und rannte ins Haus zurück. Sie schürte das Feuer auf Hochtouren und flog förmlich nach oben, um ein Federbett zu holen. Dann nahm sie das Kind aus Briers Armen und legte es in den großen Sessel. Sie wickelte Simon warm in das Federbett ein und rieb seine eiskalten Hände. Dabei redete sie auf ihn ein wie auf ein krankes Tier.

Brier ließ sich zu dem Jungen in den Sessel fallen und nahm ihn in ihre Arme. Sie fühlte, wie immer wieder ein Schluchzen den kleinen Körper erzittern ließ. Simon hielt sich an ihr fest, als wollte er sie nie wieder loslassen. Normalerweise war Simon eher zurückhaltend und versuchte, körperlichen Kontakt zu vermeiden. Er sprach zwar immer höflich, aber sehr distanziert mit ihr. Nicht einmal Helena war es gelungen, diese Reserviertheit zu durchbrechen. Nur wenn Roi in der Nähe war, entspannte er sich etwas.

»Er hat gesagt, daß er mich überall findet.« Simon sprach so leise, daß sie ihn fast gar nicht verstanden.

»Wer denn, Simon?«

Sie brauchten wahrscheinlich Hilfe, wenn irgendein gefährlicher Mann in die Sache verwickelt war. Aber im Moment war es am wichtigsten, daß der Junge sich etwas beruhigte und aufwärmte. Wie lange er wohl da draußen gewesen war? Ob er sich Unterkühlungen zugezogen hatte? Vielleicht sollte sie einen Arzt hinzuziehen? Oder besser gleich einen Krankenwagen rufen? Aber wahrscheinlich würde jede weitere Aufregung alles nur noch schlimmer für Simon machen.

»Ein warmes Bad«, schlug Helena vor. »Das scheint mir die richtige Behandlung für Erfrierungen zu sein, nicht wahr?«

»Du bist ganz schön schmutzig, mein Lieber.« Das war eine eindeutige Untertreibung.

Simon war geradezu das Gegenteil von Briers eigenem Sohn. Dieses Kind hier war blond. Sein schmales Gesicht sah oft unglücklich aus. Jedesmal, wenn sie ihn traf, spürte Brier das Bedürfnis, ihm zu helfen, aber er lehnte jeden ihrer Annäherungsversuche ab. Sie fragte sich, ob er wohl mit Ben sprach, nahm aber an, daß er niemandem vertraute.

Brier sah ihn mitleidig an und streichelte seine Haare. Am liebsten würde sie sie jetzt waschen. Brier war sich nicht ganz sicher, wie sie am besten mit ihm umgehen sollte. Simon war ein kleines, dünnes Kind, das offensichtlich ständig unter großer Anspannung stand. Seine Muskeln waren immer gespannt. Er schien jederzeit bereit, aufzuspringen und davonzulaufen, wenn es notwendig sein sollte. Er sah eigentlich immer so aus, als hätte er ein Bad nötig. Seine schlecht geschnittenen, hellen Haare waren meistens fettig. Mit rotgeränderten blauen Augen starrte er sie an. Sein Gesicht war völlig verschmutzt.

Brier seufzte. Sie wollte dringend herausfinden, was ihm passiert war und was ihn so erschreckt hatte, aber sie wußte, daß sie ihn besser nicht bedrängte. Er würde schon mit ihr sprechen, wenn er soweit war.

Allmählich ließ das Schluchzen etwas nach.

Roi war ihnen besorgt nach drinnen gefolgt. Er blinzelte Helena vorsichtig an, so, als befürchtete er, daß sie ihn sofort wieder in den Zwinger nach draußen schicken würde. Aber sie hatte nur Augen für Simon. Der Hund stupste Simon an. Roi stand ganz so da, als wäre er davon überzeugt, seine bloße Anwesenheit würde dem Jungen helfen. Simon streckte seine kleinen Hände nach ihm aus und vergrub sie in seinem dichten Fell.

Helena fing an zu sprechen. Manchmal halfen Worte, auch wenn sie eigentlich kaum Bedeutung hatten. Eine freundliche menschliche Stimme wirkte auf ihre Enkel und auch auf die Hunde immer beruhigend. Und sie würden ganz gewiß dieses Kind etwas trösten. Helena sprach mit Ben und Dana manchmal so wie mit ihren Hunden: sanft, zuversichtlich und entschlossen. Es wurde ihr plötzlich klar, daß Kinder und Hunde oft sehr ähnlich reagierten. Simon verhielt sich wie ein verschreckter Welpe, und es war nun an ihr, ihn zu beruhigen.

Sie nahm ihre Papiere vom Tisch und ging hinüber zum Ofen.

»Ich habe hier eine schöne, kräftige Markbrühe. Die mache ich immer für die Hunde. Das ist sicher eine sehr gute Grundlage für einen Teller heiße Suppe. Da oben im Schrank müßten noch ein paar Päckchen Instantsuppe sein.« Helena fuhr sich mit den Händen durch ihr dichtes Haar und schaute ihre Tochter an. »Ob es wohl in Ordnung ist, ihn auf diese Weise aufzuwärmen?«

»Um wieviel Uhr bist du denn von zu Hause weggegangen, Simon?« Dann würden sie wenigstens wissen, wie lange er in dieser Kälte gewesen war.

»Um halb sieben.« Seine Stimme war nur ein Flüstern. Er hatte aufgehört zu zittern, und seine Wangen zeigten wieder etwas Farbe. Schatten lagen unter seinen dunklen Augen, und seine Hände waren noch immer eisig. Und er hing an Brier, als könne nur sie seine Furcht besiegen.

Es war jetzt gerade erst kurz nach halb acht. Simon hatte sich also ungefähr eine Stunde lang in der Kälte aufgehalten. Bei diesen Temperaturen war das eine halbe Ewigkeit. Zum Glück hatte Brier beschlossen, Roi hinauszulassen. Plötzlich ging Helena und Brier auf, was der Hund getan hatte.

»Roi hat versucht, uns das Ganze zu erzählen«, sagte Helena. »Warum waren wir nur so begriffsstutzig?«

Weil wir die Hundesprache nicht verstehen und sie nicht gut genug lernen, dachte Brier im stillen. Ihre Mutter wußte ebensogut wie sie, daß sie ihre Tiere häufig genug im Stich ließen, weil sie sie einfach nicht verstanden.

»Ein Bad.« Warmes Wasser würde helfen, Simons Kreislauf wieder in Gang zu bringen. Brier hob ihn aus dem Sessel, und er hielt ihre Hand ganz fest.

»Kann Roi mitkommen?« Anscheinend vermittelte der Hund ihm ein Gefühl von Sicherheit. Etwas, das dem kleinen Kerl wohl völlig fehlte, dachte Brier, als sie nach oben gingen. Der Schäferhund folgte ihnen gehorsam.

Simon machte keine Anstalten, sie loszulassen. Brier mußte an seine verstorbene Mutter denken. Sie hatte Selbstmord begangen, weil sie gegen ihre Rivalin, von der ihr Mann vollkommen besessen war, nicht ankam. Brier hatte Jenny Dennis flüchtig gekannt. Sie hatte sie einige Male auf Elternabenden in der Schule getroffen. Jenny war eine stille, etwas scheue Frau gewesen, die sehr wenig Selbstbewußtsein besaß. Sie entschuldigte sich ständig für irgend etwas, auch dann, wenn sie überhaupt nichts gemacht hatte. Sie war das typische Opfer.

Simons Vater war seine zweite Ehe unangemessen früh eingegangen.

Kate kannte den ganzen Klatsch und Tratsch. Brier hatte eigentlich immer nur mit einem halben Ohr hingehört, aber als sie nun mit dem Jungen nach oben ging, fiel ihr das alles wieder ein. Sie war immer noch unsicher, wie sie sich verhalten sollte. Sie mußte erst noch viel mehr in Erfahrung bringen, bevor sie die Behörden einschalten konnte. Wenn sich der ganze Apparat erst einmal in Bewegung gesetzt hatte, würde alles unweigerlich seinen Weg gehen und vielleicht so manches Leben verändern.

»Na, fühlst du dich besser?« fragte sie Simon. Sie bemühte sich, den Jungen etwas zu beruhigen. Seine Zähne klapperten.

»Na, komm schon, ab ins Bad! Oma sucht dir mittlerweile was zum Anziehen raus.« Sie vergaß beinahe, daß sie nicht zu einem ihrer eigenen Kinder sprach. Brier lachte bei dem Versuch, die Atmosphäre etwas aufzulockern. »Wahrscheinlich wirst du in ihren Klamotten ertrinken. Sie ist ja ziemlich groß. Aber wenigstens wird es dich warm halten.« Ertrinken war im Moment vielleicht nicht der passende Ausdruck, dachte Brier. Sie spürte, daß sie selbst völlig erschöpft war und sich nicht mehr allzu genau auf das, was sie sagte, konzentrieren konnte. Aber sie mußte sich jetzt irgendwie zusammenreißen.

Der Raum hatte sich seit Briers Kindheit kaum verändert. Sie konnte sich noch gut daran erinnern, wie man sie hochheben und in die große, eiserne Badewanne setzen mußte. Ihr Vater hatte sie immer mit einem mächtigen Platscher in das Wasser rutschen lassen. Sie hatten dabei regelmäßig den Boden so überschwemmt, daß Helena nach oben kam und sich mit gespieltem Ärger über das Chaos beschwerte. Das war über dreißig Jahre her, und die Erinnerung daran war ihr bis zu diesem Moment völlig verlorengegangen. »Zeit zum Abdichten«, hatte ihr Vater immer gerufen. Ihre Mutter hatte vor, das Bad bald zu modernisieren.

Genauso, wie sie die Küche modernisieren wollte. Irgendwann. Beide Umbauabsichten hatte Helena bereits vor zwei Jahren verkündet. Damals hatte sie gerade die Grundstücke verkauft. Aber irgendwie machte es wohl zu viele Umstände, und Helena war immer viel zu beschäftigt. Und es gab eigentlich immer irgendeinen tollen Hund, der das Geld viel mehr wert war als irgend etwas für den Haushalt.

Brier drehte die Wasserhähne auf und schüttete das Schaumbad ihrer Mutter verschwenderisch in die Wanne. Simon betrachtete den wachsenden Schaumberg fasziniert und erstaunt.

»Hattest du vorher noch nie ein Schaumbad?« fragte Brier. »Das macht vielleicht Spaß.« Bestimmt würde ihn das ablenken. Der Junge schüttelte den Kopf verneinend und sah zu, wie der Schaum den Rand der Wanne erreichte.

»Genau wie ein Filmstar«, erzählte sie ihm.

Brier half Simon, sich auszuziehen, und konnte nur mit Mühe einen Aufschrei unterdrücken, als sie die Striemen auf seinem Rükken sah. Rote Narben und dunkelblaue Flecken bedeckten die weiche Haut, einige schon verheilt, andere noch ganz frisch. Ein paar stammten sicher von heute. Lieber Gott, was waren das nur für Menschen? Wut überwältigte sie, und am liebsten wäre sie sofort losgegangen, um seine Eltern zur Rede zu stellen.

Was es noch schlimmer machte, war die Tatsache, daß dies nicht irgendein Kind war. Es handelte sich hier um ein Kind, das sie kannte.

»Eine wunderliche kleine Seele«, hatte ihn Helena einmal genannt. »Viel zu erwachsen für sein Alter. Er scheint Dinge zu wissen, die mir verborgen sind.«

Simon beobachtete sie nun mit seinen dunkelblauen Augen. Er schien zu überlegen, ob er ihr wohl vertrauen könnte. Dann legte er sich zurück ins Wasser und stöhnte leicht, als es an seine Wunden kam.

»Alles in Ordnung?« fragte Brier, obwohl sie wußte, daß es alles andere als in Ordnung war.

Er nickte. Offensichtlich bemerkte Simon ihre Besorgnis nicht. Er glitt dankbar tiefer ins Wasser. Brier nahm Seife und Schwamm und säuberte seine dreckigen Knie. Sie waren verschrammt und voller blauer Flecke. Brier traute sich nicht, seinen Rücken zu berühren. Hoffentlich linderte das Wasser den Schmerz.

Sie mußte ihn einfach fragen.

»Simon, schlägt dein Vater dich?«

»Ja. Wenn er betrunken ist. Aber im Moment ist er fast immer betrunken. Er ist jetzt arbeitslos. Heute hat er den ganzen Tag getrunken. Und ich mache immer alles falsch. Und dann kriege ich

Angst und mache noch mehr falsch. Er wird dann immer so wütend.« Er redete darüber, als sei er der Ansicht, er hätte Prügel verdient. »Er hat mich heute gejagt. Ich habe mich dann in dem Rohr versteckt, damit er mich nicht kriegt. Er konnte da nicht rein. Ich wollte mein Abendessen nicht im Gewächshaus essen. Es ist so kalt da drin. Ich wollte im Haus bleiben.«

Das Bild, das sich Brier nun bot, wurde immer entsetzlicher.

»Schlägt er dich mit einem Stock?«

»Mit einem Gürtel. Womit schlagen Sie Ben und Dana?«

Brier bekam Einblicke in eine erschreckende Welt. So nah an ihrem Zuhause war sie damit noch nicht konfrontiert worden. Sie war viel zu schockiert, um zu antworten, und wußte nun noch weniger, wie sie sich verhalten sollte. Sie rief Helena zu, daß sie das große Badehandtuch, das am Feuer gewärmt wurde, bringen sollte. Sie brauchte unbedingt eine Zeugin.

»Komm raus«, sagte sie zu Simon. »Dann werde ich dich mit einem wunderschön warmen Handtuch trockenreiben. Das war immer das Beste am Baden, als ich noch klein war.«

Roi hatte alles vom Boden aus beobachtet und wedelte nun mit dem Schwanz, als hätte Brier ihm und nicht Simon eine Abreibung mit dem Handtuch versprochen. Zum erstenmal lächelte Simon, und der düstere Ausdruck wich von seinem Gesicht.

»Die Suppe ist fertig«, rief Helena, als sie die Tür öffnete. Sie sah den Rücken des Jungen und blieb entsetzt stehen. Brier legte den Zeigefinger auf den Mund. Jetzt bloß nichts Falsches sagen. Helena blieb einen Moment lang hilflos stehen, legte ab, was sie mitgebracht hatte, und zog sich dann wieder zurück.

»Suppe ist wirklich eine gute Idee.« Brier trocknete den Jungen vorsichtig ab und cremte die wunden Stellen ein. Er fühlte sich ganz knochig an und erinnerte Brier an ein halbverhungertes Kätzchen. Wahrscheinlich war er auch noch unterernährt. Brier zog Simon den rotgrünen Trainingsanzug an, den Helena heraufgebracht hatte. Er war eigentlich viel zu groß, und die Farben waren schrecklich, aber er war warm. Brier grinste Simon an.

»Du siehst aus wie ein Kobold«, sagte sie, um ihn abzulenken. Dann trocknete sie seine Haare. Sie müßten dringend mal geschnitten werden, aber wenigstens waren sie jetzt sauber. Wie Simon sie so unter seiner ungebändigten Mähne anblinzelte, erinnerte er Brier an einen kleinen, alten englischen Schäferhund.

Seine eigene Kleidung war viel zu schmutzig, um sie noch einmal anzuziehen. Brier führte ihn wieder nach unten. Simon ließ es sich widerspruchslos gefallen, an die Hand genommen zu werden. Offensichtlich war er viel zu müde, um dagegen zu protestieren, daß sie ihn wie ein kleines Kind behandelte.

Er schaute zu, wie Helena Suppe in einen Becher füllte und etwas aus einer Packung hinzutat.

»Der Tierarzt hat angerufen, während du draußen warst.« Helena beobachtete Simon, während er von der Suppe trank.

»Und?«

War dieser elende Mann immer noch irgendwo da draußen, oder war er wieder nach Hause gegangen? Roi hätte ihn sicherlich bemerkt, wenn er noch dagewesen wäre. Brier spürte einen Konflikt zwischen ihrem Pflichtgefühl und dem, was für Simon wohl das Beste wäre. Wenn sie diese Mißhandlungen anzeigte, würde man Simon wohl in ein Heim stecken. Und das war vielleicht noch schlimmer als seine jetzige Situation. Und wenn sie es nicht anzeigen würde...

Vielleicht hatte ihr Kollege Derek Mott doch recht mit seiner Meinung, daß Mütter bei der Polizei nichts zu suchen hätten. Er war sicher, daß Mütter immer dann, wenn ein Kind verletzt wurde, so wütend würden, daß sie nur noch emotional reagieren und ihre Arbeit nicht mehr korrekt machen könnten. Auf der anderen Seite reagierten Männer aber auch ziemlich betroffen. Brier erinnerte sich plötzlich daran, wie Derek selber geweint hatte, als er ein totes Baby nach einem schweren Unfall aus einem Wagen geholt hatte. Derek ließ immer den harten Kerl heraushängen, der zynisch war und nie Gefühle zeigte, aber er konnte damit niemanden hinters Licht führen. Er hatte sie damals angesehen und sich dann umgedreht. Vielleicht hatte Derek ihr nie verziehen, daß sie Zeugin dieses Moments seiner Schwäche geworden war.

»Brier, du hörst ja gar nicht zu.«

Die Worte ihrer Mutter rissen sie aus ihren Gedanken.

»Es tut mir leid, wirklich. Was hat der Tierarzt gesagt?« Sie versuchte, ihre Sorge um Simon beiseite zu schieben, und die Idee, die sie früher am Abend schon gehabt hatte, rückte wieder nach vorne. Sie wünschte sich natürlich nicht, daß Roi zeugungsunfähig war, aber wenn er es denn war... Sie brauchte einen Hund. Und ihre Mutter hatte einen Hund, der den Zweck, für den sie ihn angeschafft hatte, nicht mehr erfüllte.

Es hing so viel von der Antwort ab.

Viertes Kapitel

Simon starrte die beiden Frauen an. Offensichtlich spürte er, daß es hier um etwas sehr Bedeutsames und Wichtiges ging. Er griff nach dem Hund, als hinge sein Leben davon ab.

Helena nahm den Kessel vom Ofen und schüttete etwas Wasser in zwei bereits mit Pulverkaffee gefüllte Tassen. Sie vermied es, ihre Tochter anzusehen.

»Simon, was möchtest du trinken?« fragte sie.

»Orangensaft, bitte.«

Helena goß geschäftig den Saft ein, unfähig auszudrücken, was in ihr vorging.

»Schlechte Neuigkeiten?« erkundigte sich Brier.

»Ja. Er ist völlig steril.« Helenas Stimme klang trostlos. So viele Hoffnungen, so viele Pläne – alle zerstört. Brier wollte sie so gerne trösten, fand aber nicht die richtigen Worte.

Roi, der spürte, daß es um ihn ging, wedelte mit dem Schwanz. Simon pfiff leise nach ihm. Roi legte seine Pfoten auf Simons Knie und ließ sich den festen Griff des Jungen gefallen. Er klammerte sich an den Hund, als könnte Roi ihm in einer unsicheren Welt ein wenig Sicherheit vermitteln.

»Ist Roi krank? Wird er sterben?«

Er vergrub sein Gesicht im Fell des Hundes. Roi hielt geduldig still. Die leise Stimme war ganz gedämpft.

»Roi hat mich gefunden. Mein Vater hat mich gejagt. Er hat mich beschimpft. Er hat gesagt, daß er mich haßt und daß er mich nie gewollt hat und daß er meine Mutter heiraten mußte, weil ich unterwegs war. Er hat sie auch gehaßt. Sie hat ihn reingelegt und eingefangen.«

Die Worte brachen nur so aus ihm heraus.

»Er hat gesagt, daß ich schlecht bin und ein Dieb und daß ich sein ganzes Leben verpfuscht habe. Und wenn er mich erwischt, würde er mich so schlagen, daß ich es nicht wieder vergessen würde. Aber mein Rücken tut schon so weh. Ich will nicht nach Hause gehen.«

Das ist vielleicht ein Zuhause, dachte Brier und warf ihrer Mutter einen Blick zu. Helena hatte ihr eigenes Problem völlig vergessen und hörte erschrocken Simons Ausbruch zu.

»Ich bin weggelaufen. Aber ich hatte überhaupt kein Geld, und ich wußte auch nicht, wo ich hingehen sollte. Ich habe hier an die Tür geklopft, aber niemand hat mich gehört. Die Hunde haben gebellt, und Sie haben gesagt, sie sollten still sein. Und dann waren sie auch still. Dann hat er mich fast erwischt, und ich wußte, er würde mich wieder schlagen. Da habe ich mich versteckt. Ich wollte nie mehr herauskommen. Bitte schicken Sie mich nicht zurück. Ich möchte nie mehr zurückgehen.«

Brier schaute Helena an. Die stand ganz still da und wußte nicht, ob sie glauben sollte, was sie da hörte.

»Mutter. Ich glaube, Simon könnte etwas mehr zu essen gebrauchen. Ich wette, er hat darauf spekuliert, mit uns zu Abend zu essen, nicht wahr, Simon?« Der Junge brauchte so viel Unterstützung und Aufmunterung wie nur möglich.

»Sie hat mich zum Essen rausgeschickt. Ich muß immer im Gewächshaus essen. Sogar dann, wenn es kalt ist. Sie will mich nie. Und ich habe Hunger. Sie macht nie etwas zu essen, wenn Vater weg ist. Sie geht dann immer in ein Restaurant.«

Er hielt inne, um Luft zu holen, und unterdrückte ein Schluchzen. Die zwei Frauen standen ganz still da, hilflos hörten sie zu.

»Manchmal läßt sie Geld auf dem Tisch liegen, wenn kein Brot mehr da ist. Dann gehe ich los und hole was aus der Imbißbude. Und dann schlägt mich mein Vater, weil ich gestohlen habe. Ich wollte zu Ben ... Birdie macht mir immer Brote. Aber ich wußte nicht, ob Vater noch immer da ist und auf mich wartet. Ich habe gedacht, daß er mich im Dunkeln nicht sieht, wenn ich über die Felder laufe. An Bens Straße sind nämlich Straßenlaternen.«

Und ich bin nie zu Hause und weiß nicht mal, was da los ist, dachte Brier. Sie drückte wieder die Hand des Jungen und hoffte, daß ihm solch eine menschliche Berührung helfen würde. Simon war wieder den Tränen nahe.

»Roi hat mich gefunden. Ich wußte, daß er mich finden würde. Er hat immer wieder nach mir gerufen. Ich wünschte, er hätte meinen Vater erwischt und gebissen, damit der auch mal weiß, wie es ist, wenn einem einer weh tut.«

Er schluchzte nun etwas weniger, bekam jetzt aber einen Schluckauf. Die jüngere der beiden Hündinnen schaute ihn neugierig an. Sie hatte den Kopf ein wenig schräg gelegt und lauschte den ungewöhnlichen Geräuschen. Roi leckte Simons Gesicht, als wolle er ihn trösten.

Der Junge streichelte Rois Kopf, und der schöne lange Schwanz wedelte von einer Seite zur anderen. Roi blieb an den Stuhl gelehnt stehen. Er spürte anscheinend, daß seine Gegenwart dem Jungen half, nach diesem schrecklichen Erlebnis wieder etwas zu sich zu kommen.

Ich wünschte, ich wüßte, was ich tun soll, dachte Brier. Warum ist bloß immer alles so kompliziert?

Die Küche war ein warmer Zufluchtsort. Helena nahm die zwei Hühnchenmahlzeiten aus dem Ofen und verteilte sie auf drei Teller. Außerdem zauberte sie etwas frisches Gebäck hervor, denn sie wußte, daß Simon darauf genauso scharf war wie Ben.

»Ich weiß doch, daß du gerne Hundekekse magst«, sagte sie. »Du ißt schließlich immer Dutzende davon, wenn du mit Ben herkommst, um mir zu helfen.«

Was weiß ich noch alles nicht? fragte sich Brier, als der Junge plötzlich grinste und sich bediente. Man brauchte etwas Phantasie, um die Hundeform zu erkennen. Auch Brier griff zu. Helena begann, Brote zu schneiden. Die Hunde sahen aufmerksam zu.

»Mutter, wir sind nur zu dritt.«

»Das Kind braucht etwas zu essen. Sieh ihn dir doch an. Die Hühnchen reichen ja gerade mal für einen, und wir haben nur zwei Portionen für uns drei. Simon ist so dünn wie eine Bohnenstange. Eine gute Mahlzeit, und die Welt sieht schon wieder etwas besser aus.«

Vielleicht stimmt das sogar, dachte Brier, und insgeheim mußte sie lächeln. Ihre Mutter war da genauso wie Alice Gulley. Sie produzierte Kuchen und Tee als Mittelchen gegen alles, von einer einfachen Erkältung bis hin zu Katastrophen wie einem Todesfall in der Familie.

Helenas Stimme war nun ganz sanft. Simon lehnte sich in dem großen Stuhl zurück und schloß die Augen. Aber seine kleinen Fäuste hatte er geballt, und von Zeit zu Zeit wurde er von unterdrückten Schluchzern geschüttelt.

»Iß, Simon«, forderte Helena ihn auf.

Er öffnete die Augen und schaute Roi an.

»Er wäre bestimmt ein guter Polizeihund. Er wußte genau, wo ich war, und hat mich gefunden.«

Polizeihund! Die Worte hingen in der Luft. Brier hielt den Atem an. Sie wagte es nicht zu hoffen. Sie hob den Blick und schaute ihre Mutter an.

Helena erwiderte ihren Blick aufgeregt.

»Das könnte die Lösung sein! Warum ist mir das nicht gleich eingefallen? Würden sie dir das erlauben? Das wäre doch sinnvoll, und ich würde es nicht als eine Verschwendung empfinden. Ich möchte gerne, daß du ihn nimmst. Du kannst was aus ihm machen. Es würde mir so helfen, wenn ich wüßte, daß er richtig gebraucht wird.« In ihrer Stimme schwang Hoffnung mit.

Die Begeisterung steckte Brier an. Sie hatte eigentlich auch schon fragen wollen, ob sie den Hund haben könnte. Aber sie hatte sich heute nicht getraut. In ein oder zwei Tagen vielleicht, wenn ihre Mutter etwas Zeit gehabt hätte, sich an die Situation zu gewöhnen. Sie hatte eigentlich damit gerechnet, daß Helena nichts von der Idee halten würde.

Sie könnte Roi mit nach Hause nehmen! Das leere Bett wäre dann besetzt, und die Wasserschale wartete nur auf ihn. Ein eifriger Hund würde sie morgens begrüßen, mit ihr hinauslaufen, um trainiert zu werden, und Josh wäre sicher ganz aus dem Häuschen. Sie mußte ihn sofort anrufen, wenn sie zu Hause ankam, damit Gulley nicht etwa noch einen anderen Hund anbrachte.

Roi wäre der Hund ihrer Träume. Das Leben hätte wieder einen Sinn. Als ihr das klar wurde, kehrte ihre Energie zurück.

»Ich wüßte nicht, was dagegen spräche. Ich brauche morgen einen Hund, und ich werde vermutlich keinen anderen finden. Und wenn ich keinen Hund habe, muß ich den Kurs abbrechen, und dann wäre ich wieder da, wo ich vorher auch schon war, und das will ich auf keinen Fall. Ich bin so verzweifelt, daß ich sogar einen Hund stehlen würde. Ich brauche einen besonders guten. Es sind nur noch neun Wochen und ein paar Tage bis zu den Prüfungen, und die anderen Hunde werden schon länger trainiert.«

Sie griff nach Messer und Gabel. Simon aß, als hätte er seit Wochen nichts mehr bekommen. Brier hatte vor Stunden das letzte Mal gegessen und war sehr hungrig. Sie beobachtete mit Genugtuung, wie Simon aß.

»Warum schreibt man Roi nicht R-O-Y?« Simon mußte den Namen auf der kleinen Tafel über den Zwingern gelesen haben. Es ging ihm jetzt offensichtlich etwas besser. »Ich vergesse dauernd, das zu fragen.«

»Man schreibt es wie den französischen König, nicht wie den englischen Namen. Eigentlich albern, wirklich. Im Grunde sollte er König heißen, denn er kommt ja aus Deutschland.«

Der Junge hatte seine Portion Hühnchen aufgegessen. Nun nahm er sich noch ein Sandwich.

»Kann ich ihm ein ganzes Sandwich geben? Weil er mich gefunden hat?«

»Warum nicht«, sagte Helena. »Er war ja schließlich ganz besonders klug, denn wir haben ihm nicht beigebracht, kleine Jungen aufzuspüren.«

Der Anflug eines Lächelns huschte über Simons Gesicht, als er dem Hund das Sandwich hinhielt. Roi schnappte ganz vorsichtig danach. Die beiden Hündinnen kamen eifersüchtig hinzugelaufen und setzten sich neben den Stuhl. Sie wollten auch ihren Anteil haben.

»Gib jeder ein kleines Stückchen«, sagte Helena. Sie machte eine Ausnahme von der Regel, daß in ihrem Hause niemand ein Tier von seinem eigenen Teller füttern durfte. Sie grinste Simon an.

»Roi hat gezeigt, daß er ein guter Polizeihund wäre, und ich gebe ihn Brier. Ihr Hund mußte heute nämlich zurück zu seinen Besitzern, und nun hat sie überhaupt keinen. Meinst du nicht auch, daß das eine gute Idee wäre? Es ist ja im Grunde deine Idee. Mir wäre das nämlich alleine gar nicht eingefallen.«

»Er ist sehr klug. Er wird bestimmt der Beste«, sagte Simon. Seine Stimme klang plötzlich geradezu enthusiastisch. Er umarmte den Hund noch einmal. Roi leckte sein Gesicht. »Kann ich dann immer kommen und ihn besuchen? Oft?«

»Immer wenn er nicht im Dienst ist«, versprach Brier. Wenn der Junge nicht gewesen wäre, hätte sie ihr Ziel vielleicht nie erreicht.

Sie konnte noch gar nicht glauben, daß ihr Wunsch so einfach in Erfüllung ging. Ihr lieber Roi, den sie sich so sehr gewünscht hatte.

Und sie hatte es noch nicht einmal selber vorschlagen müssen! Vielleicht hatte sie doch einen Schutzengel. Roi würde ihr gehören, und wenn er am Ende etwa durch die Prüfungen fiel, dann könnte er trotzdem mit ihr nach Hause kommen. Niemand konnte ihr den Hund dann wegnehmen.

Aber natürlich würde er nicht durch die Prüfungen fallen. Ihre Mutter hatte schon früher einmal damit angefangen, ihn etwas auszubilden, also wußte er mindestens so viel wie Briers erste zwei Hunde und bestimmt mehr als Sabre. Der arme Bursche war ja nicht sehr weit gekommen.

Ihre Gedanken wurden durch ein heftiges Bellen unterbrochen. Kurz darauf klopfte es. Roi und die beiden Hündinnen fielen in das warnende Gebell mit ein.

»Wer ist da?« fragte Helena, deren Mund noch von einem hastigen Biß in ein Sandwich gefüllt war.

»John Grace.« Sie kannten den Kriminalbeamten beide sehr gut. Seine vierte Tochter war in derselben Klasse wie Dana, und sein zweiter Sohn besuchte Simons Klasse. Gracie konnte ihnen vielleicht helfen. Er konnte sehr gut mit Kindern umgehen. Der weiblich klingende Spitzname paßte allerdings überhaupt nicht zu ihm. Auch Simon kannte ihn, weil er manchmal mit... wie hieß der Junge noch gleich?... Adrian spielte.

Helena öffnete die Tür.

»Wo kommen Sie denn her?«

Der Besucher grinste.

»Von drauß' vom Walde komm ich her. Ich habe hier ein Geburtstagsgeschenk für Sie. Oder soll ich lieber wieder gehen?«

Der große Mann kam herein, und die beiden Frauen wirkten plötzlich wie Zwerge. Ein dunkler Haarschopf und intelligente braune Augen, die die Welt anlachten, lange Beine, die größere Schritte machen konnten als irgend jemand sonst, den Brier kannte, und große Hände, die überraschend sanft sein konnten. Er öffnete den Reißverschluß seines dick gefütterten Anoraks.

Sein Blick fiel auf das Kind, die merkwürdige Kleidung und die Spuren von Tränen. Er warf Brier einen kurzen Blick zu. Hier gab es offensichtlich ein Problem.

Gracie zauberte gerne, und er hatte flinke Hände. Er grinste Simon an, beugte sich zu ihm herunter und holte plötzlich eine Münze aus dem Haar des Jungen.

»Du hebst dein Taschengeld aber an einem komischen Platz auf«, wunderte er sich. Er drückte dem Jungen die Münze in die Hand.

Gracies Gegenwart füllte den Raum. Die Hunde rannten zu ihm und beschnupperten ihn vorsichtig. Sie konnten die Spanielhündin und den Dachshund ebenso wittern wie das Kaninchen und die drei Katzen. Er bestand die Prüfung und wurde als die richtige Art Mensch akzeptiert. Beruhigt legten sich die Hunde wieder auf die Decke. Der Kriminalbeamte ließ sich auf einem kleinen Hocker nieder. Nun war er mit Brier und Helena auf einer Höhe.

»Ich wette, du hattest keine Ahnung, daß Mrs. Grant heute Geburtstag hat?«

Simon schüttelte den Kopf.

»Na, dann laß uns mal ›Happy Birthday‹ singen.«

Seine kräftige Stimme füllte die Küche, und Simons dünne, schrillere Stimme bildete das Echo.

»Ich habe nicht geglaubt, daß Brier es heute noch bis hierher schafft, und mich daher mit einer Flasche Wein und etwas geräuchertem Lachs bewaffnet. Den können Sie dann morgen genießen. Denken Sie an mich, wenn Sie ihn essen.«

»Warum sollte sie dann an Sie denken?« fragte Simon.

»Hm, weil ich solch ein netter Mann bin.« Gracie spürte, daß hier irgend etwas nicht stimmte. Seine Freunde sagten ihm einen guten Riecher für jede Art Ärger nach. Seine Gegner nannten das freilich ganz anders.

»Ich nehme an, daß Sie keine Hintergedanken haben?« lachte Helena. »Wie zum Beispiel, die Hunde in Pflege zu geben?«

»Wie kommen Sie denn darauf?«

»Meg hat heute vergessen, Hundefutter abzuholen«, sagte Helena. »Ich dachte, sie kommt dann morgen.«

»Sie hat sich erkältet. Wahrscheinlich ist es bald vorbei, meinte der Arzt. Ja, ich brauche Hundefutter. Aber wir hatten die Geschenke für Sie schon. Ehrenwort.« Er hob feierlich die rechte Hand.

Simon kicherte. Brier warf dem großen Mann ein dankbares Lächeln zu. Er war einer von Toms meistgeschätzten Freunden gewesen und in ihrem Haus immer willkommen.

»Meg hatte sie schon fertig eingepackt, um sie Ihnen zu bringen.«

Helena küßte ihn auf die Wange und holte einen Sack Hundefutter von der hinteren Veranda.

»Können Sie nicht noch etwas bleiben und uns beim Feiern helfen? Nur ein paar Minuten?«

»Ein paar Minuten. Meg geht es den Umständen entsprechend gut. Glücklicherweise ist ihr nicht übel. Sie liegt mit einer Wärmflasche im Bett, umgeben von Taschentüchern, heißen Getränken und Aspirin. Pam ist alt genug, um nach ihr zu sehen. Würden Sie glauben, daß meine Tochter bald siebzehn wird?«

»Ein Glas Wein?« fragte Helena.

»Nein, danke, lieber nicht. Ich muß noch fahren.«

Er bemerkte, daß sich Simons Gesichtsausdruck plötzlich verdüsterte und merkwürdig verschlossen wurde. Roi seufzte laut und schwer und legte sich neben den Stuhl, seinen Kopf an das Bein des Jungen gelehnt.

Brier fragte sich wieder, was sie bloß tun sollte. Eines war sicher. Simon konnte auf keinen Fall nach Hause gehen. Aber das Jugendamt hatte um diese Zeit natürlich nicht mehr auf, und sie wollte ihn auch nicht in ein Kinderheim bringen. Gab es denn noch eine Alternative? Vielleicht fiel ja John etwas ein. Vielleicht würde er ihre noch unausgegorene Idee unterstützen.

»Soll ich dich nach Hause fahren, mein Junge?« fragte Gracie.

»Ich will nicht zurück.« Die Worte waren mehr ein Schrei, und sofort schluchzte er wieder heftig. Helena kniete sich neben ihn, hielt ihn ganz fest in ihren Armen und sprach sanft auf ihn ein. Als das Schluchzen etwas nachließ, schaute sie Brier an.

»Zeig John doch mal Rois letzte Trophäe. Es ist wirklich eine ganz ungewöhnliche. Du hast sie doch auch noch nicht gesehen, oder? Sie ist in Vaters Zimmer.«

Brier machte John Grace ein Zeichen, ihr zu folgen. Sie gingen in das alte Arbeitszimmer ihres Vaters, wo sie John zwischen all den Trophäen erzählte, was sie aus Simon herausbekommen hatten.

»Du lieber Himmel. Was machen wir jetzt?« Brier wußte, daß er so verwirrt war wie sie. Jeder, der selber Kinder hatte, zögerte, die Behörden einzuschalten.

»Ich habe überlegt, daß er vielleicht heute bei mir bleiben sollte. Er lebt ohnehin schon halb bei uns. Entweder ist er bei Ben, oder er kommt hierher, um Roi zu besuchen. Sein eigenes Zuhause ist ja offensichtlich kein besonders schöner Ort. Wir müssen uns mit dem Jugendamt in Verbindung setzen. Vielleicht können wir sie ja davon überzeugen, daß ich ihn in Pflege nehmen könnte. Ich kann ihn doch nicht einfach irgendwelchen wildfremden Menschen überlassen.«

Brier wußte, sie würde es sich niemals verzeihen, wenn sie es nicht wenigstens versuchte.

»Er bleibt besser bei seinen Freunden und in seiner Schule. Weißt du irgend etwas über seine Familie, außer, daß seine Mutter Selbstmord begangen hat?«

»In den Selbstmord getrieben wurde drückt es besser aus.« John Grace betrachtete die Trophäen und nahm eine von ihnen in die Hand. Es war ein gemusterter hölzerner Bilderrahmen mit einem Foto von Roi. Kopf und Schultern, mit seinen lebhaften Augen. Es war unterschrieben mit ›Bester seines Jahrgangs‹.

»Na, das ist ja eine schöne Trophäe.« Er stellte sie wieder hin und zögerte, seine Gedanken auszusprechen.

»Wir haben seinen Vater schon ein paarmal verhaftet. Trunkenheit und Ruhestörung. Der Führerschein wurde ihm auch schon abgenommen. Wahrscheinlich ist er Alkoholiker. Und vor kurzem hat er seine Arbeit verloren. Ich wußte allerdings nicht, daß er den Jungen schlägt. Aber eigentlich überrascht es mich nicht.«

Vor den Fenstern hingen keine Gardinen. Helena hielt sich fast nie in diesem Zimmer auf. Für sie war immer die Küche der Mittelpunkt ihres Zuhauses gewesen. Brier betrachtete das gerahmte Foto ihres Vaters, der darauf zwischen seinen Rindern stand. Er hatte die Tiere geliebt, aber sie waren, wie so vieles andere, nach seinem Tod unter den Hammer gekommen.

»Es war wirklich blöd«, sagte Brier. »Der arme Junge war eine Stunde lang da draußen, und Roi hat versucht, uns darauf aufmerksam zu machen. Auch die anderen Hunde haben angeschlagen. Ich bin extra hinausgegangen, habe aber niemanden gesehen. Nicht im Traum hätte ich daran gedacht, daß sich irgendwo jemand verstecken könnte...« Sie warf sich vor, die Zeichen falsch gedeutet zu haben.

»Wenn wir alle hellsehen könnten, würde es wesentlich weniger Verbrechen geben. Wir könnten sie verhindern, bevor sie überhaupt passieren. Ach, verdammt! Was machen wir jetzt mit dem Jungen? Er kann ja nicht für immer bei dir bleiben.«

»Ob oder ob nicht, das entscheiden die Leute vom Jugendamt. Er wäre doch sonst ständig in Gefahr. Stell dir nur mal vor, seinem Vater wäre Schlagen nicht mehr genug. Er könnte ihn sogar töten.« Plötzlich erschien ihr das Problem überwältigend. Sie würde Simons Eltern besuchen müssen, und das war kein Besuch, auf den sie sich freute.

»Was ist mit den Eltern? Müssen sie zustimmen? Reichen diese Narben auf seinem Rücken als Beweis?« John Grace stand auf und schaute aus dem Fenster in die Dunkelheit. In der Ferne kletterte ein Auto den Hügel hinauf. Die Scheinwerfer leuchteten in den Himmel, dann glitt der Scheinwerferstrahl vorbei, wurde langsam waagerecht und verschwand in der Dunkelheit. Die Laternen, die die Autobahn säumten, glitzerten im Dunkeln.

»Die Narben sind absolut schockierend. Man hat ihn wiederholt geschlagen, bei verschiedenen Gelegenheiten. Er hat gesagt, mit einem Gürtel, und genauso sieht es auch aus. Die Gürtelschnalle hat ihn mehrmals getroffen. Der Anblick hat uns beide ganz krank gemacht. Stell dir mal vor, er wollte von mir wissen, womit ich meine Kinder schlage!«

»Vielleicht denken die königlichen Kinder, daß jeder in einem Palast wohnt«, sagte John. »Wie kann ein Kind jemals wissen, wie sich der Rest der Welt benimmt? Es kann seine Schlüsse ja nur aus seiner eigenen kleinen Welt ziehen.«

Er seufzte.

»Ein Arzt sollte ihn sich ansehen. Wir haben sonst nur deine Aussage... Aber ein Arzt wird wahrscheinlich empfehlen, ihn sofort in ein Heim oder Krankenhaus zu bringen.«

»Nicht die Ärztin, an die ich denke.« Brier staunte über sich selbst: Ihr war bisher noch nie in den Sinn gekommen, ein Komplott zu schmieden. Annette, mit der sie früher zusammen zur Schule gegangen war, hatte selber Kinder. Schon damals hatten sie sich nicht an alle Regeln gehalten. Annette hätte sicher nichts dagegen, nun noch mal gegen zwei oder drei zu verstoßen.

Brier konnte es einfach nicht zulassen, daß der Junge wieder zurückmußte. Misch dich nicht ein! Diese Worte waren geradezu in ihr Gehirn eingraviert. Aber sie war schon zu tief in die ganze Sache verwickelt. Ob sie sich wohl anders fühlen würde, wenn sie den Jungen nicht kennen würde? Sie wußte es nicht und war auch im Moment so müde, daß es ihr egal war. Ihr Körper sehnte sich nach einem Bett und Schlaf. Und beides schien im Moment unerreichbar.

Sie kehrten in die Küche zurück.

»Simon ist müde und braucht dringend ein Bett«, sagte Helena.

»Nein.« Er klammerte sich an Brier. »Bringt mich nicht zurück.«

Die Entscheidung war gefallen. Es war zu spät, um jetzt noch jemanden hinzuzuziehen. Schon weit nach neun Uhr. Die Zeit war geradezu verflogen.

»Nein, das werden wir nicht tun. Du kannst mitkommen und bei uns schlafen, in Bens Zimmer. Morgen werden wir uns dann um alles kümmern. Vielleicht geht Mr. Grace bei deinen Eltern vorbei, um ihnen zu sagen, daß es dir gutgeht. Dann könnte er dir auch was zum Anziehen mitbringen.«

Es war nicht ganz fair, Gracie diese Aufgabe anzudrehen, aber er konnte mit so etwas sicher besser umgehen als sie. Vielleicht war Simons Vater ja betrunken und gewalttätig.

»Gracie, es tut mir leid, dich da so mit reinzuziehen. Aber würdest du bitte dorthin gehen, ja? Ich muß den kleinen Kerl ins Bett und meinen Hund nach Hause bringen...«

»Ich hätte das sowieso angeboten«, sagte John Grace.

»Kann meine Katze auch mitkommen? Sie füttert sie nie und läßt sie auch nie herein. Ich lasse die Katze immer rein, wenn sie schlafen. Dann kann sie auf meinem Bett im Warmen schlafen. Roi würde ihr doch nichts tun, oder?«

Sie nahm den Hund mit nach Hause! Plötzlich wurde Brier klar, was das bedeutete. Sie stand lächelnd da und fühlte sich, als hätte sie das große Los gezogen. Besser als das große Los! Sie hatte einen Hund. Und was für einen Hund! Sie hätte platzen können vor Glück.

Auch John und Helena grinsten.

»Du brauchst Futter für Roi. Alles andere hast du?«

Brier nickte etwas verwirrt. Roi war eine andere Ernährung gewohnt als die Polizeihunde. Sie würde ihn langsam umgewöhnen müssen, denn sie konnte es sich nicht leisten, Zeit zu verlieren, weil der Hund Bauchschmerzen hatte. Brier ging hinaus zum Auto, und Roi sprang auf den Rücksitz. Er machte es sich dort bequem, als hätte er sein ganzes Leben da verbracht. Sie streichelte ihn einen Moment lang, bevor sie wieder zu den anderen ging. Brier befürchtete, Roi könnte verschwinden, und alles würde sich als Traum herausstellen. Aber der Hund war wirklich.

»Ich werde ihm nicht sagen, wo der Junge ist. Soll er doch in seinem eigenen Saft schmoren, falls ihn das alles überhaupt kümmert«, sagte der große Mann ärgerlich. Brier ging hinaus in den Flur. Als Simon sich vorbeugte, um sich die Schuhe zuzubinden, rutschte sein Sweatshirt hoch, so daß John selbst einen Blick auf die Wunden werfen konnte. »Soll er doch ruhig wissen, daß die Mühle in Gang gekommen ist und er bald dran ist«, fügte er grimmig hinzu.

Brier sah ihn an. Sie dachte daran, daß der Hund mit ihr nach Hause kommen würde, und trotz all der Sorge um den Jungen hob das ihre Stimmung. Sie stellte sich auf die Zehenspitzen und küßte Gracie auf die Wange.

»Danke, Gracie«, sagte sie. »Ich hatte mich ziemlich davor gefürchtet.« Sie öffnete die Wagentür. Helena half Simon in den Wagen und schnallte ihn an. Er drehte sich zu Roi um, der hinter die Vordersitze sprang und die Hand des Jungen leckte.

Der Mond war verschwunden, und im schwachen Licht waren stürmische Wolken zu erkennen. Brier reckte sich, um genau die Straße zu sehen. Sie befürchtete Glatteis. Die plötzliche Veränderung in ihrem Leben konnte sie noch gar nicht so recht begreifen.

So viel war geschehen. Brier schaute zu Simon hinüber. Er hing, völlig erschöpft, mit weißem Gesicht und geschlossenen Augen im Sitz. Er brauchte genau wie sie dringend ein Bett und Schlaf. Morgen würde sie klarer sehen. Im Moment überschlugen sich ihre Gedanken.

Vor vier Stunden hatte sie ohne Hund dagestanden. Die einzige Frau im Kurs, völlig davon überzeugt, daß dies das Ende ihrer neuen Karriere war. Nun hatte sie den Hund, den sie sich schon seit Monaten gewünscht hatte. Und außerdem hatte sie im Laufe des Abends, zumindest für eine gewisse Zeit, ein Kind dazugewonnen, vielleicht auch noch eine Katze. Und damit eine ganze Menge neuer Probleme.

Fünftes Kapitel

Brier fuhr nach Hause, neben sich die kleine, stille Person und hinter sich den Hund. Sie registrierte jede seiner Bewegungen. Neben der Sorge um das Kind spürte sie eine große Freude über den Hund. Den Hund, den sie sich so sehr gewünscht hatte und den ihr niemand mehr wegnehmen konnte. Sie war sich sicher, daß Josh auf Helenas Bedingungen eingehen würde. Es waren schließlich dieselben, die immer galten, wenn sie einen Hund von einer zivilen Person bekamen.

Es ging darum, daß ein Hund, der das Ziel nicht erreichte, entweder seinem früheren Besitzer zurückgegeben wurde oder, wenn dieser ihn nicht mehr wollte, jemand anderem, der ihm ein gutes Zuhause bieten konnte.

»Kann ich für immer bei Ihnen bleiben?« fragte eine leise, verlorene Stimme neben ihr.

Brier hatte sich über die fernere Zukunft noch keine Gedanken gemacht und wußte nicht, was sie antworten sollte. Sie wollte jetzt keinesfalls ein Versprechen abgeben, das sie vielleicht nicht halten konnte, oder dem Jungen Hoffnungen machen, die sie dann eventuell enttäuschen mußte.

Noch bevor sie antworten konnte, bellte Roi. Brier schaute aus dem Fenster. Ein Motorradfahrer lag auf dem Bürgersteig neben seinem Motorrad. Als sie hinschaute, setzte er sich gerade auf. Sie hielt an, stieg aus und ging zu ihm hin.

»Probleme?« fragte sie.

»Ich bin ins Rutschen gekommen.«

»Nicht von einem Wagen angefahren worden?«

»Nein. Es war das Eis. Ich habe es nicht gesehen, und obwohl ich langsam gefahren bin, habe ich dann die Kontrolle verloren. Ich glaube, mein Bein ist gebrochen.«

Er klang etwas atemlos, so, als würde er den Schmerz unterdrükken. Der junge Mann war gut angezogen. Seine Ledersachen waren dick und gut gefüttert. Aber das würde keine Verletzung verhindert haben, wenn er ungünstig gefallen war. Sein rechtes Bein lag in einem merkwürdigen Winkel zum Körper. Er nahm seinen Helm ab. Das dichte Haar bedeckte ein Auge, und er fegte es ungeduldig weg.

»Tut mir leid, daß ich solche Umstände mache, aber könnten Sie bitte Hilfe holen? Ich glaube, ich brauche einen Krankenwagen. Ich kann nicht aufstehen.«

»Kein Problem. Ich bin Polizistin. Ich bin zwar nicht im Dienst, aber ich habe ein Funkgerät im Wagen.«

Als sie zum Auto zurückkam, öffnete Simon das Fenster ein wenig.

»Paß bitte auf Roi auf«, sagte sie, als sie sein besorgtes Gesicht sah. »Ich muß hierbleiben, bis Hilfe kommt. Es tut mir leid, Simon.«

»Es geht mir jetzt gut.« Er betonte das Wörtchen »jetzt«.

Simon reichte ihr das Funkgerät.

»Das brauchen Sie bestimmt.«

Er schaute sie an, als wartete er auf ein Lob, und sie lächelte, während sie sprach.

»Sie erhalten in wenigen Minuten Hilfe«, sagte eine unpersönliche Stimme einen Moment später. »Der Krankenwagen ist schon unterwegs.« Mehr konnte Brier im Moment nicht tun. Sie kniete sich neben den Verletzten, wußte jedoch, daß sie ihn nicht bewegen durfte. Er lächelte sie dankbar an. Er war jünger, als sie zunächst gedacht hatte. Noch nicht mal zwanzig, vermutete sie.

»Sie werden bald in einem warmen Bett sein. Ich bleibe hier, bis die Kollegen kommen«, versprach sie. »Ich wünschte, ich könnte es Ihnen etwas bequemer machen.«

»Es hilft schon, daß jemand hier ist«, sagte er. »Ich hatte nämlich Angst, daß mich niemand hier finden würde, bis ich ganz steifgefroren bin.«

Zuerst traf der Streifenwagen ein, und Brier überließ ihren Kollegen dankbar den jungen Mann.

»Ich habe in meinem eigenen Wagen selber einen Notfall«, erklärte sie. Die Männer und sie kannten sich vom Sehen. Roi saß auf dem Rücksitz und beobachtete die kleine Gruppe aufmerksam.

»Es wird alles wieder in Ordnung kommen«, versicherte sie dem Motorradfahrer. Dann fuhr sie los.

»Ist er schlimm verletzt?« fragte Simon.

»Ich glaube, er hat sich das Bein gebrochen. Aber sie werden das schon wieder in Ordnung bringen. Ich bin jetzt nicht im Dienst. Laß uns nach Hause fahren.«

Der junge Mann tat ihr zwar leid, aber sie war froh über den kleinen Zwischenfall, denn der hatte sie davor bewahrt, Simons Frage beantworten zu müssen. Wenig später fuhr Brier in die Garage und leinte Roi an. Er war noch nie hier gewesen, und sie wollte verhindern, daß er losrannte, um sich im Dunkeln umzusehen. Dann nahm sie das Kind an die Hand. Das Garagentor fiel mit einem lauten Krachen zu. Bevor sie den Schlüssel in das Schloß der Haustüre stecken konnte, wurde die Tür bereits geöffnet.

»Helena hat schon angerufen«, empfing sie Birdie.

»Oben in Bens Zimmer ist ein schönes, warmes Bett für dich, Simon. Außerdem eine Wärmflasche und ein Schlafanzug, der gerade an der Heizung gewärmt wird. Wie klingt das? Ich habe Ben gesagt, daß du kommst, und er freut sich schon. Er findet es immer toll, wenn ein Freund über Nacht bleibt.«

»Kann Roi in meinem Bett schlafen?«

»Ich glaube nicht, daß das eine gute Idee ist.« Brier bekam Kopfschmerzen. »Es ist seine erste Nacht hier, und da wird er sich selbst etwas fremd fühlen. Wir können aber deine Tür auflassen. Das Licht im Treppenhaus kann auch anbleiben. Mr. Grace ist bestimmt bald hier mit einigen deiner eigenen Sachen. Er ist unterwegs, um deinen Eltern zu sagen, daß es dir gutgeht.«

»Das ist denen doch egal«, brummelte Simon.

Brier schaute auf die Uhr. Fast zehn. Es war ein langer Abend gewesen.

»Ich habe für Simon etwas heiße Ovomaltine«, sagte Kate. »Das wird dir helfen zu schlafen. Hast du Hunger?«

Simon schüttelte den Kopf.

»Er hat schon mit uns gegessen«, sagte Brier. Sie schloß die Küchentür hinter sich und setzte sich an den Tisch. Dann ließ sie Roi von der Leine. Der Hund schaute sich neugierig um. Er begann, die Küche zu inspizieren, schnüffelte am Boden und begutachtete die Hundedecke mit enormem Interesse. Er wußte, daß ein anderer Hund darin geschlafen hatte. Dann drehte er sich wieder zu Brier um und schaute sie an. Warum bin ich hier? schien er zu fragen. Brier streichelte seinen Kopf, und mit einem Seufzer lehnte er sich an sie.

Simon schlief fast. Sobald er ausgetrunken hatte, führte Kate ihn nach oben. Mit finsterer Miene kam sie zehn Minuten später wieder runter. »Ich habe ihm geholfen, sich auszuziehen«, sagte sie. »Zum Glück schläft Ben schon.«

»Ich weiß nicht, was ich tun soll.«

»Er geht jedenfalls nicht nach Hause. Er hat überall blaue Flecken und Gürtelspuren. Sein Vater gehört zu der schlauen Sorte. Er hat genau aufgepaßt, nicht dahin zu schlagen, wo man etwas sehen könnte, wenn er angezogen ist.«

Brier schaute sehnsüchtig auf die Uhr.

»Ich kann erst ins Bett gehen, wenn Gracie hier war. Er bringt Simons Katze mit. Außerdem natürlich was zum Anziehen.«

»Und wo soll die Katze schlafen? In der Küche mit Roi? Das klingt wie das perfekte Rezept für ein Desaster.«

»Hat Mutter Ihnen von Roi erzählt?«

»Ich weiß schon seit ein oder zwei Wochen von dem Problem. Ich hatte mich schon gefragt, ob Sie nicht den Hund übernehmen sollten, aber es war irgendwie nicht der richtige Zeitpunkt, es anzusprechen. Helena war viel zu aufgeregt. Sie hat in den Hund wesentlich mehr Geld investiert, als sie hätte sollen.«

»Sie kennen doch meine Mutter.«

Sie hörten ein leises Klopfen an der Hintertür, und Kate öffnete. John Grace stand vor ihnen, neben sich eine große, schäbige Reisetasche, eine Schachtel, in der eine ziemlich ärgerliche Katze saß, und eine große Kiste.

»Ich habe mit den Eltern gesprochen«, sagte er. »Sie schienen nicht allzu beunruhigt zu sein. Solange es dem Jungen gutgeht...« Er zuckte die Schultern. »Ich erzähle euch morgen mehr darüber. Du schläfst ja schon im Stehen ein. Zuerst das Wichtigste. Wir sollten uns erst um die Tiere kümmern. Ist Simon im Bett?«

Brier nickte und schaute Schachtel und Kiste an. Sie war froh darüber, daß John hier war und half. Ihr Hirn verweigerte langsam den Dienst.

»Helena schickt dir hier eine Art Hundehütte für drinnen. Sie dachte, daß das Roi vielleicht beim Eingewöhnen hilft«, sagte er.

Roi kam herüber, um ihn zu begrüßen. Er bekam einen freundlichen Klaps und das Kommando, sich zu setzen. Roi mochte Gracie sehr, denn er schenkte ihm immer besondere Beachtung, wenn er zu Helenas Zwingern kam, um Futter für seine eigenen Hunde zu holen.

»Das Ding wäre, glaube ich, besser für die Katze geeignet«, sagte Brier. »Aber wir haben überhaupt kein Katzenklo.«

»Ich habe eins im Auto. Helena hat mehrere und dachte sich schon, daß du eins brauchst. Du solltest die Katze nicht rauslassen, bis sie sich an das neue Zuhause gewöhnt hat. Sie würde wahrscheinlich zurücklaufen. Sie ist ein ziemlich dürres, erbärmlich aussehendes Vieh. Ihr müßt sie aufpäppeln und entlausen.«

Er brachte alles ins Haus und half Brier, den Drahtkäfig aufzubauen.

Kate legte ein paar Sardinen auf eine Untertasse und schob sie der Katze in den Käfig. Dann verschwand sie und tauchte kurze Zeit später wieder mit einem Pappkarton auf, den sie mit einem alten, dicken Pullover ausgelegt hatte.

»Sie wird sich wohler fühlen, wenn sie was gefressen und es bequem hat«, sagte sie, während sie den Karton in den Käfig stellte. »Simon hat erzählt, daß sie Brauner heißt. Nicht besonders originell.«

John Grace lachte, als er die Katze aus der Schachtel hob. Roi schaute aufmerksam zu.

Seine Muskeln waren gespannt, und er war bereit, jederzeit loszuspringen. Brier packte ihn am Halsband und hielt ihn fest.

»Origineller, als Sie denken«, sagte Gracie und hielt ihr die schwarzweiße Katze mit den wachen grünen Augen entgegen. »Ich nehme an, Simon hat einen ganz guten Sinn für Humor, wenn er sich nur mal etwas entspannen und ihn rauslassen könnte.«

Der Käfig war sehr geräumig, groß genug für Roi. Er hätte aufrecht darin stehen, sich umdrehen und zu voller Länge ausstrecken können. Die eingesperrte Katze schaute wild um sich. Als Brier den Hund losließ und er näherkam, plusterte sie sich zu enormer Größe auf und murrte und schimpfte.

Roi war an freundliche Katzen gewöhnt, dieses Verhalten verblüffte ihn. Er zog sich zurück und warf Brier einen vorwurfsvollen Blick zu, so, als sei sie für dieses merkwürdige Verhalten verantwortlich.

»Ich mache mich mal auf den Weg«, sagte Gracie. »Sonst bekommt wohl niemand von uns heute ein bißchen Schlaf.«

»Ich bringe dich raus.«

Brier schloß ab und legte den Sicherheitsriegel vor, nachdem er gegangen war. Mit geschlossenen Augen lehnte sie sich für einen Moment an die Wand. Am liebsten wäre sie ohne weitere Verzögerungen direkt ins Bett gegangen. Aber sie mußte noch einmal mit Roi raus. Dabei mußte sie ihn an die Leine legen, denn sonst bekam sie ihn wahrscheinlich nicht wieder zurück ins Haus.

Kim hatte sich in der Dunkelheit immer ganz in seinem Element gefühlt und war hin und her gelaufen, um Schatten im beleuchteten Garten zu jagen. Einmal hatte er einen Igel gefunden und ein anderes Mal einen Frosch. Kommen, wenn er gerufen wurde? Er doch nicht, jedenfalls nicht während der ersten zwei Wochen.

Als sie die Tür zur Küche öffnete, kam Roi ihr schon entgegen. Er sprang an ihr hoch, und als sie ihm das Kommando gab, sich zu setzen, wich er zurück und bellte.

»Ruhig«, sagte sie, aber es war schon zu spät. Sie hörte das Knarren von Bens Bett, dann das Watscheln von seinen nackten Füßen. Schließlich erschien er auch schon am Treppenabsatz. Simon und Dana folgten ihm.

»Roi!« rief Ben. »Du hast Roi mitgebracht! Hat Oma ihn dir geliehen, bis du einen neuen Hund hast?«

Roi hörte seinen Namen und lief die Stufen hoch.

»Zurück ins Bett mit euch! Roi bleibt hier. Ihr könnt ihn morgen auch noch begrüßen.«

Aber es war schon zu spät. Ben lief dem Hund entgegen. Roi traf einen alten Freund. Er sprang entzückt an dem Jungen hoch. Sie fielen zusammen hin. Kate und Brier starrten erschrocken auf den Jungen, der unter dem Hund lag. Brier eilte die Treppe rauf, schob den Hund beiseite und erwartete, ihren Sohn verängstigt vorzufinden.

Wie hatte sie nur so dumm sein können! Sie hätte daran denken müssen, daß Roi auf jede bekannte Stimme aufgeregt reagieren würde.

Aber Ben lachte und wischte sich das feuchte Gesicht ab. Die Hundezunge hatte ganze Arbeit geleistet.

Simon stand etwas abseits und beobachtete das Ganze.

»Roi kämpft gerne«, sagte Ben.

»Erlaubt Oma dir das?«

»Natürlich nicht. Sie weiß es gar nicht. Sie sagt, ich soll das nicht tun. Aber mir gefällt es, und er tut mir nie weh.«

»Das machst du nicht noch einmal, sonst gebe ich Roi Oma wieder zurück. Und das ist mein Ernst«, schimpfte Brier und stellte sich plötzlich alle möglichen Probleme und Komplikationen vor, an die sie bisher überhaupt noch nicht gedacht hatte.

Sie mußte dem sofort ein Ende bereiten. Überdrehte Hunde bissen manchmal, provoziert von den gedankenlosen Taten der Kinder. Außerdem wog Roi mehr als jedes der Kinder. Er konnte sie leicht umstoßen. Dana war ziemlich schmächtig.

»Jetzt bringen Sie Roi noch einmal raus, und dann gehen Sie bitte um Himmels willen ins Bett, sonst werden Sie morgen auf keinen Fall arbeiten können«, schimpfte Birdie. »Ich werde ihnen die Leviten lesen.« Sie scheuchte die Kinder zurück in ihre Betten. Brier ging wieder nach unten. Ihre Beine fühlten sich an, als würden sie zu jemand anderem gehören.

Die Katze hatte sich in ihre Schachtel zurückgezogen und blickte feindselig um sich.

Brier betrachtete den Zwinger im Garten. Er war nicht geheizt, und es war heute nacht sehr kalt. Roi war an eine Zentralheizung im Haus und an beheizte Zwinger gewöhnt. Sie mußte sich wohl darauf vorbereiten, heute nacht häufiger mal gestört zu werden. Vielleicht würde er sich heute in der ungewohnten Umgebung gar nicht beruhigen können. Aber oben zu schlafen, das sollte er sich gar nicht erst angewöhnen. Sie brachte ihn zu dem großen Plastikbett. Kate hatte die Decke gewechselt, und sie hoffte, daß Roi nun keine Spuren des anderen Hundes mehr wittern konnte.

»Siehst du«, sagte sie, »hier schläfst du.«

Bei Helena hatte Roi auf einem ähnlichen Bett geschlafen. Er drehte sich ein paarmal um, fand schließlich die richtige Stellung und schaute sie gedankenvoll an. Sie beugte sich hinunter und streichelte seinen Kopf.

»Du bist wundervoll«, sagte sie zu ihm. »Hier schläfst du nun die ganze Nacht und zeigst mir, was für ein braver Hund du bist.«

Sie traf auf Kate, als sie nach dem Zähneputzen in ihr eigenes Zimmer zurückkehren wollte.

»Haben sie Sie verstanden?«

»Ich glaube schon. Das Problem ist natürlich, daß die Kinder diesen Hund sehr gut kennen. Ben und Dana waren mit Sabre und sogar mit Kim viel vorsichtiger. Simon kannte die beiden nicht. Roi sind die Kinder viel vertrauter als Sie.«

»Alleine das wird mir einige Probleme bereiten«, nickte Brier. Nichts würde so einfach sein, wie sie gehofft hatte.

Sie wachte auf, als der Wecker erbarmungslos um halb sechs schellte. Zeit aufzustehen und ihren Hund zu pflegen, ihm Auslauf zu verschaffen und ihn zu trainieren. Sie mußte die Zeit nutzen, bevor die Kinder sich austobten. Dana machte immer einen Aufstand um die Kleidung. Ihr gefiel nie, was sie anziehen sollte. Brier und Kate wünschten sich manchmal die gute alte Schuluniform zurück. Sie hatte das Leben sehr vereinfacht.

Brier wollte sehr früh im Ausbildungszentrum ankommen und mit Josh reden, denn sie hatte total vergessen, ihn oder Gulley anzurufen. Was, wenn sie schon einen Hund für sie gefunden hatten?

Sie war müde und gähnte, während sie sich anzog. Hoffentlich fühlte sie sich gleich etwas besser.

Als Brier das Licht in der Küche anschaltete, erstarrte sie.

Simon lag zusammengerollt im Käfig. Seine Daunendecke bedeckte ihn, und er hielt die Katze in den Armen. Er wachte auf und lächelte sie schläfrig an.

»Der Braune war einsam«, sagte Simon. Plötzlich war er ganz wach. »Ich ziehe mich an und helfe Ihnen mit Roi.«

Er setzte die Katze sanft ab und begrüßte Roi, der sich über die Aufmerksamkeit freute. Der Hund schien jede Faser seines Körpers zu bewegen. Er wedelte mit dem Schwanz und gab fröhliche Laute ab.

Brier schaute den Jungen an. Er hatte mehr Farbe und schien sich etwas von der traumatischen Erfahrung der letzten Nacht erholt zu haben.

»Wie geht es dir?« fragte sie ihn.

»Gut«, antwortete Simon grinsend. Solch ein von Herzen kommendes Lächeln hatte Brier von ihm noch nicht gesehen. Er kroch aus dem Käfig, als Birdie herunterkam.

»Sie brauchen nicht um diese Zeit aufzustehen«, sagte Brier.

»Denken Sie bloß nicht, daß ich Sie an einem solchen kalten Morgen ohne etwas zu essen aus dem Haus gehen lasse.«

Simon hatte sich in Windeseile zu kurze Jeans und einen Pullover, der dringend eine Wäsche brauchte, angezogen. Er tauchte in die Tasche, die Helena ihnen geschickt hatte, und fischte Rois Bürste heraus. Er fand auch die Leine und machte sie fest.

»Ich komme nicht an den oberen Riegel«, sagte er, nachdem er den unteren Riegel aufgeschoben und den Schlüssel umgedreht hatte.

»Und was hast du da vor?« fragte Brier ihn.

»Er muß mal, und ich bringe ihn raus. Und dann werde ich ihn für Sie bürsten«, antwortete Simon. »Dann können Sie in Ruhe frühstücken.«

»Kommst du mit ihm klar?«

»Aber natürlich. Ich habe ihn immer festgehalten, wenn Oma Grant mit ihm rausgegangen ist. Sie hat mir gezeigt, was ich tun muß. Ich gehe oft hin. Sie sagt, daß ich eine große Hilfe bin, und manchmal bezahlt sie mich sogar. Sie sagt, daß ich ein adoptierter Enkelsohn bin.«

Brier schob den oberen Riegel zurück und machte das Licht an. Sie hatte dafür gesorgt, daß es Licht im Garten gab, denn so konnte sie schon vor der Arbeit, wenn es noch dunkel war, etwas trainieren. Ihr Haus stand frei, und ihre beiden Nachbarn schliefen nach vorne heraus, so daß es damit keine Probleme gab. Brier war sehr dankbar dafür, denn ihre Arbeitszeiten waren eher ungewöhnlich. Sie ging zurück in den Flur, holte einen ihrer eigenen Anoraks und zog ihn dem Jungen an.

Mit dem Becher Kaffee, den Kate ihr gemacht hatte, stellte sich Brier ans Fenster und betrachtete sorgenvoll ihre beiden Neuen. Der Hund und der Junge hatten dasselbe offensichtlich schon Hunderte von Malen gemacht. Roi lief ruhig herum und beschnüffelte den Boden, während Simon wartete.

Der Hund bewegte sich auf dem ungewohnten Terrain langsam und vorsichtig. Er schien jeden Grashalm genau zu analysieren.

»Der Junge ist ein Naturtalent«, murmelte Brier erstaunt.

»Er ist viel weiter als Ben«, ergänzte Kate. »Er hat mir gestern geholfen. Er hat Ben erklärt, daß, wenn Kinder und Hunde miteinander kämpfen, der Hund denkt, daß das Kind ein Welpe ist. Und die spielen miteinander, indem sie sich gegenseitig im Spaß beißen. Sie haben ein dickes Fell, Kinder aber nicht. Der Hund will niemanden verletzen, aber er tut es vielleicht trotzdem.«

»Simon ist ein richtiger Gewinn. Er scheint so viel reifer als Ben zu sein.«

»Er mußte es wohl werden«, sagte Kate. »Nur so konnte er überleben. Ich bin froh, daß Sie ihn hierhergebracht haben. Dana ist etwas empfindlich, vielleicht etwas eifersüchtig, aber sie wird sich schon daran gewöhnen. Sie liebt Roi. Er wird gut für sie sein.«

Roi begrüßte alle Kinder viel herzlicher als Brier. Er saß neben Simon, den Kopf auf seinen Knien, und ignorierte Briers Ruf. Sie mußte ihn beim Halsband packen, an die Leine nehmen und ihm befehlen, mit ihr zu kommen.

Es wurde ihr allmählich klar, daß sie da ein Problem hatte. Wenn Simon in der Nähe war, ignorierte Roi sie. Er hatte eine Beziehung zu dem Jungen aufgebaut, die sich vielleicht nachteilig auf das Training auswirken könnte. Sie ließ ihn in das Auto und überlegte, daß er als Polizeihund völlig untauglich sein würde, wenn er eine zu enge Beziehung zu Simon aufbauen würde.

Der Hund lag hinter ihr. Sie würde ihren Transporter heute zurückbekommen. Wenn Roi sich zu sehr an die Jungen hängte, könnte sie das Band vielleicht brechen, indem sie den Hund nachts bei Gulley ließ und sich morgens direkt um ihn kümmerte.

Das schien ihr allerdings nicht besonders fair zu sein.

Nun hatte sie den Hund ihres Lebens und mehr Probleme, als sie gestern gedacht hätte.

Brier fuhr auf den Hof, parkte und saß noch eine Weile im Wagen. Sie betrachtete ihre Neuerwerbung.

»Oh, Roi«, seufzte sie. »Warum muß das Leben nur immer so kompliziert sein?«

Der Hund, der seine eigene Welt eigentlich ganz einfach fand, schaute sie aufmerksam an und wedelte mit dem Schwanz. Er freute sich über die Aufmerksamkeit, die sie ihm schenkte.

Sechstes Kapitel

Josh seufzte tief, als er das Foto auf seinem Schreibtisch betrachtete. Es war vor neun Jahren aufgenommen worden, kurz vor ihrem vierten Hochzeitstag. Ellie sah ihn lächelnd an; sie hatte oft und gerne gelächelt. Im Hintergrund waren mit Heidekraut bedeckte Hügel zu sehen. An diesen Tag konnte er sich noch gut erinnern. Die wärmende Sonne, kleine Wölkchen, ein langer Spaziergang am Morgen, ein Essen in einem kleinen Restaurant und dann eine kleine Feier zu Hause. Er war damals gerade befördert worden und nun für die gesamte Hundestaffel der Polizei zuständig gewesen.

Wein und Blumen auf dem Tisch, dazu Ellies spezielle Hühner-Kasserolle.

Ihre Ehe war viel zu kurz gewesen. Nur fünf Jahre. Ellie war noch nicht einmal dreißig geworden. Der Krebs hatte keinen Respekt vor dem Leben. Nun war sie schon seit acht Jahren tot. Acht endlose Jahre.

Ellie war die ideale Ehefrau für einen Polizisten gewesen. An die ungünstigen Arbeitszeiten und die vielen geplatzten Verabredungen hatte sie sich schnell gewöhnt. Sie hatte in einem Jugendclub mit gearbeitet, »Essen auf Rädern« ausgefahren und Stücke für die Theatergruppe geschrieben. Beide hatten sich sehnlichst Kinder gewünscht, aber nie welche bekommen.

Immer öfter mußte Ellie zu gynäkologischen Untersuchungen, bis sich herausstellte, daß sie Krebs hatte. Die Ärzte rieten zur Operation, von der sie sich jedoch nicht mehr erholte. Vier kurze Tage, an denen sie hoffen durften, und am fünften Tag war sie gestorben. Der Krebs sei schon zu weit fortgeschritten gewesen, hatten die Ärzte gesagt.

Ellie war eine große Hundeliebhaberin gewesen und hatte ihren einjährigen Dobermann mit in die Ehe gebracht. Nach ihrem Tod hatte Josh ihn mit zu den Hundezwingern der Polizei genommen und Gulleys Pflege überlassen.

Gulley konnte keinen Hund abweisen und hatte sich darüber gefreut, die Verantwortung für Dyke zu übernehmen. Schnell waren die beiden Freunde geworden. Ellie hätte das bestimmt gefallen. Vor einigen Jahren war der Hund gestorben.

Das Leben mit Ellie hatte Spaß gemacht. Sie war eine lebhafte Partnerin gewesen, humorvoll und fröhlich. Josh vermißte immer noch die langen Abende mit ihr, an denen sie über seine Arbeit diskutiert hatten. Für so manches Problem war ihr eine Lösung eingefallen, auf die er selbst gar nicht gekommen wäre.

Josh schaute auf die Uhr. Kurz nach sieben. Die frühen Morgenstunden waren sehr wertvoll. Er schaffte immer eine Menge Schreibtischarbeit, bevor das Telefon zu läuten begann. Die Hunde waren nun sein Leben. Spark war sozusagen sein Partner. Der Hund schien alles zu verstehen, was er ihm erzählte. Spark arbeitete ausdauernd und mit großer Energie.

Lims erste Besitzer hingegen hatten ihn schon nach den ersten hektischen Wochen Teufelsbraten getauft. Als er sieben Monate alt war, lieferten sie ihn völlig entnervt bei der Polizei ab. Er war ein lebhafter und energievoller Spaniel, der mit seiner Nase mittlerweile schon mehr Leben gerettet hatte, als sich irgend jemand außerhalb der Polizei vorstellen konnte.

Josh hatte in dem Übermut des Tieres bald seine enorme Energie erkannt und sie durch die entsprechende Ausbildung in die richtigen Bahnen gelenkt. Lim liebte die Lernspiele. Geschäftig wedelte sein kleiner Schwanz, wenn er wieder ein neues »Spielzeug« in einem Versteck aufgespürt hatte und es stolz Josh zeigen konnte. Der Hund wußte natürlich nicht, daß die »Spielzeuge« nur als Ersatz für die Bomben dienten, die er später finden sollte.

Für ihn war es einfach eine wundervolle Gelegenheit, seinem geliebten Herrchen zu zeigen, wie gut er arbeiten konnte.

Die Hunde bedeuteten für Josh Aufregung und Leben. Er fand Trost darin zu sehen, wie aus unausgebildeten und linkischen jungen Hunden reife Tiere wurden, die eine ständige Freude waren und einen Gewinn für jede Hundestaffel darstellten. Sie waren zusätzliche Augen und Ohren, hatten kräftige Zähne und konnten auf Kommando wild heulen und bellen.

Ein wirklich aggressiver Hund wurde wieder entlassen. Sparks

Aufgabe konnte es heute sein, einen Kriminellen zu suchen und morgen vielleicht ein vermißtes Baby. Er mußte unbedingt in der Lage sein, den Unterschied zu erkennen. Es war nicht einfach, geeignete Hunde zu finden. Josh und Gulley hatten den ganzen letzten Abend damit zugebracht, quer durch das Land zu telefonieren. Aber gute Hunde waren Mangelware. Warum mußte es auch ausgerechnet Kim, den besten der Gruppe, treffen? Auf Jacko oder Spike hätte Josh wesentlich leichter verzichten können.

Er könnte nun natürlich noch alle Züchter anrufen, aber das würde wahrscheinlich nicht viel bringen. Die Hunde waren vermutlich wesentlich zu jung, oder aber man war bereit, sie aus Gründen abzugeben, die sie auch für den Polizeidienst untauglich machen würden. Hunde, die beispielsweise Schafe anfielen und töteten, konnte die Polizei nicht brauchen.

Er verlor nun langsam die Geduld – mit sich selbst, mit dem ungerechten Schicksal, das ihnen Briers Hund genommen hatte, mit dem Wetter, das die Ausbildung so sehr erschwerte. Nur mit den Hunden verlor er niemals die Geduld. Er gab ihnen alle Zeit, die sie brauchten, um die richtigen Ergebnisse zu produzieren.

Josh sah wieder auf die Uhr. Noch zwei Stunden bis zum Training. Sie würden zuerst die Wagen abspritzen. Kein Polizist konnte seinen Dienst in einem schmutzigen Wagen beginnen.

Er fing an, auf seinem Notizblock herumzukritzeln: Hundeköpfe mit spitzen Ohren. Er war kein besonders begabter Maler, aber es half ihm beim Nachdenken. Die vierte Woche war in jedem Kurs sehr schwierig. Versteckte Probleme kamen langsam an die Oberfläche, der Enthusiasmus nahm ab, und Spannungen traten bei denjenigen auf, die niemals vorher einen Hund besessen hatten. Sie mußten nun feststellen, daß diese Ausbildung keinesfalls der Spaziergang werden würde, den sie sich vorher vorgestellt hatten, sondern harte Arbeit bedeutete.

Viele hatten die Vorstellung, daß sie von allen möglichen unangenehmen Pflichten befreit sein würden, während sie mit den Hunden trainierten. Sie träumten davon, in Begleitung von einem gutaussehenden deutschen Schäferhund die Straße entlangzugehen. Respektgebietend lief der Hund neben ihnen her, während die Leute bewundernd zu ihnen herüberblickten.

Die Älteren wußten es besser, denn sie hatten schon Erfahrung mit Hunden, die der Polizei aus den unterschiedlichsten Gründen zur Verfügung gestellt worden waren. Manche waren außer Kontrolle geraten, hatten Autos und Fahrräder gejagt oder Kinder belästigt. Besonders Jungen mochten es, Hunde zu necken, und die verstanden das natürlich nicht. Nur sehr unterwürfige Hunde tolerierten dieses Benehmen.

Josh hatte schon einige schwierige Kurse gehalten, aber dieser war ohne Zweifel der schlimmste. Noch nie war die Kombination von verschiedenen Persönlichkeiten so ungünstig gewesen.

Gulley betrat mit dem ihm eigenen tänzelnden Schritt den Raum. Trotz seines Alters bewegte er sich immer noch flink und gewandt. Mit hochgezogenen Augenbrauen sah er Josh an.

»Was ist dir denn über die Leber gelaufen?« Er stellte eine dampfende Tasse Kaffee ab. Gulley haßte Kaffeemaschinen und kochte sich immer seinen eigenen Kaffee in der kleinen Hütte, die er Büro nannte. Er stellte eine kleine Pappschachtel dazu.

»Alice hat uns eine Pastete gemacht. Sie sagt, daß du dich nicht genug um dich selber kümmerst.«

Josh mußte lachen. Alice hatte ihn anscheinend als so eine Art zusätzlichen Sohn adoptiert.

»Erinnere mich daran, daß ich ihr einen riesigen Strauß Blumen kaufe«, sagte er. »Sie verwöhnt mich total, und weißt du was? Es gefällt mir.« Er öffnete den Karton und schnupperte genußvoll. »Bring doch bitte deinen Kaffee mit rein. Ich muß mit dir reden. Ich habe gestern abend zu Hause noch etwas nachgedacht.«

Gulley war ein guter Zuhörer. Josh stopfte seine Pfeife und schaute sie gedankenverloren an. »Geben Sie die Pfeife auf«, hatte der Arzt gesagt, als er sich das letzte Mal untersuchen ließ. Mit einem Seufzer klopfte er den Tabak wieder zurück in den Tabaksbeutel und saugte an der leeren Pfeife.

»Schlechte Nacht?« fragte Gulley. »Ich habe gehört, es war einiges los.«

»Eine Bombe. Ein Mordsding. Es wird immer schlimmer.« Josh starrte aus dem Fenster. Er sah nicht den Schnee im Garten des Polizeigebäudes auf der anderen Seite vor sich, sondern die abgesperrte Straße der letzten Nacht, die geparkten Wagen, die Werkstatt mit den vielen Zapfsäulen – viel zu nah –, und er sah den suchenden Lim. »Der Alarm kam um sieben Uhr. Wir haben drei Stunden gebraucht, um das Ding zu finden. Es war in einem Behälter in der Nähe der Werkstatt.«

»So was Hirnverbranntes«, schimpfte Gulley. »Was wollen die nur damit beweisen?«

»Das weiß der Himmel. Ich war schon kaputt, als ich ankam. Wir haben uns aber nicht getraut, ohne eine genauere Untersuchung wieder wegzugehen. Wir waren erst um halb drei nachts fertig. Ich hatte Brier versprochen, sie anzurufen, bin dann aber nicht dazu gekommen. Außerdem sah ich keinen Sinn darin, sie heute morgen anzurufen, nur um ihr zu sagen, daß wir kein Glück gehabt haben. Ich wollte sie lieber schlafen lassen. Ohne die Arbeit mit einem Hund braucht sie auch nicht so früh aufzustehen.«

Josh nahm die Pfeife aus dem Mund. Sie schmeckte schal. Dann legte er sie ganz hinten in die Schublade seines Schreibtisches. Er gelobte, sie nicht mehr herauszunehmen, und wußte, daß er sich nicht daran halten würde. Das ging schon eine ganze Weile lang so.

»Ich komme langsam drüber weg. Ich hatte wirklich Angst. Sie haben die Häuser in der Gegend evakuiert. Zuerst dachte ich, es sei blinder Alarm, aber das war es nicht. Ich hatte schon befürchtet, daß sie es nicht rechtzeitig schaffen, die Bombe zu entschärfen.« Die Erinnerung an die Angst kam zurück, und er erschauerte.

Er nippte von dem Kaffee. Heiß, schwarz und süß. Gulley wußte, was er jetzt brauchte.

»Zwei Zeilen in der Zeitung oder den Nachrichten. Niemand redet über die Hunde, die danach suchen müssen. Diese fürchterlichen Augenblicke, die sich wie eine Ewigkeit dehnen, wenn du nicht weißt, ob die Bombe hochgeht, bevor du sie findest. Ob du in Stücke zerrissen endest oder weiterleben darfst.«

Josh machte eine Pause, während er noch Kaffee trank.

»Es wird jedesmal schlimmer. Allein schon der Gedanke, daß wir das Leben des Hundes riskieren, wenn wir ihn vorausschicken. Lim bekommt keine Medaille dafür, aber ich frage mich, wie viele Leben dieser kleine Hund in den letzten zwei Jahren gerettet hat.«

»Ihm macht seine Arbeit Spaß. Und er weiß nichts über das Risiko.«

Gulley schaute nachdenklich aus dem Fenster und sah die Zwinger. Der kleine Spaniel schlief tief und fest, er war total erschöpft. »Hast du etwas geschlafen?«

»Ich bin mit den Hunden noch ein paar Meilen gelaufen, bevor ich ins Bett gegangen bin. Ich war viel zu aufgedreht, um zu schlafen, und bin draußen rumgelaufen, um das Gespenst der Angst zu vertreiben. Was für Menschen erziehen wir da bloß?«

»Das weiß nur Gott. Aber das alleine ist es doch nicht, oder? Erzähl's dem Onkel.« Gulley warf einen Blick auf das Foto von Ellie. Josh hatte es von seinem gewohnten Platz weggenommen und vor sich hingestellt.

»Erinnerungen?«

In der Woche nach Ellies Tod war Gulley jeden Abend bei Josh vorbeigegangen. Er hatte einfach nur dagesessen, etwas gelesen und versucht, durch seine bloße Gegenwart zu trösten. Alice hatte etwas zu Essen geschickt und war an einigen Abenden mit Gulley gegangen. Sie hatte dann schweigend dagesessen und gestrickt. Auch ihre Gegenwart hatte tröstend gewirkt.

»Das auch. Aber stell dir nur mal vor, der schlimmste Fall wäre eingetreten, und man hätte mich als dienstunfähig ausgemustert. Wie hast du dich gefühlt? Und was würde ich tun?«

»Die Arbeit hier hat mich davor bewahrt, verrückt zu werden«, sagte Gulley. »Ich war damals todunglücklich. Keine Polizeiarbeit mehr, und Miracle war tot. Er war der letzte Windhund aus der Zucht meines Vaters. Alice wußte auch nicht mehr, wie sie damit klarkommen sollte, daß ich dauernd daheim rumhing. Sie ist immer so beschäftigt, und ich war zuvor nie den ganzen Tag über zu Hause. Außer an Wochenenden und in den Ferien. Und das konnten wir ja planen. Wir wären fast handgreiflich geworden. Ich habe überhaupt nicht in ihr Leben gepaßt, und ein eigenes Leben hatte ich plötzlich nicht mehr.«

Er betrachtete den sich verändernden Himmel. Die blaue Morgendämmerung machte den Wolken Platz, ununterbrochen pfiff ein dünner Wind. »Ich muß Hunde um mich haben. Und das wirst du auch brauchen, wenn du mal in Rente gehst. Du wirst dann schon etwas finden, da bin ich ganz sicher. Auf jeden Fall mußt du etwas tun und nicht zu Hause herumsitzen und dich nutzlos fühlen.«

»Ich mache mir aber Sorgen. Und dieser blöde Kurs hilft auch nicht gerade. Wie bin ich bloß an so viele Eigenbrötler geraten?« Josh schielte auf die Uhr. »Mach doch bitte noch einen Kaffee, Gulley. Und wenn du was zu essen hast, bring es doch bitte auch hier rein. Ich habe völlig vergessen zu frühstücken.«

Während er wartete, kritzelte Josh noch mehr Hundeköpfe auf den Block und dachte über vergangene Hunde, Triumphe und Mißerfolge nach. Der beste Hund, den er jemals gehabt hatte, war schon mit weniger als zwei Jahren gestorben, abgestochen von einem Irren. Gulley hatte ihm geholfen, sich davon zu erholen. Er war nun schon seit über sechs Jahren bei der Hundestaffel.

Ihre Freundschaft reichte weit zurück. Gulleys Vater war ein Freund von Joshs Vater gewesen. Vor sehr langer Zeit. Die Windhundrennen des alten Gulley waren legendär. Josh hatte als Teenager viel in den Zwingern herumgelungert. Gulley hatte die letzten drei Hunde geerbt und als Hobby weiter laufen lassen. Miracle hatte Gulley die gute Laune bewahrt, als er in Rente ging, aber als der Hund starb, waren die Depressionen gekommen. Alice hatte sich große Sorgen um ihn gemacht. Doch sie konnte nichts finden, das die leeren Stunden ihres Mannes füllte.

Josh war zu dieser Zeit von dem dauernden Personalwechsel in den Zwingern ziemlich genervt gewesen. Nur die wenigsten mochten diese Arbeit wirklich. Er hatte Gulley vorgeschlagen, in den Zwingern zu arbeiten, und gehofft, ihn damit nicht zu beleidigen. Josh hatte die Sache vorher mit Alice diskutiert, und sie hatte ihn ermutigt.

»Er braucht Hunde«, hatte sie gesagt. »Wir haben zwar meine, aber es sind eben nicht seine eigenen. Und obwohl er Bess sehr mag, ist sie eben kein Windhund. Die Polizeihunde schickt der Himmel. Er mag es nicht, Rentner zu sein. Er fühlt sich so nutzlos und überflüssig. Die Hälfte der Zeit sitzt er da und starrt auf den Fernseher. Aber wenn ich ihn dann frage, was er da anschaut, weiß er nicht einmal, was läuft.«

Die Sache war ein voller Erfolg geworden. Josh mußte sich überhaupt nicht mehr um das Alltagsgeschäft rund um die Zwinger kümmern. Er wußte, daß alles in besten Händen war. Gulley behob sofort jedes Problem, so daß die Gebäude stets in tadellosem Zustand waren.

Gulley teilte seine Hoffnungen und war bereit, seinen Ängsten zu lauschen, wenn Josh ihn darum bat. Als er nun mit seinem zu einer Art Kamm verwuschelten drahtigen Haar zurückkam, erinnerte er Josh wieder einmal an einen ältlichen, flotten Hahn. Der ältere Mann schaute auf den Block. Josh hatte es mittlerweile aufgegeben, Hundeköpfe zu malen. Statt dessen hatte er eine Rose gezeichnet. Gulley zog daraus seine eigenen Schlüsse.

»Toast mit Erdnußbutter ist leider alles, was ich habe. Greif zu.«

Gulley behandelte sein kleines Büro wie ein Zuhause. Alice hatte ihn mit einem Toaster und einer Kaffeemaschine ausgerüstet. Er hatte stets einen Vorrat an Brot, Brötchen, Brotbelag und natürlich Schokoladenriegel und Kartoffelchips. Damit versorgte er die Männer, die vom Dienst kamen und halb verhungert waren, weil sie keine Zeit zum Essen gefunden hatten. Seine Frau backte Kuchen für sie alle. Josh fürchtete schon heute den Tag, an dem sich Gulley zu alt für all das fühlen würde.

»Na los, erzähl schon«, insistierte Gulley und grinste aufmunternd. Josh wünschte auf einmal, er wäre wieder ein kleiner Junge, frei von allen Sorgen.

»Brier. Ich will sie nicht aufgeben, aber sie hat keinen Hund. Niemand konnte mir einen halbwegs in Frage kommenden anbieten. Ich habe mir drei im Tierheim angesehen, als ich nach Hause gefahren bin. Sie waren allesamt verrückt, und niemand konnte sie beruhigen. Sie fürchteten sich vor Schatten und den leisesten Geräuschen. Stell dir die mal im Dienst vor.«

»Unsere wilde Rose«, sagte Gulley. »Sie kann wunderbar mit Hunden umgehen. Wir dürfen sie nicht verlieren.«

»Wilde Rose?«

»So nennen die Männer sie hinter ihrem Rücken. Sie kann ganz schön stachelig reagieren, wenn einer der Männer mal aus der Reihe tanzt und versucht, mit ihr zu flirten.«

»Versuchen sie das?«

»Ich erzähl doch hier keine Geschichten, aber du brauchst dir keine Sorgen zu machen. Ich habe neulich mit angehört, wie sie zu jemandem gesagt hat, daß sie zuerst Polizistin sei, und als zweites und drittes sei sie auch Polizistin. Ihr Geschlecht spiele in dieser Gleichung keine Rolle, und sollte sich einmal einer nicht zu benehmen wissen, würde sie es ihm schon zeigen.«

»Es ist ganz schön schwer, in die Fußstapfen von Tom treten zu wollen«, sagte Josh irgendwie etwas unpassend. Aber Gulley wußte, was er meinte, und nickte.

»Es gibt nicht viele wie Tom, und es ist für Brier noch nicht lange genug her, um seinen Tod überwunden zu haben«, sagte er. »Sie zeigt es nicht deutlich, aber sie nimmt es wirklich sehr schwer.«

»Kim hatte sie gerade wieder etwas ins Leben zurückgebracht«, sagte Josh. »Diese verdammten Leute! Es ist auch so schon schwierig genug, nun mußte das auch noch passieren.«

Er biß in den Toast und fühlte, wie ihn das etwas stärkte. Es war nicht klug gewesen, ohne Frühstück hierher zu kommen. Er war ganz sicher gewesen, daß diese Bombe explodieren und er Ellie diese Nacht Gesellschaft leisten würde. Und da hatte er entdeckt, daß er nicht bereit war zu sterben. Er wünschte, er wäre genauso unwissend und unschuldig wie der kleine Lim, der dachte, er spiele ein aufregendes, schönes Spiel.

»Ich kann gar nicht ohne Brier auskommen.« Wie oft hatte er sich das schon selbst gesagt. »Ich mußte darum kämpfen, sie ins Team zu bekommen. Wir hatten hier noch nie eine Hundeführerin, und es war eigentlich nicht der richtige Zeitpunkt, damit anzufangen. Man hatte mich gewarnt, daß die Männer empfindlich reagieren würden. Genau das tun sie nun auch.«

»Aber sie ist die einzige richtige Hundeführerin, die du im Team hast. Sie ist geradezu dafür geboren«, warf Gulley ein. »Helena hat erzählt, daß sie beinahe neben einer werfenden Hündin in den Zwingern geboren worden wäre.«

Josh grinste.

»Das würde passen.«

Er malte zwei der Hundeohren auf dem Block vor ihm schwarz aus.

»Ich weiß, warum Brier unbedingt in diesem Beruf arbeiten will. Aber warum will Derek das? Das ist etwas, was ich einfach nicht verstehe.«

»Seine Mutter ist nach dem Tod ihres Mannes bei ihm eingezogen. Bis dahin hatte er alleine gelebt und das Leben in vollen Zügen genossen. Ich nehme an, daß er es einfach nicht fertiggebracht hat, seiner Mutter zu sagen, sie solle sich selber eine Wohnung suchen und ihn alleine lassen. Sie engt ihn furchtbar ein. Mit einem Hund muß man viel raus und lange Spaziergänge unternehmen. So kann er weggehen, ohne sie zu verletzen. Er kann den Hund hierlassen, wenn er eine Verabredung hat, und muß seiner Mutter nichts davon sagen. Sie scheint gar nicht zu wollen, daß er ein eigenes Leben führt. Ich nehme mal an, daß sie keine seiner Freundinnen mag.«

Josh lachte.

»Ich bezweifele, daß meine Mutter die Frauen mögen würde, die Derek sich aussucht. Zu kurze Röcke und langes, blondes Haar, wenn es nicht gar grün oder pink ist. Und sie sind nur daran interessiert, sich zu amüsieren.«

»Er hat einen Tanzwettbewerb mit einer von ihnen gewonnen«, berichtete Gulley.

»Derek beschäftigte sich wesentlich mehr mit Frauen als mit seinem Hund«, sagte Josh. »Ich brauche einen Hundeführer, keinen Romeo.«

»Er wird schon noch erwachsen werden und es etwas ruhiger angehen lassen«, hoffte Gulley, der ein unheilbarer Optimist war.

»Wie kommt er mit Brier aus?«

»Nicht allzu schlecht. Er kann ganz schön taktlos sein, aber sie hat anscheinend erkannt, daß er eigentlich niemanden verletzen will. Sie ist viel zu alt für ihn. Er steht auf Frauen um die Zwanzig.«

»Er ist mir gegenüber recht schweigsam.« Josh strich Erdnußbutter auf seine zweite Scheibe Toast.

»Er ist jung«, sagte Gulley. »Er hat Ehrfurcht vor dem Alter. Hast du dich denn damals deinem Direktor anvertraut?«

Josh grinste. Es fiel ihm schwer, sich selber als Autoritätsperson zu sehen, aber wahrscheinlich war er für sein Team genau das.

»Und wie steht es mit Pete und Rob? Sie haben auf ihre Aufnahmeanträge irgendwelche Begründungen geschrieben, aber ich habe den Verdacht, daß das nicht die wirklichen Gründe sind.«

»Robs Familie wird erwachsen. Seine Frau hat vor ein paar Jahren angefangen zu arbeiten. Ihr alter Hund ist gestorben. Und wenn man den ganzen Tag unterwegs ist, kann man sich keinen Welpen ins Haus holen. Sie hat immer einen Hund gehabt. Es ist die sicherste und bequemste Lösung für sie, daß ein Hund im Haus ist, für den sie nicht verantwortlich ist. Sie ist draußen, und der Hund geht mit ihm. So einfach ist das.«

»Und Pete?«

»Merkwürdigerweise derselbe Grund. Neues Baby, die Frau hatte immer Hunde, und nun hat sie keine Zeit mehr. So können sie einen Hund haben, um den sie sich nicht kümmern muß. Sie kann ihn genießen, und Pete ist verantwortlich für das Tier.«

Josh lachte.

»Irgendwie hatte ich nach tieferen Motiven gesucht.«

»Oh, die sind tiefer, als du denkst. Könnte sein, daß das ihre Ehen zusammenhält. Alice und ich... die Hunde sind unser einziges gemeinsames Interessengebiet. Ich weiß nicht, wo wir ohne sie heute wären.« Gulley schaute nachdenklich aus dem Fenster. Die winterlichen Bäume standen starr vor den dunklen, schweren Wolken.

»Vielleicht hast du recht. Wahrscheinlich sollte man nicht zu psychologisch werden. Iß diesen Toast für mich, oder gib ihn den Hunden.« Josh schob seinen Teller zu Gulley rüber. »Mein Appetit ist auch nicht mehr, was er mal war. Früher konnte ich, ohne mit der Wimper zu zucken, vier Scheiben Toast verdrücken.«

Das Essen hatte die Spannung etwas abflauen lassen. Josh sehnte sich seufzend nach seiner Pfeife. Gulley beobachtete ihn schweigend.

»Wie kommt es, daß du das alles weißt und ich nicht?«

»Ich habe mehr Zeit zuzuhören, wenn die Leute reden«, sagte Gulley. Nun war er dran zu grinsen. »Ich bin nur die Aushilfe hier, nicht der Boß.«

Josh sah auf seine Liste. Er hatte in der letzten halben Stunde mehr gelernt als im ganzen letzten Monat. »Und dann ist da noch Gwyn«, fiel ihm ein.

»Gwyn ist leicht. Er ist ein Bauernsohn. Er ist mit Hunden aufgewachsen und der Polizei mit dem Ziel beigetreten, in der Hundestaffel zu arbeiten.«

»Er wird es schaffen. Er hat einen guten Hund.« Josh war sich da ganz sicher.

»Gwyn bringt mit seinem walisischen Humor die anderen zum Lachen. Das ist gut für die Atmosphäre. Und er hat außerdem die Gabe, immer genau die Dinge zu sagen, die eine schwierige Situation entschärfen. Gwyn ist wirklich ein guter Mann. Ich nehme mir viel Zeit für ihn.« Gulley stand auf und dehnte sein linkes Bein.

Seine Arthritis plagte ihn wieder, aber er wollte sich Josh gegenüber keinesfalls etwas anmerken lassen.

»Er ist sein Gehalt wirklich wert.« Josh schaute aus dem Fenster. Aufkommender Wind und Graupel lagen in der Luft. Kein guter Tag. Die Hunde waren an solchen Tagen immer viel unruhiger.

»Tony?« Josh hatte nur noch diesen Namen auf seiner Liste übrig. »Das ist eine schwierige Aufgabe für dich.«

»Seine Frau hatte drei Fehlgeburten, dann eine Totgeburt. Sie haben sich anscheinend sehr ein Kind gewünscht. Der letzte Versuch liegt einige Jahre zurück. Ich glaube, sie ist nun wieder schwanger. Das Baby ist bald fällig, und beide sind ganz verrückt vor Angst und Sorge. Es hat ihn schwer getroffen. Brier hat zwei gesunde Kinder. Das ärgert ihn irgendwie.«

Ich muß also etwas Nachsicht üben, dachte Josh und seufzte. Das machte es allerdings auch nicht leichter.

»Und wie steht es mit mir?« fragte er grinsend.

»Vor fünfzehn Jahren hätte ich keinen Pfifferling um dich gegeben. Ungeduldig, unmöglich, und von allen hast du viel zuviel verlangt. Ellie war das Beste, was dir je passiert ist.«

Josh sah zum wiederholten Mal auf die Uhr.

»Ich geh besser mal. Deine Hunde brauchen noch Futter«, sagte Gulley.

»Noch eine dreiviertel Stunde Ruhe.« Josh spielte mit seinem Stift.

»Von wegen.« Ein Wagen fuhr auf den Hof und parkte sorgfältig.

»Brier. Oh, Gott! Sie kommt bestimmt, um zu sehen, ob ich einen Hund für sie habe. Was, zum Teufel, soll ich ihr bloß sagen?«

»Nichts.« Verblüfft beobachteten die beiden Männer vom Fenster aus, wie Roi aus dem Wagen sprang. Er hüpfte vergnügt an Brier hoch und lief dann quer über das Gelände. Sie pfiff, und er drehte sich schnell um und kam zu ihr zurück.

»Schau dir das an, schau dir das an! Wo hat sie denn den her? Was für ein Hund!« Josh schob Gulley etwas mehr in die Ecke, damit sie von draußen nicht gesehen werden konnten. Fasziniert beobachteten sie Brier und den Hund. Gulley hielt den Atem an, als der Hund aufgeregt fast in das Gesicht der Frau sprang. Dann liefen die beiden Männer nach draußen.

Der Hund drehte sich zu ihnen um, und sie erkannten ihn.

»Das ist Helena Grants Roi«, rief Josh erstaunt. »Das Opfer würde sie nicht bringen, nicht einmal für ihre Tochter, oder? Er ist ein Vermögen wert, und nach seinen Welpen gibt es bestimmt eine riesige Nachfrage.«

Sie beobachteten Brier, wie sie mit dem Hund übte und ein Spiel mit ihm spielte. Sie warf ein kleines Spielzeug weg, er fing es und brachte es zu ihr zurück. Jede Faser seines Körpers strotzte vor Vitalität.

»Junge, Junge«, sagte Josh. »Hoffentlich hat sie ihn nicht bloß ausgeliehen, bis wir einen anderen für sie finden.«

»Soll ich sie rufen?«

»Ach, laß sie nur. Sie wird schon kommen, wenn sie soweit ist. Sie hat vielleicht noch gar nicht bemerkt, daß ich schon hier bin. Ich habe ihren Transporter benutzt. Meiner ist in der Garage. Wahrscheinlich denkt sie, daß er schon die ganze Nacht hier steht.«

Brier wußte, daß Gulley da war. Sein kleines Moped stand an seinem üblichen Platz.

Sie würde mit dem Hund spielen, bis Josh kam. So lange konnte sie die Ruhe und den Frieden genießen, alleine mit ihrem Hund. Niemand außer ihr und ihrem Hund. Sie merkte nicht, daß sie beobachtet wurde, und nahm an, daß Gulley in den Zwingern sei.

»Ich glaube das einfach nicht. Warum sollte Helena uns Roi überlassen?« Josh verspürte plötzlich einen Anflug von Neid. Wenn Star noch leben würde, wäre er heute solch ein Hund.

Gulley las die Zeitung der Züchter, er kannte allen Klatsch und Tratsch und verbrachte seine ganze Freizeit auf Hundeshows und Ausstellungen.

»Es gibt da so ein Gerücht über seine Zeugungsfähigkeit. Vor ungefähr sechs Monaten war er sehr krank. Die letzten drei Hündinnen, mit denen er zusammen war, haben nicht geworfen.«

Während Brier rannte, lief der Hund neben ihr her und sprang an ihrem Arm hoch. Briers Augen leuchteten; sie sah sehr glücklich aus.

Josh, der sie beobachtete, traute kaum seinen Augen.

»Unsere Eislady schmilzt«, sagte er. »Hast du jemals gesehen, daß sich jemand über Nacht so sehr verändert?«

»Sie werden auf den Hund genauso eifersüchtig sein wie auf sie«, vermutete Gulley. »Aber vielleicht bringt das die anderen dazu, etwas härter zu arbeiten. Sie wollen sich schließlich nicht von einer Frau abhängen lassen. Nicht diese Jungs. Höchstens Gwyn würde ihre Überlegenheit anerkennen, aber die anderen nicht.«

Josh mußte einfach näher herangehen und den Hund genauer ansehen. Er mußte ihn anfassen und sichergehen, daß er sich nicht irrte. Roi bewegte sich über den Boden, beinahe ohne ihn zu berühren. Er rannte von Brier weg und legte sich hin, wenn sie ihm leise ein Kommando gab, so leise, daß es keiner der Männer hören konnte.

Als sie sich ihr näherten, drehte Brier sich um und winkte. Roi legte sich zu ihren Füßen hin. Seine Ohren bewegten sich, als zuerst eine Stimme und dann eine andere sprach. Als Gulley hustete, legte Roi den Kopf auf die Seite.

»Wie hast du Helena rumgekriegt?« fragte Josh. »Das ist doch Roi, oder?«

»Ja, das ist Roi. Nur...«

»Er kommt nur unter bestimmten Bedingungen her?«

»O ja. Er gehört mir. Und wenn er durchfällt, nehme ich ihn als Haustier mit nach Hause.«

»Und er muß für Zeugungen zur Verfügung stehen?«

»Das ist der Grund, warum er hier ist. Er hatte eine Infektion. Er ist steril.«

»So hat alles irgendwo auch seine guten Seiten.« Gulley hatte immer einen passenden Spruch auf Lager. »Ich hatte schon solche Gerüchte gehört. Du weißt ja, was so los ist. Zieh die guten Hunde aus dem Verkehr, damit sie nicht mehr an die Hündinnen kommen. Ich wußte allerdings nicht, daß es wahr ist.«

»Es ist nur zu wahr, aber wir wissen es erst seit gestern mit Bestimmtheit. Mutter erfuhr die Testergebnisse, als ich gerade da war.«

»Und dann hat sie ihn dir einfach so gegeben? Sie hätte ihn doch noch anderweitig einsetzen können.«

»Nein, einfach so hat sie ihn mir natürlich nicht gegeben. Es ist eine lange Geschichte, und ich weiß nicht, wo ich anfangen soll.«

»Das Wichtigste ist, daß du einen Hund hast. Und was für einen«, strahlte Gulley.

Brier lächelte ihn an. Sie war nicht in der Lage, ihre unbändige Freude zu verstecken.

»Ihr habt keinen für mich gefunden, oder? Es kam etwas dazwischen, und ich habe vergessen, euch gestern abend noch anzurufen, um es zu erzählen.«

»Josh ist um sieben Uhr abends noch zu einem Einsatz gerufen worden. Ich war in meinem Hundeverein, wir haben erst sehr spät Schluß gemacht.« Gulley zupfte an seinem Schnurrbart.

»Du hättest uns also gar nicht erreichen können.«

Roi beobachtete sie alle genau, während er zu Briers Füßen lag.

»Ich habe doch gesagt, daß es eine gute Lösung geben würde.« Gulley grinste Josh an. »Das dritte Mal Glück gehabt, aber schließlich habe ich heute auch zwei Elstern gesehen.«

Seine Stimme strotzte nur so vor Selbstzufriedenheit. Joshs Vater hatte geschworen, daß Gulley irgendwo zwei zahme Elstern versteckt hielt, die ihm immer Glück brachten. Sam Thornton hatte oft Gulleys Hunderennen beobachtet. Wenn Miracle lief... dieser Windhund war eine Legende. Josh konnte noch heute die enthusiastische Stimme seines Vaters hören, obwohl er und der Hund schon seit Jahren tot waren:

»Ein Traum von einem Hund. Leichtfüßig, er fliegt die Rennbahn entlang, er hängt jeden anderen Hund ab.« Miracle war mit Gulleys magischem Trank aufgezogen worden, dessen Rezept jetzt den Polizeihunden zugute kam. Alice stellte das geheimnisvolle Mittel für das Futter ebenso zur Verfügung, wie sie sie alle mit Kuchen versorgte.

»Das löst alle unsere Probleme«, sagte Josh. Die Sorgen fielen langsam von ihm ab. Dieser Hund würde in die Geschichte eingehen. So einen guten hatten sie nie zuvor gehabt. Das drückte sich in jeder Bewegung des Hundes aus, in seinem sofortigen Gehorsam und seinen beobachtenden Augen, die nie von Briers Gesicht abließen, während er ganz ruhig dalag.

»So kann man das leider nicht sagen«, schränkte Brier ein. Sie ging zu dem Hund hinüber und lobte ihn, bevor sie ihn an die Leine nahm. Sie gab die Leine an Gulley weiter.

»Am besten gewöhnt er sich gleich daran«, sagte sie. »Josh, ich muß mit dir reden.«

»Ärger?« fragte Josh und war sofort besorgt.

»Viel Ärger.«

Er erinnerte sich noch an sie als dünnbeiniges Schulmädchen. Brier hatte sich in eine gutaussehende Frau verwandelt. Sie besaß klare

Gesichtszüge und eine wunderbare Haut. Ihre braunen Augen unter den gepflegten Augenbrauen schauten ihn offen an.

Mit Josh ging sie in das Büro, während Gulley Roi zu den Zwingern führte.

»Wir müssen uns besser kennenlernen«, sagte er. Der Hund drehte sich nach Brier um, die die drei Stufen hinaufstieg und dann nach drinnen aus seinem Gesichtsfeld verschwand.

Sie setzte sich hin. Das Licht fiel auf ihr geschmeidiges, blauschwarzes Haar. Als Brier Ellies Foto erblickte, dachte sie, daß Josh dem Andenken seiner Frau ebenso die Treue hielt wie sie dem Andenken Toms.

»Meine Mutter hatte schon mal begonnen, ihn etwas zu trainieren. Er hat angefangen mit dem Aufspüren, und er kann Spuren verfolgen... und er hat alles, was wir brauchen. Das habe ich letzte Nacht herausgefunden. Tja, und da liegt auch das eigentliche Problem.« Josh kannte Helena gut. Er hatte sie regelmäßig besucht, als ihr Mann noch gelebt hatte. Seitdem nicht mehr so häufig, denn er war in der letzten Zeit viel beschäftigter als noch vor vier Jahren.

Der kleine Zeiger eilte über das Ziffernblatt der Uhr. Der Rest des Teams würde bald hier sein. Allerdings mußten sie sich erst um die Hunde kümmern und sie ausführen, bevor der Unterricht anfing.

»Ich war gestern in Willowbank. Die Hunde waren sehr unruhig, besonders Roi. Und das waren sie den ganzen Abend.« Brier versuchte, ihre Gedanken zu ordnen und den Bericht kurz zu fassen.

»Schließlich habe ich mich dazu entschlossen, Roi rauszulassen, damit er sich auf dem Feld etwas austoben kann. Er kommt immer, wenn man ihn ruft. Er rannte direkt zu einem Haufen Abflußrohre und gab die merkwürdigsten Laute von sich.«

Josh wußte, wovon sie sprach. Nicht alle Hunde machten dieses Geräusch, nur einige wenige, wertvolle Exemplare, die sich ihren natürlichen Instinkt bewahrt hatten.

»In den Abflußrohren hatte sich ein Kind versteckt. Ein Freund meines Sohnes. Er ist ein armer kleiner Kerl, der soviel Zeit wie nur möglich in den Zwingern oder bei Ben verbringt. Er liebt die Hunde, ganz besonders Roi. Ich habe ihn viel öfter, als mir eigentlich bewußt war, bei mir zu Hause angetroffen. Er hat dann mit meinen Kindern Tee getrunken.«

Josh griff nach seinem Stift. Er zog es vor herumzukritzeln, während er zuhörte. Er malte eine wilde Rose und strich diese hastig wieder durch. Statt dessen zeichnete er den Kopf eines Hundes.

»Und?« Brier hatte anscheinend Schwierigkeiten, ihre Geschichte zu erzählen. Er ahnte, daß mehr dahintersteckte, als er bis jetzt gehört hatte.

»Es gibt da ein paar Komplikationen. Der Junge war ganz schmutzig und verfroren, so daß meine Mutter ein heißes Bad vorschlug. Simons Mutter hat vor zwei Jahren Selbstmord begangen. Sein Vater hat wieder geheiratet. Als wir ihm beim Ausziehen halfen ... er ist zehn, wie Ben ... sein Rücken war vollständig mit Striemen übersät.«

»Hast du das gemeldet?«

»Als ich es entdeckte, war es schon zu spät am Abend. Und jetzt erreiche ich auch vor neun Uhr niemanden, oder?«

»Wer ist dafür verantwortlich? Hat das Kind irgendwas gesagt?«

»Sein Vater. Gracie kam vorbei. Er wollte eigentlich nur Hundefutter holen. Wir haben ihm dann die ganze Geschichte erzählt. Offensichtlich trinkt der Mann. Er hat deswegen schon seine Arbeit verloren und seinen Führerschein. Er hat schon ein paar Nächte im Gefängnis verbracht, wegen Trunkenheit und Ruhestörung. Er benutzt einen Gürtel mit Schnalle. Es war nicht nur ein Ausrutscher, denn Simon hat auch ältere Narben. Und es handelt sich eindeutig um Narben.«

Brier schaute aus dem Fenster und wünschte, sie könnte das alles vergessen.

Dunkle Wolken türmten sich auf. Einige Schneeflocken tanzten in der Luft.

»Was hast du unternommen?«

»Ich habe ihn mit zu mir nach Hause genommen. Gracie ist zu seinen Eltern gegangen. Der Vater war anscheinend ganz apathisch, und die Stiefmutter konnte seine Sachen gar nicht schnell genug einpacken.«

»Du hast dich emotional eingelassen und persönlich in die Sache verwickeln lassen.«

Das war ein schwerer Verstoß gegen die Regeln bei der Polizei.

Brier zuckte mit den Schultern und hob hilflos ihre Hände.

»Was sollte ich denn tun? Das ist nicht einfach nur irgendein Kind.

Es ist ein Kind, das ich sehr gut kenne. Ich kannte seine Mutter. Sie war zwar nicht gerade meine Freundin, aber ich glaube, sie hat mich als solche angesehen. Diese Frau hat sich an ihren Ehemann herangemacht, und Jenny hat sich umgebracht. Hat sich selber im Auto vergiftet. Erinnerst du dich an den Fall? Es ist zwei Jahre her. Simon ist so oft bei uns. Kate füttert ihn, und Ben spielt mit ihm.«

Die Männer trafen einer nach dem anderen ein. Ein Hund bellte, irgend jemand rief eine Begrüßung. Ein anderer Mann lachte.

»Ich frage mich, ob sie irgendwo einen Hund für unsere wilde Rose aufgetrieben haben«, sagte eine unidentifizierbare Stimme ziemlich laut direkt vor der Tür.

»Ich hoffe es. Sie hatte wirklich Pech.« Das war Gwyn. Die Fußstapfen entfernten sich.

»Wußtest du, daß sie dich so nennen?« fragte Josh und schaute in ihr plötzlich errötetes Gesicht.

»Ja, liegt doch irgendwie auf der Hand, oder nicht? Josh, was mache ich nur mit Simon? Ich kann doch nicht einfach so tun, als sei nichts geschehen.«

»Du mußt das Jugendamt informieren«, riet ihr Josh. »Fang da an. Das Jugendamt übernimmt die Sache und sorgt dafür, daß der Junge ein sicheres Zuhause bekommt.«

»Ich möchte ihn in Pflege nehmen«, entgegnete Brier. »Er hat hier seine Freunde, seine Schule; er kennt unsere Familie und andere Leute. Ich kann es kaum aushalten, daran zu denken, daß sie ihn von hier wegholen und zu irgendwelchen fremden Leuten geben. Er hat eine Todesangst vor seinem Vater, und er schreit hysterisch, wenn irgend jemand davon spricht, ihn nach Hause zu schicken.«

Die bloße Erinnerung an die Angst des Jungen regte sie wieder auf.

Beide zuckten zusammen, als von der Türe her eine Stimme erklang.

»Das ist vielleicht ein Zuhause. Die Frau ist keine Hausfrau und kocht nie eine Mahlzeit für das Kind. Er wird oft in das Gewächshaus verbannt, das sie in so eine Art Spielzimmer umgebaut haben. Wenn man einen Tisch, einen Stuhl und ein paar Spiele als Ausrüstung für ein Spielzimmer bezeichnen kann. Es ist nicht geheizt. Sein einziger Freund ist seine Katze, die ich gestern bei Brier abgeladen habe, um ihr noch mehr Ärger aufzuhalsen.«

Beide hatten John Grace nicht hereinkommen hören.

»Nun?« Brier wollte nicht ohne eine Antwort gehen. Josh war nun mal ihr Chef, und sie brauchte einen Rat. »Glaubst du, ich könnte ihn in Pflege nehmen?«

»Klingt ganz vernünftig. Wenn du die Leute vom Jugendamt überzeugen kannst. Du kennst das Kind. Es hört sich so an, als hätte der kleine Kerl schon genug gelitten. Würde es Birdie was ausmachen? Sie kümmert sich ja schließlich am meisten um die Kinder, oder?«

»Der Vorschlag kam von ihr. Simon hat so viel Zeit bei ihr oder meiner Mutter verbracht, daß er sich ohnehin schon als Familienmitglied fühlt.«

Sie seufzte.

»Noch ein Kind bedeutet noch mehr Verantwortung, aber da ist irgendwas mit dem Jungen... Ich kann einfach nicht zulassen, daß er zurück muß, und ich kann auch den Gedanken kaum ertragen, daß er zu fremden Leuten gegeben wird, die vielleicht kaum besser sind als seine eigene Familie.«

»Ich werde mich mit dem Jugendamt in Verbindung setzen«, versprach Gracie. »Ich nehme an, Birdie kann damit umgehen, wenn sie dann zu ihr kommen?« Brier grinste. Kate konnte furchtbar sein, wenn sie gereizt wurde.

»Ich werde auch da sein, denn ich habe ihn letzte Nacht gesehen«, fügte er hinzu. »Diese Narben auf seinem Rücken sprechen für sich. Wir kriegen das vielleicht hin.«

»Tu dein Bestes«, sagte Josh.

Draußen auf dem Hof waren mittlerweile die Männer und die Hunde alle versammelt. Stimmen schwirrten über den Platz, nur unterbrochen von dem Bellen der Hunde.

»Zeit zu arbeiten«, fügte Josh hinzu.

Innerhalb weniger Minuten waren sie alle in Anspruch genommen. Brier war sich der heimlichen Blicke, die die Männer ihrem Hund zuwarfen, bewußt.

Siebtes Kapitel

Heute herrschte zu Beginn des Trainings noch mehr Unruhe als sonst. Die Männer machten einen unkonzentrierten Eindruck und richteten ihre Augen konstant auf Brier und Roi.

Josh war sonst eigentlich selten eifersüchtig, aber nun konnte auch er dieses Gefühl nicht unterdrücken. Solch einen Hund hatten sie noch nie gehabt. Brier behandelte ihn ganz sanft, neckte ihn und provozierte ihn damit, sich in Bewegung zu setzen. Wenn er zu aufgeregt wurde, beruhigte sie ihn wieder. Der Hund beobachtete sie dabei mit einem Interesse, das sich zu einer völligen Ergebenheit entwickeln würde. Helena hatte ihn schon etwas ausgebildet, aber er ahnte wohl, daß er nun eine ganz neue Welt mit neuen Regeln und Gewohnheiten betreten hatte. Während Brier ihn auf Herz und Nieren prüfte, tänzelte er aufgeregt.

Brier hatte vor Freude alles um sich herum vergessen. Von so einem Hund hatte sie schon immer geträumt. Er war sogar besser als ihr vor langer Zeit verstorbener Champion Arno. Helena hatte damals ihre Tochter im Abrichten von Hunden unterrichtet, was zu einem freundlichen Wettstreit zwischen den beiden geführt hatte. Brier hatte immer gedacht, daß sie niemals wieder einen Hund wie Arno finden würde. Aber sie hatte sich geirrt, und darüber freute sie sich riesig. Roi war ein Wunder auf vier Beinen. Er war geradezu für diese Aufgabe gezüchtet und geboren worden. Bisher hatte er einfach nur noch nicht die Gelegenheit gehabt, sein wahres Talent zu zeigen. Helena hatte ihm zwar schon einiges beigebracht, aber eben nur ein wenig. Ein ganzer Stall voller Pflegetiere und ihre eigenen elf Hunde nahmen sie zu sehr in Anspruch. Es hatte ihr die Zeit gefehlt, Roi gründlich auszubilden.

Roi konnte schon bei Fuß gehen, auf Zuruf kommen und auf Kommando reglos stehenbleiben. Außerdem konnte er suchen. Aber bisher wußte er noch nicht, wozu diese Übungen gut waren. Er war unsicher, aber das würde sich mit zunehmender Übung legen. Er hatte auch angefangen zu lernen, daß es nicht schlimm war, wenn eine Person, die er liebte, ihn fortschickte.

Josh konnte seine Augen gar nicht von ihnen wenden. Das war das Team, das er sich immer gewünscht, aber nie gehabt hatte. Sie würden in die Geschichte eingehen; ein legendäres Paar. Es hatte in der Vergangenheit schon einige Beispiele gegeben: Hunde und Männer, an die man sich immer noch erinnerte. Wie den weißen deutschen Schäferhund von Stafford vor vielen Jahren. Josh hatte ihm damals häufig zugeschaut.

Jahrelang hatte er versucht, die Kommandos für den Hund zu hören oder zu sehen. Aber Herr und Hund hatten eine lautlose Einheit gebildet. Offensichtlich brauchte man dem Hund nichts zu sagen. Jedesmal, wenn der Hund erfolgreich war, konnte man sehen, wie sehr das den Mann erfreute. Und der Hund war außergewöhnlich erfolgreich gewesen.

Genauso, wie Roi es eines Tages auch sein würde. Brier war in eine neue Dimension vorgedrungen, und sie vergaß alles um sich herum, während sie arbeitete. Rois Augen wichen nicht von ihrem Gesicht. Was soll ich nun tun? Dieses oder jenes oder vielleicht das? Er machte kaum einen Fehler, obwohl er bisher noch weit davon entfernt war, perfekt zu sein. Das würde noch kommen. Er stand ja noch am Anfang des Unterrichts.

Wie würden sich die Hunde wohl unter stärkerem Druck verhalten? Sie hatten nicht mehr viel Zeit. Normalerweise versuchten Hundebesitzer nicht, ihre Haustiere in dreizehn Wochen auszubilden. Und die meisten dieser Hunde waren als Haustiere gezüchtet worden.

Roi gab ihm Hoffnung. Wenn die Männer sahen, wie er arbeitete, inspirierte sie das vielleicht, mehr Zeit und Mühe in diesen Kurs zu investieren. Vielleicht taten sie dann auch etwas mehr in ihrer Freizeit mit den Hunden. Vielleicht würden sie ihn doch noch für die Mühe belohnen, die er sich gab, um sie zu motivieren, aus ihren Hunden sichere und gute Tiere zu machen.

Gulley, der eigentlich die Zwinger reinigen sollte, wurde geradezu magnetisch von Brier und Roi angezogen. Er stand am Rand des Feldes und genoß die Szene. Helena Grant hatte ihre Tochter gut unterrichtet. Sie war selber eine Perfektionistin und hatte wenig Geduld mit jenen, die Fehler machten. Damals hatte Brier den Unterricht nicht gemocht, jetzt schätzte sie ihn. Eigentlich konnte Josh nicht mehr viel tun, um ihre Qualität im Umgang mit Hunden noch zu steigern. Sie war schnell, korrigierte umgehend, und ihr Timing war perfekt. Ihr Lob für den Hund kam von Herzen, und der Hund reagierte darauf. Er hielt sich ganz an ihren Rhythmus, wenn er bei Fuß ging.

Gulleys und Joshs Blicke trafen sich, die beiden lächelten sich an. Sie konnten ihre Freude nicht verbergen. Josh genoß diesen Augenblick. Hier fühlte er sich genauso zu Hause wie in seinem eigenen Heim.

Weiter hinten stand ein großer Block von Apartmenthäusern am Rand der Stadt, nicht weit vom Hauptgebäude der Polizei entfernt. Die Pappeln, die das Ausbildungsgelände säumten, bewegten sich in einer leichten Brise. Früher hatte die Ausbildung an den verschiedensten Plätzen stattgefunden, an denen sich die Hunde aufhalten konnten, ohne in Konflikt mit zufällig vorbeikommenden Passanten zu geraten. Nun hatten sie wenigstens ihren eigenen Platz.

Vom Hauptgebäude, wo Josh die letzten Jahre über gearbeitet hatte, bis zum Ausbildungsplatz benötigte man mit dem Auto ungefähr fünfzehn Minuten. Angrenzend befand sich landwirtschaftlich genutztes Gelände. Und obwohl die Zwinger, Garagen und das einstöckige Bürofertighaus schon seit einigen Jahren dort standen, hatte man das Land daneben erst kürzlich erworben.

Die beiden Polizeihäuser waren neu und noch immer nicht fertiggestellt. Die Bauarbeiter waren erst vor kurzem abgezogen. Nun waren die Stukkateure und die Elektriker zugange. Eines der beiden Häuser würde Josh beziehen. Das wäre dann viel bequemer und praktischer für ihn. Er fragte sich, welchem der Männer das andere Haus zugewiesen werden würde.

Er versuchte, seine zerstreuten Gedanken zu sammeln, als er bemerkte, daß Ärger anstand. Genau der Ärger, den er befürchtet hatte und von dem er gehofft hatte, daß er nicht auftreten würde. Tony schimpfte lauthals mit seinem Hund. Seine Stimme war scharf und ärgerlich. Jacko duckte sich. Ihm war wohl bewußt, daß er sein Herrchen enttäuscht hatte. Der Hund irritierte Tony, dessen dunkles, kantiges Gesicht seine Verärgerung deutlich zeigte.

Josh hatte den ruhigsten der Hunde für Tony ausgesucht, weil er wußte, daß zwei ungeduldige und leicht erregbare Geschöpfe zusammen immer nur Ärger und Katastrophen bedeuteten. Tony hätte sich allerdings ein lebhafteres Tier gewünscht. Außerdem erwartete er zuviel von Jacko. Es war ihm nicht klar, daß alle Hunde, sogar die intelligentesten, eine gewisse Zeit zum Lernen brauchten.

Josh warf einen Blick auf die Gesichter der anderen Männer. Gwyn schaute grimmig drein, seine Augen blitzten ärgerlich. Brier fixierte konzentriert einen kleinen Punkt irgendwo auf der Erde. Die anderen Männer sahen unbehaglich aus. Sie wußten alle, daß Tony zu sehr aus der Rolle fiel.

Brier ging über das Feld und beunruhigte damit ihren eigenen Hund, der sofort aufhörte, am Gras zu schnüffeln. Als sie mit Roi sprach, schaute er zu ihr hoch.

Sie gab ihm das Kommando, bei Fuß zu gehen, aber da war irgendein starker Geruch am Boden, der ihn völlig in Anspruch nahm.

Tonys Gereiztheit wurde von einem feinen, boshaften Lächeln abgelöst. So, als hätte er etwas gesehen, was Roi oder Brier in Mißkredit bringen könnte. Pete und Rob sahen beide interessiert zu. Sie wußten, daß der Hund ungewöhnlich intelligent war, aber sie wußten nicht, daß Roi von einer Klasse war, wie sie sie wahrscheinlich nicht noch einmal in ihrem Leben erleben würden. Gulley hatte seine eigenen guten Gründe, warum er die beiden Zwiddeldum und Zwiddeldei getauft hatte, obwohl sie nicht annähernd so aussahen wie das Pärchen bei *Alice hinter den Spiegeln*.

Rob war ein großer Mann mit langsam ergrauenden, dicken roten Haaren. Pete war etwas kleiner und hatte noch nicht die Reife, die mit dem Alter kam. Er sah fünf Jahre jünger aus als seine sechsundzwanzig, und er wurde oft unterschätzt. Er, Derek und Tony gehörten alle in die gleiche Altersgruppe. Wie unterschiedlich Männer doch sein können, grübelte Gulley, dessen wachen Augen nichts entging.

Gwyn, ein untersetzter Mann mit dunklem, lockigem Haar und einem ansteckenden Lächeln, war mit seinen Ende dreißig ein paar Jahre jünger als Rob. Er beobachtete Brier intensiv und bewundernd. Sein eigener Hund bemerkte, daß sein Herrchen ihn vergessen hatte, und knurrte Jacko an, der ihm etwas zu nahe gekommen war. Gwyn reagierte sofort und schimpfte mit Loki. Dann suchte er eine sichere Entfernung auf. Widerwillig erinnerte er sich daran, daß er jetzt eigentlich auch arbeiten sollte.

John erkannte nun mit Sicherheit, daß er zumindest in Gwyn einen Mann im Team hatte, der mit Hunden umgehen konnte und sie verstand. Auch Gwyn konnte das, was sich vor ihnen abspielte, als ein Wunder begreifen. Gwyn hatte in der Vergangenheit Hunde für die Bewachung von Schafen ausgebildet. Das war zwar eine ganz andere Sache, aber die Herangehensweise an die Hunde war eine ähnliche. Loki reagierte gut auf Gwyns Anweisungen und sein Lob.

Jede Bewegung ihres Hundes sagte Brier etwas über ihn und die Art, wie er bisher gelernt hatte. Er war lebhaft und eifrig und machte den Ausbildungskünsten ihrer Mutter alle Ehre. Es konnte so leicht passieren, daß man die Tiere mit zuviel Training überforderte. Die Hunde arbeiteten dann nur noch widerspenstig und nicht mit Begeisterung.

»Roi! Sitz!«

Sie beabsichtigte, ihn von sich weg zum Zaun zu schicken. Diese Übung war nicht besonders einfach, aber Helena hatte gesagt, daß er mit der Übung schon vertraut war, auch wenn er sie noch nicht sehr gut beherrschte. Sie ging hinüber zum anderen Ende des Grundstücks. Der Hund ließ sie nicht aus den Augen. Sie rieb mit der Hand über den Boden, so, als würde sie etwas liegenlassen, und ging dann zu ihm zurück.

Roi war schon mit voller Geschwindigkeit losgelaufen, bevor Brier überhaupt das Kommando gegeben hatte. Das mußten sie noch etwas verbessern. Er hatte zu lernen, sich nicht zu bewegen, bis sie das Kommando gab. Als er sein Ziel erreichte, rief sie ihm zu, sich hinzulegen. Er drehte sich um und warf sich in einer großen, selbstbewußten Geste auf den Boden.

Josh schluckte. Er fühlte sich, als hätte er soeben die Kronjuwelen erobert. Sein eigener Hund, Spark, war schon sehr gut, aber Roi war brillant. Daß er ihn in seinem Team hatte... Sein Team würde bestimmt das beste im Land werden.

Brier kehrte zurück und sah dabei aus, als würde sie auf einer Wolke laufen. Sie hatte noch nicht ganz erfaßt, wie gut Roi war. Helena hatte ihr wirklich etwas ganz Außergewöhnliches überlassen.

»Wird er es hinbekommen?« fragte sie Gulley, der immer noch zuschaute und gedankenverloren sein schmerzendes Bein rieb. Eigentlich müßte er schon längst bei der Arbeit sein, aber er konnte dieser Vorstellung einfach nicht widerstehen.

Gulley lachte herzlich.

»Du wirst Vorhängeschlösser an deinem Haus, dem Wagen, dem Zwinger oder wo immer du ihn läßt, brauchen«, sagte er. »Wir werden alle so grün vor Neid sein, und jeder wird ihn besitzen wollen. Was für ein Hund! Ich habe erst einmal so einen gekannt, meinen Miracle. Der hat jedes Rennen gewonnen, an dem er teilgenommen hat. Dafür geboren.«

Er nahm seinen Besen und ging weg. Ein kleiner, leidenschaftlicher Mann in einem braunen Overall. Er hatte Joshs eigene Gedanken laut ausgesprochen.

»Wir können weitermachen, ohne darauf zu warten, daß Roi aufholt«, sagte er. »Er wird überhaupt keine Probleme haben. Wir haben wirklich Glück gehabt.«

Es konnte nicht schaden, dies deutlich herauszustellen. Schließlich würden sie alle davon profitieren. Aber während er seine Gruppe musterte, ging ihm auf, daß es Probleme mit Derek und Tony geben würde. Er schaute sich die Hunde an.

Spike sprang aufgeregt herum und weigerte sich zu sitzen, was Derek wütend machte. Der Hund reagierte schnell und wurde von der Anspannung angesteckt. Tonys Hund Jacko saß hingegen völlig gleichmütig da und mußte erst aus seiner Lethargie herausgerissen werden. Er hatte sich bisher noch nicht an die Disziplin gewöhnt. Zu Hause war es viel aufregender gewesen, denn da hatte er machen können, was er wollte. Niemand hatte ihm dort je gesagt, was er zu tun und zu lassen hatte. Das Wort »nein« kannte er gar nicht.

Major und Storm machten Fortschritte. Sie saßen nun beide ruhig da. Pete und Rob waren geduldig. Bevor Pete zur Polizei gekommen war, hatte er mit jugendlichen Straffälligen gearbeitet. Von Rob nahm Josh an, daß er gelernt hatte, Geduld zu üben, als seine Familie wuchs.

Loki langte mit seiner Pfote nach Gwyn. Der beugte sich nieder und setzte die Pfote wieder herunter.

»Benimm dich, Junge, oder ich tausche mit Brier, und das würde dir gar nicht gefallen. Du wärst ganz schön eifersüchtig, wenn ich einen besseren Hund als dich hätte, nicht wahr?«

Josh fing an, sich Sorgen zu machen. Würde Roi etwa noch mehr Probleme verursachen, als sie ohnehin schon hatten?

Der Regen, der sich schon den ganzen Morgen über angekündigt hatte, brach plötzlich los.

»Wir werden eine Pause machen«, sagte er zu Gulley. »Ich möchte hier jetzt keinen Krieg.«

»Ich hole mal besser Alices Walnußkuchen.« Gulleys schiefes Grinsen brachte seine Augen zum Leuchten. »Nichts wird sie besser beruhigen, als sich ein bißchen vollzustopfen.« Alice bot ihnen jeden Tag etwas anderes an, und es machte einen großen Teil des Vergnügens aus zu erraten, was Gulley wohl heute in der Satteltasche seines Mopeds angebracht hatte. Gulley behandelte die Männer etwa so wie seine Hunde. Er gab in einer Art und Weise auf sie acht, daß Josh beinahe neidisch wurde.

Brier schloß die Zwingertür hinter ihrem Hund und schaute ihn durch die geschlossene Tür an. Die morgendliche Arbeit hatte ihn ermüdet. Helena hatte nie so viel von ihm gefordert. Er machte es sich bequem und versteckte seine Nase zwischen seinen Pfoten.

Müdigkeit überfiel Brier. Wenn sie doch nur Simon behalten könnte. Den Gedanken an einen Pflegeplatz, der meilenweit entfernt lag, konnte sie kaum ertragen. Das Kind würde gar nicht verstehen, was da mit ihm geschah.

Es fiel Brier schwer, sich zu konzentrieren. Sie war viel zu aufgedreht. Sie fürchtete sich davor, daß Simon zu sehr ein Teil der Familie werden könnte. Es gab ja keine Garantie dafür, daß er bleiben durfte oder sie es erreichen würde, ihn zu behalten. Außerdem wollte sie nicht noch mehr Verwirrung während der verbleibenden Zeit des Kurses. Ihre ganze Zukunft hing davon ab, ob sie die Abschlußprüfung bestand oder nicht. Die Ausbildung beanspruchte fast alle ihre Kräfte. Ein weiteres Kind bedeutete zusätzliche Verantwortung. Für Männer war das vielleicht leichter, denn die konnten die tägliche Last auf den Schultern ihrer Frauen abladen. Aber selbst mit Kate, die sich um die meisten Aufgaben kümmerte, war doch sie es, die planen und an alles denken mußte.

Als sie zu Hause ein wenig mit dem Hund trainiert hatte, war ihr bereits klar geworden, daß die bloße Anwesenheit der Kinder ausreichte, um den Umgang mit Roi zu erschweren. Er zog dann in die Richtung der Kinder und wollte von ihnen gestreichelt werden.

Aber warum sollte sie sich darum jetzt schon Sorgen machen? Sie mußte jeden Tag einzeln angehen. Das hatte sie während der letzten beiden Jahre gelernt. Sie war heute morgen sehr aufgeregt gewesen, aber sie wußte auch, daß nun eine Menge Schwierigkeiten vor ihr lagen.

Als Brier in das Büro kam, spürte sie sofort, daß Spannungen in der Luft lagen. Ihre Probleme hier hatten sich wohl bereits verstärkt.

»Was macht er denn hier?« fragte Tony Josh. »Er ist doch wohl ein Vermögen wert, oder?« Tony mochte seinen eigenen Hund nicht, weil er ihn für stur und unkooperativ hielt. Und er wußte, daß der Hund diese Gefühle in vollem Umfang erwiderte. Er klang sehr ärgerlich.

Derek betrat den Raum, warf zuerst Tony und dann Brier einen Blick zu und zog eine Augenbraue hoch. Er wollte schon etwas sagen, überlegte es sich dann jedoch anders und ging zu einem Stuhl.

Josh schob Brier zu einem Stuhl. Sie setzte sich und nahm ein Stück von Alices Walnußkuchen. Sie biß herzhaft hinein, als könnte das alle Probleme dieses Lebens lösen. Der Kuchen war mit einer dicken Creme und Marmelade gefüllt, geradezu sündhaft. Wenn sie weitere Stücke dieser Größe essen würde, wäre sie bald zu fett, um noch mit ihrem Hund zu trainieren. Die Creme verschwand in ihrem Mund. Der gute alte Gulley. Wenigstens ihn störte es nicht, daß sie eine Frau war. Sie fühlte sich, als hätte sich jeder hier im Raum gegen sie verschworen. So, als wünschten alle, sie wäre nicht hier. Anscheinend waren sie eifersüchtig auf ihre Fähigkeiten und ihre Herkunft.

Josh schaute sie kurz an, bevor er antwortete. Es war ihm klar, daß sie die ärgerlichen Worte gehört haben mußte, bevor sie hereingekommen war.

»Er ist der Zuchthund von Briers Mutter. Aber er ist jetzt zeugungsunfähig. Roi hat sich bei einer Hündin angesteckt. Mrs. Grant war so freundlich, uns den Hund zu überlassen. Die Bedingung ist allerdings, daß er Briers persönliches Eigentum ist. Und sollte er am Ende durchfallen, wird er ein Haustier werden. Wenn Brier unser Team verlassen sollte, geht der Hund mit ihr.«

Auf seine Worte folgte ein kurzes Schweigen, dann antwortete Gwyn. Er betonte seinen walisischen Akzent, als er einzulenken versuchte. Es war ihm bewußt, daß Brier annehmen mußte, daß niemand hier freundliche Gefühle für sie hegte. Wahrscheinlich würde alles besser funktionieren, wenn sie noch eine zweite Frau in ihrem Team hätten, dachte er. Irgend jemand, mit dem sie schwatzen konnte.

»Wir sollten uns wohl alle etwas schämen. Ich weiß, daß Mrs. Grant große Hoffnungen in die Welpen dieses Hundes gesetzt hat. Was für den einen schlecht ist, ist gut für uns. Wenn ein Hund wie Roi mit uns arbeitet...«

Er lächelte Brier an. »Zum drittenmal Glück gehabt. Es war wirklich schlimm, Kim zu verlieren, aber vielleicht stellt es sich jetzt als gut heraus. Wenn du Kim nicht hättest abgeben müssen, hättest du jetzt nicht diesen hier, stimmt's? Es wird uns allen helfen, einen solchen Hund im Team zu haben. Alle anderen Teams werden neidisch sein.«

Er nahm sich ein zweites Stück Kuchen und reichte die Platte weiter. Gwyn hatte die Atmosphäre entspannt, wofür ihm Josh sehr dankbar war.

Der Regen ließ etwas nach, und sie gingen zurück an ihre Arbeit. Es gab nun ein neues Element unter ihnen. Roi war wesentlich weiter als jeder andere Hund hier und fungierte als Katalysator. Die Männer wußten das, mußten sich aber dennoch beweisen.

Vielleicht wäre es ihnen lieber gewesen, wenn sie keine Frau dabeigehabt hätten, aber da sie nun einmal da war, wollten sie sich von ihr nicht schlagen lassen.

Sogar Derek, der sich gedanklich normalerweise immer mit dem Feierabend und der Frau, mit der er verabredet war, beschäftigte, bemühte sich redlich. Und sein Hund gehorchte sogar. Er legte sich so schnell auf Kommando hin, daß Derek spontan lächelte und ihn lobte.

Eigentlich fand er so etwas widerlich. Derek fühlte sich immer etwas albern, wenn er mit einem Tier redete, und versuchte normalerweise, das zu vermeiden. Aber seine Freude über die Reaktion des Hundes entlockte ihm ein spontanes »braver Hund«, was ihm ein Lächeln von Josh einbrachte.

Ein vibrierendes Gefühl lag in der Luft, ein Funke, eine Heiterkeit, die bisher gefehlt hatte. Die Männer bemühten sich, ihre Hunde dazu zu bringen, sich wie Roi zu benehmen. Bis jetzt hatte Brier noch nicht gezeigt, daß sie mit ihren Fertigkeiten wesentlich weiter war als die anderen. Aber heute wurde es ihnen allen klar. Josh, der die Männer beobachtete, wußte, daß Derek und Tony sich über sie ärgerten. Rob und Pete schienen es schwierig zu finden, eine Frau als Teil der Gruppe zu akzeptieren. Aber Gwyn hatte jemanden gefunden, mit dem er über die Hunde sprechen konnte und würde. Zumindest einen Verbündeten hatte sie nun.

Schließlich machten sie Mittagspause. Gulley hatte wie immer etwas mitgebracht. Heute hatte Alice ihm Brötchen mit geriebenem Käse, Meerrettich und frischen Salatblättern mitgegeben sowie Käse und Zwiebelgebäck. Den Nachtisch bildeten kleine Mandeltörtchen mit Zitronenaroma.

Gulley gesellte sich zu ihnen und nahm auf dem leeren Stuhl neben Brier Platz. Er fügte seinem geringen Lohn ein kleines Zubrot hinzu, indem er jeden Tag ihre Bestellungen aufnahm. So brauchte sich niemand aus der Gruppe über die Verpflegung Gedanken zu machen. Und ihren Frauen zu Hause ersparte es die tägliche Mühe, sich phantasievolle Füllungen und Brotaufstriche auszudenken sowie die Zeit, alles zuzubereiten. Hinzu kam, daß Alice sich geschmeichelt fühlte, denn die Ergebnisse ihrer Küchenarbeit wurden immer sehr geschätzt.

»Ich habe gehört, daß du gestern ein Kind gefunden hast, das sich hinter den Zwingern versteckt hatte.« Gulley blickte Brier fragend an. Alle Köpfe drehten sich zu ihnen um.

»Wer hat dir das denn erzählt?«

»Gracie. Er hat angerufen und wollte dich sprechen, aber du warst beschäftigt. Er ruft wieder an.« Gulley kümmerte sich um das Telefon im Büro, wenn alle anderen draußen waren. »Ich nehme an, wir alle kennen den Vater recht gut. Er ist ein gewalttätiger Mann, der sein Kind schlägt und sich auch sonst mit allen anlegt, die sich ihm in den Weg stellen.«

Solche Situationen kannten sie allerdings alle nur zu gut.

»Ich frage mich nur, ob ich ihn behalten kann. Ich kann den Gedanken nicht ertragen, daß er möglicherweise in ein Heim gehen muß.« Sie wollte hier lieber nicht von ihren Sorgen Roi betreffend berichten.

»Er ist bei dir?« Rob starrte sie an und war plötzlich durch und durch Polizist. »Meinst du, daß das klug ist?«

»Er ist ein Freund meines Sohnes. Seit zwei Jahren kommt er fast täglich bei uns vorbei. Er verbringt wesentlich mehr Zeit bei uns als zu Hause. Wir hatten keine Ahnung, daß er geschlagen wird. Er hatte keine sichtbaren Wunden und nie einen Ton davon gesagt.«

»Der arme kleine Teufel. Es gibt leider viel zu viele wie ihn«, sagte Pete. »Wie sollte er es anders wissen? Übrigens, Mary hat ein paar Wurstbrötchen gemacht. Sie konnte nicht einsehen, warum Alice alles ganz alleine machen muß. Sie sagt, wir bürden Alice zuviel auf. Möchte jemand?«

Gulley nahm die Tüte und reichte sie rund. Die stundenlange Arbeit an der frischen Luft hatte sie alle hungrig gemacht.

»Alice genießt das«, sagte er. »Sie hätte eigentlich ein Dutzend Kinder haben sollen. Als unsere von zu Hause ausgezogen sind, hat sie nach einer Beschäftigung gesucht. Und sie hat schon immer gerne gekocht. Sie füttert mich viel zu gut. Der Arzt hat mir letztes Mal empfohlen kürzerzutreten. Wenn sie damit beschäftigt ist, eine Meute wie euch zu füttern, hört sie vielleicht auf, mich so zu mästen.« Er lachte, während er sprach, und rieb sich seinen kleinen Bauchansatz.

»Ich hoffe, du hast es angezeigt.« Rob schaute Brier immer noch an. Ihm war jede Laxheit verhaßt.

»Ich hatte um neun Uhr abends wohl kaum die Möglichkeit, das Jugendamt einzuschalten, oder? Als ich noch bei meiner Mutter war, kam Gracie vorbei, um Hundefutter abzuholen. Er hat mir versprochen, es anzuzeigen und mir dann zu sagen, was dabei herausgekommen ist.«

Sie konnte fühlen, wie eine Welle der Sympathie durch den Raum ging. Niemand von ihnen konnte den Gedanken ertragen, daß ein Kind unnötigerweise leiden mußte.

»Du möchtest ihn behalten?« fragte Rob.

»Ich habe daran gedacht. In einem Pflegeheim sind sie sich vielleicht der Gefahr nicht ausreichend bewußt. Vielleicht würden sie zulassen, daß sein Vater ihn besucht. Ich glaube nicht, daß das sehr klug wäre. Ich hoffe, sie lassen ihn fürs erste bei uns bleiben. Kate kann wunderbar mit Kindern umgehen.«

Alle erschraken, als das Telefon läutete. Josh nahm den Hörer ab. Derek ging hinaus, um mit seinem Hund noch ein paar Minuten zusätzlich zu üben, bevor der nachmittägliche Unterricht anfing.

»Gracie.« Josh legte den Hörer hin. »Simon kann bei dir bleiben, bis sie eine endgültige Entscheidung fällen.«

Das konnte noch Wochen dauern. Eine Sorge weniger.

Die Wolken wurden von dem aufkommenden Wind fortgeblasen. Verglichen mit dem Sturm, den sie bisher ertragen hatten, war es nur eine kleine Brise, und außerdem schien die Sonne endlich einmal. Zeit, den Hunden beizubringen, wie man Gegenstände aufspürt, sagte sich Josh.

Roi kannte sich da schon etwas aus. Helena hatte bereits damit begonnen, ihm das Aufspüren beizubringen. Er beobachtete, wie Josh einige Gegenstände auf den Rasen legte. Den Griff eines Messers, eine kleine Schlüsselbörse, eine Patronenhülse.

Ein Hund nach dem anderen erhielt nun die Aufgabe, die verschiedenen Gegenstände aufzuspüren. Jeder sammelte die Trophäen ein und brachte sie, eine nach der anderen, zu seinem Hundeführer. Keiner der Hunde war perfekt, aber das würde schon noch kommen.

Hatte Helena Roi das Suchen gut beigebracht? Sie schickte ihn los. Roi kannte und liebte dieses Spiel. Er stürzte sich auf das Leder, warf es in die Luft und fing es. Dann rannte er damit zu Brier und warf es ihr vor die Füße. Er bellte und forderte sie auf, es nun zu werfen, damit er es wieder holen könne. Sie starrte ihn bestürzt an.

»O je«, seufzte Josh. »Wir werden ihn ganz schön damit verwirren, wenn wir ihm das abgewöhnen wollen. Er spielt, statt zu arbeiten. Das hat Helena ihm sicher nicht beigebracht.«

»Ben, Simon und Dana haben immer mit ihm gespielt, wenn sie bei meiner Mutter zu Besuch waren. Ich denke, so ist das passiert«, vermutete Brier. Es wurde ihr klar, daß sie mit dieser kleinen Übung wesentlich mehr Arbeit haben würde, als sie erwartet hatte. Wie würde es wohl mit den anderen Übungen laufen? Wieviel hatten die Kinder schon verdorben? Wie konnte sie ihm klarmachen, daß sie in Zukunft nicht mehr mit dem Hund spielen durften?

Gulley, der zugeschaut hatte, hob alle Gegenstände von der Erde auf.

»Komm hierher, weg von den anderen Hunden, und schau dir das mal an«, sagte er. Er hatte Briers Enttäuschung bemerkt. »Schimpf nicht mit ihm. Wir müssen ihm ein anderes Spiel beibringen. Eins, das er mindestens ebenso gerne mag. Dann vergißt er dieses hier vielleicht.«

Er warf das Stück Leder zu Roi hinüber. Dieser fing es. Gulley pfiff nach dem Hund, der sofort zu ihm hinlief. Und bevor er seine Trophäe vor Gulleys Füße werfen konnte, hatte der bereits seine Hand am Maul des Hundes und nahm ihm das Lederstückchen ab. Brier arbeitete den ganzen Nachmittag daran.

Roi versuchte sein Bestes, um jedesmal sein Kunststück zu zeigen. Er verstand einfach nicht, was er falsch machte. Würde er es jemals lernen?

Brier machte sich das ganze Wochenende darüber Gedanken. Am Sonntagnachmittag ging Kate mit den Kindern hinüber zur Willowbank Farm. Brier nahm den Hund mit auf einen langen Spaziergang. Simon wollte sie gerne dabei begleiten, aber Kate konnte ihn davon überzeugen, daß es ihm Helena sicher übelnehmen würde, wenn er nicht mit den anderen zum Tee käme. Sie hatte schließlich extra für ihn einen Kuchen gebacken.

Der Himmel hatte eine ähnlich blaue Farbe wie im Frühling. Sie ging den Kanal entlang und bog dann ab in Richtung eines großen Felsens, der allgemein Brocken genannt wurde. Das Gras hatte im Winter gelitten und war büschelig und gelb mit gelegentlichen grünen Flecken. Stechginster wuchs überall, einige Büsche zeigten schon erste Anzeichen von Blüten. Erst wenn der Ginster blühte, war es Zeit für die Liebe. Tom hatte das immer gesagt, dachte Brier und vermißte ihn plötzlich schrecklich. Überall waren Paare, nur sie war alleine.

Roi genoß diesen Spaziergang sehr. Seine Aufregung half ihr, aus der traurigen Stimmung herauszukommen. Alles fesselte ihn. Er schnupperte am Boden, der ihm verriet, ob hier ein Kaninchen oder eine Taube gewesen war. Er roch eine Ratte, einen Hermelin, ein Wiesel und den Rest einer Flasche, die irgend jemand hier vor zwei Nächten geleert hatte. Die Büsche und das Gras waren von Frost überzogen.

Der Februar hatte das unbarmherzige Wetter der letzten Januarwoche fortgesetzt.

Von der anderen Seite des Brockens her war der Verkehrslärm zu hören.

Sie kletterte über den Felsen, Roi immer an ihrer Seite, und lief dann über den engen Pfad zur Gemeindewiese. Unterhalb versammelte sich eine kleine Gruppe von Menschen. Drei Jugendliche, zwei Mädchen und eine ältere Frau. Brier befürchtete zunächst Ärger. Was war da nur los?

Sie pfiff nach Roi und nahm ihn an die Leine. Dann lief sie schnell den Pfad entlang.

»Gibt es ein Problem?« fragte sie.

Die Frau sah bestürzt aus.

»Ich wollte hier spazierengehen. Dann bin ich im hohen Gras hingefallen. Ich bin über einen Brombeerschößling gestolpert«, sagte sie. »Ich kann mich nicht mehr daran erinnern, wo das so genau war. Als ich dann zu meinem Auto zurückkam, habe ich festgestellt, daß meine Geldbörse aus meiner Tasche gefallen ist. Alle meine Schlüssel sind darin und natürlich mein Geld und die Kreditkarten. Diese Leute haben mir freundlicherweise dabei geholfen, danach zu suchen, aber wir können sie nirgendwo finden.«

Brier schaute sich den zertrampelten Boden an. Wenn sie Roi dazu aufforderte, würde er danach suchen, aber bestand überhaupt eine Chance, daß er diese Börse finden würde? Und würde er dann die Börse zu ihr bringen und sie wieder hochwerfen und damit all die Arbeit, die sie und Gulley investiert hatten, wieder zunichte machen?

Sie mußte es wenigstens versuchen.

»Bleiben Sie ruhig stehen. Wir versuchen mal, ob mein Hund die Börse finden kann«, sagte sie. »Er wird gerade darin ausgebildet, Dinge aufzuspüren, und er liebt es, nach etwas zu suchen, das ich für ihn versteckt habe.« Zumindest das stimmte, auch wenn er dann nicht so mit dem Fund umging, wie er sollte.

»Glauben Sie, daß er das kann?«

»Vielleicht hat sie schon jemand gefunden und sie abgegeben oder behalten«, meinte einer der Jugendlichen.

»Ich glaube nicht, daß irgend jemand da langgegangen ist, wo ich gefallen bin. Es war irgendwo da drüben.« Sie deutete auf eine dichte Gruppe von spitzen Stechginsterbüschen. »Ich habe einen Sperber am Himmel gesehen. Er jagte gerade einen kleineren Vogel, und ich habe zugesehen. Ich habe gar nicht aufgepaßt, wo ich gelaufen bin.«

Sie hatte Kratzer im Gesicht und an den Händen.

Brier ließ Roi von der Leine.

»Such!« befahl sie. »Sei ein guter Hund und such!«

Roi rannte sofort los und lief durch Gras und Heide. Brier folgte ihm. Er jagte emsig, seine geschäftige Nase suchte nach der Trophäe. Dann rannte er zurück zum Felsen, und Brier schickte ihn in eine andere Richtung los.

»Ich bin mir ganz sicher, daß ich da nicht langgegangen bin«, sagte die Frau mit angespannter Miene.

Roi blieb stehen und senkte den Kopf. Er schaute dann hoch zu Brier und steckte seine Nase in einen dicken Klumpen von strohähnlichem Gras. Dann tauchte er wieder auf und lief zu Brier. Sie streckte die Hand aus, um in Empfang zu nehmen, was er gefunden hatte. Er hatte es nicht hochgeworfen und es auch nicht fallen gelassen. Sie hielt eine abgenutzte, lederne Börse in der Hand. Die Schlüssel hingen an einer Öse und hatten einen Hund als Anhänger.

»Du cleverer Kerl«, lobte sie ihn, überwältigt von Freude. Diese Lektion hatte er wahrhaftig sehr gut gelernt. Sie konnte es gar nicht glauben. Glücklich lächelnd ging Brier zu der kleinen Gruppe hinüber.

»Ist es das, wonach Sie suchen?«

Die Frau griff nach Briers Hand.

»Ich kann Ihnen gar nicht genug danken. Was für ein wundervoller Hund. Kann ich ihn mal streicheln? Läßt er sich anfassen?«

Eine andere Stimme fiel ein.

»Ist er ein Polizeihund? Sie sind Bens Mutter, nicht wahr? Ich habe Sie mit ihm und Dana gesehen. Meine kleine Schwester ist in Bens Klasse. Er geht schon allen auf die Nerven, weil er immer über Ihren Hund redet und wie wunderbar er ist.« Der große Junge lachte sie an. »Vielleicht kann sie nun allen auf den Wecker gehen, wenn ich ihr hiervon erzähle. Daß ich tatsächlich gesehen habe, wie der Hund herausgefunden hat, wo die Börse versteckt lag.«

Roi schwelgte in der Aufregung. Er wußte, daß er etwas Außerordentliches geleistet hatte, und wedelte mit dem Schwanz. Als sich die kleine Gruppe aufgelöst hatte, tanzte er um Brier herum, ausgelassen wie ein kleiner Welpe. Er bellte, um ihr zu sagen, daß er nun nicht mehr zurück an die Leine wollte. Er war nun ein großer Hund und konnte herumlaufen, wo er wollte.

Roi nahm die Witterung eines Hasen auf und flog förmlich den Hügel hoch. Seine Weigerung zurückzukommen, brachte Brier wieder auf den Boden der Tatsachen. Es wurde langsam wieder kälter, außerdem würde es bald dunkel werden. Es dauerte noch einige Minuten, bevor er sich dazu herabließ, zu ihr zurückzulaufen.

Brier nahm Roi lieber wieder an die Leine. Sie durfte sich nicht einbilden, daß der Hund nun immer genau das machen würde, was sie ihm sagte. Es lag noch ein ganzes Stück Arbeit vor ihnen, bis Roi zur Prüfung zugelassen werden konnte. Sie wollte umkehren und nach Hause gehen, aber Roi riß sie beinahe von den Füßen. Er blieb plötzlich ganz steif stehen und schnupperte an einem Busch. Dann tauchte sein Kopf wieder auf. Er hielt ein kleines Stück Abflußrohr aus Plastik im Maul. Seine Schnauze verschwand fast ganz dahinter, seine Augen schienen zu lachen.

Brier versuchte, dem Hund das Rohr abzunehmen, aber er ließ es nicht los. Sie sah es sich genauer an. Das wäre ein wunderbares Spielzeug. Wenn sie es benützte, würde er vielleicht mehr daran hängen als an dem hellen, gelben Stock, den Simon immer nahm, wenn er mit Roi spielte. Ein eigenes Spiel, das sie spielen würde, wenn die Kinder nicht da waren. Ein Spiel, das ihn ohne Frage näher an sie binden würde. Sie erreichten den Rand der Gemeindewiese. Niemand war in der Nähe. Die Dämmerung verwandelte sich langsam in Dunkelheit, aber man konnte immer noch etwas sehen. Sie ließ den Hund von der Leine und brachte ihn dazu, das Rohr loszulassen. Sie warf es, und er rannte hinterher, er drehte und wirbelte es mit seiner Nase und spielte damit. Dann nahm er es hoch und brachte es zu ihr zurück. Er wollte noch einmal spielen.

Das war kein Suchspiel. Das war nun Apportieren, und er mußte lernen zu holen. Er wußte schon, daß er ihr sein Spielzeug bringen mußte. Sie begann, über das Spiel nachzudenken, wie sie es dazu benutzen konnte, ihre Kontrolle über ihn zu verstärken. Sie wollte ihn dazu bringen, sich hinzulegen und zu warten, bis sie ihm das Kommando zum Loslaufen gab. Außerdem konnte sie ihm beibringen zu sitzen und zu bellen, bevor sie das Rohr warf. Dabei hielt sie beide Hände zusammen hoch, so, als wäre sie festgenommen worden.

Roi hatte keine Ahnung, daß dies Unterricht war. Es war einfach ein herrliches Spiel für ihn. Schließlich schnappte er erschöpft nach

Luft. Sie nahm ihn wieder an die Leine. Stolz trug er seine neue Trophäe nach Hause.

Keiner war in der Nähe, der Briers merkwürdigen Hund mit seinem nicht weniger merkwürdigen neuen Spielzeug sehen konnte. Er trottete munter neben ihr her, seine Augen drückten übermütige Freude aus. Er schaute zu ihr hoch, als suche er nach Bestätigung.

»Du bist wirklich klug«, sagte sie zu ihm. »Du bist wundervoll. Du weißt gar nicht, wie wundervoll.«

Als sie zu Hause ankamen, versteckte sie das Rohr unter dem Autositz. Morgen würde sie ihren Transporter zurückbekommen, wenn Josh sie damit abholte. Seinen eigenen hatte er mit einer neuen Kupplung wieder am Ausbildungszentrum abgestellt.

Brier ging hinein. Der Braune jammerte klagend nach seinem Abendessen. Er machte vor dem Hund einen Buckel und fauchte. Aber Roi bewegte sich überhaupt nicht in seine Richtung, und so entspannte er sich wieder, allerdings in vorsichtiger Distanz. Wie Simon war der Braune unterernährt. Birdie würde einige Wochen brauchen, um ihn aufzupäppeln. Brier streichelte die Katze hinter den Ohren und wurde mit heftigem Schnurren belohnt. Roi schaute zu ihnen herüber. Das erinnerte ihn offensichtlich an die Katze auf der Willowbank Farm.

Nachdem er gefressen hatte, ließ er sich ruhig nieder. Er hatte hart gearbeitet und war müde. Mit der Nase am Schwanz rollte er sich zusammen. Es war Zeit auszuruhen. Allerdings war die Ruhe nicht von Dauer, denn Birdie und die Kinder kamen zurück von der Willowbank Farm. Ben redete über Taras Junge, und Dana und Simon wollten beide ein braunes und schwarzes Kätzchen.

Es schellte an der Tür.

Simon, der ängstlich darum bemüht war, angenehm aufzufallen, lief los, um zu öffnen. Er kam mit einem wunderschön verpackten Päckchen zurück.

Es enthielt ein kleines Döschen mit einem Gobelindeckel, der einen Hundekopf darstellte.

Brier las die beigelegte Karte.

»Ich kann Ihnen gar nicht genug dafür danken, daß Sie meine Börse gefunden haben. Dies ist ein kleines Zeichen meiner Dankbarkeit.«

»Was meint sie damit?« fragte Ben.

»Sie hat ihre Börse auf der Gemeindewiese verloren. Roi hat sie gefunden. Dafür bedankt sie sich nun.«

Birdie schaute sich das Döschen genauer an.

»Das muß Mrs. Hunt gewesen sein. Sie stellt diese Dinger für den Exportmarkt her. Die kosten ein Vermögen.«

Das ist nicht so wichtig, dachte Brier, die sich daran erinnerte, wie der Hund die Börse gefunden und ihr gebracht hatte, ohne sie hochzuwerfen oder damit zu spielen. Er hatte mehr als nur die Börse gefunden: Er hatte neue Hoffnung für sie gefunden. Sie würde die Dose in Ehren halten, als ein Symbol für ein neues Ziel in ihrem Leben.

Als sie zu Bett ging, fühlte sie sich richtig glücklich. Schnell schlief sie ein. Brier schloß nie die Schlafzimmertür, weil sie immer damit rechnete, daß eines der Kinder sie nachts brauchte. Kates Zimmer war ganz am anderen Ende der Treppe. Das Haus war sehr groß und ausgedehnt. Es war am Ende des letzten Jahrhunderts für eine Familie mit Dienstboten gebaut worden. Weil es schon so alt war, hatten sie es relativ preisgünstig erstehen können.

Der Hund weckte sie. Roi zog an ihrer Decke, leckte ihren Arm und versuchte, sie aus dem Bett zu holen. Er wußte, daß sie gebraucht wurde. Aufgeschreckt saß sie da und lauschte den wilden Schreien, die durch das dunkle Haus gellten. Sie machte das Licht an und sprang aus dem Bett. Der Hund blieb an ihrer Seite und schnappte noch immer nach ihrer Hand. Sie warf ihren Morgenrock über und rannte aus dem Zimmer. Dana stand auf dem Treppenabsatz, ihr kleiner Körper war vor Schrecken ganz starr. Sie rannte zu Brier und vergrub ihren Kopf in der Schlafanzugjacke ihrer Mutter.

»Mach, daß er aufhört, mach, daß er aufhört, schick ihn weg! Warum macht er das?« Ihr Jammern mischte sich mit Simons hysterischem Schreien und Bens schluchzender Stimme. Er versuchte verzweifelt, Simon zu beruhigen.

Kate tauchte auf. Auch sie warf sich gerade ihren überraschend bunten Morgenrock über. Sie nahm Dana in ihre Arme.

»Komm, mein Liebes, wir gehen nach unten und machen für alle etwas zu trinken. Wir werden eine Mitternachtsparty veranstalten. Deine Mama wird Simon helfen.«

Gott segne dich, Kate, dachte Brier, als sie in das Zimmer der Jungen ging. Ben kniete neben Simons Bett. Das Kind saß aufrecht, um sich schlagend, auf die Luft eindreschend. Ben duckte sich, um den rasenden Fäusten auszuweichen.

»Geh weg! Geh weg! Laß mich, schlag mich nicht, schlag mich nicht, schlag mich nicht!« Die großen Augen waren ganz wild und sahen sie beide nicht.

»Er weiß nicht, wer wir sind, Mama. Ich habe versucht, ihn aufzuwecken. Ich weiß nicht, ob er wach ist... er hört einfach nicht auf.«

»Ben, Lieber. Geh runter zu Kate. Laß mich das machen. Es wird alles gut, das verspreche ich dir.« Ich hoffe es wenigstens, dachte sie verzweifelt, denn sie wußte selbst nicht, was sie tun sollte.

Sie nahm Simon in die Arme. Er schubste sie weg. Sein kleiner Körper war überraschend stark.

»Faß mich nicht an! Faß mich nicht an! Faß mich nicht an!«

Sie sah, daß Ben das Zimmer verlassen hatte. Über seine Schulter warf er ihr einen ängstlichen Blick zu. Die Schreie hielten an. Er stieß ihre Umarmung zurück. Simon schien unfähig, ihre Stimme zu hören, und benahm sich, als hätte er Visionen. Er sah nicht das wirkliche Zimmer um sich mit Bens durchwühltem Bett, der Eisenbahnanlage auf dem Tisch und dem Modellflugzeug, das Tom einst gebastelt hatte und das von der Decke hing.

»Simon!«

Ihre Stimme drang nicht zu ihm durch. Er war völlig außer sich.

»Mach, daß er weggeht. Mach, daß er weggeht. Er ist hier, an der Tür.« Vielleicht sah der Schatten der Garderobe für ihn aus wie ein großer Mann.

»Roi, auf das Bett!«

Der Hund sah zu ihr hoch. Betten gehörten zu den verbotenen Plätzen.

»Braver Hund, na los, auf das Bett.«

Er sprang hoch und legte sich neben den Jungen. Er schmiegte sich eng an den angespannten kleinen Körper und begann, die Tränen aus Simons verzerrtem Gesicht zu lecken. Allmählich ließen die Schreie nach. An ihre Stelle trat ein lautes Schluchzen. Der Junge klammerte sich an den Hund. Brier, die selber den Tränen nahe war, nahm den Jungen in ihre Arme und redete leise auf ihn ein, so, als wäre er immer noch ein ganz kleines Kind. Er griff nach Rois Fell wie nach einem Talisman, der ihn vor allem Bösen beschützen würde.

»Schon gut, schon gut«, flüsterte sie wieder und wieder. »Es ist alles in Ordnung. Du bist in Sicherheit. Du bist hier bei Ben und Dana, und Roi liegt neben dir. Roi würde außer uns niemanden in deine Nähe lassen, und wir würden dir niemals weh tun.«

»Er war hier im Zimmer. Er stand über mir und hatte den Gürtel in der Hand. Er hat mich angeschrien. Ich habe ihn genau gesehen«, sagte Simon, als das Schluchzen sich etwas legte. Er brauchte ihr nicht zu sagen, wen er glaubte gesehen zu haben.

»Du hast geträumt, mein Lieber, es war nur ein Alptraum. Er war nicht wirklich hier. Laß uns gehen und alle Türen und Fenster kontrollieren. Niemand kann hereinkommen, überhaupt niemand. Roi hätte doch gebellt, und das hat er nicht, nicht wahr?«

Simon schüttelte den Kopf.

»Nun zieh schnell den Bademantel an, dann waschen wir dein Gesicht. Dann gehen wir durch das ganze Haus und schließlich in die Küche. Kate veranstaltet da nämlich eine Mitternachtsparty. Ich wette, du warst noch nie auf einer?«

Er stand geduldig da, während sie ihn abwusch. Mit einer Hand klammerte er sich an Brier, mit der anderen an Roi.

»Darf Roi in meinem Bett schlafen?«

»Ja, aber nur heute.« Sie hoffte, daß das nicht allzuviel verderben würde. Vielleicht verhinderte das einen weiteren Alptraum. Der Junge würde sonst vor Angst wahrscheinlich gar nicht mehr einschlafen.

»Schau!« Sie kontrollierte die Schlösser an den Türen. Dann zeigte sie ihm alle Fenster, damit er sich selbst von der Sicherheit des Hauses überzeugen konnte. »Hier könnte nicht mal der winzigste Gartenzwerg herein!«

Er lächelte sie mit feuchten Augen an und folgte ihr dann in die Küche. Dort war es hell und voller Leben. Der Kessel kochte bereits, und ein Teller voller Kuchen stand auf dem Tisch. Kate unterhielt die Kinder. Ben lachte, und sogar Dana lächelte.

»Birdie und ihre Schwester haben sich früher immer in die Küche geschlichen, um Mitternachtspartys zu feiern, ohne daß jemand etwas davon wußte«, erzählte Ben. »Damals hatten sie noch keine

Kühlschränke, und das Fleisch und die Milch sind schlecht geworden.« Er sprach mit solcher Ehrfurcht, als hätte Kate irgendwann in der Steinzeit in einer Höhle gelebt.

»Komm bloß nicht auf dumme Ideen«, ermahnte Brier ihn, aber in ihrer Stimme schwang Lachen mit.

»Wir haben in einem großen, alten Haus gewohnt«, erzählte Kate, während sie für die Kinder Kakao machte. Für sich und Brier bereitete sie Kamillentee. »Meine Schwester und ich haben in einem kleinen Zimmer unter dem Dach geschlafen. Es gab eine Hintertreppe, die sind wir immer hinuntergeschlichen in die große, alte Küche. Das Fleisch, die Milch und alle Keksdosen waren im Keller untergebracht. Dort war es sehr kalt. Es war unheimlich, da runterzugehen, um zu holen, was wir wollten.«

Simon entspannte sich langsam und hörte aufmerksam zu. Nur einmal schluchzte er noch unvermittelt auf. Er saß so dicht bei Brier wie nur möglich. Roi lehnte neben ihm.

Er nahm eines der kleinen Brötchen, als Kate ihm den Teller reichte. Dann schaute er es an, als könnte er sich nicht entscheiden, was er damit tun sollte.

»Außerdem war es sehr unheimlich, weil wir damals noch kein elektrisches Licht hatten. Nichts, das wir einfach anschalten konnten. Wir hatten Kerzen und durften natürlich damit nicht alleine durchs Haus gehen. Wir hätten sonst vielleicht alles in Brand stecken können. Im Durchzug gingen die Kerzen immer aus, und wir mußten sie wieder anzünden.«

»Das erfinden Sie nur«, sagte Ben. »So alt sind Sie doch gar nicht.«

»Nein, aber wir haben in diesem Haus gewohnt, als wir noch sehr klein waren. Es war ein altes Farmhaus, irgendwo ganz weit draußen. Es lag so weit abseits, daß man überhaupt keine elektrischen Leitungen bis zu uns gelegt hatte. Außerdem war das zu teuer. Strom gab es erst, als ich schon vierzehn Jahre alt war. Wir hatten Feuer mit Kohle. Das war toll. Richtig helle, große Flammen und faszinierende Schatten.«

»Ich mag Schatten nicht«, sagte Simon. »Da verstecken sich Dinge drin.«

»Ich mag Schatten auch nicht.« Zur Abwechslung stimmte Dana einmal zu.

»Das waren ganz freundliche Schatten«, versicherte Kate munter. »Ich erzähle euch mal das Gedicht, das meine Oma immer aufsagte, wenn die Öllampen an waren. Es ist eine Hymne auf das Licht. Es ist wunderschön. Ich denke heute noch oft daran, wenn ich das Licht anschalte. Seine frühe Kindheit vergißt man halt nicht.«

Brier hoffte, daß Simon diese Worte nicht persönlich nahm. Kate, das konnte sie sehen, wünschte, sie hätte sie nicht ausgesprochen. Das Leben würde nicht einfach werden mit diesem kleinen Familienzuwachs. Es gab so viele versteckte Fallen. Zum Glück verstehen wenigstens die Hunde nicht, was wir sagen, dachte sie lächelnd.

Kate gab dem Jungen etwas Zeit, sich wieder zu entspannen und seinen Alptraum soweit wie möglich zu vergessen. Es war jetzt nicht besonders sinnvoll, ihn wieder ins Bett zu schicken. Wahrscheinlich fing dann der ganze Zauber wieder von vorne an. Sie würden zwar morgen alle völlig erledigt sein, aber sie hatten jetzt wohl keine andere Wahl.

»Dieses Gedicht hat meine Großmutter immer vorgelesen«, sagte Kate. »Es ist von einer Frau namens Moira O'Neill. Ich habe immer gedacht, daß sie wahrscheinlich unser Haus gekannt hat, obwohl das Haus, über das sie geschrieben hat, ein wunderliches, winzig kleines Haus war. Unseres hingegen war ein wunderliches, sehr großes.«

Brier betrachtete die Gesichter der Kinder. Sie würden bald einschlafen, dachte sie. Sie waren jetzt alle ganz entspannt und lauschten. Simon gähnte sogar schon. Kate hatte eine wundervoll sanfte Stimme. Es klang beinahe so, als würde sie die Worte singen. Auch auf Hunde hatte die Stimme ihre Wirkung. Roi reckte seinen Kopf, als würde er verzweifelt versuchen, auch etwas von dem, was die menschliche Stimme da erzählte, zu verstehen. Vielleicht verbarg sich ja in all dem unverständlichen Zeug irgendwo ein Kommando für ihn. Liebevoll beobachtete Simon den Hund.

»Das Gedicht erzählt von ihrem kleinen Haus mit herumflitzenden Hasen und Moorhühnern in der Heide. Die Bewohner hatten alle kaum Platz, sich umzudrehen, denn ihr Haus war ganz winzig, und es gab viele Kinder.«

»Wie viele?« fragte Dana.

»Ich glaube, es waren zehn oder sogar mehr. Damals waren die

Familien oft sehr groß«, erklärte Kate. »Wenn die beiden Jüngsten im Bett waren, setzten sich alle anderen irgendwo, wo Platz war, zusammen, und so sagt das Gedicht:

Sie nahm die Kerze und zündete sie für uns alle an
Und sagte: ›Gott sei's gedankt –
nun haben wir Licht.‹

Und als sie das gesagt hatte, hörten die Kinder auf zu lachen, zu spielen und sich herumzustoßen. Sie saßen alle ganz ruhig da, während ihr Vater die Mutter ablöste. Es heißt weiter:

Er legte seine Pfeife nieder und sprach mehr der
guten Worte:
›Möge das Lamm Gottes uns alle zum Licht des Himmels
führen.‹

Das Gedicht endet damit, daß viele Dinge ihren Tag gehabt haben und daß die neun Täler von Antrim viele verschiedene Ansichten zeigen, aber nicht das kleine wunderliche Haus, in dem wir lebten, und kein Kind in den neun Tälern, das die Hymne vom Licht kennt.«

Nun gähnte nicht nur Simon, auch Ben und Dana fielen ein. Simon stand auf, ging hinüber zu Kate und küßte sie. Das kam sehr unerwartet für Kate. Sie war sehr gerührt.

»Ich würde gerne das ganze Gedicht kennen«, sagte er. »Es ist wunderschön. Wenn Gott nicht das Licht gemacht hätte, würden wir uns überall immer nur fürchten.«

In einer der Schubladen der Kommoden war noch eine kleine Glühbirne, erinnerte sich Brier. Sie war noch übrig aus den Zeiten, als ihre Kinder klein waren und sich im Dunkeln fürchteten. Brier schraubte sie in die Lampe neben Simons Bett. Sie spendete ein gedämpftes, gemütliches Licht, gerade genug, um im Zimmer etwas zu erkennen und die Angst zu verjagen. So konnte Simon auch den Hund sehen, der sich auf dem Bett zusammengerollt hatte.

Als Brier dem Jungen einen Gutenachtkuß gab, lächelte Simon sie schläfrig an.

»Schlaf schön«, sagte sie.

Seine kleine, klare Stimme folgte ihr, als sie zu ihrem eigenen Zimmer ging.

»Ich denke an Birdies Gedicht. Es ist wunderschön. Ich möchte es morgen ganz hören. Wir kennen die Hymne des Lichts, auch wenn die Kinder in den Tälern sie nicht kennen. ›Möge das Lamm Gottes uns alle zum Licht des Himmels führen.‹ Daran werde ich denken, wenn ich wieder einen bösen Traum habe.«

Brier konnte noch lange Zeit nicht einschlafen. Es wurde ihr immer bewußter, daß vor ihr eine weit schwierigere und größere Aufgabe lag, als sie sich vorgestellt hatte.

Achtes Kapitel

Noch neun Wochen bis zu den Abschlußprüfungen.

Gulley kam an diesem Abend in ein leeres Haus zurück. Nur Bess, sein sechsjähriger Terrier, der letzte eines großen Stammbaums, war da. Alice besuchte ihre Schwester, die gerade nach einer Operation aus dem Krankenhaus entlassen worden war. Alice wollte ihr in den nächsten Tagen etwas helfen. Muß mir wohl meine Sandwiches selber machen, dachte er.

Die kleine Notiz auf dem Tisch forderte ihn auf, in der Tiefkühltruhe nachzusehen. Dort fand er Pasteten, Gebäck und Berge von Mahlzeiten, jeweils mit kleinen Aufklebern versehen, aus denen hervorging, für welchen Tag sie gedacht waren. Sie muß ja schon seit Wochen gebacken, gekocht und vorbereitet haben, dachte er mit einem Anflug von Gewissensbissen. Ob sie sich wohl Sorgen machte, ihn zu vernachlässigen?

Alice hatte ihre drei tibetanischen Terrier mitgenommen. Das Haus schien unnatürlich ruhig, und Bess vermißte ihre Spielgefährten.

Große Teile von Gulleys Leben fanden immer noch außerhalb des Hauses statt: in seinem kleinen Büro, bei den Männern oder draußen bei den Hunden. Er hatte nie die Sehnsucht nach den guten alten Tagen verloren, in denen ihn die anderen Männer um seine Windhunde beneidet hatten. Gulley besuchte immer noch alte Freunde aus jener Zeit, um in Erinnerungen an das Rufen, Schreien und Gelächter der Menge zu schwelgen. Miracle war vor sechs Jahren im Alter von siebzehn gestorben. Diesen Hund hatte er nicht nur während seiner aktiven Zeit als Rennhund geliebt. Nun hatte er keine Windhunde mehr. Es kam ihm vor wie das Ende einer Ära. Gulley war unter Windhunden geboren worden und mit ihnen aufgewachsen. Seine Mutter und Großmutter waren ebensolche Bewunderer von Windhunden wie ihre Ehemänner. Sogar als er schon bei der Polizei war, hatte er all seine Freizeit mit den Hunden verbracht. Der magische Trank für die Tiere war das Rezept seiner Großmutter. Nun bereitete Alice ihn zu. Gulley vermißte die Welpen. Er hatte so viel Zeit damit verbracht, sie zu beobachten und die besten herauszupicken. Noch bevor sie acht Wochen alt waren, hatten sie einiges von ihm gelernt.

Ein Tier wie Miracle hatte Gulley niemals wieder getroffen – bis Brier heute morgen mit Roi gekommen war. Der Hund mußte noch viel lernen und war noch etwas ungeschlacht, aber er befand sich schließlich gerade erst am Ende seiner wilden, pubertären Jahre. Und da benahmen sich alle Hunde etwas ungestüm.

Allerdings gab es keinerlei Zweifel an seiner Klasse. Nun traf Gulley schon zum zweitenmal in seinem Leben einen wirklich phantastischen Hund. Er würde jeden Moment auskosten, den Roi bei ihm in den Zwingern verbrachte. Auf Gulleys Urteil konnte man sich verlassen. Er verfügte über einen sicheren Instinkt und konnte innerhalb kürzester Zeit einschätzen, ob ein Hund tüchtig war oder nicht, ob er verständig oder nervös war und ob er ein Gewinn sein würde oder wieder abgegeben werden mußte, weil er nicht mutig genug war.

Gulley beobachtete jeden Hund genau und konnte sich seine Vergangenheit vorstellen. Er war dann in der Lage, ziemlich genau einzuschätzen, wie der Hund auf seinen Hundeführer reagieren würde. Er beobachtete auch die Männer. Er kannte sie besser als Josh. Er sah sie, wenn sie nicht im Dienst waren oder wenn der Chef nicht in der Nähe war. Sie vergaßen nämlich manchmal, daß Gulley wache Augen und Ohren hatte. Er stand irgendwie im Hintergrund, und nur wenige Männer erkannten seinen Sachverstand. Er hörte all die Bemerkungen, die sie wohl niemals gemacht hätten, wenn ihnen klar gewesen wäre, daß er zuhörte. Ein Gerücht hatte die Runde gemacht, daß Gulley schwerhörig sei. Manchmal war es ganz nützlich, so zu tun, als ob. Auf diese Art und Weise erfuhr er mehr.

»Irgendwie gibt's ein Problem mit Briers Hund, von dem sie uns nichts erzählt«, bemerkte er gegenüber Josh an einem ihrer morgendlichen Treffen. Sie befanden sich bereits am Ende der fünften Woche. Roi gehörte nun schon seit sechs Arbeitstagen dazu. Es war Mitte Februar, aber immer noch sehr kalt, und Schnee lag in der Luft. Wenn die Sonne einmal herauskam, schien der Frühling schon vor der Tür zu stehen, aber heute war es bewölkt, und der Wind kam von Norden.

»Woher weißt du das?«

»Siebter Sinn. Sie freut sich nicht so über ihn, wie sie es eigentlich sollte. Die Euphorie ist viel zu schnell abgeklungen, irgend etwas stimmt da nicht. Wir sollten bald herausfinden, was da los ist, oder es türmt sich zu einem großen Problem auf. Wenn Roi bereit ist zu trainieren, dann ist er wirklich toll. Aber manchmal scheint er einfach abzuschalten. Er spielt dann regelrecht den Narren, viel zu sehr wie ein Welpe.«

»Aber das ist doch bei allen so«, wandte Josh ein. »Es sind junge Hunde. Man kann einfach nicht von ihnen erwarten, daß sie sich immer wie erwachsene Hunde benehmen. Das kommt schon noch.«

Zu langsam, dachte er, aber das behielt er für sich. Bis jetzt hatte überhaupt noch niemand den nötigen Enthusiasmus entwickelt. Sogar Brier enttäuschte ihn etwas.

Er runzelte die Stirn.

»Brier ist abgelenkt. Sie macht sich um Simon Sorgen. Ich glaube, sein Vater macht Theater. Er verliert seine finanzielle Unterstützung, wenn er Simon abgeben muß. Außerdem haben sie die endgültige Entscheidung darüber, was mit dem Jungen passieren soll, verschoben. Sie werden erst nach den Abschlußprüfungen eine Entscheidung fällen. Glaubst du, daß da das Problem liegt? Der Junge hat vielleicht Schwierigkeiten, sich einzuleben, während der Vater gleichzeitig versucht, ihn zurückzuholen.«

Gulley schaute zum Fenster hinaus. Ein kleiner Transporter war vor den neuen Häusern vorgefahren. Spark bellte. Lim verließ seinen Gefährten, um aufzupassen. Gulley zuckte mit den Schultern.

»Ich kann nur raten. Ich weiß einfach, daß zwischen Brier und dem Hund nicht die Art von Beziehung besteht, die ich erwartet habe. Ich habe gedacht, daß sie so begeistert von ihm sein wird, daß sie so richtig loslegt. Er ist ein wunderbarer Hund und sie eine brillante Hundeführerin. Aber sie fährt nur mit halber Kraft. Ob ich wohl mal mit ihr reden sollte? Ein Gulley-Spezialgespräch?«

»Laß es besser sein. Bis jetzt ist es ja noch nicht wirklich ein Problem. Er ist den anderen Hunden immer noch weit voraus. Es ist niemals klug, wenn man sich zu früh einmischt.«

Sie hatten mittlerweile eine Art der Kommunikation miteinander entwickelt, in der jeder die Gedanken des anderen lesen konnte. Nicht zum ersten Mal wünschte sich Josh, daß Gulley dreißig Jahre jünger und in seinem Team wäre.

»Wir müssen irgend etwas unternehmen, um alle einander näherzubringen«, sagte er. »Lassen sie es an Brier aus? Alle wissen, daß Roi etwas ganz Besonderes ist.«

»Ich kann Brier nicht schützen. Sie ist schon lange genug bei der Polizei, um auch vorher schon Vorurteilen begegnet zu sein. Es gibt immer noch eine Menge Männer, die etwas gegen Frauen in diesem Beruf haben. Kein Grund zur Sorge. Unsere wilde Rose Brier hat Dornen, die sie auch einzusetzen weiß.« Gulley kannte Brier schon ihr ganzes Leben lang, und er war ihr so zugetan wie ein Onkel seiner Lieblingsnichte.

Tony Spence fuhr auf den Hof und hielt mit quietschenden Reifen an. Er hatte einen schwierigen Abend hinter sich, weil seine Frau in den letzten Wochen ihrer Schwangerschaft panische Angst davor hatte, auch dieses Baby zu verlieren. Nichts, was er gesagt hatte, konnte sie trösten. Er war emotional ausgelaugt und überreizt.

Eilig trank Josh seine zweite Tasse Kaffee, was er sofort bereute, weil er sich die Zunge verbrannte.

Tony schoß in den Raum.

»Was ist los?« fragte Josh.

Tony explodierte.

»Ich komme mit Jacko nicht zurecht«, schimpfte er. »Ich möchte einen anderen Hund. Wie wäre es mit Roi? Er braucht einen Mann, der ihm zeigt, wo es langgeht.«

Wut stieg in Josh hoch.

»Das ist allein meine Entscheidung«, gab er heftig zurück. »Roi ist hier unter der Bedingung, daß er Brier gehört. Er ist nur so lange hier, wie sie es für richtig hält. Das habe ich euch von Anfang an gesagt. Wenn du mit deinem Hund nicht umgehen kannst, solltest du dir vielleicht überlegen, das Team zu verlassen.«

Tony starrte ihn an und verließ dann den Raum. Draußen kam ein Wagen nach dem anderen an.

Der Tag hatte schlecht begonnen und wurde im Laufe des Vormittags immer schlimmer. Jeder war gereizt. Der kalte Wind war beißend, und Graupel hing in der Luft. Tony war extrem nervös und bewegte sich grob. Mit verbissenem Gesicht beobachtete Josh ihn.

Die Hunde reagierten auf die Stimmung, indem sie sich wie blödsinnig benahmen. Am schlimmsten trieb es Roi. Er führte sich auf wie ein Zuchthund, den man nicht an eine Hündin ließ. Aber das konnte ja wohl kaum der Grund für sein Verhalten sein. Obwohl natürlich der Geruch einer Hündin für einen Rüden über weite Distanzen wahrnehmbar ist.

Briers Augen waren schwer, dunkle Schatten zeichneten ihr Gesicht. Sie sah aus, als würde sie nachts kaum schlafen. Derek war nach einem katastrophalen Abend mit seiner Freundin Susi bissig. Anschuldigungen und Tränen auf Sues Seite hatten den Abend beendet.

Er würde sie nicht mehr wiedersehen. Seine Gedanken wanderten weg von seinem Hund, der das sofort ausnutzte und herumspielte.

Brier gab ihre Kommandos laufend zur falschen Zeit. Roi schloß sich Simon immer mehr statt weniger an. Zu Hause hatte er so gut wie gar keine Zeit für Brier. Simon, der weiterhin von Alpträumen geplagt wurde, hielt die ganze Familie nachts wach. Der einzige Weg, ihn zu beruhigen, war, Roi in seiner Nähe schlafen zu lassen. Der Hund schlief jetzt immer oben im Flur.

Das alles störte Ben. Dana ging sogar soweit, Brier zu bitten, Simon wieder heimzuschicken. Die Schreie in der Nacht machten ihr Angst. Kate und Brier mußten alle ihre Überredungskünste einsetzen, damit Dana weiterhin morgens mit den Jungen in die Schule ging.

Während er Brier beobachtete, wurde Josh immer besorgter. Er hatte so viel von ihr und Roi erwartet, daß er sich nun irgendwie betrogen fühlte. Es fiel ihm schwer, seine Gefühle zu verbergen.

Gwyn Williams Hund Loki, den die spannungsgeladene Atmosphäre nervös machte, beschloß, heute mal den Clown zu spielen und alle zum Lachen zu bringen. Anstatt ruhig dazuliegen, rollte er sich auf den Rücken und strampelte mit den Pfoten in der Luft. Als er dafür einen Verweis erhielt, leckte er seine Pfoten und schaute Gwyn gespielt reumütig an. Aber dieser litt unter dem Beginn einer Erkältung, und ihm stand daher der Sinn überhaupt nicht nach Lachen. Er schimpfte mit dem Hund, und Loki, der solch scharfe Töne nicht gewöhnt war, duckte sich.

Gwyn schaute seinen Hund bestürzt an.

»Das sagt uns etwas über seine Vergangenheit«, bemerkte Josh. Er unterbrach seinen Unterricht. Eine Pause würde allen guttun. Vielleicht würden die Hunde nach einer Stunde im Zwinger auch wieder etwas lieber arbeiten und das Spielen sein lassen.

»Anscheinend hat man ihn früher angeschrien, vielleicht sogar geschlagen. Wir müssen vorsichtig sein, damit wir keine Erinnerungen wachrufen. Dann kommen wir nämlich überhaupt nicht weiter.«

Dieser kleine Vorfall lenkte Rob Jacobs so sehr ab, daß er gar nicht bemerkte, wie sein Hund Storm Pete Harlows Hund Major mit gefletschten Zähnen anknurrte. Einen Augenblick später bellten beide Hunde und fingen an zu kämpfen. Vor vier Wochen hätte das ernsthafte Probleme verursacht, aber die beiden Männer hatten gut gelernt und reagierten schnell.

Josh bemerkte erleichtert das umsichtige Verhalten der beiden Männer.

»Das wär's.« Er sah keinen Sinn darin weiterzumachen. Das würde mehr Schaden anrichten als Nutzen bringen.

Mit gerunzelter Stirn hatte Gulley zugesehen. Plötzlich fiel ihm etwas ein: Rückschritt in der fünften Woche. Jeder Hund auf der Welt verhielt sich dann so, als hätte er in den fünf Wochen nach Beginn der Ausbildung überhaupt noch nichts gelernt. Niemand konnte dieses Phänomen genau erklären. Einige waren der Auffassung, daß dies der Moment war, in dem die Lektionen vom Kurzzeitgedächtnis ins Langzeitgedächtnis wechselten.

Wenn das Gehirn überfüllt war, griff die Natur einfach ein und schaltete es aus. Das passierte auch manchmal bei Menschen. Ein plötzliches völliges Vergessen, wie zum Beispiel die Unfähigkeit, sich nach einigen Fahrstunden daran zu erinnern, wie man den Rückwärtsgang reinbekommt. Ebenso konnten Schauspieler, die glaubten, absolut textsicher zu sein, plötzlich wohlbekannte Zeilen vergessen.

Sie sahen das doch in jedem Kurs, aber sie vergaßen es immer wieder. Fünf Hunde waren schon seit fünf Wochen dabei und steckten Roi an. Hunde reagierten sehr sensibel auf die Atmosphäre: Ein Kursteilnehmer oder ein Hund konnten mit ihrer schlechten Laune die ganze Gruppe aus den Angeln heben. Gulley wußte nicht, daß Roi auch von der Atmosphäre in seinem neuen Zuhause gestört wurde.

»Eine frühe Pause?« fragte er.

Josh nickte.

»Fünfte Woche. Erinnerst du dich?« fragte Gulley, und Josh lächelte plötzlich. So was Dummes. Jedesmal mußte ihn jemand daran erinnern. Er erzählte seinen Leuten am besten davon. Vielleicht würden sie sich dann mit ihren Hunden wieder wohler fühlen.

Ein Wagen fuhr rasant auf den Parkplatz vor dem Büro.

»Wir haben einen Besucher. Noch eine Tasse.« Niemand brauchte ihnen zu sagen, wer so fuhr.

John Grace kletterte aus dem Wagen. Er bewegte sich eigentlich immer sehr schnell, aber heute schien er geradezu von einem Dämon besessen zu sein.

»Gut abgepaßt«, empfing ihn Josh. »Der Kaffee ist gerade fertig.«

Während solcher Pausen befanden sich die Hunde in den Zwingern. Da hatten sie mehr Platz und konnten herumlaufen.

Die meiste Zeit, in der Spark und Lim nicht arbeiteten, verbrachten sie dort. Gulley mochte die Hunde sehr und pflegte und fütterte sie gerne. Zuweilen trainierte er sie auch ein wenig. Bess folgte ihm überall hin und schlief in seinem Büro. Sie behielt ihn immer im Auge, wenn er arbeitete. Jedesmal, wenn er von draußen zurückkam, begrüßte sie ihn überschwenglich.

»Bess wird fett«, sagte Rob, als der kleine Terrier hinter seinem Herrchen her trottete.

Brier schloß die Tür hinter Roi. Sie hatte ein schlechtes Gewissen, weil sie froh war, mal von ihm weggehen zu können. Der ganze Morgen war ein einziger Kampf gewesen.

Derek, der in Gedanken seiner verlorenen Freundin nachhing, ließ, ganz abwesend, Spike zu dicht an Storm vorbeigehen. Er war der größte der Hunde, ein wirklich beeindruckendes, beinahe völlig schwarzes Tier. Von den anderen Hunden ließ er sich nichts gefallen, und die Auseinandersetzung mit Major hatte ihn bereits aufgeregt.

Seine vorherigen Besitzer hatten dem zähen und verschmitzten Spike erlaubt, wild herumzulaufen. Dabei hatte er gelernt, sich zu verteidigen. Und er reagierte äußerst schnell. Seine Neigung zu Kämpfen mußte sorgfältig beobachtet und abtrainiert werden, sonst wäre er völlig wertlos für den Polizeidienst.

Rob hatte den Tag mit einem kleinen Streit mit seiner älteren Tochter begonnen. Sie war erst um Mitternacht nach Hause gekommen, obwohl sie versprochen hatte, um zehn Uhr dazusein. Er konnte einfach nicht die Angst verdrängen, daß Penny in schlechte Gesellschaft geraten könnte. Storms Eigensinn erwischte ihn in einem unaufmerksamen Moment. Als der Hund losstürmte und bellte, sprang Brier, die in der Nähe stand, zurück. Dabei rutschte sie aus. Gulley griff nach ihrem Arm und half ihr, das Gleichgewicht wiederzufinden, bevor er weiterlief, um einzugreifen.

Josh, der immer wachsam war, reagierte schnell. Beide Männer versuchten, die Hunde voneinander wegzuziehen. Aber Spike ergriff die Gelegenheit und biß sich in Storms Bein fest. Der wütende Storm schnappte nach ihm, erwischte ihn jedoch nicht. Statt dessen biß er in Robs Hand, als dieser versuchte, ihn am Halsband zu packen.

In wenigen Sekunden war alles vorbei. Sie hatten alle eine Lektion gelernt, aber die Kosten waren viel zu hoch. Ein Mann und ein Hund waren für mehrere Tage aus dem Verkehr gezogen.

Gulley brachte Storm in seinen Wagen, um ihn zum Tierarzt zu fahren. Nachdem Josh sich Robs Hand genauer angesehen hatte, fuhr Pete ihn zum Krankenhaus.

»Könnte schlimmer sein. Mit ein paar Stichen ist das genäht. Es wird wohl einige Tage weh tun. Das nächste Mal haltet bitte zwischen diesen beiden Hunden jede Menge Abstand. Sie sind noch nicht lange hier, und bevor sie zu uns gekommen sind, hat ihnen noch niemand beigebracht, sich zu benehmen.«

Josh schaute den Verletzten nach, die vom Hof fuhren. Am finsteren Himmel gesellten sich zu den dahinjagenden Wolken einige Schneeflocken.

Gulley kam mit etwas Kaffee herein.

»Gibt es etwas Neues über Simon?« fragte Brier Grace, der die ganze Szene aus sicherem Abstand beobachtet hatte.

»Sein Vater wird langsam ziemlich ungemütlich. Er kam an und verlangte, mich zu sehen. Er will, daß der Junge nach Hause kommt. Er sagt, daß das sein Recht sei und daß er nicht für die Mißhandlungen verantwortlich sei. Er wirft uns vor, wir hätten alles nur erfunden. Sogar der Arzt hätte sich mit uns verschworen.«

Jeder im Raum starrte ihn an, verwundert über die in seiner Stimme deutlich mitschwingende Wut. Normalerweise war Gracie ein ruhiger und besonnener Mann. Er zeigte selten seine Gefühle. Gracie hatte nicht erwähnt, daß der Mann ihn selbst für die Mißhandlungen verantwortlich gemacht hatte:

»Brutalität der Polizei. Was hat der arme Schlawiner denn verbrochen? Habt ihr ihn mit den Fingern in irgendeiner Ladenkasse erwischt?«

Die Anklagen waren immer weitergegangen und schließlich ins Obszöne und geradezu Absurde abgerutscht.

Grace trank etwas Kaffee und schaute dabei gedankenverloren den Hundekopf auf seiner Tasse an. Gulley hatte Monate damit zugebracht, diese Tassen zu sammeln, und sie schließlich Weihnachten vor zwei Jahren präsentiert. Jeder Mann hatte seine eigene Tasse. Sie unterscheiden sich alle ein wenig. Auf der, die Gracie jetzt erwischt hatte, stand »Rob«.

John Grace hatte Simons Vater ungläubig zugehört. Er wußte, daß er betrunken war und blind um sich schlug. Offensichtlich hatte er das Gefühl, von aller Welt verkannt zu werden.

»Ich werde an der Schule auf ihn warten und herausfinden, wo ihr ihn versteckt haltet«, hatte er gedroht. »Das ist sein Zuhause. Hier gehört er hin. Und niemand hat das Recht, ihn hier wegzuholen. Er ist schließlich mein Sohn.«

Gracie war froh, daß der Mann nicht die geringste Ahnung hatte, wo der Junge sich nun aufhielt oder wo er vor seinem Verschwinden so oft gewesen war.

»Ich werde ihn wiederholen, und dann kann er was erleben.«

Gracie hörte in seiner Erinnerung die Worte immer wieder, und seine Stimme wurde immer schärfer, als er den Ärger, den er hatte unterdrücken müssen, jetzt noch einmal erlebte.

»Sie werden im Knast landen, wenn Sie das Kind noch einmal anrühren«, hatte er dem Mann gedroht, aber er bezweifelte, daß diese Warnung ihren Zweck erfüllte.

Er selber war ein Familienvater mit einem Haus voller lärmender Kinder, Hunde, Katzen und verschiedener anderer kleiner Tiere. Er konnte einen Vater wie diesen einfach nicht verstehen.

»Ich hoffe, ihr habt etwas von Alices guten Sachen hier«, sagte er in der Absicht, die Atmosphäre etwas zu entspannen. »Ich bin ja eigentlich nur wegen ihres Walnußkuchens hier.«

Gulley hatte seine Vorratsdose noch nicht ausgepackt. Gwyn holte sie aus dem kleinen Büro.

»Ich hoffe, daß das für uns gedacht war. Nicht, daß wir jetzt sein

Mittagessen verputzen.« Josh beobachtete sie und dachte insgeheim, daß sie doch alle noch sehr wie Kinder waren, wie sie da, wie Bienen den Honig, die Dose umschwirrten. Gracie brachte die Dose in Sicherheit und gab sie weiter an Brier und Josh, bevor sie völlig leer war.

»Und?« drängelte Gwyn den Kriminalbeamten.

»Das ist schon alles. Aber wir haben mehr Probleme, als wir brauchen können. Jeder Hundeführer war letzte Nacht unterwegs. Und wir haben nicht annähernd genug Hunde. Mit einem Hund mehr hätten wir mindestens drei weitere Festnahmen vornehmen können. Wir zählen auf euch. Ein guter Hund kann einen Riesenunterschied ausmachen. Die Hunde haben Fähigkeiten, über die wir nicht verfügen.«

Gracie schaute sich die angespannten Gesichter in der Runde an. Sie brauchten heute wohl eine Aufmunterung. Niemand sah glücklich aus. Er konnte ihre Stimmung spüren, als er so zwischen ihnen saß. Gracie warf Brier einen besorgten Blick zu. Er wußte von Simons Alpträumen und wußte außerdem, daß der Hund Brier links liegenließ, wenn die Kinder in der Nähe waren.

Hoffentlich würde das mit der Zeit besser. Es durfte allerdings nicht zu lange dauern, denn Brier hatte nur wenig Zeit. Sollte sie am Ende durchfallen und der Hund dann als unbrauchbar abgelehnt werden, so hätte das sicher eine verheerende Wirkung auf Brier. Seine Frau Meg hatte eines Abends Brier angerufen und sie den Tränen nahe angetroffen. Sie war völlig aufgelöst wegen der durchwachten Nächte und der Sorge um die Kinder und den Hund.

Er nahm noch einen Schluck und grinste dann.

»Laßt mich euch eine komische Geschichte erzählen. Aber verratet sie nicht weiter, denn sogar diejenigen, die nicht viel von Hunden halten, müssen zugeben, daß sie manchmal etwas ganz Besonderes sein können.« Er sah zu Josh hinüber. »Ich halte euch doch nicht von etwas ab, oder?«

Josh schaute auf den fallenden Schnee, der langsam den Boden bedeckte.

»Bei diesem Wetter? Ich wollte sowieso mit ihnen sprechen. Wenn du irgend etwas Sinnvolles hinzuzufügen hast...«

»Ich habe gestern Tiger angerufen.«

Tiger Thomas war einer der älteren Hundeführer, der bald pensioniert werden würde. Sie alle kannten den Mann mit seinem Sinn für treffende Witze, die niemals boshaft waren. Sein Name war eine Legende. Trotz seiner Größe und seiner Fähigkeit zu brüllen war er außergewöhnlich sanft zu seinem Hund, der zweimal Polizeihund des Jahres geworden war.

Gracies Stimme wurde heiter. Die Geschichte amüsierte ihn ganz offensichtlich.

»Ihr wißt doch, was für ein beständiger Hund Inky ist.«

Inky war die Abkürzung für Inkermann. Der Züchter war beim neunten Wurf schon ganz verzweifelt gewesen, weil ihm keine Namen mehr einfielen, und so hatte er einfach alle der Reihe nach nach dem Alphabet benannt. »I« hatte sich als schwierig herausgestellt. Es gab schon Welpen namens Iceberg und Indra und Ironside.

Inky war an eine ältere Frau verkauft worden, die bald darauf feststellen mußte, daß aus dem kleinen, niedlichen Welpen ein ausgewachsener Rabauke geworden war, der niemanden respektierte. Tiger hatte dann aus ihm tatsächlich einen sehr guten Polizeihund gemacht.

»Tiger war auf Streife, als er an einer Ampel vorbeikam. Auf einem Moped saß da so ein älterer Typ. Er war ganz gut angezogen, die konventionelle Sorte. Er wartete auf Grün.«

Gwyn warf Josh einen fragenden Blick zu. Was, um Himmels willen, hatte das mit Hundeausbildung zu tun?

»Die Ampel sprang auf Grün, der Mopedfahrer startete durch, und das Moped hatte eine Fehlzündung. Wie ein Gewehrschuß. Die einzige Gelegenheit, in der ein Polizeihund ohne Kommando angreifen darf, und genau das tat Inky. Er sprang den Mann an und warf ihn um.«

Seine Zuhörer waren fasziniert. Wenn das Tiger passieren konnte...

»Stellt euch das mal vor. Samstag nachmittags. Alle sind einkaufen, und da springt dieser Polizeihund einfach einen unbescholtenen Bürger an. Er steht auf seiner Brust und bellt ihn ohrenbetäubend laut an. Tiger ist ganz schnell hingelaufen, um dem Mann zu helfen. Dabei hat er wohl insgeheim gebetet, daß der ihn nicht anzeigt.«

Mittlerweile lauschten alle gebannt. Es war vielleicht ganz sinnvoll zu wissen, wie man sich zukünftig in einem solchen Fall verhalten sollte. Kein Hund konnte den Unterschied zwischen einer Fehlzündung und einem Gewehrschuß hören.

»Tiger wollte sich gerade entschuldigen und die ganze Sache erklären, da stand der Mann mit ganz ehrfürchtigem Gesicht auf und fragte: ›Wie zum Teufel, konnte Ihr Hund das wissen?‹«

Gracie grinste.

»Der Mopedfahrer hatte nämlich gerade einen Juwelier überfallen. Seine Taschen waren vollgestopft mit Ringen und Ketten und anderen wertvollen Sächelchen. Er ist dann widerstandslos mitgegangen. Tiger und Inky waren mit ihrem Fang auf dem Revier, bevor der Diebstahl überhaupt gemeldet worden war.«

Gracie schaute in die Runde.

»Wir ihr euch denken könnt, hat Tiger ihnen natürlich kein Sterbenswörtchen von der Fehlzündung erzählt. Er hat sie alle glauben lassen, daß Inky so eine Art siebten Sinn hat, der ihm verraten hat, wen er da vor sich hatte. Er und sein Hund sind jetzt natürlich die Helden... Demnächst werden sich wohl alle von Inky die Zukunft vorhersagen lassen.«

Nun fühlte er sich etwas besser. Seine Geschichte hatte allen gefallen und die Stimmung etwas gehoben.

Gegen Mittag hatte es aufgehört zu schneien. Der Wind blies die Wolken weg, ein zaghafter Sonnenstrahl erwärmte die Luft und taute den Boden auf.

An diesem Nachmittag gingen alle mit besonderem Eifer ans Werk. Diese Hunde brauchten das Training dringend, und zwar schnell. Gracies Geschichte hatte sie alle daran erinnert, welcher Sinn hinter ihrer Aufgabe hier stand. Dieses Bewußtsein hob die Stimmung und entlockte ihnen sogar hier und da ein Lachen.

***

Die Tage flogen nur so vorbei. Gulley berichtete, daß mittlerweile alle jede freie Minute mit den Hunden verbrachten. Sie trainierten, kommandierten und entwickelten sich langsam von blutigen Anfängern zu Leuten mit Erfahrung. Im März wurde es etwas wärmer, während der ersten beiden Wochen war es aber noch ziemlich windig und regnerisch.

Josh, der sie nun schon in der achten Woche beobachtete, machte sich mittlerweile auch um sie als Menschen Sorgen. Brier verlor an Gewicht und freute sich immer noch nicht so über ihren Hund, wie sie es eigentlich sollte. Allerdings gab es an Rois Fortschritten oder ihren Leistungen direkt nichts auszusetzen. Josh verstand einfach nicht, was da falsch lief. Das zusätzliche Kind konnte doch nicht dafür verantwortlich sein. Sie mußte sich ja schließlich nicht den ganzen Tag lang um den Jungen kümmern. Oder schlief Simon etwa nachts nicht und mußte getröstet werden?

Er mochte sie nicht gerne fragen. Wenn sie es ihm erzählen wollte, würde er gerne zuhören, aber er respektierte ihr Privatleben.

Tony nahm Brier jeden Erfolg mit ihrem Hund übel und machte oft boshafte Bemerkungen.

»Da hast du ja von deiner Mutter den besten Hund von uns allen bekommen. Das ist nicht fair. Frauen sind gar nicht stark genug, um mit solch großen Hunden umzugehen.«

»Ich komme sehr gut mit meinem Hund zurecht. Und außerdem, wer hat denn gesagt, das Leben sei fair?« wehrte sich Brier, genervt von den ständigen Sticheleien. »Es ist auch nicht fair, daß mein Mann während seines Dienstes erschossen wurde, während so ein unnützer Kerl wie du heil durchs Leben kommt. Er hätte zehn von deiner Sorte in die Tasche gesteckt. Wie viele von euch erinnern sich denn überhaupt noch an ihn?«

»Du hast es ja herausgefordert«, schimpfte Rob Jacobs mit Tony, als Brier mit rotem Kopf davonstapfte. »Laß sie endlich in Ruhe, oder du bekommst Ärger mit mir, und mit Gwyn und Pete auch. Sie hat genug durchgemacht und verdient alles Gute, das das Leben ihr zu bieten hat. Tom war ein großartiger Kerl, und sie ist noch lange nicht über ihn hinweg. Vielleicht schafft sie das nie.«

Tony, der von seinen eigenen Sorgen überwältigt wurde, war ganz erschrocken. Briers scharfe Worte hatten einen Nerv getroffen.

Dieser Vorfall hatte sich direkt vor Gulleys Büro zugetragen, so daß er jedes Wort hören konnte. Später an diesem Tag paßte er selber Tony ab.

»Ich habe gehört, was du heute zu Brier gesagt hast«, sagte er. »Außerdem habe ich Rob gehört. Du wirst es auch mit mir zu tun bekommen, wenn das so weitergeht. Laß sie endlich in Ruhe. Was ist denn nur los mit dir? Bist du zu sehr Macho, um akzeptieren zu können, daß eine Frau eine wesentlich bessere Hundeführerin sein kann als du? Wenn das so ist, solltest du noch einmal darüber nachdenken. Das ist Sexismus, und dagegen gibt es Gesetze und Regeln.«

Das tat noch mehr weh. Tony hatte gar nicht so grob sein wollen, aber Sheila war außer sich vor Sorge, und er konnte sie nicht trösten. Er sehnte sich danach, mit Gulley oder Josh zu sprechen, fand es jedoch gleichzeitig sehr schwierig, ihnen seine privaten Sorgen und Ängste mitzuteilen.

Anscheinend hatte jeder Probleme. Rob hatte seine eigenen Sorgen. Seine Tochter hatte einen neuen Freund, was seine Frau mißbilligte.

»Lange, grüne Haare, Lederhosen und einen Ohrring«, sagte sie. »Kaut ständig Kaugummi und nuschelt aus einer Mundecke raus. Vielleicht benimmt er sich ja nur ein wenig albern, aber der Junge hat irgend etwas, das ich nicht ausstehen kann. Penny ist ganz vernarrt in ihn.«

Es hatte überhaupt keinen Sinn, irgend etwas zu sagen. Penny würde sich nur noch mehr an ihn hängen. Sie reagierte empfindlich und abweisend, so daß das Leben zu Hause im Moment alles andere als angenehm war. Der Hund war ein Gefährte und spendete Trost. Es war geradezu eine Erleichterung, mit ihm unterwegs zu sein, weg von dem Gezänk. Rob verbrachte mehr und mehr Zeit beim Training. Darüber regte sich seine Frau natürlich auch auf. Er freute sich schon auf die Zeit, wenn die Kinder aus dem Haus waren und endlich wieder Frieden einziehen konnte. Nur sie beide und genügend Zeit, miteinander zu reden, ohne ständige Unterbrechungen und ausgeflippte Teenager.

Derek dachte über Penny nach. Sie war ein hübsches Mädchen, aber vielleicht ein wenig zu jung für ihn. Außerdem bezweifelte er, daß Rob ihn mehr willkommen heißen würde als den jungen Mann, den sie im Moment auserkoren hatte. Sie hatte wundervolle Beine.

Die Tage gingen vorüber. Gute Tage, schlechte Tage, kalte Tage, windige Tage, nasse Tage. Alle lauschten wie besessen dem Wetterbericht, als ob sie damit das Wetter beeinflussen könnten.

Pete unterhielt sie mit Berichten über die Fortschritte seines kleinen Sohnes. Das Baby lächelte und bekam Zähne. Eine ganze Nacht durchzuschlafen kam einem Triumph gleich, von dem er begeistert erzählte. Brier war beinahe neidisch auf ihn, wenn sie an ihre eigenen durchwachten Nächte dachte. Simons Alpträume wurden nicht besser. Er war ganz verrückt vor Angst davor, daß sein Vater ihn wieder zurückholen könnte.

Ein Baby konnte man so leicht beruhigen.

Simon hängte sich an sie und ließ sie nicht gehen. Sogar wenn er eingeschlafen war, lag sie wach da und wartete auf den nächsten Schrei. Auch Ben und Dana mußten getröstet werden, denn die nächtlichen Schreie machten ihnen angst. Selbst Birdie zeigte mittlerweile Anzeichen von Streß. Zuwenig Schlaf und die Sorge um den Jungen machten Brier völlig fertig.

Die Hunde lernten, nach versteckten Sachen zu suchen. Loki war darin der Beste, worüber sich Gwyn natürlich besonders freute, denn meistens war ja Roi der Star. Roi warf immer noch gerne kleinere Gegenstände durch die Luft, besonders dann, wenn sie aus Metall waren. Brier wußte nicht, daß Dana, der es gefiel, daß der Hund so begeistert mitspielte, einen alten Schlüssel mit sich herumtrug. Sie versteckte ihn für Roi, der ihn ihr zurückbrachte. Dana lachte, wenn er ihn hoch oder auf den Boden warf und mit ihm spielte.

Dana spielte dieses Spiel mit Roi täglich, aber nur, wenn Brier nicht in der Nähe war. Der Hund liebte das wilde Spiel, bei dem er sich so übermütig austoben konnte. Dana wußte, daß sie etwas Verbotenes tat, und paßte daher auf, daß die Jungen sie nicht sahen.

In der neunten Woche ging Josh mit ihnen auf ein freies Gelände. Es war Mitte März, und die ersten warmen Tage lagen hinter ihnen. Es gab schon Weidenkätzchen, Schellkraut und die ersten Primeln in den Hecken. Die Zweige waren mit zwarten Knospen bedeckt.

Die Hügel in der Ferne schienen so blau wie der Himmel zu sein. Ein örtlicher Farmer hatte ihnen angeboten, seine Felder zu benutzen. Sie waren mit Kuhmist übersät, aber die Verwirrung, die die verschiedenen Gerüche verursachten, waren eine gute Erfahrung für die Hunde. Welcher Polizeihund hätte später schon die Gelegenheit, immer nur auf sauberem Grund zu laufen?

Brier war die erste, die mit der Arbeit anfing. Josh lief bis zu einem Abhang und legte etwas Futter auf den Pfad. Es war ja das erste Mal, daß die Hunde woanders trainierten als auf einer sauberen Wiese, auf der niemals Vieh gegrast hatte. Es war zwar nicht gerade eine Standardmethode, aber in Deutschland wurde sie recht erfolgreich beim Schutzhundetraining eingesetzt.

Joshs Motto besagte, daß alles, was funktionierte und nicht grausam war, auch eingesetzt werden sollte. Es gab schließlich mehr als einen Weg, Hunde auszubilden. Auf diese Art und Weise lernte sein Team auch, daß man seine Ausbildungsmethoden den individuellen Gegebenheiten anpassen mußte.

Loki duckte sich, als sein Ruf erschallte. Jacko, der Schelte bekommen hatte, setzte alle Tricks ein, die er kannte, um Tony in eine bessere Laune zu versetzen. Bei jedem anderen hätte er vielleicht damit Erfolg gehabt, nicht so jedoch bei Tony, der nur noch ängstlicher wurde.

Storm brauchte eine scharfe Stimme. Spike reagierte besser auf Signale als auf Worte, während man mit Roi ganz ohne Worte umgehen konnte. Er beobachtete Briers Körperbewegungen und paßte sich ihr an. Major war der Zahmste von ihnen allen. Er wurde leicht ängstlich, obwohl Pete ihn zuversichtlich unterstützte. Wenn er sich nicht besserte, würde Major schließlich durch die Mutprobe fallen. Das wäre allerdings ein Jammer, denn in allem anderen war er sehr gut.

Josh machte sich nachts Notizen und kämpfte mit sich. Er konnte es sich nicht leisten, auch nur ein einziges Teammitglied zu verlieren.

Er dachte über die Hunde nach, als er die erste Strecke ablief. Sie mußten Beständigkeit im Erfolg nachweisen, und heute gab es viele Ablenkungen. Der alte Kuhmist war zwar hart wie Leder, aber er würde immer noch »duften«.

Vögel und andere Tiere, die in der letzten Zeit hiergewesen waren, hatten bestimmt auch ihre Spuren hinterlassen, dachte Josh, während er an einem Busch vorbeiging. Er hörte ein Rascheln und Zischen, ignorierte es jedoch.

Irgendeine kleine Kreatur versteckte sich dort. Ein Igel vielleicht. Er würde nicht herauskommen, solange hier soviel los war. In dem Busch fühlte er sich bestimmt sicherer. Es war heute ein guter Tag mit nur wenig Wind. Wärmeres Wetter war angekündigt. Das hatte die allgemeine Laune angehoben, und die Männer scherzten und lachten. Sie erzählten Brier, daß am Ende des Felds ein Bulle versteckt sei, dem sie bald Auge in Auge gegenüberstehen würde.

Roi liebte das alles und tänzelte ungeduldig hin und her. Auch die anderen Hunde warteten gespannt. Die Männer grinsten, während sie versuchten, die Hunde zu beruhigen und zum Sitzen zu bringen. Es war nicht ganz so schlimm wie bei den Übungsjagden, wenn die wartenden Hunde ungeduldig laut und durchdringend bellten.

Brier hatte sich den Verlauf der Strecke bis zum Abhang angesehen. Aber sie hatte keine Ahnung, wie es danach weiterging. Sie war ganz auf den Hund angewiesen und mußte ihm vertrauen. Er war nun auf sich gestellt.

Er startete sehr gut, immer die Nase am Boden. Roi war ganz in seiner eigenen Welt, nichts anderes spielte eine Rolle. Er erkannte die Spur wieder, die Josh hinterlassen hatte. Aber da waren noch andere Witterungen, die ihn ablenkten. Ein Wiesel war quer über den Pfad gelaufen. Fasane hatten das Gras etwas geplättet. Er schnüffelte an einer Feder. Falscher Geruch. Er wußte, warum er hier war, und lief zurück. Ihm war klar, daß eine Belohnung auf ihn wartete, wenn er sein Ziel erreichte.

Sein ganzer Körper war angespannt, jeder Muskel war zu sehen. Roi schnüffelte tief im Gras und ignorierte das Futter, das Josh für ihn ausgelegt hatte. Er erkannte es zwar, aber das war es nicht, wonach er jagte. Er wußte, daß am Ende der Strecke sein Spielzeug, das Rohr, auf ihn wartete. Die Männer lachten immer, wenn sie es zu Gesicht bekamen. Es war ein wunderbares Spielzeug, von dem er ganz besessen war. Die Aussicht, am Ende des Wegs zur Belohnung damit spielen zu dürfen, trieb ihn vorwärts.

Brier folgte ihm. Ihre Sorgen waren von der Aufregung überlagert.

Sie hatte noch keinen Hund gehabt, der sich der Arbeit so total hingab – jedenfalls solange die Kinder nicht in der Nähe waren. Sie wollte seine Beziehung zu den Kindern nicht stören, aber Roi mußte lernen, mit ihr zu arbeiten, auch wenn Simon in der Nähe war. Von allen dreien hatte er die engste Beziehung zu dem Hund. Dana kam allerdings gleich danach. Roi liebte es über alles, mit den Kindern zu spielen.

Aber im Augenblick gab es nur sie beide, das leere Feld und die Sonne, die das Gras vergoldete.

Manchmal werden Träume doch wahr, dachte sie. Ihre Mutter hatte Roi gut trainiert. Sie mußte ihn nicht führen. Er war der Meister, der sie führte. Frohlockend lief sie hinter ihm her und lächelte. Sie konnte ihre Freude nicht verbergen und war froh, daß niemand sie sehen konnte.

Brier wußte, daß Josh, der ihr folgte, genauso erfreut wie sie sein würde. Sie wünschte, Gulley wäre hier mit ihnen unterwegs. Er würde das sicher gerne sehen.

Eines Tages würde dies hier kein Spiel mehr sein. Dann würden sie die Spur eines Verbrechers verfolgen, den sie dann der Gerechtigkeit überantworten würden. Eines Tages würden sie sich beweisen.

Brier war fest entschlossen, gemeinsam mit Roi diesen Kurs als Beste abzuschließen. Und abschließen würden sie ihn sicher. Simon war ja schließlich tagsüber nicht da, um den Hund abzulenken. Vielleicht konnte sie diese Anhänglichkeit während der nächsten fünf Wochen überwinden.

Roi arbeitete konzentriert und angespannt, den Kopf nach unten gebeugt und mit langsam wedelndem Schwanz. Alle Männer schauten nun zu. Sie wußten, daß Roi ihre Hunde wie Amateure aussehen lassen konnte. Sie wollten lernen. Roi bewegte sich sicher und schnupperte am Gras. Er wußte genau, wo der Weg verlief.

Den Hügel hoch und dann nach einiger Zeit scharf zur Seite. Der Hund verlor die Fährte. Er war etwas zu weit gegangen und kam zurück zu Brier. Sie blieb stehen, weil sie wußte, daß Roi etwas Zeit brauchte, um die neue Richtung herauszufinden. Sie schaute sich nach Josh um.

Er deutete mit dem Daumen nach oben. Roi lief wieder los, diesmal etwas schneller und mit heruntergebeugtem Kopf. Alle Augen waren gespannt auf den Hund gerichtet. Sie würden alle auch bald an der Reihe sein.

Hin bis zum Busch. Wieder kam ein leises Zischen. Roi blieb neugierig stehen und schnüffelte. Er verließ den Pfad und steckte seine Nase in das hohe Gras am Busch.

Die Gans, die dort ihr Nest hatte, hatte fünf kleine Gänschen. Und die verteidigte sie um jeden Preis. Wie eine Furie schoß sie aus dem Busch. Sie schnappte mit dem Schnabel und stieß um sich. Sie hatte vor, den Hund anzugreifen.

Roi hatte noch niemals vorher eine Gans gesehen, und er hatte auch noch niemals solch einen wütenden großen Vogel getroffen. Er drehte sich um und rannte den Hügel herunter, hin zum Tor auf die sichere Straße. Er wußte nicht, daß Gänse fliegen können. Nach einem kurzen erschrockenen Blick folgte ihm Brier. Wenn die Gans sie erwischte und angriff, konnte das übel ausgehen.

Eine wütende Gans war ein besserer Wachposten als ein Hund, und sie konnte mindestens ebensoviel Schaden anrichten. Jede Mutter mit kleinen Gänsen würde ihre Jungen bis zum Tod verteidigen.

Mit schwerem Atem und Seitenstichen rannte Brier den Hügel hinunter. Sie war so schnell, daß sie sicher war, sie würde hinfallen. Hinter ihr war der wütende Vogel, mit ausgebreiteten Flügeln, halb rennend, halb fliegend.

Sie würden nie rechtzeitig in Sicherheit sein.

Neuntes Kapitel

Die Männer lachten brüllend auf. Als ihnen jedoch einen Moment später klar wurde, daß die Situation alles andere als lustig war, verstummten sie. Alle rannten auf einmal los. Gwyn, der etwas schneller als die anderen war, begriff, daß sich Brier wirklich in Gefahr befand. Er öffnete das Tor für sie. Dann fuhr er mit seinem Wagen auf das Feld und öffnete die Beifahrertür. Roi und Brier rannten darauf zu. Sie flogen förmlich in den Wagen und purzelten auf Gwyn, der schnell die Tür zuschlug. Josh dachte, daß das die schnellste Bewegung war, die er jemals gesehen hatte.

Brier saß mit Roi auf dem Schoß da und rang nach Atem. Die Gans griff außer sich den Wagen an, prallte ab und schüttelte den Kopf.

Brier zitterte noch am ganzen Körper, als der lachende Gwyn durch das Tor fuhr. Zwei der Männer schlossen es wieder in der Hoffnung, daß die Gans sie in Ruhe lassen würde.

Aber die stand nur da und reckte angriffslustig den Kopf. Dann stürmte sie wieder den Hügel hoch, um ihr Nest zu beschützen.

Brier fiel beinahe aus dem Wagen.

»Da hätte dich die Gans ja beinahe erwischt«, sagte Josh mit einem breiten Grinsen. Jetzt, wo sie in Sicherheit war, fand er das Ganze komisch.

»Man weiß nie, was im Busch ist«, kalauerte Gwyn. »Bei Gänsen muß man ganz schön vorsichtig sein. Mein Vater hatte früher welche. Der einzige Haken an den Biestern ist, daß sie ein bißchen dumm sind. Das Vieh ist gar nicht auf die Idee gekommen zu fliegen. Na ja, sie wollte wohl schnell zu ihren Babys zurück.«

»Alles in Ordnung, Brier?«

»Ich habe noch nie in meinem Leben solche Angst gehabt«, gab sie zu. »Was hätte sie wohl gemacht, wenn sie mich erwischt hätte?«

»Wahrscheinlich wußte sie das selber nicht«, sagte Gwyn. »Bestimmt hätte sie ordentlich zugebissen. Und mit den Flügeln zugeschlagen. Ich habe mal beim Fischen gesehen, wie ein Reiher das gemacht hat. Seine Kleinen haben im seichten Wasser nach Makrelen gefischt.«

Er mußte über die Erinnerung lachen.

»Die Alten haben dann nach ihnen gerufen, aber sie wollten nicht kommen. Da ist der große Vogel hingeflogen und hat die Kleinen mit Schnabel und Flügeln versohlt. Das war richtig lustig, irgendwie wie ärgerliche Menschen. Die Kleinen sind dann losgeflogen und haben jede Menge toten Fisch zurückgelassen, den sie nicht mal hätten fressen können. Nehme an, die hatten am nächsten Tag Bauchschmerzen.« Er lachte.

»Es geht doch nichts übers Fischen«, sagte Derek unerwartet. »Allerdings nur, wenn man alleine ist. Nur du selbst, der Fluß und die Fische, die darauf warten anzubeißen.« Seine Gedanken wanderten sehnsüchtig zu einem Fluß, den herumschwirrenden Eintagsfliegen über dem Wasser und der plötzlichen Erregung, wenn der Köder eintauchte und eine kräftige Forelle anbiß. Seit dem Tod seines Vaters war er nicht mehr fischen gewesen. Er vermißte den alten Mann.

Briers Gedanken hingen immer noch an dem Hund. Sie runzelte die Stirn. »Bedeutet das für Roi einen Rückschlag? Vielleicht befürchtet er jetzt, daß hinter jedem Busch eine Gans hockt, die ihn jagen will?«

Das könnte ein großes Problem werden. Vielleicht würde sich der Hund das nächste Mal weigern, eine Spur zu verfolgen.

»Sein Rohr«, sagte sie plötzlich. »Wir sind gar nicht da angekommen.«

»Ich hole es«, bot Josh an. »Ich gehe andersrum. Ich habe keine Lust, der Gans zu begegnen.«

Jeder Hund besaß sein eigenes Spielzeug. Spike hatte den Arm einer Gummipuppe, den er einmal auf einer Wiese gefunden hatte. Major lief mit einer großen Patronenhülse herum. Loki besaß eine Schildkröte aus Filz, die er von einem Nachbarskind gestohlen hatte. Jedes Tier brauchte einen solchen Anreiz, um das Aufspüren zu lernen. Es mußte am Ende einfach eine Belohnung geben. Bis jetzt waren Jacko und Storm lediglich daran interessiert, Würstchen aufzuspüren. Keiner der beiden Hunde hatte je gelernt zu spielen.

Roi spielte zu Hause endlos. Unermüdlich warf Simon das gelbe

Stöckchen, und Roi brachte es immer wieder zurück. So hatte der Hund ausreichend Bewegung, und der Junge war beschäftigt. Brier fragte sich trotzdem, ob sie das unterbinden sollte. Aber das brachte sie dann doch nicht übers Herz. Wann immer sie jedoch Zeit hatte, verbrachte sie sie mit Roi. Sie warf dann sein Rohr für ihn und hoffte, auf diese Weise seine Zuneigung und seinen Respekt zu erringen. Der Hund liebte alle drei Kinder, aber mittlerweile war es ganz offensichtlich, daß er und Simon eine ganz besondere Beziehung zueinander entwickelt hatten.

Wenn sie nicht aufpaßte, würde er bald Simons Hund sein, und sie würde wieder ohne dastehen. Diese Prüfungen waren entscheidend. Sie wünschte sich, sie hätte mehr Zeit bis dahin. Sie würde niemals rechtzeitig die Beziehung zu dem Hund entwickeln, die sie brauchte. Und das zeigte sich dann, wenn es in kritischen Momenten darauf ankam. Er würde sie dann im Stich lassen. Und sie ließ damit Josh im Stich und natürlich das ganze Team. Obwohl sie vermutete, daß die Männer nicht allzu traurig sein würden, wenn sie schlechter als der Rest von ihnen abschnitt.

Sie saßen auf einer niedrigen Mauer und aßen Sandwiches, um Brier etwas Zeit zu geben, sich zu erholen. Die Hunde lagen zu ihren Füßen und paßten auf, ob etwas herunterfiel. Loki war schneller als Gwyn und klaute ihm ein halbes Sandwich aus der Hand. Er wurde dafür ausgeschimpft, wenn auch unter Gelächter.

»Wir geben Roi heute nachmittag eine kleine lustige Aufspüraufgabe«, sagte Josh. »Futter auf Schritt und Tritt. Bitte hebt alle ein bißchen was von eurem Sandwich auf. Wir machen es ganz aufregend für ihn. Eine richtige Sonderbehandlung. Nur ein paar Meter und dann ein richtig tolles Spiel am Ende. Und wir werden zu einem anderen Feld gehen.« Er lächelte Brier an. »Ich werde es zuerst inspizieren. Ich hätte genauer nachforschen müssen, wo das Zischen herkam, aber ich dachte, es wäre nur ein kleines Tier.«

Brier machte sich trotzdem Sorgen, während sie aß. Dieses Mißgeschick konnte sie am Ende des Kurses ihren Platz kosten. Wenn Roi sich doch bloß nur schnell von dieser Furcht erholte – denn Angst hatte er ganz gewiß. Er wäre ja auch dumm, wenn nicht, dachte sie traurig. Sie erinnerte sich an die Größe des Tieres, das sie angegriffen hatte.

»Vor einiger Zeit ist einem Freund von mir was Komisches passiert«, sagte Rob, der hoffte, sie damit etwas abzulenken. Er wußte, daß jeder die Chancen abschätzte, wenn ihr bester Hund für die Abschlußprüfungen aus dem Rennen war. Wie Josh und Gwyn war er der Meinung, daß das ein Jammer wäre, aber er vermutete, daß Tony und Derek hofften, Brier würde es nicht schaffen. Rob nahm einen großen Bissen und kaute gedankenvoll.

»Er war gerade irgendwo im Wald und übte mit seinem Hund Fährten aufspüren, als jemand auf ein Eichhörnchen schoß, das ganz in ihrer Nähe im Baum saß.«

Er grinste in die Runde.

»Ihr werdet nie erraten, was dann passiert ist.«

Niemand kam darauf.

»Das Eichhörnchen fiel getroffen vom Baum und genau dem Hund auf den Kopf. Es biß ihn in die Nase und fiel dann direkt vor ihm tot um. Es hat Wochen gedauert, bevor der Hund wieder bereit war, irgendeine Fährte in der Nähe von Bäumen zu suchen.«

Als er die letzten Worte gesprochen hatte, ging ihm auf, daß diese Geschichte ganz und gar nicht tröstend wirkte.

Brier unterdrückte den Impuls zu sagen: Danke auch für diese aufmunternde Geschichte. Sie frage sich kurz, ob Rob die Absicht gehabt hatte, sie mit dieser Geschichte zu verunsichern, wohl wissend, daß ihre Anspannung sich auf Roi übertragen und er dann schlechter arbeiten würde. Doch sie verwarf diesen Gedanken sofort wieder. Tony, ja! Derek, vielleicht. Rob, niemals!

Der restliche Tag verlief ohne weitere Zwischenfälle. Josh trieb ein Feld ohne Büsche und Bäume auf und legte eine kleine Spur für Roi. Es motivierte Roi weiterzumachen, als er schon gleich zu Beginn ein größeres Stück Fleisch fand. Er galoppierte die Spur entlang und wurde bei jedem Fund aufgeregter. Schließlich biß er begeistert in sein Rohr, ließ es dann fallen und sprang aufgeregt vor Brier auf und ab. Er schnappte nach ihrer Hand, um zu zeigen, wie sehr er sich freute. Roi war restlos begeistert, als sie sein Spielzeug warf. Er rannte sofort hinterher und brachte es zurück. Dann legte er es vor sie hin und forderte sie auf, es noch einmal zu werfen.

»Anscheinend gibt es damit keine Probleme«, sagte Josh erleichtert. Nächstes Mal legen wir auf einem Feld mit Bäumen und Büschen eine Spur für ihn.«

»Und natürlich schaust du vorher nach, ob sich nicht irgendwo eine Gans versteckt?« fragte Tony.

»Ich werde Lim mitbringen. Er wird sie schon finden«, scherzte Josh. Er war ganz erleichtert, daß Roi sich völlig unbefangen und angstfrei benahm.

»Er fürchtet sich überhaupt nicht.«

Es war ein Ausnahmetag, einer, an den sie sich gerne erinnern würden. Alle Hunde waren sehr gut. Fährten aufspüren war für sie ein Spiel, und zwar eines, daß ihnen gut gefiel. Die Männer lernten, mit ihren Hunden zu spielen. Sogar Derek fand einen Weg, daß sein Hund Spaß an der Lektion hatte, ohne gleich zu sehr herumzutollen.

Josh dachte beim Kaffeetrinken über die letzten Wochen nach. Jeden Morgen, an dem er sein Team beobachtete, hatte er sich mehr entspannt. Eigentlich war es noch kein richtiges Team. Aber manchmal arbeiteten sie wirklich zusammen und hackten nicht aufeinander herum. Derek bemühte sich offensichtlich, auch wenn Josh noch nicht feststellen konnte, daß zwischen ihm und Spike eine besonders gute Beziehung bestand.

Gulley wußte es besser. Es gab eine Beziehung, aber nur auf ihren langen Spaziergängen nach der Arbeit. Das Training war schwierig, und Derek war immer noch nicht geduldig genug. Weder er noch der Hund hatten Spaß an den Unterrichtsstunden. Derek war nur allzu bereit, den Hund in den Zwinger zu stecken oder Gulley zu überlassen, wenn er eine Verabredung hatte. Er mußte irgendwo mehr Bestätigung finden, dachte Gulley bei sich.

Gwyn streckte seinen Arm aus und nahm noch ein Brötchen.

»Alice hat ja genug für eine ganze Armee gemacht«, sagte er. Das Spielzeug seines Hundes fiel bei dieser Bewegung aus der Tasche. Lokis grüngelbe Schildkröte mit dem roten Hut brachte sie immer zum Lachen.

»Ganz schön blöde, mein Hund, seht ihr«, sagte Gwyn, als er das Ding aufhob.

Josh bat Gwyn, noch etwas dazubleiben und für Spark zur Übung eine Spur zu legen. Er ließ Lim heraus, damit er ein wenig Bewegung bekam. Seine beiden Hunde reisten oft zusammen im gleichen »Abteil«. Lim war geradezu winzig im Vergleich zu den großen Schäferhunden.

Der Spaniel sauste voller Freude die Straße entlang, unter dem Tor durch und raus auf das Feld. Josh pfiff, und Lim kehrte mit derselben Geschwindigkeit und flatternden Ohren zurück. »Zu schade, daß du das nicht gemacht hast, als alle noch hier waren. Das hat er prima gemacht, Spark, nicht wahr?«

»Zeit für ein Gläschen?« fragte Josh, als sie auf dem Weg in die Stadt waren. Er und Gwyn hatten sich das Auto geteilt. Die Hunde waren getrennt voneinander hinten untergebracht. Lim ließ sich bei Spark nieder. Er liebte den größeren Hund.

Josh hielt vor dem *Schwan* an.

»Warum nicht?«

Obwohl es noch recht früh war, war die kleine Kneipe gut besucht. Das Licht spiegelte sich in den Krügen, die am Regal hingen, und an den Fuchsköpfen; der eine mit einer karierten Mütze, der andere mit einer Pfeife im Mund. Die örtliche Fußballmannschaft hatte diese Woche ein Heimspiel, und ein großer Teddybär saß im Fußballdreß auf der Fensterbank und sah die Leute aus seinen schwarzen Knopfaugen an.

Stimmen erschallten und verhallten, unterbrochen von Gelächter. Die Hintergrundmusik war leise und störte die Unterhaltung nicht.

Josh bezahlte zwei dunkle Bier und brachte sie an den kleinen Tisch, an dem Gwyn bereits saß und die Leute beobachtete, als suche er nach Verbrechern.

»Man kann nie wissen, wer hier ist«, sagte er. Er nahm einen kräftigen Schluck und grinste. »Das ist gut. Dily geht heute zu den Weight Watchers, da muß ich mir selber was zu essen besorgen. Ich sag' ihr immer, daß sie nur ein bißchen gut dabei ist, aber sie möchte unbedingt rank und schlank werden.« Er lachte. »Frauen! Sie wollen immer was anderes sein, als sie sind.«

»Elli wollte immer einssiebenundsiebzig groß sein, mit langen, blauschwarzen Haaren wie ein Rabe«, sagte Josh. Plötzlich erinnerte er sich an eines ihrer eher absurden Gespräche. »Ich habe mal irgendwo solch eine Frau bewundert, das hat sie nie vergessen. Sie hatte immer Angst, daß ich mich nach etwas sehne, was sie mir nicht bieten konnte.«

Irgend jemand drehte die Musik lauter, so daß sie ihre Unterhaltung vor dem Hintergrund von plärrender Popmusik fortsetzen mußten. Gwyn stand auf und schaute auf Josh herunter.

»Ich möchte ein paar Spare-ribs. Wie steht's mit dir?«

»Kartoffelchips. Mit Schinkenaroma.«

Gwyn holte das Gewünschte und biß herzhaft in das Fleisch.

»Dily hat uns eine Diät mit reduziertem Fettanteil verpaßt. Ich habe einen richtigen Heißhunger auf so ein Zeug.«

»Gwyn, was ist mit Brier los?«

»Ich glaube, sie macht sich Sorgen darum, Simon zu verlieren. Die Entscheidung steht bald an. Und Roi ist nicht so konsequent, wie sie es gerne hätte. Aber ich glaube nicht, daß der Hund ihr ernsthafte Probleme verursacht. Sie ist ganz vernarrt in ihn.«

»Ist der Vater immer noch so eine Plage?«

»Er war schon ein paarmal in der Nähe der Schule und hat versucht, Simon zu erwischen. Gracie oder einer der Männer fährt jetzt immer hin und holt die Kinder mit dem Wagen ab. Sie wollen es Kate ersparen, mit ihm zusammenzutreffen, wenn sie zu Fuß mit den Kindern nach Hause geht. Sie hat sie immer abgeholt, seit Simon da ist. Glücklicherweise weiß der Kerl nicht, wer Kate ist, und es ist sowieso normal, daß sich die Polizei, also Gracie, um die Sache kümmert. Er hat keinen Führerschein und kein Auto mehr, also kann er ihnen auch nicht folgen.«

Er warf einen Blick auf die Uhr.

»Ich gehe besser gleich. Ich muß Loki noch ein wenig bewegen, bevor ich ins Bett gehe. Der Hund braucht ständig Bewegung.«

»Es juckt ihn zu sehr in den Pfoten«, sagte Josh und erntete dafür ein Grinsen. Es war eine seiner Lieblingsbemerkungen.

»Er wird nachts immer ruhelos. Loki knabbert immer noch an seiner Decke. Vor ein paar Nächten bin ich mal runtergegangen, da war der ganze Boden mit etwas bedeckt, dessen Anblick mir gar nicht gefallen hat.«

»Was war es denn?«

»Streifen von gelbem Schaumstoff. Ich hatte ihm meine alte Hundematratze unter seine Decke gelegt. Ich dachte, er wäre jetzt alt genug dafür, aber da habe ich mich wohl geirrt.«

»Zeit für noch einen?« fragte Josh.

»Ich trinke noch eine Limonade und fahr dich dann nach Hause«, schlug Gwyn vor. »Morgen habe ich das Auto und kann dich wieder einsammeln.«

Er brachte noch ein Bier für Josh mit und bestellte für sich selber eine Limonade. Während er wartete, saß Josh nachdenklich mit ausgestreckten Beinen da. Brier bedeutete ihm viel. Er merkte, daß sie immer wichtiger für ihn wurde. Vielleicht eines Tages... sie ahnte sicher nicht, daß sie manchmal in seinen Träumen auftauchte.

Die beiden Männer tranken aus und gingen hinaus. In dieser Nacht nahm Josh Spark und Lim und ging ausgiebig mit ihnen spazieren, bis ihnen allen die Beine weh taten. Zu Hause lag er noch lange wach und machte sich Sorgen um sein Team. Er fragte sich, ob es ihm wohl jemals gelingen würde, sie zu einer Einheit zusammenzuschweißen.

Zehntes Kapitel

Wenn sich Josh seine Notizen aus den ersten Wochen ansah, dann konnte er natürlich Fortschritte feststellen, aber das Niveau, auf dem sie sich jetzt befanden, war noch lange nicht zufriedenstellend. Und sie hatten nur noch vier Wochen bis zu den Abschlußprüfungen. Versucht wie ein Hund zu denken, schärfte er ihnen wieder und wieder ein, aber meist stieß er dabei auf taube Ohren.

»Es ist langsam Zeit für eine Lektion über die Psychologie von Hunden«, sagte er zu Gulley am Beginn der zehnten Woche. Nach dem heftigen Wind, Schnee und scharfem Frost war das Wetter nun besser. Es war schließlich doch noch Frühling geworden. Auch die Hunde waren munterer.

Sonnenlicht durchflutete das Zimmer und tanzte auf den Papieren, die auf Joshs Schreibtisch lagen. Gulleys graues Haar leuchtete. Er zupfte an seinem Schnurrbart.

»Bist du sicher?«

»Ich bin heute nicht in der Laune für Spiele.« Josh sah auf seine Uhr. In einer halben Stunde würden die anderen ankommen, und er war immer noch nicht viel weiter.

»Bist du wieder rausgerufen worden?« fragte Gulley, während er einen Teller mit Toasts abstellte. Er nahm Butter und Marmelade vom Tablett. Die Butter lag auf einem Teller mit Blumenmuster, einem Wappen und dem Satz: Ein Geschenk aus Blackpool. Gulley hatte den Teller vor Jahren einmal von einem Hundeführer geschenkt bekommen.

Er war in einer kleinen Schachtel verpackt gewesen, die wiederum in einer ganzen Anzahl von größeren Schachteln gesteckt hatte. Die größte war groß genug gewesen, um einen Welpen beinhalten zu können. Gulley hatte sich köstlich amüsiert. Die Männer machten sehr oft Scherze mit ihm, aber nicht alle waren so harmlos wie dieser.

Eines Tages vor einigen Jahren hatte ihn einer in einem Zwinger eingesperrt. Ein ziemlich übler Scherz, denn an diesem Tag war Josh mit seiner Gruppe außerhalb unterwegs gewesen, und es hatte fünf Stunden gedauert, bis ihn jemand gefunden und befreit hatte.

Der Kaffee war schwarz, stark und kochend heiß. Die Marmelade. Sie enthielt eine Spur Kognak – eine Spezialität von Alice. Josh bekam jedes Jahr im Januar ein paar Gläser davon. Die Küche von Alice glich dann immer einer kleinen Fabrik. Sie produzierte Hunderte von Marmeladengläsern, die sie anschließend zugunsten eines Hundeheims verkaufte, in dem sie öfter aushalf.

»Ja, einmal mußte ich raus«, sagte Josh, während er verschwenderisch Butter und Marmelade auf den Toast strich. »War allerdings völlig überflüssig. Sie haben mich gar nicht gebraucht. Die Entschärfungstruppe war schon vor mir da.« Er grinste. »Irgendwas, das von einem Lastwagen gefallen war. Sie haben es hochgejagt, als der Metalldetektor darauf ansprang.«

»Und?« Gulley ahnte, daß die Geschichte ein unerwartetes Ende haben würde.

»Es war eine Tabaksendung. Alles diese kleinen Metalldöschen. Ich glaube, weder Absender noch Empfänger werden besonders begeistert sein.«

Er blinzelte wieder auf seine Uhr.

»Ich weiß gar nicht, wo die Zeit bleibt. Schon wieder fängt ein neuer Tag an. Schaff sie bitte alle erst mal hier rein, Gulley. Ich möchte erst mit ihnen reden. Und dann werde ich mir mal ansehen, wieviel Kontrolle sie wirklich über ihre Hunde haben. Operation Freiheit.«

»Nichts geht über ein Leben in Gefahr«, sagte Gulley und ging mit leicht gerunzelter Stirn hinaus.

Einige Minuten später stand Josh seinem versammelten Team gegenüber. Er war ja schon an Schwierigkeiten gewöhnt, aber jedes einzelne Mitglied dieser Truppe schien irgendwelche Probleme zu haben. Tony war anscheinend lediglich körperlich anwesend, Pete gähnte, und Rob schaute finster drein. Er hatte sich Josh am Abend zuvor anvertraut. Penny war kaum zu Hause, und wenn sie mal da war, war sie unkooperativ, frech und hörte Heavy Metal in voller Lautstärke. Die Nachbarn beschwerten sich schon. Er und seine Frau hofften, daß sie wenigstens die Pille nahm, obwohl sie beide sonst nicht so begeistert von dieser Art von Freiheit waren. Penny war noch zu jung, um sich ernsthaft mit jemandem einzulassen, ihre schulischen Leistungen litten unter dieser Situation. Aber sie war nicht bereit, mit ihren Eltern zu reden.

»Es ist ja schön und gut zu sagen, daß Familien miteinander sprechen sollten«, hatte sich Rob seufzend beklagt. »Wir würden ja gerne. Aber sie ist nicht bereit dazu. Alles, was wir wollen, ist, ihren Standpunkt zu verstehen. Wenigstens versuchen wollen wir es. Wir würden ihr gerne klarmachen, daß sie sich ihr ganzes Leben kaputtmachen kann, wenn sie sich mit siebzehn schon so festlegt. Aber man könnte genausogut versuchen, mit der Katze zu reden.« Er lachte resigniert.

»Wenigstens die läßt sich gerne in den Arm nehmen und schnurrt. Außerdem ist sie dankbar für Futter und Unterkunft. Die Kinder nehmen das einfach als selbstverständlich hin.«

Josh versuchte, sich an seine eigene Jugendzeit zu erinnern. Er hatte eine schwache Erinnerung an das unangenehme Gefühl, daß das Leben an ihm vorbeizöge. Alle anderen hatten Spaß, nur er nicht. Die kleinsten Vorfälle hatten damals eine immense Bedeutung. Wenn sie doch nur wüßten, dachte er. Wenn sie doch nur ein wenig mehr Geduld hätten und die vor ihnen liegenden Jahre abwarten würden.

Brier sah unglücklich aus. Derek war immer schwer zu durchschauen, aber höchstwahrscheinlich dachte er gerade an irgendeine Frau. Gwyn hatte schon seit einigen Tagen keinen Scherz mehr losgelassen. Gestern hatte es so ausgesehen, als würde er sich mit Loki eine Schlacht liefern, statt zu trainieren. Einmal hatte der Hund ihn angeknurrt, und das war auch ein Grund zur Sorge.

Es war an der Zeit, das alles einmal zu sortieren. Heute wollte er einen wichtigen Punkt herausstellen.

»Richtig«, sagte Josh. »Problemtag. Hundepsychologietag. Heute werden wir euch alle auseinandernehmen. Tony, was ist Jackos schlimmster Fehler?«

Tony schrak zusammen und dachte nach.

»Er gerät beim Verfolgen immer außer Kontrolle. Er haut dem Mann seine Pfoten in den Rücken, anstatt ihn beim Ärmel zu packen. Fünf von zehn Mal macht er das. Ich habe einfach noch nicht herausgefunden, wie ich das abstellen kann.«

»Richtig«, warf Derek kläglich ein und strich sich über den blauen

Fleck am Kinn. »Gestern hat er mich umgeworfen. Ich habe mir das Kinn an einem Stein gestoßen. Das war nicht gerade spaßig.«

»Damit werden wir die Prüfer nicht besonders beeindrucken«, sagte Josh und machte sich eine Notiz. »Üb' das nicht mehr, bis ich es mir mal angesehen habe. Brier, wirft Roi immer noch die Dinge, die er aufspüren soll, durch die Gegend, anstatt sie dir ohne Berührung zu zeigen.«

»Ich versuche es immer wieder«, sagte Brier. »Einmal klappt es wunderbar, und er macht alles perfekt, und dann, bingo, am nächsten Tag ist alles wieder weg. Es scheint etwas zu sein, das er einfach nicht lernt.«

»Er hat gestern sein Bestes gegeben, um das unbewegliche Objekt wegzutragen, nicht wahr?«

Sie mußten alle grinsen. Gulley hatte gestern ein Fahrrad im hohen Gras zwischen den Büschen versteckt. Als Brier den Hund losgeschickt hatte, um es zu suchen, hatten alle plötzlich ein Knurren und ein paar merkwürdige Laute gehört. Der Hund hatte es tatsächlich geschafft, das Ding am Lenker zu packen und mehrere Meter weit zu schleppen. Schließlich hatte er frustriert aufgegeben und ärgerlich gewinselt, statt dazustehen und zu bellen, wie er es eigentlich hätte tun sollen.

»Major?«

Pete mußte plötzlich heftig gähnen. Er war völlig unfähig, sich zu kontrollieren.

»Entschuldigung. Der Kleine hat eine Erkältung und will, daß wir alle mit ihm leiden. Majors Problem ist sein Biß. Er hält einfach nichts richtig fest. Er läßt immer locker und versucht es dann noch mal. So ist es ganz einfach, ihm einen Ärmel wieder zu entziehen. Er mampft eher, als daß er zufaßt.«

Gulley signalisierte von der Ecke aus Zustimmung durch einen erhobenen Daumen. Diese Lektion erwies sich als lohnender, als er erwartet hatte. Zumindest waren ihnen die Probleme ihrer Hunde bewußt, und sie fingen an, darüber nachzudenken. Das war ein großer Schritt in die richtige Richtung.

»Storm ist nicht besonders scharf darauf, irgend etwas aufzuspüren«, sagte Rob. »Er macht das nur halbherzig. Ich weiß einfach nicht, wie ich ihn motivieren soll.«

»Er kann mal für ein paar Tage sein Essen aufspüren.« Josh schaute Gulley an, der zustimmend nickte. »Das wird ihm wohl auf die Sprünge helfen. Wenn er nichts findet, gibt's nichts zu fressen. Das funktioniert gut, wenn er hungrig ist. Wenn er erst mal darauf angesprungen ist, werden wir daran arbeiten, seine Arbeitsweise zu verbessern.«

»Das würde Spike vielleicht auch schärfer auf das Aufspüren machen«, warf Derek ein.

»Gwyn, was hast du für ein Problem mit Loki? Er hat sich gestern ziemlich schlecht benommen.«

»Ich wollte es schon berichten, bin aber noch nicht dazu gekommen«, sagte Gwyn. »Er hat vor zwei Tagen Fisch vom Tisch geklaut. Ich wurde ans Telefon gerufen, als ich gerade das Abendessen hereintrug. Ich hatte völlig vergessen, daß er an so etwas Hohes herankommt. Eine Gräte ist an der Innenseite seiner Wange steckengeblieben. Er hat Glück gehabt, daß sie das da und nicht weiter unten getan hat. Ich habe es zwei Tage lang nicht bemerkt, dann bin ich zum Tierarzt gegangen. Es muß ihm ziemlich weh getan haben. Jetzt ist er aber wieder in Ordnung.«

Josh war erleichtert, das zu hören. Er hatte gar nicht verstehen können, warum sich der Hund plötzlich gegen Gwyn gerichtet haben sollte.

»Gut. Nun wissen wir, woran wir arbeiten müssen. Jetzt alles raus hier. Wir wollen doch mal sehen, wieviel Kontrolle ihr über eure Hunde habt. Und dann werden wir ins Moor gehen. Ich habe schon jemanden vorausgeschickt. Er spielt einen entlaufenen Sträfling, einen harten Kerl, der sich mit Hunden auskennt. Er wird überall Spuren hinterlassen. Wir werden mal sehen, wer ihn zuerst findet.«

Gulley brachte nacheinander die Hunde heraus. Ein sanfter Wind hatte den morgendlichen Tau bereits getrocknet. Brier schaute auf die Weiden hinter der Wiese. Die Hügel in der Ferne waren im Dunst der Wolken kaum zu sehen. Sie könnten hier genausogut mitten auf dem Land sein statt einige Felder von der geschäftigen Stadt entfernt. Ein Mann, der in einem Boot stand und offensichtlich gerade an Land ging, rief ihr in Erinnerung, daß der Kanal um die Ecke lag.

Brier warf Roi einen Blick zu. Er studierte gerade eine Taube, die ungerührt zwischen den Menschen und Hunden umherstolzierte. Als sie sich umsah, stellte sie fest, daß alle anderen Hunde ebenfalls die Taube beobachteten.

»Hunde bei Fuß, und macht die Leinen ab.« Nur widerstrebend lösten die Hunde ihre Augen von der Taube und schauten ihre Hundeführer an. Bei Fuß gehen ohne Leine – mittlerweile waren alle Hunde sehr gut darin.

»Werft nun das Spielzeug des Hundes so weit weg, wie ihr eben könnt, und zwar völlig ohne irgendein Kommando zu geben. Dann laßt den Hund hinterhergehen.«

»Alle auf einmal?« fragte Gwyn, der dabei Lokis Abneigung gegen Major im Sinn hatte.

»Alle auf einmal. Wenn die Hunde ihr Spielzeug haben, ruft sie zurück.«

Brier entschied, daß dieser Kurs wohl etwas zuviel für Josh gewesen war und er nun völlig den Verstand verloren hatte. Sie hatte mittlerweile ein kleineres Röhrchen gefunden, das sie für Roi benutzte, wenn sie arbeiteten. Sein ursprüngliches Spielzeug, das Rohr, war nämlich etwas zu groß, um es in der Tasche zu tragen.

Und schon flogen die diversen Spielzeuge durch die Gegend. Die Hunde waren erstaunt, weil überhaupt kein Kommando erfolgte, und schauten zögernd ihre Hundeführer an.

»Na los.«

Sechs große Körper rannten los. Loki stürzte auf die Schildkröte und rannte damit weg, Roi nahm sein Röhrchen, drehte sich um und schaute Brier an. Spike und Jacko waren viel zu dicht beieinander, und einen Moment lang dachte Tony, sein Hund würde gleich einen Kampf anfangen. Aber der Drang, zu seinem Spielzeug zu kommen, war offensichtlich stärker als seine Kampfeslust, und so hob er es hoch.

Josh schaute zu und bemerkte das schimmernde Fell, die klugen Augen und die dahinsausenden Pfoten. Die Tiere begannen allmählich, Form anzunehmen. Sie waren schon ganz andere Hunde als die ungestümen Jungtiere, die vor neun Wochen mit der Ausbildung angefangen hatten. Vielleicht gab es doch Hoffnung für sie alle.

Nachdrückliche Stimmen erschallten, und die Hunde kehrten alle wieder zurück.

Josh und Gulley grinsten zufrieden.

»Vor ein paar Wochen wäre noch das totale Chaos ausgebrochen, wahrscheinlich wäre keiner mehr zurückgekommen«, sagte Josh. »Das habt ihr gut gemacht.«

Er schaute sich um.

»Ihr habt euch anscheinend zusammengetan und alle einen Partner gefunden, um in eurer Freizeit zu üben«, sagte er. »Ich möchte, daß ihr heute alle einen anderen Partner auswählt. Ihr müßt die anderen Hunde kennenlernen und herausfinden, wie die anderen arbeiten. Zukünftig solltet ihr darauf gefaßt sein, daß jeder mal mit jedem zusammenarbeiten muß.«

»Richtig«, sagte Gulley, der sich die Liste ansah, die Josh zusammengestellt hatte. »Rob und Gwyn. Derek und Pete. Brier und Tony. Teilt euch die Wagen und folgt uns.«

»Ich fahre. Wir nehmen meinen Wagen«, sagte Tony knapp. Brier schaute ihn kurz an und erwartete irgendeine dumme Bemerkung, aber es kam nichts.

Brier kletterte hinein. Sie mußte eben das Beste aus dieser dummen Situation machen. Warum hatte Josh sie nicht mit Pete oder Rob zusammenarbeiten lassen? War er auf Ärger aus?

»Jacko benimmt sich ganz prima«, sagte sie in der Hoffnung, damit einen guten Einstieg in den Tag gefunden zu haben.

»Ich wünschte, er würde auf einen anderen Namen reagieren. Es klingt so verdammt albern.« Tony fluchte leise, als er sich hinter einem Traktor wiederfand. »In diesem Tempo werde ich die anderen verlieren.«

»Gulley wird an den Rand fahren und auf uns warten.« Sie dachte über den Namen des Hundes nach. Er war sicherlich nicht besonders würdevoll. »Hey, wie wäre es mit Jago? Es ist ein bißchen besser als Jacko. Wenn du in den ersten paar Tagen das A etwas in die Länge ziehst, wird es wie Jaggo klingen. Danach kannst du es langsam in Jago ändern. Es wäre einen Versuch wert.«

»Danke«, sagte Tony, während er den Traktor überholte.

Die anderen Wagen waren an die Seite gefahren und hatten auf sie gewartet. Nun ließ Tony ihnen etwas Zeit, wieder anzufahren. Er wirkte ungewöhnlich zurückhaltend.

»Hat Derek mir erzählt, daß deine Frau ein Kind erwartet, oder verwechsele ich da was?« fragte Brier, die verzweifelt nach irgendwelchen Themen für eine Unterhaltung mit Tony suchte.

Sie erntete eine lange Pause. Brier fühlte sich plötzlich unwohl. Wie, zum Teufel, war sie bloß auf dieses Thema gekommen?

»Wir haben vier verloren. Drei Fehlgeburten und ein Totgeborenes. Ein kleiner Junge«, sagte Tony. In der Enge des Wagens fiel es ihm offensichtlich leichter, über private Dinge zu sprechen. »Soweit man sehen konnte, war alles in Ordnung. Er hat nur einfach nicht angefangen zu atmen. Sheila wollte es unbedingt noch mal versuchen. Ich war dagegen. Irgendwie habe ich Angst.«

Brier schaute raus auf die Felder.

Hinter ihnen führte die Straße ins Moor. Ginster leuchtete im Sonnenlicht.

»Das Kind soll in der gleichen Woche kommen, in der auch die Abschlußprüfungen sind. Schlecht abgestimmt. Sheila ist verrückt vor Angst, es könnte wieder passieren. Und ich auch, obwohl ich versuche, es zu verdrängen. Bei dem letzten gab es überhaupt keine Probleme bis zur Geburt. Neulich haben sie Sheila ins Krankenhaus gebracht, als ihr Blutdruck stieg. Sie mußte bis zur Vorsorgeuntersuchung dableiben. Die Ärzte sprechen im Moment davon, einen Kaiserschnitt zu machen. Ich bete darum, daß es nicht an einem der Prüfungstage ist. Sie wollen, daß der Vater das Baby hält, wenn die Mutter es nicht kann. Ich will dann auch da sein. Aber ich kann doch nicht die Prüfung abblasen, oder?«

»Kann man dieses Datum bei einem Kaiserschnitt nicht beeinflussen?«

»Ja, aber das Baby hat vielleicht eine andere Meinung. Wenn die Wehen einsetzen, fangen sie sofort damit an.«

»Es ist an der Zeit, daß ihr mal Glück habt«, versuchte Brier ihm Mut zu machen. Sie wußte, daß diese Bemerkung irgendwie absurd war, aber ihr fiel einfach nichts Besseres ein.

»Ich war nicht besonders nett zu dir«, sagte Tony. »Es tut mir leid. Ich glaube, ich war einfach nur neidisch auf deine zwei gesunden Kinder. Schien einfach nicht fair zu sein. Ich habe es auch an Pete ausgelassen. Er hat immer und immer wieder von seinem kleinen Sohn erzählt.«

»Du hättest es uns sagen sollen«, sagte Brier.

»Ich wollte kein Mitleid.«

Hinter ihnen reckte sich einer der Hunde und stieß an das Metall.

»Da ist ein Unterschied«, sagte Brier. »Das habe ich in den letzten zwei Jahren gelernt. Da gibt es welche, die Mitleid zeigen. Aber dann lernst du sie kennen und stellst fest, daß sie nicht wirklich wissen, wie es dir geht. Die, die selber gelitten haben, wissen es. Ich habe zuerst alle abgewiesen. Nun weiß ich, wem ich trauen kann. Solche Leute wie Gracie, Meg, Josh und Gulley helfen.«

»Du vermißt Tom immer noch?«

»Die ganze Zeit. Wenn ich nach Hause komme, und er ist nicht da. Nachts, in dem stillen Zimmer... kein anderer, der atmet. Ich sehe einen Mann in Uniform, der von hinten Tom ähnelt. Plötzlich verspüre ich diese idiotische Hoffnung. Dann dreht er sich um, und ich kann dir gar nicht diese Enttäuschung schildern. Dann wird mir wieder klar, daß ich ihn nie wiedersehen werde.«

»Ich weiß«, sagte Tony. »Um drei Uhr morgens frage ich mich manchmal, ob Sheila jemals wiederkommen wird, ob es diesmal... Wir haben viel zuviel Angst, um zu hoffen.«

»Es ist sinnlos, so zu denken. Um Sheilas willen. Du mußt Theater spielen, wenn sie in der Nähe ist. Sie muß glauben, daß du sicher bist, daß alles in Ordnung geht...«

Briers Gedanken kehrten wieder und wieder zu diesem Gespräch zurück. Sie verstand nun besser, warum Tony sie so behandelt hatte, und fühlte eine Welle des Mitleids. Sie holten die Hunde aus dem Wagen und legten sie an die Leine.

»Wir können von Glück sagen, wenn wir uns in dem Gelände nicht die Beine brechen«, sagte Tony, als sein Hund ihn über Büschel und Buckel führte. Er versuchte, den stacheligen Büschen auszuweichen. »Er rennt wie ein D-Zug. Was ist los mit ihm?«

Brier war viel zu sehr damit beschäftigt, auf sich selber aufzupassen, um zu antworten. Roi schnupperte. Sie versuchte, seinen Kopf nach unten zu zwingen, aber er weigerte sich, am Gras zu schnüffeln. Vielleicht hatte der Mann, der die Spuren gelegt hatte, stark riechende Kleidung getragen. Sachen, die nach Fisch oder Fleisch oder nach etwas für die Hunde ähnlich Attraktivem rochen.

In der Ferne kämpfte Derek damit, Spike zu folgen. Der Hund rannte entschlossen vor Derek her, beinahe völlig außer Kontrolle. Der große Mann lehnte sich zurück, aber sogar der Einsatz seines ganzen Gewichts half kaum, den Hund zu bremsen.

Sie gingen alle in die gleiche Richtung, aber so viele Spuren konnte der Mann doch gar nicht gelegt haben? Alle rannten nun so schnell sie konnten zwischen den Büschen und Hecken durch und zogen sich Kratzer an den ungeschützten Händen und im Gesicht zu. Die Hunde liefen, als würden sie alle von einem großen Magneten angezogen.

Brier stolperte über einen kleinen Felsen und kämpfte um ihr Gleichgewicht. Jeder Ansatz von Kontrolle war verschwunden. Das Ganze glich mehr einem Tumult als einer Fährtensuche.

Roi stürzte sich einen gewundenen Pfad hinunter und schleifte Brier durch einen kleinen Bach. Sie stand knöcheltief im eiskalten Wasser und bekam nasse Füße. Die Büsche wichen einem kargeren Terrain, und vor ihr tauchte ein Farmhaus auf. Der »Flüchtling« hielt sich bestimmt hier versteckt.

Sie rannten schnell zum Tor und auf den Hof. Roi setzte sich und bellte, was die anderen Hunde sofort beantworteten.

Josh und Gulley tauchten lachend in der Tür des Hauses auf.

»Gut, gut«, sagte Josh. »Da habe ich wirklich eine gute Übung geplant. Da drüben sind sechs Ställe. Bringt die Hunde dorthin und kommt in die Küche.«

Die Ställe waren klein, sauber und mit frischem Stroh versehen. Die Hunde ließen sich nicht sofort nieder. Sie liefen ruhelos umher und versuchten sogar, hinter ihren jeweiligen Hundeführern herzulaufen, als sie von der Leine los waren.

Die Küche erinnerte Brier an die ihrer Mutter. Auf dem großen Tisch war etwas zu essen vorbereitet – Pasteten und Sandwiches, Brötchen und Johannisbeerkuchen, Käsekuchen und Quiches.

»Was wollt ihr essen?« fragte Josh. Er pfiff, und eine junge Colliehündin kam unter dem Tisch hervor. Sie trabte zu Josh herüber. Ihr schwarzweißes Fell strotzte nur so vor Gesundheit. Sie leckte Joshs Hände und lehnte sich gegen ihn.

Sie beobachtete die anderen Leute im Zimmer mit ihren leuchtenden braunen Augen.

»Das ist Holly. Sie ist gerade läufig. Hat einer eurer Hunde mal seine Nase nach unten gerichtet?«

»Heiliger Strohsack«, rief Pete. »Du wußtest, was passieren würde?«

Der ewig hungrige Josh nahm sich etwas zu essen. »Ich habe erwartet, daß es so kommen würde. Obwohl ich natürlich immer hoffe, daß mal ein junger Hund dazwischen ist, der seiner Arbeit so ergeben ist, daß er den Sex vergißt. Bisher ist das allerdings noch nicht passiert. Obwohl sie mit der Zeit und mit mehr Erfahrung besser lernen, sich etwas unter Kontrolle zu halten. Sobald sie diesen Geruch in der Luft wahrnehmen, folgen sie ihrer Nase. Wenn das passiert, können wir gar nichts dagegen tun. Denkt immer daran!«

Eine schmächtige Frau mit langen blonden Haaren kam in den Raum, und die Hündin lief zu ihr hin. Sie kraulte ihre weichen Ohren.

»Das ist Jo Lester. Sie kann mich gewöhnlich während meiner Kurse mit einer läufigen Hündin versorgen. Sie züchtet die besten Collies im Lande und wetteifert immer mit Alice darum, wer das beste Essen zubereiten kann.«

»Das ist meine Party«, sagte Jo und lachte. »Vielen Dank an Sie alle, daß Sie mir diesen Höhepunkt des Jahres bescheren.«

»Gab es da draußen tatsächlich irgendwelche Spuren?« fragte Derek.

Gulley grinste.

»Es gibt sechs Spuren, aber die führen nicht hierher, sondern zurück zu den Wagen.«

Ein Holzfeuer wärmte den großen Ofen. Eine Katze mit vier Kleinen kuschelte sich in einen der großen Sessel. Derek aß, als hätte er noch nie etwas zu essen gesehen, und auch die anderen waren sehr hungrig.

»Mick Lester hat mit Öl zu tun«, sagte Josh. »Er ist immer da, wo was los ist. Er war auch nach dem Golfkrieg dabei, als die brennenden Ölquellen gelöscht wurden. Jo züchtet Hunde nicht nur, sie bildet sie auch aus für Film, Theater und Fernsehen. Dagegen sehen wir richtig alt aus.«

»Wie?« fragte Rob.

»Zeig es ihnen«, sagte Josh.

»Ich zeige Ihnen mal meine Schutzvorrichtung«, sagte Jo grinsend. »Ich brauche das hier, denn es ist doch recht einsam.«

Sie drückte auf einen Knopf. Eine Sirene ertönte, und auf der anderen Seite des Hofes öffnete sich eine Tür, offensichtlich von alleine.

Vier große Doggen rannten herbei und bellten bedrohlich. Sie liefen auf dem Hof herum und suchten, fanden jedoch nichts.

»Irgendwelche Freiwilligen, die mal rausgehen wollen?«

Gulley stand auf.

»Du bist vollkommen übergeschnappt«, sagte Rob.

»Nein, nur vertrauensvoll.«

Er öffnete die Tür, und die Hunde rannten auf ihn zu. Jo pfiff.

Die vier Hunde bremsten ab und blieben unsicher stehen.

»Freunde«, rief sie. »Ich werde Holly in ein anderes Zimmer bringen.« Sie brachte die Hündin raus und rief dann die vier Hunde rein. Sie kamen schwanzwedelnd herein und begrüßten freudig alle Leute im Zimmer.

»Montgomery, Rommel, Hannibal und Alexander«, sagte Jo. »Auch bekannt als Monty, Rom, Han und Alex.«

»Ich bin beeindruckt«, sagte Gwyn. »Wie haben Sie sie nur trainiert, damit die das tun?«

»Wenn Sie Hunde für Fernsehen, Film oder Theater trainieren, dann müssen Sie die Kontrolle aus der Distanz ausüben«, erklärte Jo. »Ich verstecke mich hinter einer Kamera oder flach auf dem Boden hinter irgendeiner Dekoration. Nicht der Schauspieler, sondern ich kontrolliere die Hunde, es sei denn, sie müssen nur nebeneinander herlaufen. Die Tiere bekommen zur Belohnung immer etwas zu fressen.«

Jo schaute sie lachend an.

»Ich arbeite schon seit meinem zweiten Lebensjahr mit Hunden. Mein Vater ist im Zirkus aufgetreten. Da Mick ständig unterwegs ist, habe ich alle Zeit der Welt. Na los, essen Sie bitte auf! Mick wird erst in zwei Wochen wiederkommen, und ich möchte bis dahin nicht jeden Tag Reste essen.«

Auf dem Nachhauseweg sprach Tony aus, was alle dachten.

»Wir haben noch einen ganz schön langen Weg vor uns, und es gibt noch so viel mehr zu lernen, als ich mir je erträumt hatte.«

»Da denkt man, daß man schon eine ganze Menge weiß, und dann findet man plötzlich heraus, daß man eigentlich nichts weiß«, fügte Brier hinzu.

Sie hielten an einer Tankstelle an. In Eimern standen Blumen. Brier ging hinein und kam mit einem großen Strauß Narzissen und Tulpen wieder heraus.

»Nimm die heute Sheila mit«, sagte sie. »Sie sind von uns allen. Ich habe mit den anderen gesprochen, als du mal draußen warst. Das stört dich doch nicht, oder? Ich dachte, es ist besser, wenn sie Bescheid wissen. Dann tritt auch niemand mehr ins Fettnäpfchen.«

»Danke«, sagte Tony, der die Blumen vorsichtig hinter dem Sitz verstaute.

Sie fuhren auf den Hof des Ausbildungszentrums. Tony ließ seinen Hund aus dem Wagen.

»Ich glaube, ich habe verstanden, was Josh uns heute beibringen wollte«, sagte er.

Sie waren in ihrer Ausbildung wieder einen Schritt weitergekommen.

Elftes Kapitel

Noch drei Wochen bis zu den Abschlußprüfungen. Einundzwanzig Tage. Brier fühlte sich wie auf einer Achterbahn, mal oben, mal unten, allerdings häufiger unten als oben. Sie mußten einfach zuviel in dieser kurzen Zeit lernen, besonders, wenn man bedachte, daß die Hunde noch sehr jung und unerfahren waren und noch nie vorher mit einem so intensiven Unterricht konfrontiert worden waren. Auch Simon war immer noch ziemlich schwierig. Er hatte Angst, daß das Jugendamt ihn schließlich wieder von Brier wegholen würde. Sein schmales, angespanntes Gesichtchen mit den großen, traurigen Augen verfolgte sie sogar bis in ihre Arbeit hinein. Wenn sie zu Hause war, klebte er an ihr und wich ihr nicht mehr von der Seite. Kate hatte berichtet, daß sein Vater ein paarmal bei der Schule gewesen war, aber keinerlei Anstalten gemacht hatte, Simon mitzunehmen.

Jedesmal, wenn Roi nicht bei ihm schlief, kehrten die Alpträume zurück. Der Hund vermittelte ihm ein Gefühl von Sicherheit. Nichts konnte passieren, solange Roi da war. Roi würde ihn beschützen. Simon wünschte, der Hund könnte mit ihm zur Schule und zurück gehen, aber er wußte, daß das unmöglich war. Brier verließ das Haus vor ihm und kam nach ihm zurück. Nur in der Dunkelheit konnte Roi ihn trösten. Gegen besseres Wissen ließ Brier den Hund auf einer Matte neben Simons Bett schlafen. Ihre morgendlichen Trainingsstunden zu Hause hatten ein Ende gefunden. Roi verweigerte einfach die Mitarbeit, wenn der Junge zusah, und sie brachte es nicht übers Herz, streng mit Simon zu sein und ihn wieder ins Haus zu schicken. Es war einfacher, etwas früher von zu Hause fortzugehen und auf dem Grundstück des Ausbildungszentrums zu üben.

Simon war oft vor ihr auf und wartete darauf, mit dem Hund im Garten herumzutollen, ihn zu bürsten und ihn zu füttern. Das ersparte ihr Zeit.

Brier wußte nicht, daß Dana immer, wenn sie alleine und unbeobachtet war, den Hund aufforderte, den Schlüssel durch die Gegend zu werfen, weil es so lustig aussah. Niemand im Team konnte verstehen, warum Roi in der Hälfte aller Fälle so stur darauf beharrte, kleine Gegenstände durch die Luft zu werfen, statt sie Brier in die Hand zu legen.

Es war ein schwerer Fehler und konnte Rois Erfolg bei den Prüfungen in Frage stellen.

In der Mitte der elften Woche besuchte Brier zusammen mit Roi ihre Mutter. Er lief in die Küche, als wäre er nie weg gewesen, begrüßte die beiden Hündinnen und schaute nach den Katzen.

»Hast du Abnehmer für die Kätzchen gefunden?« fragte sie, während sie zwei von den braunen und schwarzen kleinen Kerlchen beim Verfolgungsspiel zuschaute.

»Für alle außer für einen. Aber erst nach Ostern, und das ist dieses Jahr erst spät. Offensichtlich fahren die Leute dann gerne weg und möchten erst ein Tier haben, wenn sie zurückkommen.«

Helena brühte Kaffee auf und holte etwas Kuchen hervor.

»Es wundert mich nicht, daß du Schwierigkeiten hast abzunehmen«, neckte Brier ihre Mutter, die zwei riesige Kuchenstücke abschnitt.

»Ich mache ihn für die Kinder. Simon scheint sich langsam an die neue Situation gewöhnt zu haben. Wie geht es Roi?«

»Gut, solange die Kinder nicht in der Nähe sind. Er scheint in seinem Herzen eine ganz spezielle Ecke für Simon eingerichtet zu haben. Wenn er in der Nähe ist, bin ich für Roi Luft.«

»Es ist nicht mehr viel Zeit übrig«, sagte Helena. Sie lächelte, als eines der kleinen Kätzchen auf ihre Knie sprang, sich dreimal drehte und dann laut schnurrend niederließ. »Das kannst du noch schaffen. Du mußt es nur schlau anfangen.«

»Und, hast du eine Idee?«

»Ja. Aber auf das Ergebnis wirst du ein oder zwei Wochen warten müssen. Roi hat eine Leidenschaft: Leberkuchen. Wenn du ihn ein wenig hungern läßt, wird er sogar Simon stehen lassen, wenn du etwas davon in der Tasche hast. Du darfst den Kindern aber nichts davon erzählen.«

»Was, um Himmels willen, ist denn Leberkuchen?«

»Ich habe das Zeug letztes Jahr auf einer Hundeausstellung kennengelernt. Ein alter Züchter hat mir das Rezept verraten. Du brauchst ein Pfund gehackte Leber, fügst Ei dazu und rührst es kräftig um. Dann kommt so viel Vollkornmehl hinein, bis es ein richtiger Teig ist. Anschließend mußt du es in eine Kuchenform füllen und bei 180 Grad zwanzig Minuten backen. Es muß rundrum braun sein. Schließlich kannst du es in kleine Würfel schneiden. Es ist hart und versaut dir nicht die Tasche. Ich verspreche dir, Roi wird sich voll auf diese Belohnung konzentrieren. Ich habe ihn damit schon trainiert.«

»Das muß ich Kate erzählen.«

»Ich habe noch einen Vorrat«, sagte Helena. Sie holte eine große Tüte mit braunen Brocken. Roi sprang sofort darauf an und rannte zu ihr hin. Er setzte sich ganz aufgeregt und erwartungsvoll vor sie. »Die sind zu kalt für dich, mein Lieber.« Sie gab statt dessen allen Hunden etwas Hundekuchen. Brier schaute auf die Uhr.

»Ich muß los. Ich habe den Kindern versprochen, mit ihnen noch Monopoly zu spielen, bevor sie ins Bett müssen. Weißt du was, ich glaube, Roi ist sehr gut für Dana. Sie ist jetzt viel friedlicher.«

Helena sah ihrer Tochter und dem Hund nach. Sie vermißte ihn immer noch.

Helenas Vorschlag mit dem Leberkuchen hatte eine Idee in Gang gesetzt. Am nächsten Morgen weckte Brier die Kinder früh.

»Ich habe eine neue Methode, Roi auszubilden«, sagte sie, »und ihr könnt mir helfen. Wenn er arbeitet, darf er niemandem außer mir seine Aufmerksamkeit zuwenden. Ich möchte, daß ihr bei der Küchentür steht, während ich ihn unterrichte. Aber bewegt euch nicht auf ihn zu. Würdet ihr das tun? Er muß sich trotz Ablenkung auf mich konzentrieren können.«

Ben schaute Simon und seine Schwester an.

»Wir versuchen es«, versprach er.

Mittlerweile standen der Hund und die Katze sich einigermaßen gleichgültig gegenüber. Brier hoffte, daß sie eines Tages enge Freunde werden würden. Der Braune saß auf der Kommode und sah zu, wie sie aßen. Er wußte, daß er von dem, was die Kinder übrigließen, etwas abbekam. Roi bekam solche Reste nicht.

Der Hund erhielt nun seine Hauptmahlzeit abends nach der Arbeit. Nichts zum Frühstück.

Sie gingen nach draußen. Es war der zweite April. Das Wetter hatte sich gebessert, und die Sonne schien. Diese Veränderung hob die allgemeine Stimmung. Sie ging an den Kindern wieder und wieder vorbei.

Roi verfolgte schnüffelnd die Leckerei. Er war sicher, daß er eine Belohnung bekommen würde, wenn er alles richtig machte. Bis jetzt war er nur noch nicht sicher, was er eigentlich lernen sollte.

Die Leberküchlein wirkten. Als Brier eins aus der Tüte nahm, war Roi sofort da und wühlte mit seiner Nase an ihrer Hand. Er versuchte verzweifelt, an das Ding heranzukommen und es zu fressen.

Der Braune kam durch die offene Tür. Hier war er jetzt zu Hause. Er verbrachte viel Zeit mit Kate, die solch wundervolle Sachen kochte, die manchmal auf den Boden fielen. Jahrelanges schlechtes Futter hatte ihn zu einem dankbaren Esser gemacht. Er verschwendete nicht das kleinste Bröckchen. Dana mochte zwar seine Angewohnheit, tote Mäuse mitzubringen, nicht besonders, aber sie liebte es, ihn zu streicheln und zu kraulen, solange er kein totes Tier im Maul hatte.

Der Braune setzte sich und putzte sich gründlich. Zwischendrin schaute er immer wieder in der Hoffnung zu dem Hund hinüber, seine Aufmerksamkeit zu erlangen. Vielleicht könnten sie sich gegenseitig ein bißchen jagen, bis der Hund zur Ordnung gerufen wurde. Die Kinder waren sich sicher, daß die Katze Roi absichtlich in solche Hetzjagden verstrickte und sich dann diebisch freute, wenn er ausgeschimpft wurde.

Das schwarzweiße Fell glänzte, der einst dürre Körper war glatt und geschmeidig. Auch Simon hatte zugenommen. Kates sorgfältige Verpflegung hatte ihm außerdem gesunde, rote Wangen beschert. Seine Augen funkelten neuerdings.

Der Braune streckte sich sehr langsam, ein Bein nach dem anderen. Seine Augen hingen dabei an dem Hund. Roi drehte sich nach ihm um.

»Roi, paß auf.« Der Leberleckerbissen war noch immer da. Als der Hund sich wieder Brier zuwandte, bekam er ihn zur Belohnung. Es war einige Wochen her, daß Helena ihm welche gegeben hatte, und das gehörte zu seinen liebsten Erinnerungen.

Am Ende der halben Stunde begann Brier, sich Hoffnungen zu machen, daß sie die ausschließliche Zuneigung des Hundes gewinnen könnte. Ben und Simon, das wußte Brier genau, spielten mittlerweile mit Roi keine Spiele mehr, die sein Training negativ beeinflussen konnten. Sie wünschte, sie könnte sich da auch bei Dana so sicher sein. Diese hatte zu sehr ihren eigenen Kopf und haßte es, Verhaltensregeln zu befolgen.

Roi benahm sich nun während des formellen Trainings sehr gut, so daß Briers Anspannung etwas nachließ. Auch die anderen Hunde machten Fortschritte, aber sie hatten immer noch viel vor sich. Die Zeit verging wie im Fluge, und Spannung und Eile wuchsen. Wer würde bestehen? Wer würde durchfallen? Würde überhaupt jemand von ihnen bestehen? Die Fragezeichen in Joshs Notizbuch schienen sich täglich wie rasend zu vermehren. Derek ging zu steif mit seinem Hund um. Wie bekam man nur einen Mann dazu, sich zu entspannen und den Clown für das Tier zu spielen, wenn er sich sonst nur zurückhaltend und äußerst förmlich verhielt?

Tony hingegen war ungeduldig. Er hatte eine spitze Zunge, bewegte sich schnell und redete oft, bevor er nachgedacht hatte. Er machte sich Sorgen um seine Frau, und die Angst wuchs mit jedem Tag. Jacko, der nun auf Jago hörte, war der ruhigste der Hunde. Er war ausgesucht worden, weil er sich nicht schnell aufregte, aber genau das brachte Tony auf die Palme. Hätte er Dereks überschwenglichen Spike bekommen, wäre die Partnerschaft sicher gescheitert, aber das konnte Tony einfach nicht einsehen.

Loki machte im falschen Moment seine Späße. Sein vorheriger Besitzer hatte ihm das so lange erlaubt, daß Gwyn nun Probleme hatte, besonders an windigen Tagen. Gwyn, der ruhiger als die anderen im Team und außerdem an Hunde gewöhnt war, fand, daß sogar seine Geduld überstrapaziert wurde. Manchmal würde er den Hund am liebsten stupsen, aber das hätte fatale Folgen bei Loki.

Seine ersten Besitzer hatten ihn schlecht behandelt. Gwyn hatte eine ganze Menge Arbeit damit, ihm beizubringen, daß es auch Menschen gab, denen er vertrauen konnte. Manchmal machte er sich jedoch Sorgen. Angenommen, sie wären auf Streife und bekämen es mit den falschen Typen zu tun? Loki würde dann vielleicht gefährlich werden. Bis jetzt gab es dafür keine Anzeichen, aber frühe Mißhandlungen konnten zu unerwarteten Reaktionen führen, sogar noch Jahre später. Gulley war eigentlich optimistisch, aber was war mit Josh?

Pete und Rob könnten einigermaßen durchkommen, wenn nichts mit einem der beiden Hunde schieflief, aber das war immer ein Risiko. Lahmen, Bauchschmerzen oder ein Anfall von Husten konnten alle Pläne ruinieren. Brier war kratzbürstig und nervös. Das steckte Roi an, so daß er nicht immer ganz so gut war, wie er eigentlich hätte sein können.

Joshs morgendliche Treffen mit Gulley fingen nun früher an. Er bedeckte Seite um Seite mit seinen Kritzeleien, während er nachdachte. Hundeköpfe und wilde Rosen. Na, na, dachte Gulley, als er aufräumte. Ich weiß ja nicht, ob ihm überhaupt klar ist, wohin seine Gedanken treiben.

Meistens beschäftigte sich Josh mit irgend etwas, das ihm Sorgen bereitete. Er war der Lehrer und damit verantwortlich für Fehler, und sie hatten nicht mehr viel Zeit. Es gab zu viele Unterbrechungen. Wenn es doch bloß noch einen anderen für das Aufspüren von Sprengstoffen ausgebildeten Hund gegeben hätte. Aber sie hatten nur Lim zur Verfügung. Es dauerte noch ein paar Wochen, bis der zweite Hund soweit war. Wenn doch nur die Verbrecher Ruhe geben und die Bombenleger abhauen würden.

In der wenigen freien Zeit, die er hatte, träumte er davon, wochenlang in der Sonne zu liegen, ohne etwas zu tun und ohne ein klingelndes Telefon. Manchmal hatte er in seinen Träumen Brier an seiner Seite.

»Kein Grund zur Sorge«, beruhigte Gulley sie jeden Morgen, während er unermüdlich Tassen voll süßen Kaffees und Kuchen heranschaffte. Brier lehnte oft ab, weil sie befürchtete, ihre Figur zu ruinieren. Alice wurde immer phantasievoller und verführte sie mit ihren köstlichen Kreationen. Sie wußte, daß alle unter großem Streß standen.

Mittlerweile hatten sie alle begriffen, daß die Arbeit mit einem Hund alles andere als einfach war. An manchen Tagen waren die Hunde so aufgeregt wie Schulkinder freitags in der letzten Stunde. Sie hüpften herum und gehorchten nur zögernd. Das ganze Team mußte dann zweimal so viel arbeiten wie sonst.

Das Wetter war wieder umgeschlagen. Es stürmte und regnete heftig. Der Boden war matschig und erschwerte das Aufspüren von Fährten.

»Die Verbrecher suchen sich auch nicht die Schönwettertage aus«, sagte Gulley, aber das tröstete niemanden.

»Das ist wirklich das schlimmste Jahr, das wir je hatten.« Josh wurde langsam mürrisch, als der Regen auf den Boden peitschte. Sie arbeiteten mit völlig durchnäßten Hunden, die häufig stehenblieben, um sich die Nässe aus dem triefenden Fell zu schütteln.

Es war schwierig, bei diesem Matsch die Kleidung sauberzuhalten. Auch die Schuhe starrten nur so vor Dreck. Der Regen durchnäßte sie alle, und das bedeutete mehr Pflege und Trocknen als je zuvor. Gulley machte sich Sorgen um die frierenden Hunde, und als sich Rob, Pete und Derek heftige Erkältungen einfingen, machte er sich auch noch Sorgen um seine Leute. Eine Lungenentzündung war alles, was ihnen jetzt noch fehlte.

An den Hunden ging das Wetter jedoch spurlos vorüber. Wie auch immer der Tag war, sie waren eifrig bei der Sache und ganz wild darauf zu arbeiten. Anscheinend fingen sie an zu verstehen, welche Art von Leben nun auf sie wartete.

Besonders Roi war manchmal so voller Energie, daß Brier Schwierigkeiten hatte, alles in die richtigen Bahnen zu lenken.

Eines Morgens, am Ende der elften Woche des Kurses, wachte Brier ganz früh auf. Kichern und das Patsch, Patsch, Patsch von Pfoten auf der Treppe hatten sie geweckt. Sie blinzelte auf die Uhr. Fünf Uhr. Sie schlüpfte in ihren Morgenrock.

Die drei Kinder saßen auf Bens Bett. Dana schaute ängstlich hoch, als ihre Mutter hereinkam.

»Wir waren es nicht. Roi war es.«

Der Hund sprang mit einem Kissen im Maul die Treppe hoch. Seine Augen leuchteten vor Freude. Er war früh aufgewacht. Roi schlief nun immer vor der Zimmertür der Jungen, denn Simons Alpträume hatten etwas nachgelassen. Brier wußte nicht, daß Simon, wenn er aufwachte, nach dem Hund rief und seine Finger in dem langen Fell vergrub. Roi würde schon auf ihn aufpassen.

Der Boden war bedeckt mit Kissen, Schuhen und Socken. Obendrauf lagen noch Bens Jeans. Einige Stofftiere, ein Schwamm, zwei Waschlappen, Seife und Briers Zahnbürste komplettierten die Sammlung.

Roi ließ das Kissen fallen und wedelte mit dem Schwanz. Er beobachtete sie mit einer aufgeblasenen Wange. Das war ein Trick, den er anwendete, wenn er sich seiner selbst nicht ganz sicher war. Nun wartete er auf ihre Reaktion. Sie unterdrückte das aufkommende starke Bedürfnis zu lachen.

»Bist du böse?« fragte Simon ängstlich. »Hätten wir dich holen sollen, damit du ihm sagst, er soll aufhören? Ich habe es versucht, aber er wollte nicht hören.«

»Er ist lustig«, sagte Dana. Sie wollte, daß das Spiel weiterging.

»Er hat nichts kaputtgemacht.« Ben wußte, daß sie Roi nicht ermutigen sollten, irgendwelche Spiele zu spielen, es sei denn, Brier erlaubte es ausdrücklich. Sie sollten ihn nicht apportieren lassen, und zwar nie, damit sie ihm nichts Falsches beibrachten. Denn das könnte zur Folge haben, daß Roi Brier im Ernstfall möglicherweise im Stich ließ. Danas Apportierspiele waren ein Geheimnis zwischen ihr und dem Hund. Niemand sonst wußte davon, und sie hatte nicht die Absicht, damit aufzuhören. Es gefiel ihr viel zu gut, wenn Roi den Schlüssel in die Luft warf.

Bisher hatte Roi sich so gut benommen. Es hatte noch nicht das leiseste Anzeichen gegeben, daß er umherlaufen würde, bevor der Wecker schellte. Aber irgendwann ist immer das erste Mal.

»Es ist lustig«, stimmte Brier zu, »aber ich denke nicht, daß wir ihm das erlauben sollten. Er wird die Sachen nicht zurückbringen. Das werdet ihr wohl machen müssen.«

»Alles?« fragte Ben mit zaghafter Stimme. Der Berg an Trophäen schien sich plötzlich verdoppelt zu haben.

»Alles«, sagte Brier. Sie seufzte. Roi mußte lernen, aber das Spiel hatte ihm Spaß gemacht. Sie brachte ihn hinaus und sperrte ihn in den leeren Käfig. Er schaute sie an und spürte wohl, daß das hier irgendeine Art von Strafe sein mußte. Roi ließ sich betrübt nieder und versteckte seine Nase zwischen den Pfoten.

»Ich werde ihn von nun an spazierenführen, pflegen und füttern«, sagte Brier, nachdem sie sich angezogen hatte. Simon ließ sie nicht aus den Augen.

»Sieh mal«, sagte sie, »sobald die Prüfungen vorbei sind, kannst du das wieder für mich tun. Dann ist es nicht mehr ganz so wichtig, und er wird schon viel besser ausgebildet sein. Es ist nur für jetzt, während er lernen muß, in Ordnung?«

»Roi kann weiter oben schlafen?« fragte Simon ängstlich.

»Natürlich. Aber wir müssen aufpassen, daß er das nicht noch mal macht. Wir können es uns nicht leisten, daß er schlechte Angewohnheiten annimmt. Wir müssen zusammenarbeiten.«

»Okay, Partner«, sagte Simon mit hoffnungsvollem Gesichtsausdruck. Brier lachte und wuschelte durch sein dichtes Haar.

Sie ging mit dem Hund durch die stillen Straßen. Die Welt wachte gerade eben erst auf. Ein paar Leute, die sehr früh arbeiten mußten, warteten an der Bushaltestelle. Der Postbote und der Milchmann waren schon unterwegs, und in den Häusern gingen die Lichter an.

Roi war heute voller unterdrückter Energie. Er war viel aktiver als die Hunde, die sie bisher kennengelernt hatte. Er kämpfte darum, sich unter Kontrolle zu halten, und Brier hoffte, daß sein Bemühen wirklich echt war. Bis jetzt hatte er noch keine Anzeichen gezeigt, daß er andere Hunde nicht mochte, aber seit er ein kleiner Welpe war, war er immer mit anderen Hunden zusammengewesen. Das unterschied ihn von den übrigen Hunden im Team.

Hier lag einer ihrer Vorteile. Die anderen fünf Hunde waren alle ganz isoliert aufgewachsen und hatten nur sehr selten fremde Hunde getroffen. Sie waren in Zwingern gezüchtet und nicht mit anderen Hunden zusammengebracht worden. Das war wahrscheinlich auch der Grund, warum sie ihren ersten Besitzern überhaupt Probleme verursacht hatten und schließlich bei der Polizei gelandet waren.

Helena hatte immer viele Leute da, wenn sie neue kleine Welpen hatte. So lernten schon die ganz kleinen Kerlchen, daß Menschen freundlich waren. Manchmal stellte sich das später jedoch leider auch als falsch heraus.

Während sie lief, versuchte Brier, sich selbst davon zu überzeugen, daß sie Glück hatte. Es stimmte zwar, daß der Hund sich nur auf sie konzentrierte, solange Simon nicht in der Nähe war, aber wo gab es schon vollkommen perfekte Hunde. Verglichen mit seinen fünf Kollegen war Roi ein Schatz.

»Ich wünschte, wir könnten dieses blöde Suchproblem lösen«, sagte Josh eines Freitagnachmittags nach einer besonders schlechten Unterrichtsstunde. »Heute wäre Roi glatt durch die Prüfung gefallen. Was ist bloß los mit dem Hund?«

Brier tröstete das nicht gerade.

Roi hatte mit dem ersten Gegenstand, den er aufspüren sollte, herumgealbert. Die anderen hatte er nicht mal gefunden. Er hatte mit allem gespielt, was gerade so herumlag, und als Brier ihn losschickte, lief er in die falsche Richtung. Eine herumstreunende schwarzweiße Katze war ihm unter die Augen gekommen, und er war ihr sofort nachgesetzt. Er war wohl offensichtlich davon überzeugt, daß sich der Braune bis hierher verirrt hatte.

Das Training war zäh an diesem Tag.

Loki war ziemlich faul beim Aufspüren von Dingen. Oft fand er nichts. Spike war in dieser Disziplin beinahe so perfekt, wie ein Hund nur sein konnte, und auch Jago stellte sich ganz gut an. Briers Mißerfolg hatte die Atmosphäre etwas gehoben. Roi war also doch nicht ganz so wunderbar, dachten die Männer, und sie konnte wohl auch nicht ganz so gut mit Hunden umgehen, wie sie immer gedacht hatten.

»Samstagmorgen«, sagte Josh. »Wir werden eine Extraschicht einlegen. Wir müssen diese Hunde einfach auf ein höheres Niveau bringen. Und außerdem möchte ich wissen, was mit Roi schiefläuft.«

Derek schaute finster drein. Er hatte ein völlig anderes Wochenende geplant – mit einer kleinen, rothaarigen Polizistin. Na, wenigstens würde sie verstehen, daß er keine Wahl hatte und für den Vormittag absagen mußte. Vielleicht hatten sie wenigstens den Nachmittag noch zusammen. Er würde Gulley fragen müssen, ob er dann nach seinem Hund schaute.

»Kate hat am Wochenende frei«, sagte Brier. »Mutter ist als Jurymitglied bei einem Wettbewerb, und Kate ist ihre Assistentin. Kann ich die Kinder mitbringen?«

»Warum nicht? Gulley wird sich um sie kümmern.«

»Klar, das mache ich gerne«, sagte Gulley. Und vielleicht kann ich dabei auch gleich herausfinden, wo das Problem liegt, dachte er bei sich. Kinder verrieten oft Geheimnisse, die ihre Eltern nicht preisgeben wollten.

Samstag war ein außergewöhnlich schöner Tag. Ein leichter Wind wehte. Die Tulpen bewegten sich in der Brise. Bald war auch der spanische Flieder soweit. Und Kirsch- und Mandelblüten im Überfluß.

Sie kletterten alle aus dem Wagen und wurden von Gulley empfangen.

»Kein Wort und keine Bewegung, oder ich kommandiere euch ab zum Zwinger reinigen. Wenn ihr zuschaut, müßt ihr so tun, als wäret ihr gar nicht da.«

Brier fing sofort mit dem Training an. Josh hatte überall irgendwelche Sachen verstreut. Eine Zündkerze, einen Bindfaden, eine kleine Matte, einen ledernen Riemen, eine Spritze ohne Nadel.

Brier ließ den Hund von der Leine und schickte ihn los. Er sah Simon und rannte sofort zu ihm hin, sprang eifrig an ihm hoch, entzückt darüber, daß der Junge hier an seinem »Arbeitsplatz« war. Brier hatte keines der Leberleckerchen dabei. Bis jetzt ignorierte Roi die Kinder nur, wenn er etwas von diesem tollen Zeug bekam.

Josh nahm den Hund mit ernster Miene an die Leine und brachte ihn zurück.

»Ich sehe schon«, sagte er. Brier wußte, daß er genau sah, was los war. Vielleicht bedeutete das das Aus für den Hund.

Sie unterdrückte ihre Trauer und ihre Angst.

Brier ging mit Roi bei Fuß und ließ sich von ihm zu dem Platz bringen, an dem Josh all die Sachen verteilt hatte. Er hob den Lederriemen hoch und warf ihn in die Luft. Brier fühlte plötzlich das unbändige Verlangen, den Hund zu packen und zu schütteln.

Sie nahm ihm den Riemen ab und ging hinüber zu der Matte. Als Roi Anstalten machte, auch damit zu spielen, sagte sie scharf »Nein!«.

»Er macht das nicht gerne so«, sagte Dana. »Wenn ich mit ihm spiele, lasse ich ihn tun, was er mag. Auf meine Art und Weise macht er das am besten. So wie ihr das macht, ist es langweilig.«

Gulley starrte sie an.

»Weiß deine Mutter, daß du dieses Spiel mit ihm spielst?«

»Nein, sie wäre sauer darüber.«

»Wie wäre es mit einem Picknick in meinem Büro?« fragte Gulley. »Mögt ihr süßes Gebäck?«

Die Kinder nickten mit leuchtenden Augen.

»Aber das muß ein Geheimnis bleiben. Normalerweise sind hier keine Kinder. Niemand braucht zu wissen, daß ihr in ein richtiges Polizeihundestaffelbüro gekommen seid. Sonst haben wir demnächst die halbe Schule hier, und alle wollen rein. Versprochen?«

Gulley ließ sie herein, schenkte ihnen Milch ein und gab ihnen

Gebäckstücke. Alice hatte sie mit Marmelade und Creme gefüllt. Er schaute sich die verschmierten Münder an und holte dann etwas Küchenpapier, damit die Kinder sich säubern konnten.

»Die waren toll«, sagte Simon.

»Ich frage meine Frau mal, ob sie nicht noch mal welche für dich machen möchte«, versprach Gulley. »Aber jetzt müssen wir uns mal unterhalten.«

Er sah sich drei gespannten Gesichtern gegenüber.

»Wann wird Roi ein richtiger Polizeihund sein?« fragte Ben. »Nächste Woche?«

»Das ist es, worüber wir sprechen müssen. Ich bin nicht ganz sicher, ob er jemals ein richtiger Polizeihund werden kann«, sagte Gulley. »Wißt ihr, er muß ganz besonders gute Noten in den Prüfungen bekommen. Sonst wird er durchfallen. Er wirft aber immer alle Dinge, die er aufspürt, in die Luft und spielt mit ihnen. Eigentlich sollte er die Sachen nämlich direkt zu eurer Mutter bringen und sie ordentlich im Maul halten. Wenn er das in den Prüfungen macht, wird er ganz schlechte Noten bekommen. Es gehört sich nicht für einen Polizeihund, wie ein Welpe zu spielen.«

Er sah die Kinder an.

»Vielleicht wäre es besser, wenn eure Mutter Roi nachts hierläßt. Dann kann ich auf ihn aufpassen. Wenn sie sich nicht darauf verlassen kann, daß ihr genau das macht, was sie sagt, dann werdet ihr Rois Zukunft als Polizeihund ruinieren.«

Die Kinder starrten ihn an. Sie sahen aus, als hätte er ihnen den Boden unter den Füßen weggezogen.

»Das wußte ich nicht«, sagte Dana. »Ich dachte, daß er das nur für mich macht und bei Mama alles richtig macht. Es war mein geheimes Spiel. Nur Roi und ich wußten davon.« Sie war den Tränen nahe.

»Nun weißt du ja Bescheid«, sagte Gulley. »Ich weiß, daß du jetzt besser aufpaßt. Aber wenn Roi durch die Prüfungen fällt, muß er zu Hause bleiben oder zu eurer Großmutter zurück. Und eure Mutter würde wahrscheinlich jede Chance verlieren, eine Hundeführerin zu werden. Ich glaube nicht, daß Roi sich als Haustier wohl fühlen würde. Er muß arbeiten und sein Gehirn gebrauchen. Ihr möchtet doch, daß er glücklich ist, oder?«

Dana nickte wieder. Sie blinzelte bei dem Versuch, die Tränen zu unterdrücken. »Kann ich denn das Spiel mit ihm spielen, wenn ich es so mache wie ihr?« fragte sie. Simon war ganz ruhig. Er dachte angestrengt nach und ließ Gulley dabei nicht aus den Augen.

»Ich werde dich jetzt bitten, etwas sehr Erwachsenes zu tun«, sagte Gulley, nachdem er einen Moment nachgedacht hatte. »Ich denke, bis zu den Prüfungen sollte eure Mutter alles für Roi tun. Stellt euch mal vor, er mag euch drei so gerne, daß er, wenn er einen Verbrecher jagt und euch sieht, den Verbrecher entkommen läßt und statt dessen zu euch läuft? Was glaubt ihr, werden dann die Zeitungen über ihn berichten? Alle würden über ihn lachen.«

»So wie sie über uns in der Schule lachen, weil Oma uns Hundekekse gibt«, sagte Dana. »Unsere Lehrerin sagt, daß das schrecklich ist. Wir können ihr das nicht klarmachen.«

»Hundekekse?«

»Keine echten«, erklärte Ben. »Sie sehen aus wie Hunde. Sie bestehen eigentlich aus Mürbeteig.«

»Fragt eure Oma doch mal, ob sie euch welche für eure Lehrerin gibt«, schlug Gulley vor. Er sah plötzlich noch eine andere Falle, in die Helena leicht durch ein Mißverständnis laufen konnte. Die Leute vom Jugendamt würden mit den Lehrern sprechen. Es brauchte nur jemand zu sagen, daß Briers Mutter die Kinder wie Hunde fütterte, und schon wäre das das Aus für Simon.

Er sah die Kinder an. Dana war ganz unglücklich. Sie konnte den Gedanken, den Hund zu verlieren, nicht ertragen. Zum ersten Mal verstand sie, daß ihr Spiel mit Roi die gesamte Ausbildung ihrer Mutter mit ihm ruinieren könnte.

»Ich habe das nicht absichtlich getan. Ich wußte nicht, daß er dann durcheinanderkommt.« Sie war ganz zerknirscht.

»Stell dir mal vor, Birdie sagt dir, daß du ganz viel Milch brauchst, um groß und stark zu werden, und deine Mutter sagt, Milch sei schlecht für dich. Dann wärst du doch auch durcheinander, oder? Und genau das machst du mit Roi. Du sagst ihm, daß etwas richtig ist, und deine Mutter sagt ihm, daß es falsch ist. Das verwirrt ihn so sehr, daß es ganz schwierig ist, ihn zu unterrichten.«

»Können Roi und ich denn Freunde sein, wenn er ein richtiger Polizeihund ist und nicht mehr lernen muß?« fragte Simon.

»Ihr könnt immer Freunde sein. Mach nur nicht allzuviel Aufhebens um ihn. Und keine Spiele bis nach den Prüfungen, okay?« Die Kinder nickten. »Nun helft mir mit dem Kaffee. Simon kann den Kaffee einschenken. Dana füllt die Milch ein, und Ben kann den Zucker rumreichen. Sie werden alle gleich hier eine Pause machen.«

Die Hunde waren wieder in den Wagen; Josh hatte beschlossen, für heute Schluß zu machen. Sogar Roi hatte aufgepaßt, nachdem die Kinder hineingegangen waren. Er hatte getan, was man ihm sagte.

Die Kinder hoben die Atmosphäre. Dana ging hinüber zu Derek und sprach mit ihm. Er war völlig entzückt von dem kleinen Mädchen und lachte mit ihr. Er entspannte sich zum Erstaunen seiner Kollegen richtig. Derek hatte eine kleine Nichte, an der er sehr hing und die er viel zu selten sah.

Brier und Josh waren tief in ein Gespräch verstrickt.

»Irgendwie müssen wir den Hund von den Kindern abnabeln«, sagte Josh. »Das wird ganz schön schwierig.«

Erschrocken drehte er sich um, als ihn eine kleine Hand an der Schulter berührte. Er hätte sich ohrfeigen können. Die Kinder hatten bestimmt gehört, was er gesagt hatte. Er hatte gar nicht bemerkt, wie sie näher herangekommen waren.

»Ich bin schuld, daß Roi nicht gut arbeitet«, sagte Dana. »Mr. Gulley hat mir das erklärt.« Sie schaute zu Brier hoch. »Ich wußte nicht, daß es deine Ausbildung stören würde. Es war nur, daß Roi das Aufspürspiel lieber so gespielt hat, wie ich es mache. Er dachte, daß das Herumwerfen Spaß ist. Das habe ich auch gedacht. Ich werde es bestimmt nicht wieder tun.«

»Wann hast du das Spiel denn gespielt?« fragte Josh.

»Immer dann, wenn Mama nicht hingeschaut hat. Er hebt immer alles auf, was ich in der Tasche habe, wenn ich es fallen lasse. Er bringt es mir dann, und ich lache, wenn er die Sachen herumwirft. Es ist so lustig. Wir spielen alle gerne mit ihm. Das haben wir schon immer bei Oma gemacht, bevor Roi ein Polizeihund wurde.«

»Du lieber Himmel«, sagte Josh zu Gulley, als Brier, Roi und die Kinder abfuhren. »Da planst du und arbeitest, und dann passiert etwas, das alles ruiniert, und manchmal ist dieses Etwas so simpel und albern wie das hier. Ich hoffe, daß es keine solchen Überraschungen mehr gibt, bevor die Prüfungen anfangen.«

Gulley, der in einen ungewöhnlich wolkenlosen Himmel hochblickte, murmelte ein kleines Gebet.

Zwölftes Kapitel

Noch zwölf Tage bis zu den Prüfungen. Noch zwölf Tage Zeit, um herauszufinden, ob die Hunde für den Polizeieinsatz wirklich geeignet waren. In zwölf Tagen würden sie wissen, wer bestanden hatte und wer eventuell durchgefallen war. Sie hatten wirklich hart gearbeitet.

Wochen voller Unterricht. Nur Gwyn und Brier waren auf diese Flut von Informationen vorbereitet gewesen, die sie zu verarbeiten hatten. Alles, was sie lernten, mußte zur Grundlage ihres Handelns werden. Gebrauch und Pflege der Ausrüstung, Pflege und Behandlung der Hunde, die täglichen Untersuchungen – nach Dornen, Grassamen, irgendwelchen Anzeichen von Verletzungen und Verspannungen.

Lektionen über das Temperament der Hunde. Sie hatten genug Beispiele von unterschiedlichen Charakteren in ihrer kleinen Gruppe, um die Notwendigkeit dieses Wissens einzusehen. Loki liebte es, im falschen Moment den Clown zu spielen. Spike war so scharf darauf zu verfolgen und zu beißen, daß es schwierig war, ihn zu stoppen. Jago, der mittlerweile gut auf seinen neuen Namen hörte, war sehr vorsichtig und leicht eingeschnappt, wenn er ausgeschimpft wurde. Storm war manchmal immer noch aggressiv gegen jeden Hund, der ihm zu nahe kam.

Rois größter Fehler war sein Übereifer. Er wollte beinahe alles schon machen, noch bevor er das Kommando erhalten hatte. Brier mußte hart daran arbeiten, die Kontrolle zu behalten. Jago dagegen war unbeständig und gehorchte manchmal nur sehr langsam. Tony reagierte darauf schnell frustriert.

Noch mehr Unterrichtsstunden: Hundeanatomie, Hundephysiologie, Hundepsychologie, Ernährung der Hunde, Hygiene, Wurmkuren, Flohkontrolle. Es gab so viel, das sie lernen mußten. Dazu kam noch die praktische Arbeit.

Josh beobachtete seine Gruppe eifrig. Sie sollten alles mit Entschlossenheit und Freundlichkeit machen, niemals mit Gewalt. Und es gab immer noch neuen Stoff, den er unterrichten mußte. Einiges davon war sehr wichtig.

Im Laufe der Ausbildung vermutete Gulley mehr und mehr, daß Tony seine eigenen Sorgen und Ängste an seinem Hund ausließ.

»Kein sehr geduldiger Mann«, sagte er. »Der Hund fängt schon an, sich zu ducken, wenn ich nach seiner Leine greife. Ich muß unbedingt mit Tony reden.«

Josh wußte, daß er dieses Thema schon vorher hätte ansprechen sollen, aber es hatte zu viele Unterbrechungen gegeben. Sie befanden sich unter ständiger Anspannung und kämpften einen Kampf, den niemand anerkannte. Während des Kurses hatte es zweimal Bombenalarm gegeben. Die Bomben waren entschärft worden. Außerdem hatte es ein paarmal blinden Alarm gegeben. Niemand traute sich, einen Alarm zu ignorieren, aber sie hatten viel Zeit damit verschwendet. Extremisten jeder Richtung gefährdeten die Sicherheit des Landes.

Josh stellte seine Leute ohne ihre Hunde in einer Reihe auf.

»Runter auf alle viere«, kommandierte er.

Sie starrten ihn an, taten dann aber, was er gesagt hatte.

»Wo ist nun euer Horizont?«

Aus dieser Position waren die kleinen Büsche große Hindernisse, die Mauer stellte eine Barriere dar. Wer weiß, was für Gefahren dahinter lauerten? Niemand konnte etwas sehen.

»Vielleicht sind Tiger hinter dieser Mauer. Oder ein Mann mit einem Gewehr oder einem Messer. Vielleicht ist dort ein Steinbruch oder ein tiefer Abgrund in das Meer hinab. Eure Hunde können das nicht wissen. Ihr müßt für sie mitdenken. Die Hunde müssen euch vollständig vertrauen können. Ihr dürft sie niemals im Stich lassen. Schimpft nie ohne triftigen Grund mit ihnen. Verliert nie die Beherrschung.«

Es war nicht gerade sehr gemütlich, in dieser Position auf der Erde zu hocken. Ihre bloßen Hände froren auf dem kalten Boden. Konnten Hunde das auch so an ihren Pfoten spüren? fragte sich Brier plötzlich.

»Eines Tages hängt vielleicht euer Leben von eurem Hund ab. Wenn er euch nicht vertraut, gibt er sich vielleicht nicht genügend

Mühe, euch zu verteidigen. Wir müssen das alle unbedingt beherzigen: Was auch immer wir tun, wir dürfen sie nie im Stich lassen. Denkt darüber nach. Wir machen alle mal Fehler; wir sind keine Heiligen, aber wir müssen dafür sorgen, daß die Hunde wissen, daß wir ihnen nur für kurze Zeit böse sind, und zwar niemals grundlos und ohne Zusammenhang.«

Josh stand aufrecht vor ihnen und schaute auf sie herunter. Briers Augen befanden sich auf seiner Kniehöhe. Das war ungefähr die Augenhöhe von Hunden. Brier dachte, daß Menschen für Chihuahuas wie gigantische Riesen aussehen mußten. Plötzlich verstand sie genau, was Josh mit dieser Übung bezweckte. Sie erhielt einen wirklich erhellenden Einblick in die Welt, so wie ihr Hund sie sah.

Josh stand nun neben Brier, und sie konnte ihn nur schlecht erkennen. Er schwang eine Leine. Sie fiel beinahe um, als er sie anbrüllte.

»Böser Hund. Schlechter Hund.« Die Leine sauste knapp an ihr vorbei und schlug hart auf den Boden. »Ich hasse dich.« Brier hatte ihn noch nie zuvor brüllen hören. »Du machst nie was richtig.« Und wieder sauste die Leine an ihr vorbei. Brier, die davon überzeugt war, daß er nun den Verstand verloren hatten, starrte zu ihm hoch.

»Wenn irgend jemand in meinem Team seinen Hund so behandelt, schmeiße ich ihn raus, und zwar auf der Stelle«, drohte Josh mit unheilverkündender Stimme. »Und ich meine, was ich sage. Ich dulde so etwas nicht. Nicht für einen Moment. Wenn ich auch nur eine Andeutung davon höre, daß einer von euch irgendwo so mit seinem Hund umgeht, ist das das Ende der Fahnenstange. Ihr seid dann so schnell draußen, daß ihr kaum merken werdet, wie euch geschieht. Verstanden?«

Er ging an der Reihe vorbei und schaute jeden einzelnen an. Dann ging er zurück zu Brier und kniete sich neben sie hin. Schließlich streichelte er ihr Haar.

»Liebes Mädchen, schönes Mädchen. Mein kluges Mädchen.« Seine Stimme war ganz sanft. Für einen Moment überkam Brier die Sehnsucht, sich an ihn zu lehnen und getröstet zu werden. O Tom, Tom, dachte sie und vermißte auf einmal schmerzlich die Umarmungen ihres Mannes. Und die ruhigen Abende, an denen sie beide entspannten, beieinander gesessen und geredet hatten.

Gwyn, der neben ihr hockte, stupste Josh an und winselte wie ein Hund.

Josh starrte ihn an. Gwyn bettelte und winselte wieder.

»Das ist nicht fair. Ich möchte auch hören, daß ich schön bin. Warum nur sie?« fragte er. Alle standen lachend auf. Sie lachten noch während ihrer Pause, und in den nächsten Stunden waren sie heiterer Stimmung.

Noch zehn Tage.

Die Theorie des Geruchs. Wie verfolgt man? Kriminalistische Arbeit. Die Geschichte des Hundes und die Beziehung zwischen Mensch und Hund. Wie setzt man Hunde bei der Polizei ein? Arbeit am Tag. Arbeit zu Hause – jeden Tag eine halbe Stunde, während die Kinder zusahen. Nachts wach liegen und jede Unterrichtsstunde im Geiste durchgehen. An die Mißgeschicke des Tages denken und versuchen herauszufinden, wie man Abhilfe schaffen könnte. Sich fest vornehmen, die Fehler morgen zu vermeiden.

»Nun sind doch noch ordentliche Hundeführer aus ihnen geworden«, stellte Gulley fest, als er und Josh zusammen ihre Notizen vom Vortag besprachen. »Sie fangen langsam an herauszufinden, was falsch ist und warum es falsch ist. Und manchmal machen sie sogar Vorschläge, wie man es besser machen könnte. Es gibt also Hoffnung.« Mittlerweile hatten sie alle eine Beziehung zu ihrem Hund aufgebaut. Auch Derek hatte schließlich angefangen, Trost in seinem Hund zu finden. Er freute sich inzwischen sogar, wenn Spike gute Leistungen erbrachte.

Wiederholung. Sie liefen herum und murmelten vor sich hin. Gwyn und Brier setzten sich zusammen und feuerten sich gegenseitig Fragen um die Ohren.

Polizeianweisungen bezüglich der Hunde. Gefahren bei der Arbeit. Arbeit in der Gruppe. Das Training des Hundes das ganze Leben konsequent durchziehen.

Noch acht Tage.

An diesem Nachmittag übten sie das Aufspüren von Fährten auf Straßen, eine äußerst schwierige Arbeit für den Hund, denn harte Oberflächen speichern Gerüche nicht so gut wie Wiesen und Felder.

Es hatte geregnet, und keiner der Hunde machte seine Sache besonders gut. Josh wünschte, er hätte etwas anderes geplant, aber diese

Übung war nun mal Bestandteil der Abschlußprüfungen. Es hatte keinen Sinn, das zu ignorieren, auch wenn es der Arbeitsmoral nicht gerade zuträglich war.

Zu Hause sein bedeutete für die Gruppe im Moment nur eine kurze Pause, in der sie noch einmal alles durchgehen, lernen und schlafen konnten. Früh aufstehen, um mit den Hunden zu laufen und sie zu pflegen. Notizen machen. Zu Hause sein bedeutete für Josh die Möglichkeit, die Männer und Hunde noch einmal zu beurteilen, und es hieß auch, sich noch mehr Sorgen zu machen als ohnehin während des Tages.

Die Hunde waren Tiere und keine Engel. Manchmal verursachten sie auch außerhalb der Arbeitsstunden Probleme.

Jago hatte, sobald er aus dem Wagen gesprungen und von der Leine gelassen worden war, die Perserkatze des Nachbarn gejagt, aber Gott sei Dank nicht erwischt. Tony fand das komisch, was der ohnehin problematischen Beziehung zu den Nachbarn auch nicht gerade weiterhalf. Josh mußte sich jetzt um die Beschwerde und den Streit kümmern. »Sei in Zukunft vorsichtiger. Nimm ihn immer an die Leine, bevor du ihn aus dem Wagen holst.«

Spike weigerte sich zu kommen, wenn er gerufen wurde, außer wenn Derek eine Uniform trug. Derek mußte eine Uniformjacke unter dem Regenmantel tragen, wann immer sie rausgingen.

Loki langweilte sich eines Nachmittags so, daß er alle Knöpfe von Gwyns bester Uniformjacke fraß. Gwyn hatte die Jacke unvorsichtigerweise auf einem Stuhl liegengelassen. Die Knöpfe kamen zum Glück ohne Probleme alle wieder zum Vorschein, aber Gulley bestand trotzdem auf einem Besuch beim Tierarzt. Noch mehr Kosten, dachte Josh, der sein Budget immer sehr vorsichtig im Auge behielt und unnötige Ausgaben zu vermeiden suchte. »Das hätte nicht passieren müssen. Denk doch nach.«

Sie lernten, die Trainingseinheiten kurz zu halten. Sie gaben den Hunden eine kurze Fährte zum Ausruhen, wenn sie zuvor schon mit einer langen gekämpft hatten. Der Hund mußte Erfolgserlebnisse haben, oder er würde die Lust verlieren und es gar nicht erst versuchen. Belohne ihn mit einem Spiel.

Die Hunde lernten, daß ein einmal gegebenes Kommando sofort befolgt werden mußte und nicht dann, wenn dem Hund gerade danach war. Kontrolle, Kontrolle, Kontrolle. »Ich werde wohl noch in meinem Sarg auf dem Weg zur Beerdigung aufstehen und ›Kontrolle‹ rufen«, sagte Josh müde am letzten Tag der zwölften Woche.

Sie wußten nie, wohin sie gehen würden. Verlassene große Gebäude, leerstehende Lagerhallen und manchmal auch solche, die noch benutzt wurden. Ein verlassenes Militärgelände, Parks, Spielplätze und der Rand der Autobahn.

Spuren auf Furchen und in Rillen, auf Gras oder Stein, auf Sand oder Matsch.

Die Hunde sprangen über Hürden, denn es konnte ja passieren, daß sie später über Zäune springen mußten. Sie mußten weit springen, um auf Sprünge über kleine Bäche oder andere Hindernisse vorbereitet zu sein. Sie mußten über eine hohe Wand springen, die eine Mauer darstellen sollte. Sie wurden zu einer markierten Stelle geschickt und übten, einen weglaufenden Mann abzufangen. Die Hunde mußten darin sicher werden. Sie rannten durch ein Loch im Zaun und hielten den Mann fest, bis der Polizist zur Stelle war.

»Der Hund ist für euch Augen und Ohren, Beine und Sicherheit«, erinnerte Josh sie. »Schätzt und pflegt ihn.«

In nur wenigen Tagen würden sie alle einsatzfähige, arbeitende Polizeihundeführer mit einsatzfähigen Polizeihunden sein. Oder nicht? Die Hunde brauchten Erfahrung. Die konnte nur mit zunehmendem Alter kommen.

Noch sieben Tage.

In der elften Woche hatten sie eine Prüfung durchgeführt. Alle hatten bestanden, auch wenn Derek nur so gerade eben durchgekommen war. Er hatte aus seinen Fehlern gelernt und in der zwölften Woche noch einmal große Fortschritte gemacht. Nun kannten sie ihre Defizite. Gwyn war in der elften Woche der Beste gewesen. Brier schlug ihn in der zwölften Woche um zwei Punkte. Alle waren hochgradig nervös. Brier sehnte sich nur noch nach Ruhe und Frieden.

Die Abende waren nun heller und die Tage wärmer. Heute hatte die Sonne geschienen, der Himmel war blau, und es hatte Spaß gemacht, mit den Hunden zu arbeiten. Im Garten blühten schon viele Blumen.

Brier war nach dem langen Tag müde und erschöpft. Sie freute sich, ein stilles Haus vorzufinden. Kate ging mit den Kindern oft hinüber zur Willowbank Farm, so daß Brier ihr Abendessen in Ruhe zu sich nehmen konnte. Wenn die Kinder dann ins Haus stürmten, war sie schon etwas entspannter. Die Kinder waren sehr vorsichtig und bemühten sich, Roi nicht von Brier wegzulocken. Helena, die mittlerweile von dem Problem wußte, hatte ihnen gezeigt, wie sie die Aufforderungen des Hundes ignorieren konnten. Brier hatte ein schlechtes Gewissen, weil sie all diese Umstände verursachte.

Das Telefon klingelte, als sie sich gerade umgezogen hatte. Sie hatte vorgehabt, mit dem Hund spazierenzugehen. Ein Spaziergang, den sie zur völligen Entspannung nutzen wollte.

Sie wollte weder nachdenken noch arbeiten.

»Gracie?«

»Die endgültige Entscheidung über Simons Zukunft ist auf den Tag nach den Prüfungen festgesetzt worden. Sein Vater hat protestiert, und zwei der Leute, die im Entscheidungskomitee sind, scheinen nicht zu begreifen, was das ganze Theater überhaupt soll. Es könnte so oder so ausgehen.«

»Sie werden ihn doch nicht nach Hause schicken?«

»Hoffentlich nicht. Aber manchmal trifft das Jugendamt auch unsinnige Entscheidungen. Sei nicht zu optimistisch.«

»Ich kämpfe dagegen an«, entgegnete Brier. »Es wäre ein Verbrechen, ihn nach Hause oder zu irgendwelchen Fremden zu schicken. Er ist nun schon seit vier Wochen bei uns. Für ihn ist das jetzt sein Zuhause.«

»Das weiß ich doch, meine Liebe«, sagte Gracie. »Ich mußte dir einfach Bescheid sagen. Ich stehe auf deiner Seite.«

Er legte auf, und Brier pfiff nach Roi. Sie schloß die Tür hinter sich und wünschte, sie könnte all ihre Probleme einfach so mit links lösen.

Brier ging die Straße entlang und dann die Stufen zu dem kleinen Pfad am Kanal hinunter. Roi benahm sich wie ein ganz normaler Hund. Er beschnüffelte das Gras, lief vorneweg und kam dann wieder zu ihr gelaufen. Er folgte dem Kommando, sich zu setzen, wenn Leute vorbeikamen. Boote waren auf dem Wasser.

Überall blühten Blumen, und die Vögel zwitscherten. Sie hatte schon seit Wochen keine Zeit mehr gefunden, langsam und in Ruhe spazierenzugehen, einfach nur tagzuträumen und all ihre Sorgen zu vergessen. Eine Frau und ein Hund, ganz auf sich alleine gestellt, alle Verpflichtungen hinter sich lassend.

Das *Stagecoach Inn* war zu den Zeiten, als sich noch viele Boote auf dem Wasser getummelt hatten, ein florierendes Gasthaus gewesen. Die Männer hatten damals hier eine Pause eingelegt, damit sie und ihre Pferde sich erfrischen konnten.

Brier saß auf einer langen, niedrigen Mauer und sah zu, wie ein weißes Boot anlegte. Die junge Frau war schlank, jung und sich offensichtlich ihrer Wirkung bewußt. Die kurzen Hosen und das Hemd saßen denkbar knapp. Lange Beine, lange blonde Haare und eine kecke Nase. Brier nippte an ihrem Orangensaft. Roi lag neben ihr, die Nase im Schwanz versteckt, und schaute aufmerksam und ruhig zu. Der Mann auf dem Boot hatte, so nahm Brier an, den Tag mit Trinken zugebracht. Er sah zu, wie die junge Frau die Planke zwischen Boot und Ufer befestigte. Sie ging mit wehenden Haaren darüber und verschwand im *Stagecoach*.

Der Mann versuchte, ihr zu folgen. Nach zwei Schritten schwankte er und lag einen Moment später im Wasser. Brier rannte los.

Der Mann schlug um sich und trieb dabei langsam vom Ufer ab. Schlagartig war er nüchtern. Bevor Brier Zeit hatte nachzudenken, war Roi schon im Kanal und schwamm zu ihm hin.

»Halten Sie sich am Halsband des Hundes fest«, schrie Brier ihm zu.

Die beiden Männer, die ganz in der Nähe an einem Tisch gesessen hatten, liefen zu ihr und schauten zu, wie Roi sein Ziel erreichte. Verzweifelte Hände griffen nach ihm, und der Hund bewegte sich langsam in Richtung Ufer.

Die beiden Männer halfen, den Mann an Land zu ziehen. Brier zog Roi wieder ans Ufer. Er lag durchnäßt und schwer atmend da und schaute zu ihr hoch. Sie fand keine Worte, ihn zu loben, aber er wußte, daß er etwas richtig gemacht hatte, und wedelte mit dem Schwanz.

»Wenn Ihr Hund nicht gewesen wäre...« Der Mann sah sie an. Wasser tropfte überall an ihm herunter.

»Einer von uns wäre dann reingesprungen. Roi hat uns davor bewahrt, auch noch naß zu werden«, sagte Brier. »Jetzt muß ich aber schleunigst nach Hause.«

Brier war schon viel länger unterwegs, als sie vorgehabt hatte. Sie hatte Kate keine Nachricht dagelassen, deshalb machte sie sich bestimmt schon Sorgen.

Roi versuchte, sich zu trocknen, indem er sich so schüttelte, daß sie alle eine Dusche abbekamen.

»Da seht mal, was er von uns hält«, sagte einer der Zuschauer. Er war ihr gefolgt. »Ich kenne Sie, nicht wahr? Sie sind Tom Morreys Frau.« Er zögerte, Witwe zu sagen. »Ist das ein Polizeihund?«

Brier nickte. In Gedanken war sie schon zu Hause, denn sie mußte Roi unbedingt abtrocknen und pflegen. Sie wollte nicht riskieren, daß er sich so kurz vor den Abschlußprüfungen noch erkältete. Der aufkommende kühle Wind ließ sie wünschen, sie hätte eine Jacke dabei.

Roi lief vor ihr her.

Brier trocknete Roi vor der Küchentür ab. Er dachte, daß es sich dabei um ein neues Spiel handeln müsse, und hielt das Handtuch für den Lappen aus Segeltuch, den sie während einiger Übungen trugen, um ihre Arme zu schützen. Er schnappte danach und weigerte sich loszulassen. Die Kinder sahen sie und rannten heraus. Sie bombardierten sie mit Fragen. Wie ist Roi so naß geworden? War er schwimmen?

Brier lachte und erzählte ihnen, wie ihr Hund einen Mann vor dem Ertrinken gerettet hatte. Jetzt konnten sie ihn beim besten Willen nicht mehr ignorieren. Sie lobten und umarmten ihn, und Roi, der die ganze Episode bereits vergessen hatte, sonnte sich in der Aufmerksamkeit, die ihm zuteil wurde. Der Braune wurde richtig eifersüchtig und lief zu Roi, um sich an den Beinen des Hundes zu reiben. Roi senkte den Kopf, und für einen Moment standen die beiden Tiere sich Auge in Auge gegenüber. Später, als Roi sich auf seine Decke gelegt hatte, sprang der Braune dazu und putzte Roi emsig. Dabei schnurrte er, sehr zur Begeisterung der Kinder.

Kate brachte die Kinder ins Bett und ging dann in ihr eigenes Zimmer, um einen längst überfälligen Brief an ihre Tochter zu schreiben. Das Zimmer war mit ihren eigenen Möbeln ausgestattet, und alles erinnerte sie an etwas. Sie seufzte, als ihr Blick auf das Hochzeitsfoto und das Bild von Matthew kurz vor seinem Tod fiel. Beide Fotos standen in einem silbernen Rahmen auf ihrem Schreibtisch.

Brier saß alleine unten. Roi kam zu ihr, lehnte sich an sie und sah zu ihr hoch, als versuche er, ihre Gedanken zu ergründen. In dieser Nacht schlief Simon ohne aufzuwachen, und am nächsten Morgen fand Brier den Hund vor ihrer eigenen Tür schlafend, nicht mehr vor Simons. Es dauerte einige Stunden, bis ihr aufging, was das bedeutete.

Dreizehntes Kapitel

Noch vier weitere Arbeitstage bis zu den Prüfungen. Der Gedanke daran beunruhigte Brier so sehr, daß sie Schwierigkeiten hatte zu schlafen. Sie brauchten einfach noch mehr Zeit zum Arbeiten. Brier zog sich an und schlich nach unten. Sie betete darum, daß die Kinder nicht aufwachten. Roi folgte ihr glücklich. Er liebte es, wenn man ihm Aufmerksamkeit schenkte.

Sechs Uhr. Draußen wehte ein schwacher, kühler Wind. Der blasse Schatten des Vollmondes war zu sehen. Tau bedeckte den Boden, und die Vögel fingen gerade an zu singen. Es war eine Atmosphäre des Friedens. Frische junge Blätter hingen an den Bäumen. Sie bewegten sich leicht unter einem Himmel, der einen schönen Tag versprach. Wenn doch nur die Prüfungen gut laufen würden.

Sie rief Roi, um mit ihm noch einmal das Bei-Fuß-Gehen zu üben. Brier war der Meinung, daß er dabei nicht genau genug folgte und schlecht arbeitete. Vielleicht war es Blödsinn, so früh am Morgen aufzustehen. Der Hund würde schon müde sein, bevor sie überhaupt am Ausbildungszentrum ankamen. Zuviel Training schadete genauso wie zu wenig.

Der Hund stupste gegen ihre Hand, um sie aufzumuntern. Die Nacht ging langsam in eine graue Morgendämmerung über, die Sonne deutete sich am Horizont an.

»Oh, du«, sagte Brier, als Roi lebhaft um sie herumsprang. Er wollte endlich anfangen zu arbeiten. Sie mußte sich auf ihn konzentrieren. »Wir gehen zusammen überallhin, du und ich.«

Simon kam vollständig angezogen durch die Tür.

»Ich habe mir Sorgen gemacht«, sagte er, »weil Roi mich lieber als dich hatte. Ich habe versucht, ihn nicht zu beachten, aber es ist so schwierig. Du wirst mich doch nicht wegschicken? Gracie sagt, daß alles von den Leuten vom Jugendamt abhängt. Du willst mich doch, oder?«

Roi bellte. Brier bemerkte, wie die dunkelblauen Augen des Kindes sie flehentlich ansahen.

»Natürlich möchte ich dich«, versicherte sie und nahm ihn fest in ihre Arme.

»Kann ich immer bei dir leben?«

»Ich hoffe es.« Sie würde versuchen, ihn zu behalten. Vielleicht konnte sie ihn adoptieren. Sie konnte den Gedanken kaum ertragen, ihn zu verlieren. »Ich sehe keinen Grund, warum sie dir nicht erlauben sollten hierzubleiben. Laß uns reingehen und frühstücken«, schlug sie vor. Sie war schon eine ganze Zeit draußen gewesen, und die Sonne schien mittlerweile. Brier hatte in der Nacht von Tom geträumt und war verzweifelt aufgewacht. »Es wird jetzt wohl kaum noch einen Unterschied machen, wenn ich noch mehr Arbeitszeit hineinstecke.« Brier traute sich nicht auszuprobieren, ob der Hund arbeiten würde, wenn Simon in der Nähe war.

In dieser Stimmung würde sie die Prüfungen nie bestehen.

Eine Stunde später dachte sie immer noch an den Traum, während sie fuhr. Tom war in ihrem Traum ganz lebendig gewesen. Er hatte gelacht und sie gerufen, während sie Hand in Hand den Abhang des Long Hill hinunterliefen. Dort waren sie immer besonders gerne spazierengegangen. Seit Toms Tod war sie nicht mehr dort gewesen.

Tony schaute sie flüchtig an, als sie ankam. Dann sah er noch einmal genauer hin.

»Hast du dir die Nacht um die Ohren geschlagen?« fragte er. »Du siehst aus wie etwas, was nicht mal die Katze reinbringen würde.«

»Vielen Dank für das reizende Kompliment. Da fühle ich mich doch gleich besser.« Brier widerstand dem Impuls, ihm eine zu scheuern. Sie widerstand auch dem Wunsch, in Tränen auszubrechen. Sie drehte sich einfach um und ging zum Büro.

Josh sah sie mit hochgezogenen Augenbrauen an.

»Ist alles in Ordnung?« fragte er.

»Ich habe von Tom geträumt. Wir sind am Long Hill spazierengegangen. Wir waren so gerne dort. Den Ausblick von der Spitze mochte er besonders. Ich träume immer wieder denselben Traum.«

Während sie sprach, war Gulley hereingekommen. Er verschwand und kehrte sofort wieder zurück. In der Hand hielt er sein übliches Allheilmittel.

»Ich habe mir gerade einen eingeschenkt. Habe ihn noch nicht angerührt. Hier«, sagte er und löffelte Zucker in den Kaffee. Er stellte die Tasse ab und ging wieder hinaus. Die Tür schloß er fest hinter sich.

Brier trank und sah Josh kläglich an.

»Ich wollte mich nicht wie ein dummes Weibchen benehmen«, sagte sie. »Entschuldigung.«

»Ich träume immer noch von Ellie«, erwiderte er.

»Wird es leichter?«

»Auf eine Art, ja.« Es wurde ihm plötzlich klar, daß er sie jetzt gerne in den Arm genommen hätte. Er wollte sie halten und trösten. »Ich nehme die Hunde mit in mein Schlafzimmer. Dann wache ich nicht in einem vollkommen stillen Zimmer auf. Es hilft, ihren Atem zu hören.« Er grinste sie verschmitzt an. »Wehe, wenn du das den Männern erzählst. Das würde ich nicht überleben.«

Brier ihrerseits hatte plötzlich das starke Bedürfnis, sich an ihn zu lehnen und sich trösten zu lassen. Sie verdrängte diesen Gedanken.

»Ich verspreche es.« Nur ein leichtes Lächeln huschte über ihr Gesicht, aber immerhin sah sie nun besser aus. Was auch immer der Tag bringen würde – sie würde damit zurechtkommen. Josh klopfte ans Fenster und gab Gulley mit seinem nach oben gehaltenen Daumen ein Zeichen. Es konnte losgehen. Gulley rief die Männer zusammen. Er sah zu, wie die Hunde in die Zwinger gebracht wurden. Sie sprangen aufgeregt hin und her, noch voller Energie und Anspannung.

Auch die Männer waren in ganz guter Stimmung. Pete stieß Rob an, als sie in den Raum kamen. Sie lachten über irgendeine Bemerkung von Gwyn. Einen Moment später hatten sich alle beruhigt.

Josh fing mit der üblichen morgendlichen Rede an. Er erinnerte sie an die Notwendigkeit, die Kontrolle zu behalten, und daran, daß sie immer schnell und richtig reagieren mußten. Es hatte keinen Sinn, direkt aufzugeben oder auszurasten, wenn ein Hund mal nicht gehorchte. Ruf ihn sofort zur Ordnung! Üben, üben, üben. Auch bei Hunden war noch kein Meister vom Himmel gefallen. Junge Hunde brauchten ihre Zeit, um zu lernen. Und wenn sie etwas gelernt hatten, mußten sie es einsetzen und erst noch Erfahrungen sammeln.

Brier zwang sich, sich zu konzentrieren. Sie war dankbar, als sie eine Frühstückspause einlegten.

Gulley brachte ihr schwarzen, gezuckerten Kaffee. Alice hatte Schokoladenéclairs gemacht und vorsichtig in einem großen Pappkarton verpackt. Gulley verteilte sie.

»Das ist Alices ›Kohlehydrate-Spezial‹«, sagte er grinsend. »Jeder, der sich über seinen Zustand noch keine Sorgen macht, sollte es jetzt langsam tun. Panik in der letzten Minute. Ich erinnere mich noch, wie ich mich vor jedem Rennen gefühlt habe, selbst dann, wenn ich zweifelsfrei den besten Hund hatte. Sogar bei Miracle, und der hat nun wirklich beinahe alles gewonnen.«

»Das erwischt uns alle«, sagte Josh. Er grinste, während er sich plötzlich an etwas erinnerte.

»Ich weiß noch, wie ich vor einigen Jahren Star hatte. Wir nahmen an einem Wettbewerb teil, den ich unbedingt gewinnen wollte. Als ich den Hund losschicken sollte, habe ich alles total vermasselt. Ich habe ihm mit Handsignalen versehentlich das falsche Kommando gegeben. Anstatt in die Richtung zu zeigen, in die er gehen sollte, habe ich ihm ›rüber‹ bedeutet.«

Er machte eine Pause und sah in die Runde. Dabei nippte er an seinem Kaffee. Er mußte über sich selber lachen. »Ich habe wirklich alles versaut. Der arme Hund schaute sich nach einer Hürde um, fand eine, rannte hin, sprang hinüber und legte sich dann hin. Damit bekam ich natürlich keine Punkte für diese Übung, und wir haben den Wettbewerb nicht gewonnen. Es war mein Fehler, nicht seiner. Uns allen passiert das mal. Es hilft nichts, wenn man irgend etwas zu sehr will.«

Diese Geschichte tröstete sie kein bißchen. Wenn Josh so was passieren konnte, dann ihnen erst recht. Wollte er ihnen den letzten Nerv rauben? Oder wollte er sie aufmuntern? Brier war sich nicht sicher.

Das Klingeln des Telefons erschreckte sie alle.

Gulley hob ab.

»Für dich«, sagte er zu Brier.

Sie machte sich sofort Sorgen, als sie Birdies Stimme hörte. Sie rief sie nie bei der Arbeit an, es sei denn, es war ein Notfall.

»Ich dachte nur, Sie sollten es besser wissen. Dana ist auf dem Spielplatz der Schule hingefallen. Sie hat sich das Handgelenk gebrochen. Helena paßt auf die Jungen auf. Ich werde nicht vor vier Uhr zurück sein. Ich weiß nicht genau, wie lange wir im Krankenhaus bleiben müssen. Wir fahren jetzt gleich dahin. Es geht ihr ansonsten ganz gut. Dana ist ein bißchen geschockt, aber es besteht kein Grund für Sie, sofort nach Hause zu kommen.«

Brier dankte ihr und legte auf.

»Dana hat sich das Handgelenk gebrochen«, sagte sie. Am liebsten wäre sie gleich zu ihrer Tochter ins Krankenhaus gefahren, um sie zu trösten. »Kate bringt sie ins Krankenhaus.«

»Möchtest du zu ihr gehen?« fragte Josh.

»Vielleicht nur mal eben hinfahren und sie kurz sehen... Ich weiß nicht. Kate ist für sie alle wie eine zusätzliche Großmutter... Sie sagte, daß ich nicht zu kommen brauche.«

»Wenn du hingehst, denkt Kate vielleicht, daß du ihr nicht vertraust«, gab Gulley zu bedenken.

Tony zog die Augenbrauen hoch – er sah damit noch mehr aus wie ein Teufel – und schaute finster drein. Brier sah sich die Gesichter der anderen genau an. Plötzlich hatte sie das Gefühl, übersensibel zu reagieren. Was die anderen wohl über sie dachten? Rabenmutter? Sie fühlte sich in diesem Dilemma gefangen.

»Gulley kann dich während der Mittagspause zum Krankenhaus fahren, wenn Dana bis dahin noch nicht zu Hause ist«, schlug Josh vor. »Ich glaube nicht, daß du da viel tun kannst, aber es wird dich vielleicht beruhigen. Kinder sind ganz schön elastisch.«

Das war eine willkommene Lösung.

Josh schrieb Listen: Die Reihenfolge, in der sie arbeiten würden. Noch weniger als eine Woche bis zur Prüfung, von der so viel für alle abhing. Brier fragte sich, ob die Männer so nervös waren wie sie selber. Josh hatte ein ausbildungsfreies Wochenende vorgeschlagen. »Entspannt euch«, hatte er ihnen geraten, als ob sie das könnten.

Gulley teilte einige Fotokopien aus. Gehorsamkeitsübungen um elf Uhr. Kriminalistische Übungen um halb eins. Brier war als letzte vor der Mittagspause dran. Rob, Tony und Gwyn waren alle vor ihr an der Reihe.

Pete war der letzte des Tages. Brier freute sich, daß sie wenigstens nicht bis drei Uhr warten mußte, bis sie mit ihrem Hund arbeiten konnte. Auch so hatte sie schon viel zuviel Zeit, um nervös zu werden.

»Wie werden die Prüfer wohl sein?« fragte Rob. Sie hatten zwei, jeden Tag einen anderen. Keiner von ihnen kannte sie. Einer kam irgendwo aus der Mitte des Landes und der andere aus dem Süden.

»Der erste Prüfer ist ein Verfechter von Genauigkeit«, erzählte Josh ihnen. »Ich finde es gut, wenn ihr einen harten Test habt. Wenn ihr durchkommt, kann ich ganz beruhigt sein. Ich weiß dann, daß niemand durchgekommen ist, weil der Prüfer zu nachsichtig war. Sein Faible ist Kontrolle. Also paßt gut auf. Auch zwischen den Übungen wird er genau hinsehen und jedes Anzeichen, daß der Hund außer Kontrolle ist, mit Minuspunkten quittieren.«

»Gebt ihnen Wein zum Mittagessen«, schlug Derek vor.

Sie lachten alle, aber Brier wußte, daß die anderen nervlich auch nicht besser dran waren als sie.

»Heitert sie ein bißchen an, dann werden sie unsere Fehler gar nicht bemerken«, fügte er hinzu.

»Gute Idee«, stimmte Gwyn zu. »Vielleicht solltet ihr ihnen so viel geben, daß sie in einem Anfall von guter Laune auch die Noten des Vormittags heben.«

Brier sah sich die Liste der Übungen und der möglichen Punkte an. Zweihundert insgesamt für Gehorsam, dreihundert für kriminalistische Übungen. Allgemeine Kontrolle: fünfunddreißig Punkte. Das war der Bereich, wo sie alle leer ausgehen konnten. Roi brauchte eine starke Hand, wenn er aufgeregt war, und das Verfolgen regte alle Hunde auf. Spike war immer noch derjenige, bei dem sie am ehesten befürchten mußten, daß er irgendeinen Kampf anfangen würde, und Jago gehorchte gelegentlich erst sehr spät. Die Schwäche der anderen war Briers Stärke, ebenso wie ihre Schwäche die Stärke der anderen war. Sie mußte absolut hervorragend sein, zeigen, daß Frauen ihren Platz in der Hundestaffel der Polizei verdient hatten, beweisen, daß sie so gut wie oder sogar besser als die Männer war. Plötzlich erinnerte sie sich an einen Freund ihres Vaters, der eine Hündin ausgebildet hatte, die sich im Training wie ein Engel verhielt. Aber immer, wenn es in Wettbewerben wirklich darauf ankam, hatte sie ihn im Stich gelassen. »Das einzige, was man in der Natur wirklich vorhersagen kann«, sagte er einmal, »ist, daß das Verhalten von Tieren nicht vorhersagbar ist.«

Brier behielt diese Erinnerung für sich.

»Als Frauen in der Männerwelt«, sagte Helena oft, »müssen wir immer doppelt so gut sein, oder wir werden nicht einmal bemerkt.«

Sechzig Punkte für Mut. Die Hunde wurden dabei mit einem Stock und einem Gewehr geprüft. Loki, der als junger Hund geschlagen worden war, würde vielleicht vor dem Stock zurückweichen. Er zeigte allerdings keine Furcht vor Gewehren. Roi sah in beidem Spielzeuge, die er gerne besitzen würde. Er liebte jede Form von Spiel, bei dem er etwas holen mußte. Er wußte nun, daß er die aufgespürten Sachen nicht herumwerfen durfte, und vergaß das nur noch sehr selten. Wenn er sich doch bloß auch bei der Prüfung daran erinnerte! Dana hatte tapfer ihr Versprechen gehalten.

Kontrolle in der Gruppe. Das regte Spike immer auf. Er hörte oft einfach nicht mit dem Bellen auf, wenn man es ihm befahl. Derek würde damit wohl Probleme bekommen.

Verfolgen und Angreifen: fünfundsechzig Punkte. Roi konnte sich bei dieser Übung profilieren.

Noch vier Tage Zeit zum Üben. Noch vier Tage Zeit, sich Sorgen zu machen. Außerdem mußten sie das Wochenende überstehen. Dann war alles vorbei. Nur noch der Umzug, wenn sie alle bestanden hatten. Sie würden dann vor der Kapelle in ihren schönsten Uniformen marschieren, Schuhe und Knöpfe poliert, so daß sie in der Sonne glänzten. Die perfekt gebürsteten Hunde würden vor der Menge herlaufen. Die Belohnung der harten Arbeit. Und dann wären sie ganz auf sich gestellt, in vollem Einsatz mit Hunden, die noch viel mehr lernen mußten und die immer noch nur Hunde waren, und zwar junge Hunde.

Brier war dankbar, als es endlich Zeit für die Mittagspause war. Gulley fuhr sie schnell und sicher zum Krankenhaus. Er ging mit ihr in die Unfallaufnahme. Kate und Dana kamen gerade aus einem der Behandlungsräume.

»Ich habe einen Gips bekommen, Mama«, rief Dana aufgeregt und stellte ihren Arm wie eine Trophäe zur Schau. »Gulley darf als erster seinen Namen darauf schreiben.«

Gulley schrieb seinen Namen verschnörkelt auf den Gipsarm.

»Kate und ich werden Fisch und Pommes frites essen, nur wir beide. Die Jungen essen in der Schule. Ich darf so viele Pommes essen, wie ich will, und ich muß heute nicht mehr zurück zur Schule. Ich darf heute nachmittag zur Oma, und sie hat gesagt, daß ich ganz viele Hundekekse haben kann.«

Kate grinste Brier an. Sie wußte, wie besorgt sie gewesen war. »Sie ist wie ein Stehaufmännchen«, sagte Kate. »Aber nachdem Sie sie nun gesehen haben, werden Sie heute nachmittag sicher beruhigter und besser arbeiten können.«

»Ich glaube, ich war eine Närrin«, sagte Brier auf dem Weg zurück. »Warum fahren wir hier lang?«

»Keine Närrin, du bist halt eine Mutter. Ich glaube nicht, daß ich viel von dir halten würde, wenn du dir keine Sorgen gemacht hättest. Dana hat mich auf den Geschmack gebracht. Ich weiß, wo wir die besten Pommes frites der Stadt bekommen.«

Er stieg aus und verschwand. Kurze Zeit später tauchte er wieder auf und hatte eine große Tüte in der Hand.

»Komm, wir fahren in das ›romantische Sträßchen‹. Da können wir in Ruhe essen, ohne daß irgend jemand futterneidisch wird und was abhaben will«, sagte er grinsend. »Wir schwänzen einfach die Schule und veranstalten ein Picknick. Ich habe Plastikgabeln mitgebracht. Ich hoffe, du hast Hunger.«

Brier fühlte sich wie damals, als sie noch ein Kind war und sich gemeinsam mit ihrem Cousin davongeschlichen hatte. Sie hatten sich mit guten Sachen aus dem Kühlschrank versorgt und ein Mitternachtspicknick veranstaltet.

»Das war wirklich eine gute Idee«, sagte sie eine halbe Stunde später und wischte sich den Mund mit einer Papierserviette ab. »Ich kann mich gar nicht daran erinnern, wann ich das letzte Mal so was in einem Auto aus einer Papiertüte gegessen habe, und dann auch noch in einer verrufenen Straße.«

»Bald wird es Sommer«, sagte Gulley mit einem langen Blick auf das zarte Frühlingsgrün der Bäume. »Das letzte Mal, daß ich mit einer hübschen Frau an meiner Seite im Auto Pommes gegessen habe, muß gewesen sein, als ich Alice den Hof gemacht habe. Und das ist länger her, als ich mich erinnern möchte.«

Brier lachte.

»Ich hoffe, Alice wird nicht eifersüchtig sein«, sagte sie.

»Aber doch nicht Alice. Sie wäre die erste, die es erlauben würde. Dana wird ihr ziemlich leid tun, wenn sie hört, was passiert ist.

Aber wir müssen jetzt wieder zurück. Sonst wird dein Hund niemals fertig.«

Zurück zur Arbeit. Brier kam etwas zu spät und bemerkte eine veränderte Einstellung. Sie strengten sich nun alle besonders an, alles gut zu machen. Vielleicht um ihrer selbst willen, vielleicht aber auch nur, um zu beweisen, daß Männer besser als Frauen waren.

Verfolgen und Angreifen. Einen Mann suchen, der sich versteckt hatte, ihn festnehmen und zurückeskortieren. Gulley spielte einen Verbrecher und lebte sein ganzes Schauspieltalent aus. Sie mußten alle lachen, als er sich bitterlich über die Art und Weise beschwerte, mit der er behandelt wurde.

Als Gwyn ihn verhaftete und zurückbrachte, Loki immer bei Fuß, krümmte sich Gulley und jammerte.

»Ich habe mich doch nur ausgeruht, nachdem ich einen draufgemacht hatte«, sagte er. »Das ist nicht fair. Das Radio lag einfach so auf der Straße, verstehen Sie. Ich wollte es Ihnen gerade bringen. Und die Diamantohrringe sind mir sozusagen in den Schoß gefallen. Jemand hat sie aus einem Fenster geworfen. Die hatten wohl Streit, und da hat sie sie weggeworfen. Ist doch nicht verboten, die Dinger zu behalten, oder? Und nehmen Sie den Hund endlich weg. Er hat mich schon dreimal gebissen. Ich habe schließlich Rechte... Ich will sofort einen Anwalt. Ich nehme Diamanten-Jack. Der kriegt jeden raus, ganz bestimmt.«

Diamanten-Jack war der Spitzname für einen der cleversten Anwälte der Stadt. Er war ein sehr großer Mann, der einen riesigen Diamantring trug. Ihm wurde nachgesagt, daß er sogar noch jemandem, den man auf frischer Tat ertappt hatte, einen Freispruch verschaffen konnte.

Gulley produzierte für jeden eine andere, immer abstruser werdende Geschichte.

Brier war sich sicher, daß sie noch in ihren Träumen hören würde: »Ich muß unbedingt mit Ihnen reden.«

Der Nachmittag ging vorüber.

Alice hatte Käsegebäck und Mürbeteigbrötchen gemacht.

»Nach den Abschlußprüfungen werden wir eine Party feiern«, kündigte Gulley an. »Alice ist jetzt schon dabei, Listen zu schreiben und darüber nachzudenken, womit sie euch verwöhnen kann.

Die Hunde sind in Topform. Also seht zu, daß ihr ihnen gerecht werdet.«

Es war immer noch genug Zeit für Pannen. Ein lahmer oder kranker Hund. Oder ein kranker Hundeführer. Josh betrachtete Brier, die nach Roi pfiff. Danas Unfall war wirklich Pech, aber Gulleys Bericht zufolge war Dana offensichtlich nicht unglücklich darüber. Sie fühlte sich jetzt ganz wichtig.

»Alles okay?« fragte er Brier, als sie Roi in den Wagen ließ und sich selbst hinters Steuer schwang.

Sie lächelte ihn an.

»Danke, es geht mir jetzt gut.«

Er sah noch zu, wie der Wagen vom Hof fuhr und hinter einer Kurve verschwand. Er fühlte plötzlich das starke Verlangen, ihr zu folgen, sie zu rufen, mit ihr zu sprechen, sie festzuhalten. Gulley sah ihm an, was er dachte, sagte jedoch nichts. Josh pfiff nach seinen Hunden und seufzte. Im Moment mußte er seine Gefühle für sich behalten. Niemand durfte etwas merken, sonst würde er in diesem Team Probleme bekommen wie nie zuvor.

Vierzehntes Kapitel

Nun waren es nur noch drei Tage bis zur Prüfung. Drei Tage, um die Leistung der Hunde noch zu steigern. Nur drei Tage für all die Arbeit, die noch vor ihnen lag. Wenn man das Wochenende mitrechnete, hatten sie noch fünf Tage, um an ihren Fehlern zu arbeiten. Josh wußte, daß es sich niemand leisten konnte, eine Pause einzulegen.

Josh war gerade mitten in einem Alptraum, als das Telefon klingelte. Ein Prüfer erzählte ihm, daß es ihm leid tue, aber keiner der Hunde sei auf dem notwendigen Stand. Niemand hatte bestanden. Josh wachte auf und war erleichtert, daß alles nur ein Traum war. Es war ein Uhr nachts. Was war nun schon wieder los?

Bombenalarm in einem Bahnhof.

Er fluchte die ganze Zeit über, während er sich anzog.

Raus in die verregnete Nacht. Das Licht der Straßenlaternen spiegelte sich auf der nassen Straße. Josh sehnte sich nach mehr Schlaf. Die beiden Hunde saßen hinter ihm. Der kleine Lim war mal wieder dran.

Autos, Scheinwerfer, Männer, die auf ihn warteten. Er ließ Lim von der Leine und schaute zu, wie der kleine Kerl vergnügt herumlief. Seine Nase arbeitete geschäftig, sein Stummelschwanz wedelte unaufhörlich. Er liebte das Verstecken-und-Such-Spiel. Lim war sich ganz sicher, daß Josh etwas Leckeres für ihn versteckt hatte, ein halbes Würstchen zum Beispiel. Die Wurst steckte in Joshs Tasche, während er beobachtete, wie der Hund suchte.

Lim versteifte sich plötzlich und drehte seinen Kopf. Er hatte etwas gefunden. Sein Schwanz wedelte heftig, seine Augen baten um Erlaubnis. Er hatte das Spiel gewonnen, er hatte die Trophäe gefunden und alles gut gemacht. Oh, diese verdammten Leute, dachte Josh. Wenigstens wußte der kleine Spaniel nichts von der Gefahr, die sie alle bedrohte. Er wünschte, er wäre ein Hund. Wenn doch Menschen auch einfach nur für den Augenblick leben könnten. Wenn sie es doch auch nur so genießen könnten, einfach nur am Leben zu sein. Glücklicher Lim.

Chris Martin, dessen Aufgabe es war, die Bombe zu entschärfen, kam zu ihnen herüber. Zusammen starrten sie auf die Keksdose hinunter. Eine ganz gewöhnliche, quadratische Keksdose aus Blech. Aus ihrem Inneren kam ein undefinierbares Ticken. Das Bild auf dem Deckel der Dose verhöhnte sie geradezu: Ein harmloses, flauschiges kleines Kätzchen in einem Korb.

Josh hatte seine Aufgabe erledigt, nun war Chris dran. Glücklicherweise lag der Bahnhof etwas abseits. In der Nähe standen keine Häuser. Chris öffnete die Dose.

Er stand auf und hielt einen tickenden Wecker in der Hand, der völlig harmlos aussah. Ein großer Zettel war an dem Wecker befestigt. Darauf stand »Ha, ha. Jemals reingelegt worden?«

»Irgendein verdammter Jugendlicher«, sagte Chris wütend. »Uns in diese Situation zu bringen ... Wenn ich den erwische ...«

Und ich erst, dachte Josh, als er durch die einsamen Straßen nach Hause fuhr. Der Regen hatte nachgelassen. Der Mond, beinahe schon Vollmond, beleuchtete die Stadt. Eine Welt, die schlief, während er wach war. Eine Welt, die ihm und seinen Kollegen vertraute, die sich darauf verließ, daß sie für Sicherheit sorgten. Er fuhr in seine Einfahrt und stellte den Motor ab.

Josh öffnete die Tür zum Garten und ließ die Hunde raus. Es war reine Routine, so machte er es immer, wenn sie nach Hause kamen. Einen Moment später quiekte Spark gellend, ein entnervender, schmerzerfüllter Laut, der einfach nicht aufhörte. Josh schnappte sich die große Taschenlampe, die immer auf dem Regal an der Tür zum Garten stand. Der Hund stand vor ihm und starrte ihn an. Blut lief an seinem Bein entlang. Überall auf dem Gras lag zerbrochenes Glas. Irgend jemand hatte sich hier in seiner Abwesenheit rumgetrieben.

Josh bebte vor Wut.

»Bleib stehen!« Er betete, daß sich keiner der Hunde bewegte. Lim blieb sofort stehen und sah ihn an. Josh nahm den kleinen Hund hoch. Dabei trat er auf noch mehr Glas, das unter seinen Schuhen knirschte. Dann brachte er Lim rein und schloß die Tür. Er hob Spark hoch. Eine große, klaffende Wunde überzog Sparks Bein, gerade oberhalb der Pfote. Überall war Glas.

Rasende Wut überkam ihn. Er legte eilig eine Aderpresse an. Dann schnell mit beiden Hunden in den Wagen. Per Funk sprach er mit einem Polizisten, der Dienst hatte.

»So ein Mist, das ist schlimm.«

Worte schienen im Moment nicht angebracht. Die Stimme seines Kollegen drückte Wut aus. Sie alle kannten Spark. Er gehörte einfach dazu. »Ich rufe den Tierarzt an. Er wartet dann schon auf Sie.«

Und der würde sich auch nicht gerade freuen, dachte Josh. Er befürchtete, daß Paul Matthews umsonst aufgeweckt werden würde. Er hatte Angst, Spark würde es nicht schaffen. Josh hoffte inständig, daß Spark nicht an der Aderpresse zupfte und biß. Er befürchtete, daß sie nicht halten würde, und gab Gas. Hoffentlich hielt ihn keiner seiner Kollegen wegen Raserei an.

Ohnmächtige Wut überkam Josh. Er wünschte, er könnte herausfinden, wer sich die Nacht auf so niederträchtige Weise um die Ohren geschlagen hatte. Der Bombenleger? Wahrscheinlich. Es war einfach zuviel für einen Zufall. Und das hieß, daß es wirklich jemand sehr niederträchtiges gewesen war. Er würde den Garten nach Gift absuchen und die anderen Hundeführer warnen müssen. Paul wartete schon am Behandlungsraum auf ihn. Er schaute den Hund bestürzt an. Er und Spark waren alte Freunde. Der Hund versuchte schwach, mit dem Schwanz zu wedeln.

»Böse«, sagte er, als er die Wunde sah, und beugte sich vor, um seine Arme um Sparks Nacken zu legen. »Wir tun unser Bestes, alter Freund. Bald wird es dir bessergehen als jetzt.« Er stand auf und drehte sich zu Josh um. Der war sich sicher, daß er Spark nicht mehr lebend wiedersehen würde. »Operation. Du wirst ihn hierlassen müssen. Marian macht sich schon fertig, um zu helfen. Es ist ganz nützlich, seine Frau als Partnerin zu haben.«

Innerhalb weniger Minuten lag Spark auf dem Tisch. Schon senkte sich eine Nadel tief in seine Haut.

»Wird er wieder in Ordnung kommen?«

Es war furchtbar, einen Hund zu verlieren, aber es war vollkommen entsetzlich, ihn durch reine Bosheit zu verlieren.

»Ich werde mein Bestes tun. Er hat eine Menge Blut verloren. Ruf gleich morgen an. Und jetzt geh besser. Es gibt nichts, was du tun kannst, und wir haben keine Zeit zu verlieren.« Spark lag so ruhig da, als wäre er tot. Josh starrte ihn an. Ein schwerer Atemzug ließ den Hund erschauern. Josh seufzte erleichtert. Wenigstens lebte er noch.

Marian stand neben ihm. Sie legte mitleidig ihre Hand auf seinen Arm.

»Mach dir keine Sorgen. Wir haben schon schlimmere Fälle gerettet.«

Josh wußte das, aber es half nichts. Er machte sich trotzdem große Sorgen. Während er nach Hause fuhr, war ihm schmerzlich bewußt, daß hinter ihm ein Platz leer war. Lim lag ganz verloren da. Josh mußte noch das Blut abwischen, bevor er den Tag beginnen konnte. Hoffentlich passierte heute nacht nicht noch mehr.

Verdammt noch mal. Er wünschte, er könnte denjenigen, der das Glas in seinem Garten verstreut hatte, mit einem Fluch belegen. Der Kerl sollte solche Schmerzen erleiden, wie er sie dem Hund verursacht hatte.

Josh war im Moment weder tolerant noch professionell oder freundlich.

Er würde in der schlimmstmöglichen Laune sein, und das ausgerechnet jetzt, wo es so wichtig war, sein Team aufzumuntern. Sie würden alle unter der Nervosität kurz vor den Prüfungen leiden und seine Aufmunterung brauchen. Spark brauchte wahrscheinlich Tage, bis das Schlimmste überstanden war. Nur ein Hund war zuwenig. Sie hatten sowieso nicht genug einsatzfähige Polizeihunde.

Von Polizisten wurde erwartet, übermenschlich zu sein, dachte Josh, als er hineinging. Er brauchte etwas zu essen und zu trinken. Toast war einfach. Kaffee? Würde ihn ebenso wie Tee wachhalten. Er bereitete sich eine Tasse Instantsuppe zu. Das würde ihn aufwärmen. Es hatte ohnehin keinen Sinn, ins Bett zu gehen. Er würde nur wach daliegen und sich herumwälzen.

Josh machte das Gasfeuer an und sah zu, wie die künstlichen Flammen flackerten. Lim kam zu ihm und stupste gegen sein Knie. Dann wackelte er hinüber zu Sparks Schlafplatz und schnüffelte an der Decke. Verwirrt lehnte er sich gegen Joshs Bein und seufzte tief und unglücklich. Er denkt, daß Spark tot ist, und vielleicht stimmt das auch, dachte Josh. Er fühlte sich von aller Welt verlassen.

Er streichelte den Hund. Das weiche Fell, das Atmen und die Wärme des Hundes trösteten ihn.

»Es ist in Ordnung, mein Alter. Er wird zurückkommen«, sagte er. Er wünschte, der Hund könnte ihn verstehen. Allerdings zweifelte er an seinen eigenen Worten.

Spark kam gerade erst in seine Blütezeit. Er war einer der besten Hunde, die sie hatten. Es wäre ein solcher Verlust. Er dachte an Brandy, der vor fünf Jahren unter Narkose gestorben war. Das war nicht gerade eine tröstliche Erinnerung. Ein wunderbarer Hund, nicht mal zwei Jahre alt. Es waren immer die Besten, die so früh gehen mußten.

In seinem Berufsleben hatte er es mit so vielen Hunden zu tun. Wenn sie überlebten, gingen sie mit acht in den Ruhestand. Josh hatte bisher schon sieben Hunde gehabt. Shane war während des Dienstes ums Leben gekommen. Sol war der erste gewesen. Er war zwölf Jahre alt geworden und in seinen letzten Lebensjahren ein hochgeschätztes Haustier gewesen. Er hatte Josh immer voller Freude begrüßt, wenn er vom Dienst kam.

Alle wanderten sie durch seine Gedanken. Er hatte sie alle geliebt und ausgebildet. Einige waren allerdings etwas besser als die anderen gewesen. Angenommen, Spark würde sterben, bevor die neuen Hunde einsatzbereit wären? Angenommen, er bliebe verkrüppelt? Angenommen...

Das Telefon klingelte.

Er hörte zu, und es wurde ihm klar, daß er einem Desaster gegenüberstand. Er hatte keinen Hund, und hier ging es um Leben oder Tod. Sie hatten schon alle anderen Hundeführer angerufen. Es war viel los heute nacht. Alle möglichen Verrückten waren offensichtlich unterwegs. Nur sein Hund war nicht im Einsatz. Er lag auf dem Operationstisch.

Fünfzehntes Kapitel

Brier schlief tief und fest.

Sie schrak hoch, als das Telefon klingelte.

Sie schaltete das Licht an und teilte dem Anrufer verschlafen mit, daß sie nach unten gehen und den Anschluß dort benutzen würde. Auf diese Art und Weise störte sie niemanden.

»Brier?« fragte Josh ängstlich. Sie warf einen Blick auf die Uhr. Es war halb vier.

»Kannst du mit Roi vorbeikommen? Hier spinnen heute nacht anscheinend alle. Drei Einbrüche, zwei gestohlene Autos, ein Streit vor einer Disco, Bombenalarm in einem Bahnhof... dann war das verdammte Ding eine Attrappe... und gerade wird Spark operiert. Er ist in Glas getreten und hat sich dabei schwer an der Pfote verletzt. Und jetzt ist auch noch eine alte Frau aus dem Saint Margaret's verschwunden.«

Er sprach hektisch weiter.

»Sie ist einfach in ihrem Nachthemd weggelaufen. Die Nachtschwester hat es entdeckt, als sie ihre übliche Runde machte. Die alte Frau ist verwirrt und Diabetikerin. Und ich habe keinen Hund zur Verfügung. Roi muß einfach einspringen. Es ist nur ein Versuch, aber wir müssen es wagen. Ich glaube nicht, daß einer der anderen so gut ist wie er.«

Brier rannte sofort nach oben, um sich anzuziehen. Ben und Simon standen schon auf dem Treppenabsatz.

»Es ist doch nicht gefährlich?« Bens Stimme klang ganz verzagt. Seit Toms Tod machte er sich viel mehr Sorgen um sie als früher. Simon starrte sie verzweifelt an.

»Es ist nur eine alte Frau, die sich verirrt hat. Kein Grund, sich Sorgen zu machen, wir müssen sie nur finden.« Sie umarmte beide Jungen kurz.

»Außer mir und Roi kann niemand helfen«, sagte sie.

»Laßt uns Kakao machen«, schlug Birdie vor, die aus ihrem Zimmer auftauchte. Sie hatte ihren wollenen Morgenrock sorgfältig übergezogen. An Notfälle in der Nacht war sie gewöhnt.

Brier fühlte sich ganz schuldig, als sie die Treppe hinunterging. Wenigstens Dana schlief noch. Angenommen, sie war heute nacht nicht erfolgreich? Sie erinnerte sich an den Aberglauben ihrer Kindheit. Wenn ich das ganze Kreuzworträtsel lösen kann, werde ich die Prüfung bestehen. Wenn ich innerhalb von zwei Minuten drei Gänseblümchen finde, werde ich gewinnen. Wenn ich nicht auf irgendeine Linie trete, werde ich Gruppenleiterin.

Wenn das Leben doch nur aus lauter solch kleinen Zielen bestehen würde, dachte sie und mußte darüber lachen, wie sie einmal so naiv und unschuldig hatte sein können.

Roi wartete schon voller Spannung an der Tür. Er war immer für jeden Spaß, oder was er dafür hielt, zu haben. Er würde niemals den tieferen Hintergrund ihrer Unternehmungen verstehen.

Als sie in die windige Nacht hinausgingen, fing es wieder an zu regnen. Vom Mond war nichts zu sehen. Brier versuchte, die Haustür leise hinter sich zu schließen, und schaute die Straße entlang. Alle Leute schienen zu schlafen. Nur hinter wenigen Fenstern war Licht. Ein krankes Kind, ein alter Mann, der starb; eine wach daliegende Frau, die um eine verlorene Liebe trauerte. Ein großer Wagen fuhr vorbei. Anscheinend war immer jemand unterwegs.

Sie dachte plötzlich an Tony, der alleine zu Hause saß und auf Neuigkeiten von seiner Frau und dem Baby wartete. In den letzten Tagen war er ungewöhnlich still gewesen. Wenn er zu Sheila fuhr, schlug er immer alle Geschwindigkeitsrekorde.

Bitte, lieber Gott, mach, daß es seiner Frau und dem Baby gutgeht, murmelte Brier, als sie die Wagentür aufschloß. Roi sprang hinein.

Dann nichts als Dunkelheit und das Scheinwerferlicht auf den Hecken, die entlang der Straße zu dem Seniorenheim standen.

Sie bremste scharf, als ein Fuchs mit einem Hasen zwischen den Zähnen über die Straße lief. Das Tier blieb stehen, drehte sich um und schaute sie an. Dann hob es eine Pfote und rannte schnell weiter. Eine trächtige Füchsin.

Das Seniorenheim war in einem umgebauten Gut mit großem

Grundstück untergebracht. Zwischen Steinsäulen hindurch, auf denen jeweils ein Löwe thronte, fuhr sie in die Einfahrt. Überall standen Polizeiautos. Das Grundstück war hell erleuchtet, und Männer suchten das Gebüsch ab. Es gab einen riesigen, parkähnlichen Garten und einen See, der ruhig im Mondlicht lag.

Die überarbeitete und nervöse Oberin trat zu Brier. Das graue Haar der Frau war ganz durcheinander. Unordentlich hatte sie den roten Morgenrock um sich gewickelt.

»Niemand hat gesehen, wie sie rausging. Die Nachtschwester fand das leere Bett auf ihrem zweiten Rundgang. Um Mitternacht war sie noch da. Wir haben drinnen überall gesucht, während wir auf die Polizei warteten. Amy macht uns ständig Sorgen. Sie ist wieder in ihre Jungmädchenzeit zurückgefallen und denkt, daß ihr Freund da auf sie wartet, wo sie sich früher immer getroffen haben. Leider wissen wir nicht, wo das ist. Ihr Mann ist schon seit über zwanzig Jahren tot. Sie wird in ein paar Wochen neunzig.«

Brier kannte einige der Polizisten.

»Außerhalb des Grundstücks haben wir noch nicht gesucht. Wenn sie weiter weg ist, braucht man eine klare Spur«, sagte Bob Langley. Es war ihm immer bewußt, daß die Hunde kaum eine Chance hatten, wenn zu viele Leute schon auf der Spur herumgetreten waren.

Brier schaute auf ihre Uhr. Irgendwo in der Ferne heulte eine Eule und bekam eine Antwort. Eine weitere antwortete ihr ganz in Briers Nähe.

Wohin würde eine alte Frau wohl gehen? Durch den Wald oder über den Feldweg oder aber am Kanal entlang? Wo hätten sich vor langer Zeit wohl Liebende getroffen?

Ihr kam plötzlich das Lied »Sag mir, wo die Blumen sind« in den Kopf.

Roi fing an, den Boden abzusuchen, während sie leise mit ihm sprach.

»Such, guter Hund, such.«

Mit gebeugtem Kopf schnüffelte er den Pfad entlang. Vielleicht verfolgte er nun einen der Männer oder jemanden, der in dem Heim arbeitete und kürzlich hier lang gegangen war. Vielleicht verfolgten sie aber auch die Spur eines Hasen oder Eichhörnchens, eines Hermelins oder Fuchses oder Wiesels.

Sie konnte dem Hund nur blind folgen und hoffen, daß er einer menschlichen Spur folgte.

Die Spur endete an einem hohen Zaun. Keine alte Frau könnte hier rüberklettern.

Denk nach!

Vor siebzig Jahren hatte es hier noch keine Straße gegeben. Da waren hier nur Wege, Felder und das alte Haus gewesen, das seit einem halben Jahrhundert verlassen dort stand. Die Geschichte eines heftigen Familienstreits und einer Hochzeit, die den Zwist beendet hatte, war mit dem Haus verbunden. Die Stelle am Zaun, wo die Liebenden sich damals zum Stelldichein getroffen hatten, war zu einem Symbol für das Glück geworden, und in den Jahren danach hatten sich andere Liebespaare hier getroffen.

Sie gingen durch das Tor und den Fußweg entlang. Roi hatte seinen Kopf gesenkt und zog heftig. Zeit bedeutete Leben. Die alte Frau hatte nichts außer einem Nachthemd an, dachte Brier, und es wehte ein kalter Wind. Außerdem regnete es. Alleine in der Dunkelheit, nur sie und der Hund. Der Regen schlug ihr ins Gesicht, der Pfad war rutschig, und der Schein der Taschenlampe zeigte ihr Hinternisse, die sie vermeiden mußte. Roi, der sich ganz auf seine Spur konzentrierte, flog förmlich in einer Geschwindigkeit voran, die in der Prüfung einen gewaltigen Punktabzug bringen würde.

Ein Fußabdruck im Matsch. Bloße Füße.

Sie waren auf der richtigen Spur. Der Hund lief nun etwas langsamer und gab das gleiche merkwürdige Geräusch von sich, das sie schon gehört hatte, als er Simon gefunden hatte. Amy lag zusammengekauert am Zaun, Panik in den Augen.

»Oh je, Sie sind ja ganz kalt«, sagte Brier. »Und so naß.«

Was für ein Platz, um zu fallen. Sie vermutete, daß die alte Frau sich ein Bein gebrochen hatte. Es war so merkwürdig abgewinkelt. Sie konnte nichts weiter tun, als schnell Hilfe zu holen.

Roi hatte seine Arbeit erledigt und legte sich hin. Er wartete auf die nächste Aktion. Wäre er trocken, so hätte sie ihn sich an die alte Frau schmiegen lassen können, aber sein Fell war tropfnaß, und er war über und über mit Matsch bedeckt. Brier sprach hastig in ihr Funkgerät und gab ihre Position durch.

»Ich glaube, sie hat ein gebrochenes Bein.«

Sie würden schnell einen Krankenwagen rufen.

Brier zog eilig ihren Mantel aus und nahm den geschundenen Körper in ihre Arme. Dann wickelte sie den Mantel um sie beide und hielt dabei die zitternde alte Frau ganz fest an sich gedrückt. Amy war nur Haut und Knochen, ihr graues Haar und ihr Nachthemd waren durchnäßt.

»John war nicht da«, sagte sie. »Er ist nicht gekommen. Warum ist er nicht gekommen?«

»Er hatte bestimmt einen guten Grund«, tröstete Brier sie. Es hatte keinen Sinn, ihr zu sagen, daß John nie kommen würde. Er war schon vor vielen Jahren von der Welt verschwunden.

»Sind wir auf einem Schiff? Wird es untergehen? Es ist so naß.«

Oh, bitte beeilt euch, betete Brier still in Richtung ihrer abwesenden Kollegen.

»Bald sind Sie in einem schönen Bett und haben es ganz warm«, sagte sie laut. Die Minuten zogen sich endlos, aber schließlich erreichten die Männer sie. Viele Hände halfen, wickelten die alte Frau in Decken und legten sie auf eine Trage.

»Sie haben Sie gerade noch rechtzeitig gefunden«, sagte einer der Sanitäter.

Schließlich kam Brier durch die regnerische Nacht wieder zu Hause an. Sie schaute auf ihren Hund. Er war immer noch völlig verschmutzt und total naß. Dabei hatte er am Abend noch so wundervoll ausgesehen. Es war schon nach fünf und viel zu spät, um noch einmal ins Bett zu gehen. Brier gähnte und fragte sich, ob sie wohl tagsüber irgendwann einfach im Stehen einschlafen würde.

Simon stand im Flur und schaute sie an.

»Ich habe mir Sorgen gemacht«, sagte er.

Es hatte keinen Sinn, seine Furcht einfach abzutun. Er sah so klein aus in seinem Pyjama und dem Morgenmantel. Sie hatten ihm neue Kleidung kaufen müssen. Er war ein ordentliches Kind, ganz anders als Ben, der in zwei Minuten völlig unordentlich aussehen konnte.

»Du mußt duschen. Ich mache dir was zu trinken. Und ich kann Roi abtrocknen. Das darf ich heute doch, oder? Er kommt jetzt gar nicht mehr so häufig zu mir.«

Total erschöpft stimmte Brier zu.

»Wo wart ihr? War Roi gut?«

»Roi war hervorragend.« Brier gähnte. »Eine sehr alte Frau dachte, daß sie wieder ein junges Mädchen ist. Sie ist losgelaufen, um ihren Freund zu treffen.«

»Ist sie wieder in Ordnung? Hast du sie gefunden?«

»Roi hat sie gefunden.«

»Er ist toll, nicht wahr?« Er trocknete den Hund mit einem Küchenhandtuch ab, das bald vor Schmutz starrte. Was soll's, dachte Brier, die meiste Arbeit wird die Waschmaschine erledigen.

Die Dusche wärmte sie auf. Als sie ihre Haare getrocknet hatte, hatte Simon bereits einen Kakao zubereitet. Sie nippte daran. Es war eigentlich das Getränk ihrer Kinder, aber sie genoß jeden Tropfen. Dabei war sie sich der beobachtenden, ernsten und ängstlichen Augen bewußt. Er war so viel reifer als Ben, der immer beschützt und geliebt worden war. Dabei waren sie beinahe gleich alt.

Sie setzte sich in den großen Sessel, um ein paar Minuten auszuruhen, und schlief ein.

Simon weckte sie um sieben mit einer Tasse Tee in der Hand.

»Ich habe Roi gebürstet. Ich kann auch Frühstück machen. Birdie schläft noch. Ich wollte dich nicht wecken. Hätte ich das schon früher tun sollen?«

Simon schaute sie ängstlich an. Seine dunklen blauen Augen waren irritierend tief. Dahinter versteckten sich Gedanken, die sie zuweilen verblüfften. Er saß neben ihr und schaute sie an. Roi würde heute morgen nicht in den Genuß seines zusätzlichen Trainings kommen. Er hatte in der Nacht eine gute Fährtensuchübung absolviert und war zu müde.

Sie umarmte Simon.

»Ich wüßte gar nicht, was ich ohne dich tun sollte.«

Die blauen Augen glänzten.

»Nächste Woche wird Roi ein richtiger Polizeihund sein.« Simon streichelte den Hund, der mit dem Schwanz wedelte. Dabei hatte er den Toast in Briers Hand im Blick.

Sie teilte mit ihm.

Wenn doch nur alles klappen würde!

Sechzehntes Kapitel

Brier war schon erschöpft, bevor der Tag überhaupt angefangen hatte. Ihre Augen waren ganz schwer vor Müdigkeit. Sie verspürte den überwältigenden Drang, ständig zu gähnen. Außerdem fühlte sie sich ein wenig krank, und ihr Mund war trocken. Ihre Nerven kamen langsam ins Flattern.

Diese fürchterlichen Morgen, an denen sie zitternd aufgewacht war, nachdem sie geträumt hatte, sie säße an ihrem Pult und könne nicht mal ihren Namen schreiben. Angenommen, ihr Hirn wäre nächste Woche auch so gelähmt, genau dann, wenn sie es am meisten brauchte?

Wenn sie doch nur so tun könnte, als wäre es nicht so wichtig. Aber es war wichtig. Sie wollte diese Arbeit mit ihrem Hund so sehr, wie sie schon seit langer Zeit nichts mehr gewollt hatte. Der Hund erweiterte ihren Arbeitsbereich, fügte eine völlig neue Dimension hinzu. Er gab ihr Sicherheit. Roi bedeutete zusätzliche Augen, Ohren und Arme, und er beschützte sie.

Schneller als jeder Mensch würde er ihr zu Hilfe kommen. Wenn sie nun aufgeben und alleine zu ihrer alten Arbeit zurückkehren müßte, würde sie ihren Job hassen und sich wieder fürchten. Besonders dann, wenn ein Freund verletzt wurde. In solchen Fällen schien ihr Denkapparat regelrecht heißzulaufen, und mit jeder der zäh dahinfließenden Minuten verlor sie mehr und mehr Zutrauen.

Roi, Roi, dachte sie. Du weißt nicht, wie sehr ich von dir abhängig bin. Wenn sie ihn nur nicht im Stich lassen würde. Sie versuchte, sich zusammenzureißen. Denk positiv! Sie waren heute nacht sehr erfolgreich gewesen. Die alte Frau lebte noch und würde sich wieder erholen – dank Roi.

Der Hund hatte alles gewußt und alles getan, was sie ihm gesagt hatte. Das Training hatte sich bezahlt gemacht.

Gulley kam zu ihr. Ihn umwehte der unwiderstehliche Duft von

Kaffee und Kirschkuchen. Aber Brier konnte nichts essen. Sie spürte, daß Gulley angespannt war, und schob es darauf, daß er sich so sehr um die Hunde und die Leute sorgte. Gulley hatte niemandem erzählt, daß er den Tierarzt angerufen hatte, um sich nach Spark zu erkundigen. Dabei hatte er erfahren, daß es Komplikationen gab. Der Hund hatte zuviel Blut verloren. Sie versuchten eine Transfusion. Er hatte es Josh noch gar nicht erzählt.

Gulley war so wütend, daß es ihm schwerfiel, seine Gefühle im Zaum zu halten. Josh würde seinen Garten nicht benutzen können, bis all das Glas entfernt worden war. Angenommen, ein kleiner Splitter würde im Gras übersehen werden? Die Hunde würden sich wieder verletzen. Wenn er diesen Idioten, der das getan hatte, erwischte...

Josh kam ungewöhnlich spät. Sein Gesichtsausdruck verhieß nichts Gutes. Gulley brachte ihm sofort heißen, süßen Kaffee.

Josh aß ein wenig, ohne wahrzunehmen, was er eigentlich tat. Gulley sprach leise mit ihm. Er wollte seine Neuigkeiten nicht allen preisgeben.

»Ich habe mit Paul gesprochen. Sie machen eine Transfusion.«

»Wird er durchkommen?«

»Kann man noch nicht sagen. Heute sind alle sehr nervös. Versuche, ruhig zu bleiben.«

Josh riß sich zusammen. Er mußte für sie alle die Situation entspannen. Er wollte keine Prüflinge, die vor Streß schier durchdrehten, oder Hunde, die von zuviel Training völlig erschöpft waren.

Alle waren erleichtert, als Gracies Wagen auf den Hof fuhr. Gracie kam stürmisch herein, immer zwei Stufen auf einmal nehmend.

»Ich wollte über Spark sprechen«, sagte Gracie. »Wir sind alle furchtbar sauer. Wir müssen herausfinden, wer das war.«

»Spark?« fragte Gwyn besorgt und stellvertretend für alle.

»Jemand hat zerbrochenes Glas in meinem Garten verstreut. Ihr müßt alle aufpassen. Gestern nacht sah es so aus, als hätte er seine halbe Pfote verloren. Paul tut sein Bestes, aber sogar wenn Spark sich erholt, wird er wohl nicht mehr in der Lage sein zu arbeiten.«

Josh konnte ihr Mitleid fühlen und spürte, daß sie alle nicht wußten, was sie sagen sollten. Sie konnten diese Katastrophe nun viel besser als zu Beginn ihres Kurses einschätzen. Jeder spürte, daß sein Hund eng zu seinem Leben gehörte, als Arbeitspartner und Freund.

Das Telefon klingelte erneut.

»Für Tony. Das Krankenhaus. Sie wollen mit der Operation anfangen.«

Gulley sah hinüber zu Tony, dessen Gesicht sich ganz verschlossen hatte. Brier, die neben ihm saß, konnte seine Anspannung spüren.

»Na los, fahr schon«, forderte ihn Josh auf. »Ich erwarte dich heute nicht mehr zurück. Gulley wird sich um Jago kümmern.« Alle fanden den neuen Namen besser. Jago klang so viel würdiger als Jacko.

»Und Gulley wird dich außerdem fahren«, sagte Gulley. »Es hat keinen Sinn, in einem solchen Zustand hinterm Steuer zu sitzen. So passieren Unfälle. Na komm, mein Sohn.«

»Ein Unglück kommt selten allein«, seufzte Rob, der das Gefühl hatte, daß jemand wenigstens irgend etwas sagen sollte, als sich die Tür hinter ihnen schloß.

»Laßt uns die Daumen drücken.« Josh gab Gracie eine Tasse heißen Kaffee. »Um Himmels willen, denk dir was aus, was uns aufmuntert.«

»Kein Problem.« Gracie nippte und nahm sich ein Stück Gebäck. »Ich habe gestern Tiger getroffen. Wir hatten beide einen Tag frei und sind zum Fischen gegangen. Er war mit seinem Hund vor einigen Wochen auf Fährtensuche.«

Er erinnerte sich unverhohlen amüsiert.

»Jemand hatte im Januar in einem Delikatessengeschäft eingebrochen. Damals hatte es heftig geschneit. Die Männer hatten einen der Lieferwagen gestohlen und zu Schrott gefahren. Dann sind sie zu Fuß weiter. Mit geräuchertem Lachs, Hummer, Perlhuhn und Wachteleiern. Alles gefroren.«

Er blickte in die gespannte Runde.

»Das wäre ein guter Laurel- und Hardy-Film geworden. Die Eier waren runtergefallen, und das war zuviel für den Hund. Er blieb stehen und hatte ein Festmahl. Sie mußten ihn mit Gewalt fortzerren.«

Es war allen klar, daß gefrorene Wachteleier eigentlich nichts für einen Hund waren.

»Dann sind die zwei einen Fußweg entlanggelaufen und über ein frisch gepflügtes Feld. Sie haben dabei Spuren hinterlassen, daß Tiger ihnen auch ohne den Hund hätte folgen können.«

Sie hatten alle die verschneiten Felder im hellen Mondlicht vor

Augen. »Tiger fand einen der Männer, der sich in einem Graben verkrochen hatte. Er zitterte fürchterlich und hatte sich den geräucherten Lachs in die Jacke gesteckt.«

Gracie mußte wieder grinsen.

»Tiger traute seinen Augen nicht. Überall aus der Kleidung fielen Pakete mit gefrorenem geräuchertem Lachs. Der Mann war ein wandelnder Eisblock. Zu dämlich. Er war betrunken. Er hatte gefeiert, daß er vier Tage vorher aus dem Gefängnis entlassen worden war.«

Gracie kicherte und blickte in die grinsenden Gesichter um ihn herum.

»Er konnte es gar nicht erwarten, seine Beute wieder loszuwerden. Der Himmel weiß, was er überhaupt damit vorhatte.«

»Und was war mit dem anderen Mann?«

»Tiger übergab den Dummkopf den anderen und machte sich an die weitere Verfolgung. Der andere Typ stand an einem Zaun und war hektisch dabei, gefrorene Pakete aus seiner Kleidung zu baggern. Seine Zähne klapperten, und die Hände waren blau gefroren. Er war wohl ganz erleichtert, als sie ihn einkassierten.«

»Und jetzt gibt es in der Polizeikantine geräucherten Lachs?« fragte Rob amüsiert. »Denkt bloß mal: hartgekochte Eier, dunkles Brot und geräucherter Lachs, Hummer, geräuchertes Hühnchen...« Er leckte sich die Lippen.

»Ich glaube nicht, daß wir Beweisstücke essen dürfen«, gab Pete scherzhaft zu bedenken. »Außerdem wäre es halb aufgetaut gewesen. Wenn sie es wieder eingefroren hätten, könnte das Probleme geben.«

Josh freute sich über die Ablenkung. Er war verstört und konnte das kaum noch verbergen. Er ahnte, daß Gulley ihm nicht die ganze Wahrheit gesagt hatte, und das beunruhigte ihn nur noch mehr. Vielleicht mußte der Hund sterben... Er riß sich zusammen, als er merkte, daß Brier ihn beobachtete. Sie sah besorgt aus.

»Das war gute Arbeit heute nacht«, sagte er. »Die Oberin hat mich gebeten, dir zu danken.«

Brier mußte plötzlich so sehr gähnen, daß sie schon befürchtete, sich den Kiefer auszurenken.

»Wie wäre es, wenn wir im *Schwan* essen? Alice könnte mal eine Pause brauchen. Sie fährt morgen zu einer Hundeausstellung. Sie muß ihre Hündchen baden«, sagte Josh. Er amüsierte sich immer über die kleinen Terrier. »Wir lassen es heute mal langsam angehen. Kommst du mit, Gracie?«

Jeder freute sich über die Abwechslung, denn keiner von ihnen konnte den Gedanken an Tony, der im Krankenhaus wartete, und Spark, der zwischen Leben und Tod schwebte, verdrängen.

Die kleine Gaststube war überfüllt. Brier ließ sich dankbar in einen leeren Sitz fallen und genoß es, zur Abwechslung einmal bedient zu werden. Gwyn übernahm die Bestellung für sie beide an der Theke. Josh war tief in ein Gespräch mit Gracie verstrickt, der soviel wie möglich über die Ereignisse der vergangenen Nacht wissen wollte. Er hoffte herauszufinden, wer der Übeltäter war. Rob war still. Gwyn schwatzte, aber Brier war zu müde, um sich zu beteiligen.

Josh setzte sich kurz ab, um noch mal den Tierarzt anzurufen. Der Hund kam vielleicht doch durch. Josh sollte sich um sechs Uhr abends wieder melden. Sie würden Spark dabehalten, bis sie sicher waren, daß er überleben würde. Josh verspürte wieder Wut. Er bestellte ein Bier und dann einen Whisky. Gwyn, der neben ihm stand, dachte krampfhaft darüber nach, was er Tröstendes sagen könnte, aber ihm fiel einfach nichts ein. Er seufzte und kehrte zu Brier zurück, die an ihrem Ananassaft nippte.

Zurück im Büro, wollte Josh gerade mit dem Nachmittagsvortrag beginnen, als Gulley hereinkam. Er grinste.

»Gute Neuigkeiten«, verkündete er. »Ich bin noch etwas bei Tony geblieben. Ich wollte den armen Kerl nicht alleine lassen. Es ist ein kleines Mädchen. Sechseinhalb Pfund schwer und laut schreiend. Sheila geht es gut. Die Ärzte sind der Ansicht, daß Sheila und Tony wohl keine gesunden Jungen haben können, aber welches Gen auch immer für die Totgeburten verantwortlich ist, bei Mädchen kommt es nicht vor.«

Er stellte eine Tüte auf den Tisch.

»Tony hat uns eine Runde Plätzchen ausgegeben. Sie sind zwar nicht so gut wie die von Alice, aber die Bäckerei ist auch nicht schlecht. Ich glaube, er kann es noch gar nicht fassen.«

Josh schaute die lächelnden Gesichter an. Eine Sorge weniger. Bis nächsten Montag war Tony vielleicht wieder auf dem Teppich, und vielleicht würde er die Prüfungen ja doch noch bestehen. Josh hatte da nämlich schon die Zuversicht verloren, wenn das Baby bis dahin immer noch nicht dagewesen wäre.

Gulley machte sich am Ende des Tages eilig auf den Weg. Er wollte Joshs Garten gründlich durchforsten, bevor es zu dunkel war. Er nahm aus den Zwingern einen festen Besen und einen Eimer mit und besorgte sich unterwegs einen Industriestaubsauger mit Verlängerungskabel.

Er war gerade dabei, seine selbstgestellte Aufgabe zu unterbrechen, weil es zu dunkel wurde, als Josh vorfuhr und vor seiner Garage parkte. Gulley ging ihm mit gespannter Miene entgegen.

»Wir werden es erst morgen genau wissen«, sagte Josh mit finsterer Miene. »Ich habe von unterwegs angerufen. Paul mußte sein Bein beinahe nachbilden und ist sich nicht sicher, wie es mit den Nerven steht. Die waren auch durchtrennt. Er könnte durchkommen, vielleicht aber auch nicht. Schock, Blutverlust und eine riesige Wunde.« Er warf einen Blick in den Eimer, in dem kleine Glassplitter im Licht der gerade angegangenen Straßenlaterne glitzerten.

»Ich könnte den Kerl umbringen. Wenn der zurückkommt und ich ihn erwische, kann ich für nichts garantieren.«

Gulley bedeckte den Eimer und brachte ihn in die Garage. »Komm doch zum Essen vorbei«, schlug er vor. »Würde uns beiden guttun. Es hat keinen Sinn zu brüten. Alice würde das nicht stören. Sie ist fertig mit ihren Vorbereitungen für morgen, und es ist immer reichlich in der Kühltruhe.« Er nahm Lim hoch. »Er kann mit uns kommen, nicht wahr, du kleine Rübe?« Der kleine Schwanz wedelte fröhlich. Nur der Himmel wußte, wieso der kleine Hund ohne Verletzungen davongekommen war. »Er kommt mit unserer Menagerie prima zurecht und stört die Katzen nicht.«

Alice konnte bei kleinen Kätzchen einfach nicht widerstehen.

»Wie viele sind es nun?« erkundigte sich Josh.

»Sechs. Letzte Woche ist noch eins dazugekommen. Sie wollten es schon einschläfern, weil sie kein neues Zuhause für es finden konnten. Du kennst Alice. Es ist ein Wunder, daß wir uns in unserem eigenen Haus überhaupt noch bewegen können.«

Josh wußte, daß seine Gedanken den Rest des Abends bei seinem Hund sein würden, aber es war sicherlich besser, etwas Gesellschaft zu haben, als alleine vor sich hin zu brüten.

Als Brier zu Hause ankam, war sie völlig erschöpft. Sie konnte kaum noch die Augen offenhalten. Dana schwenkte ihren Gipsarm, der nun auch noch mit einem Autogramm von Gracie versehen war. Also war er hier gewesen.

»Irgendwelche Neuigkeiten?« fragte Brier Kate, als die Kinder im Bett waren.

»Gracie sagt, es hängt alles von der Anhörung ab. Nächste Woche. Nach den Prüfungen.«

»Ich wünschte, ich wüßte es jetzt schon.«

»Es wird schon klappen«, versicherte Kate. Dabei drückte sie verstohlen beide Daumen.

Sie machte den Fernseher an, aber Brier schlief schon fast. Sie fragte sich, ob sie nicht doch mit Roi noch mal rausgehen sollte, um ein wenig zu üben. Aber vielleicht war das gar keine so gute Idee. Sie hätte mal bei Helena vorbeisehen sollen, aber sie hatte sowenig Zeit... nur noch zwei Tage. Brier döste ein wenig und wachte dann ganz erschrocken auf. Sie mußte unbedingt ins Bett.

»Hoffentlich wird das heute eine ruhige Nacht. Keine Anrufe, keine Alpträume, keine kranken Kinder. Ich könnte eine ganze Woche durchschlafen.«

Am Freitag wachte sie mit einem unangenehmen Geschmack im Mund und dem Gefühl auf, daß sie eine Erkältung bekommen würde. Wenn sie doch nur im Bett bleiben könnte! Aber Simon stand neben ihr mit seinem ängstlichen kleinen Gesicht und hatte eine Tasse Tee in der Hand. Er hatte zuviel Milch und Zucker hineingetan, was sie eigentlich beides nicht leiden konnte.

Brier rappelte sich auf, streckte sich und nieste. Dann nahm sie die Tasse. Als sie Simon genauer ansah, bemerkte sie Anzeichen von Verzweiflung in seinem Gesicht.

»Was ist los, Simon?« fragte sie.

»Ich habe wieder von meinem Vater geträumt. Du wirst doch nicht erlauben, daß er mich zurückholt?« fragte er.

»Ich werde mein Bestes tun«, versicherte sie ihm.

»Gracie sagt, daß die Anhörung nächste Woche ist.«

Oje, oje, dachte sie hilflos. Sie nahm ihn fest in die Arme.

»Versuch, dir nicht zu viele Sorgen zu machen, mein Kleiner«, tröstete sie ihn. »Wir hoffen alle so sehr, daß du bleiben kannst.«

Während sie sich anzog, mußte sie mehrmals niesen. Sie verspürte ein Kratzen im Hals, und ihre Nase fühlte sich an, als wäre sie mit Baumwolle ausgestopft. Noch einen Tag und dann das Wochenende. Die Zeit mußte reichen, um das Schlimmste hinter sich zu bringen. Sie konnte schließlich nicht mit einem Taschentuch in der Hand die Prüfungen durchstehen. Briers Stimme klang ganz heiser, so daß Roi ihre Kommandos gar nicht erkennen würde.

Andererseits wußte er, worum es bei den Übungen ging. Sie konnte Handzeichen machen, vielleicht waren die Worte gar nicht so wichtig.

Sie schaute unglücklich auf den Frühstückstisch und das Essen, das Simon vorbereitet hatte.

»Er macht das so gerne«, erklärte Kate. »Er läßt es mich nicht machen.« Sie sah Brier besorgt an.

»Sind Sie in Ordnung, meine Liebe?«

Brier nieste wieder.

»Alles andere als in Ordnung. Ich hoffe nur, daß ich heute durchhalte.«

»Nehmen Sie etwas Medizin«, schlug Kate vor. »Vielleicht unterdrückt das für heute die Symptome, aber ich glaube kaum, daß Sie das so schnell wieder loswerden.«

Wind rüttelte an den Fenstern, und ein heftiger Regen ergoß sich. Sie würden alle naß bis auf die Haut werden. Der Winter war anscheinend zurückgekehrt.

Siebzehntes Kapitel

An diesem Morgen begannen alle sehr lebhaft den neuen Arbeitstag. Tony schäumte über vor Glück, und alle lachten und neckten ihn. Tony und Sheila hatten den Namen Hannah Mary für ihre kleine Tochter ausgesucht.

»Warte ab, bis sie nach Hause kommt«, warnte ihn Pete, der stolz auf acht Monate Erfahrung als Vater zurückblickte.

»Du wirst gar nicht wissen, wie dir geschieht.«

»Meine Schwiegermutter kommt auch noch dazu«, berichtete Tony. »Sie will eine Weile bleiben und Sheila über den ersten Monat helfen. Sie freut sich nicht gerade auf den Hund. Sie ist der Meinung, daß Hunde und Babys nicht besonders gut zusammenpassen. Und dann auch noch ausgerechnet ein Polizeihund...«

»Du kannst den Hund zu mir bringen«, schlug Gulley vor. »Ich habe genug Platz. Dann kann sie sich abregen.«

Gulley schien ein Geheimnis mit sich herumzutragen. Er war an diesem Morgen mit einem großen Karton aufgetaucht. Brier sah ihn, wie er in seinem kleinen Büro verschwand. Bess lief wichtig hinter ihm her.

»Vielleicht hat er ein besonderes Festmahl mitgebracht«, hoffte Gwyn, der sich schon die Lippen leckte.

»Oder seine Glücksklamotten für die Prüfungen. Gulley zieht sich bei besonderen Gelegenheiten auch immer besonders fein an.« Pete sagte das mit einem Grinsen.

Sein Vorschlag stieß auf einhellige Ablehnung. Niemand konnte sich Gulley in etwas anderem als seinem Overall vorstellen.

»Vielleicht hat Gulley aber auch die Nase voll von uns und will uns alle in die Luft sprengen. Wahrscheinlich ist die Schachtel voller Dynamit«, vermutete Gwyn.

Josh kam dazu und beendete die Spekulationen. Zeit zu arbeiten. Er prüfte sie heute hart und schimpfte mit ihnen, wenn sie den Hunden auch nur den kleinsten Fehler durchgehen ließen. Sie mußten perfekt sein.

»Ich will, daß die Hunde auf dem allerhöchsten regionalen Niveau sind«, sagte er. »Und dann zielen wir auf das höchste nationale Niveau ab. Also arbeitet weiter. Bis heute konnte ich noch keinen Hund zu den nationalen Wettbewerben schicken, aber vielleicht ändert sich das ja jetzt...«

Spark war immer noch in der kleinen Klinik des Tierarztes. Am Tag zuvor hatte sich sein Zustand etwas gebessert, aber noch war es zu früh, etwas über die Zukunft zu sagen. Die Wunden durften sich nicht entzünden.

Je mehr Josh über das zerbrochene Glas nachdachte, desto rachsüchtiger wurde er. Und das war weder für ihn noch für sonst jemanden gut.

Ohne Spark fühlte er sich so nutzlos; er kam sich vor, als habe er ein Bein verloren. Wenn Lim frei herumlief, paßte Josh genau auf ihn auf. Er konnte es sich nicht leisten, zwei Hunde zu verlieren.

Der nationale Wettbewerb, an dem die besten Hundeführer mit ihren Hunden in Großbritannien teilnahmen – davon träumten alle. Er wollte seinen Leuten eine weitere Perspektive für die Zeit nach den Abschlußprüfungen bieten. Sie sollten alle wie Sieger denken.

Vielleicht Roi, dachte Brier.

Schließlich ging auch dieser Tag vorbei. Zeit, sich zu entspannen, nachdem die Kinder im Bett waren. Roi lag zu Briers Füßen. Sie saß ganz ruhig da und hörte Brahms. Ruhe, Frieden und früh ins Bett gehen – darauf freute sie sich schon. Simon hatte nun kaum noch Alpträume. Sie trank Kates Erkältungstrunk und schlief bereits, bevor sie Zeit hatte nachzudenken. Sie träumte von einer läutenden Glocke, die niemand abschaltete. Brier wachte auf. Es war ein Uhr nachts, und das Telefon klingelte.

Ein Hundeführer wurde gebraucht. Sonst war niemand frei. Nicht schon wieder! jammerte Brier innerlich.

»Es tut mir leid«, sagte Josh. »Ich habe keine andere Wahl. Soll ich ihn für dich führen?«

Plötzlich war sie hellwach. Roi war ihr Hund, und es würde eine gute Erfahrung sein.

»Nein, danke«, schlug sie das Angebot aus.

Innerhalb weniger Minuten saßen sie im Wagen.

Die Scheinwerfer beleuchteten die blühenden Hecken am Straßenrand, streiften kurz eine flüchtende Eule und ließen die übriggebliebenen Pfützen aufblitzen.

Nasse Felder. Brier setzte die Scheibenwischer in Gang, als der Regen ihr die Sicht zu nehmen drohte. Rauf auf die Hauptstraße, einige hundert Meter bis zum Kreisverkehr, rauf auf die Autobahn. Sie war dankbar, daß die Straße so gut beleuchtet war.

Gott sei Dank gab es kaum Verkehr. Schließlich tauchten Scheinwerfer und eine kleine Gruppe von Männern auf.

Das ist schon mal ein Vorgeschmack auf die Zukunft, dachte sie. Zum Glück hatte Kates Medizin ihr einen freien Kopf verschafft.

Verkehrspolizisten hatten einen silbernen Porsche verfolgt, der früher am Abend gestohlen und dann für einen Einbruch benutzt worden war. Die Einbrecher hatten einen Safe in die Luft gesprengt und die Löhne entwendet. Der gestohlene Wagen stand verlassen da.

»Sie sind über die Felder gelaufen«, sagte jemand.

Roi sprang aufgeregt herum. Er freute sich darüber, daß er arbeiten konnte, statt schlafen zu müssen.

Der Mond schien hell in dieser sternenklaren Nacht. Wenigstens regnete es jetzt nicht mehr. Ein schwacher, aber kalter Wind wehte ihr entgegen. Sie nieste. Die Männer würden ihr folgen. Sie würden ihr zuhören, wie sie per Funk ihren Weg beschrieb.

Roi kannte seine Aufgabe. Seine Nase ging hinunter. Über das erste Feld mit kurzem Gras, Maulwurfshügeln und den Spuren von Kühen. Sie verlangsamte das Tempo. Ein gebrochenes Bein konnte sie jetzt nicht gebrauchen. Und so etwas konnte schnell passieren. Ein Loch in der Erde, das Zischen einer Schlange im Busch, eine Falle, und schon würde ein anderer Hundeführer übernehmen müssen.

Sie hoffte, daß Roi den gesuchten Personen auf der Spur war und nicht irgendwem, der sich entschlossen hatte, über die Felder nach Hause zu gehen. Aber er zog stark an der Leine, ein Zeichen dafür, daß er wirklich arbeitete und nicht spielte.

Ein unsichtbarer Graben im Schatten einer dichten Hecke lag vor ihr. Es hatte keinen Sinn, jetzt die Taschenlampe zu benutzen. Das würde nur die Verfolgten aufscheuchen. Sie fluchte, als sie fühlte, daß sie ins Wasser rutschte.

»Eine Lücke in der Hecke. Ich gehe durch«, informierte sie die Männer über Funk und hörte eine Bestätigung.

Noch ein weiterer kleiner Graben. Dieses Mal warnte der reflektierende Mondschein auf dem Wasser sie rechtzeitig. Sie und der Hund sprangen hinüber. Dann rannte Roi im Zickzack über das Feld. Die Schlaumeier dachten wohl, sie könnten den Hund verwirren. Das würde ihnen bei Roi allerdings nicht gelingen. Plötzlich überkam Brier eine Welle des Glücksgefühls. Roi suchte die Fährte sehr gut. Er arbeitete sorgfältig und ließ sich durch nichts ablenken.

Der Boden war uneben, und es war sehr schwierig voranzukommen. Die Maulwürfe hatten ganze Arbeit geleistet. Wie weit waren die Flüchtigen wohl gelaufen? Sie hatte das Gefühl, schon eine Ewigkeit unterwegs zu sein. Dabei war sie erst seit zwanzig Minuten hier.

»Über den Zauntritt«, rief sie. Das war leichter gesagt als getan, denn Roi scheute davor zurück. Sie ermutigte ihn, es zu versuchen. Der Übergang war mit einer Leiter ausgerüstet. So etwas kannte Roi nicht.

Roi brauchte fünf Minuten, um das Hindernis zu überwinden. Dann befanden sie sich auf einem abgefahrenen Weg, der mit Pfützen von dem gestrigen Regen übersät war. Roi zog kräftig in die Richtung einer Häuserreihe. Dahinter war die Hauptstraße. Sie mußten erst drei Lastwagen und einige Autos vorbeilassen, bevor sie die Straße überqueren konnten. Schon wieder Zeit verschwendet.

Nun rannte der Hund fast. Brier versuchte, mit ihm mitzuhalten, und hoffte, daß es nicht mehr allzu weit war. »... Meilen zu gehen, bevor ich schlafe.« Wie verrückt doch ihr Gehirn arbeitete. Plötzlich kam ihr dieses Gedicht in den Sinn, das ihr Vater so sehr gemocht hatte. Auch Simon liebte die Poesie. Wann immer sie etwas Zeit hatte, las er ihr vor.

Nun raste Roi, und Brier versuchte, ihn etwas zu bremsen. Die Fährte war noch ganz frisch und roch stark. Er wußte, daß an ihrem Ende der Erfolg wartete.

Sie konnte durch das Funkgerät die Männer hinter sich reden hören. Sie warteten darauf, Brier zu unterstützen. Sie waren ein Team mit einem gemeinsamen Ziel. Es ging das Gerücht um, daß die Verfolgten bewaffnet waren.

»Paß auf«, warnte eine Stimme, die wie die von Bob Langley klang.

Sie überquerten eine Straße, und Roi schnüffelte am Rand. Sie hoffte, daß er auf der richtigen Fährte war. Hatten sie es wirklich riskiert, von der Straße aus gesehen zu werden? Sie fluchte atemlos, als der Hund vor einem Gatter abstoppte und anzeigte, daß er da durchmüsse. Er versuchte, auf ihr Geheiß hinüberzuspringen, scheiterte aber an der Höhe. Es blieb ihr nichts anderes übrig, als zunächst einmal selber hinüberzuklettern. Dabei verhedderte sich die Leine, und sie mußte sie entwirren.

Hinter sich konnte sie Schritte hören. Sie blickte sich um und war beruhigt, als sie drei uniformierte Männer sah.

Die Spur führte eine Hecke entlang und dann ärgerlicherweise auf ein Feld voller Ochsen. Sie waren alle ganz neugierig auf sie und den Hund und wollten sie näher untersuchen. Brier blieb in der Sorge stehen, es könnte Roi etwas passieren.

»Alles okay?« fragte eine Stimme.

»Nein. Habt ihr eine Taschenlampe?«

»Sicher.«

»Könnt ihr mal dahinten hingehen? Hier geht es nicht weiter, und ich glaube nicht, daß sie hier langgegangen sind. Leuchtet mal mit der Taschenlampe. Vielleicht kommt das Vieh dann zu euch. Ansonsten stecke ich fest. Sie lassen Roi nicht zur Fährte und überlagern mit ihrem eigenen Geruch alles.« Sie hatte mal gehört, daß Rinder Hunde zertraten. Was sollte sie nur machen, wenn sie angriffen?

Die Rinder liefen tatsächlich dem Licht nach. Brier seufzte erleichtert und ging mit dem Hund weiter. Einen Moment später hatte er seine Fährte wieder aufgenommen und lief weiter über die Felder. Eins nach dem anderen ließen sie hinter sich, über Maulwurfshügel stolpernd, von Brombeersträuchern zerkratzt, über Gatter und zweimal durch Hecken. Die Typen waren anscheinend jung und in guter Form. Sie warf einen Blick auf ihre Uhr. Beinahe Viertel nach drei.

Noch mal über einen Zauntritt, der Roi wieder etwas verwirrte. Über ein weiteres Feld, das mit frischem Getreide besät war. Der Bauer würde sich freuen. Dann wieder durch ein Tor. Plötzlich standen sie vor zwei Polizeiwagen und ein paar Polizisten.

Sie hatten niemanden gesehen, obwohl es über Funk durchgegeben worden war, daß die Flüchtigen in dieser Richtung unterwegs waren. Die Polizeiwagen hatten die Verfolgung aufgenommen.

»Die haben viel zuviel Energie«, sagte Brier irritiert, als sie kurz anhielt, um durchzuatmen. Aus einer Thermoskanne bekam sie Kaffee, den sie gierig trank. Sie verschüttete etwas, als Roi sie ansprang und beinahe umstieß. Jemand griff nach dem Becher, und schon waren sie alle wieder unterwegs, so schnell, daß Brier kaum Luft bekam.

Sie hatte Mühe, ins Funkgerät zu sprechen, hielt aber die anderen auf dem laufenden.

»Sind am Rand der Hauptstraße, biegen jetzt in die Shadow Lane ab; die Stufen runter zum Kanal, immer am Ufer entlang.« Verliert mich bloß nicht, was auch immer ihr macht, dachte sie und gab noch mal eine Anweisung, als Roi unter der Überführung verschwand, sie die Stufen wieder hochzog und dann über die Straße zum Bahnhof drängte.

Die Gleise entlang. Hoffentlich kamen jetzt keine Züge. Weg von den Gleisen, die Böschung runter, durch ein Loch im Zaun. Die kannten sich hier aus, sagte sich Brier.

Sie legte eine kurze Pause ein, als Roi verwirrt stehenblieb.

»Zwei Männer laufen in Richtung Krankenhaus.« Sie hörte die Stimme über Funk.

Verdammt, sie waren umgekehrt. Wieso hatte sie sie nicht gesehen?

Wolken verdeckten kurz den Mond. Sie brauchte Licht. Bitte, bitte, jetzt nicht noch mehr Wolken. Sie konzentrierte sich ganz auf diesen Gedanken.

Vielleicht kehrten die Männer zum Kanal zurück. Sie wußten ja nicht, daß sie von einem Hund verfolgt wurden. Sie suchte unter einer krummen Brücke Schutz und lehnte sich an den feuchten Stein. Licht reflektierte auf dem schwarzen, übelriechenden Wasser.

Über sich hörte sie Schritte. Ein Mann kam die Stufen herunter auf sie zu. Sie versteifte sich, und Roi knurrte, aber beide entspannten sich wieder, als der Mann sprach. Es war Bob Langley.

»Dachte, ich hätte gesehen, wie jemand hier heruntergeht. Sie sind nirgendwo zu sehen.«

»Ich kann ihre Spur vielleicht wieder aufnehmen, wenn ich noch mal auf die andere Seite der Gleise gehe. Vielleicht haben sie sich auch getrennt.«

»Nein, eine Streife hat sie beide gesehen. Sie waren auf den Hollerton Feldern. Ich bin die Kanalböschung entlanggegangen und dann zu der Überführung. Keine Spur von ihnen da.«

Brier seufzte. Roi war Bobs Spur gefolgt, nicht der der beiden Männer. Also zurück durch die Unterführung. Vielleicht konnte Roi die Fährte noch einmal aufnehmen. Viel Hoffnung konnte sie sich darauf nicht machen, aber aufgeben wollte sie auch nicht. Dazu war das hier für ihre Zukunft zu wichtig.

Neben der Überführung befanden sich einige Stufen. Roi zog sie in diese Richtung. Die Stufen rauf, über den Weg, durch ein Loch im Zaun. Sie befanden sich nun auf dem Grundstück des Krankenhauses. Er zog sie zum Eingang. Zwei Schatten duckten sich zwischen den Autos.

»Parkplatz des Krankenhauses. Ich brauche Hilfe, schnell«, zischte sie in ihr Funkgerät.

»Kommen Sie heraus, oder ich schicke Ihnen den Hund«, warnte sie die flüchtigen Männer.

Niemand bewegte sich. Vielleicht dachten sie, daß eine Frau keinen Hund haben konnte, aber sie würden schnell eines Besseren belehrt werden. Sie schickte Roi los.

Roi flog förmlich die Autos entlang und bellte.

»Halten Sie ihn zurück«, rief eine gequälte Stimme.

»Roi, bleib stehen!«

Sie konnte Roi nicht sehen, sie hörte nur sein tiefes, ärgerliches Gebell und hoffte, daß er gehorcht hatte.

Sie leuchtete mit ihrer Taschenlampe in die Gesichter der beiden dünnen Jugendlichen. Ungefähr siebzehn Jahre alt, schätzte sie. Da hörte sie auch schon die Sirene. Der Wagen hielt neben ihr.

Sie war froh, als sie ihre »Beute« übergeben konnte. Aber sie war die Polizistin, die die Verhaftung vorgenommen hatte, und mußte daher noch die Formalitäten erledigen.

»Soll ich dich zu deinem Wagen mitnehmen?« bot Bob Langley an, als sie mit allem fertig war.

Müde kletterte sie mit dem Hund in seinen Wagen. Sie war erschöpft und hatte nasse Füße und Beine. Ihre Erkältung hatte sich verschlimmert.

Aber wenigstens konnte sie jetzt nach Hause gehen.

Es war beinahe fünf Uhr. Sie gähnte.

Der Regen, der sich schon seit einer ganzen Weile angekündigt hatte, fiel nun vom wolkenverhangenen Himmel. Bob hielt neben ihrem Wagen. Der aufkommende Wind kämmte Roi gegen den Strich, und er drehte sich um und schüttelte sich. Sie war zu müde, um den Erfolg auszukosten.

»Du brauchst wohl jetzt etwas Schlaf?« fragte Bob.

Sie brachte es fertig zu grinsen.

»Das würde ich schon sagen. Meine Beine werden nicht mehr lange mitmachen, und meine Füße sind klatschnaß. Ich wünschte mir, die Verbrecher würden Schlaf so dringend brauchen wie ich. Es wäre zur Abwechslung mal ganz schön, die ganze Nacht zu schlafen.«

»Wir können immerhin träumen.«

»O ja, Tagträume.« Sie schaute auf die zugezogenen Vorhänge und die dunklen Häuser um sich herum und dachte sehnsüchtig an eine Welt, in der sogar die Polizei nachts ohne Sorgen schlafen konnte.

Brier gähnte ausgiebig.

»Wenigstens ist es Samstag. Ich kann im Bett bleiben. Wenn sonst nichts weiter passiert.« Der bloße Gedanke an ihr Bett erfreute sie.

Ich habe es mir selbst ausgesucht, dachte sie, als sie nach Hause fuhr. Sie beneidete Roi, der hinter ihr schlief und in der Lage war, alles nach getaner Arbeit wieder zu vergessen. In ihrem Kopf würde es die nächsten paar Stunden lang rundgehen. Sie würde noch einmal über den Einsatz nachdenken, prüfen, ob es vermeidbar gewesen wäre, auf die falsche Fährte zu geraten.

Brier betrat das schlafende Haus. Bett! Sie mußte morgen rechtzeitig aufstehen, um mit den Kindern zusammensein zu können. Samstags war ihr Tag, ein Tag, der für Spiele und Spaß reserviert war.

»O du«, sagte sie zu Roi, plötzlich stolz, und kniete sich neben ihn und umarmte ihn. »Du bist wundervoll«, lobte sie ihn. Der lange Schwanz wedelte von Seite zu Seite und stieß gegen ihre Hand.

Sie schlief und träumte von einer endlosen Fährtensuche, die nirgendwohin führte. Brier wachte mit dem Gefühl auf, überhaupt nicht im Bett gewesen zu sein. Sie fühlte sich ganz zittrig, und ihr Hals tat weh. Ob sie wohl am Montag in Form sein würde?

Achtzehntes Kapitel

Es war vorbei. Das Ende des Kurses war erreicht. Josh sah auf seine Themenliste und konnte kaum glauben, daß sie wirklich alles geschafft hatten. Allgemeiner Gehorsam, Beweglichkeit, Verfolgung von Kriminellen, Training mit Gewehr und Stock, Fährtensuche auf Gras und hartem Untergrund, eine versteckte Person in einem Gebäude aufspüren, die Suche nach verlorenem Besitz, der während eines Kampfes oder eines kriminellen Vergehens fallen gelassen worden war.

Nicht zu vergessen das Säubern der Zwinger, Bürsten, Füttern und Pflegen der Hunde. Gesundheit der Hunde und allgemeiner Umgang mit ihnen. Dreizehn Wochen, in denen Josh mehr Probleme als jemals zuvor gehabt hatte. Er fühlte sich beinahe so, als sei er einen Monat lang krank gewesen.

An diesem Morgen holte er Spark vom Tierarzt ab. Der Hund war apathisch, nur noch ein Schatten seines früheren, lebhaften Ichs. Die Wunde hatte sich entzündet, und er lag nur so da, sah in die Ferne und reagierte kaum auf Joshs Ansprache. Josh fühlte sich beraubt ohne den Hund, den er während all der Jahre schätzen und lieben gelernt hatte.

Der Höhepunkt des Kurses war immer die Parade am Abschluß. Diejenigen, die bestanden hatten, präsentierten sich dann stolz mit ihren Hunden. Zum ersten Mal in seiner Laufbahn würde er nicht in der Lage sein, den Umzug mit seinem eigenen Hund anzuführen. Die Angst, Spark zu verlieren, war fast unerträglich. Er mußte Lim davon abhalten, mit Spark zu spielen. Der kleine Hund war verwirrt, er konnte nicht verstehen, warum sein sonst so aktiver großer Spielkamerad sich weder für Spiele noch für Futter interessierte.

Josh vertrödelte den Tag. Er versuchte, Zeitung zu lesen, konnte sich jedoch anschließend an keine Zeile mehr erinnern. Gulley war nicht zu erreichen. Er hatte gesagt, er sei zu beschäftigt. Alle rätselten, was Gulley wohl in der großen Schachtel versteckt hielt, die er gestern mitgebracht hatte. Gulleys Büro glich einem Allerheiligsten, das niemand ohne Einladung betrat.

Das klingelnde Telefon um vier Uhr nachmittags war eine willkommene Ablenkung. Josh wünschte beinahe, es ginge um einen Einsatz für Lim. Alles wäre besser, als hier zu sitzen und zuzusehen, wie der arme Hund dalag und kaum seine Umgebung wahrnahm.

Es war Helena.

»Josh, Kate hat mir von Spark erzählt. Es tut mir so leid. Ist er fit genug, um in ein Auto gebracht zu werden? Ich habe nämlich ein Problem, und Sie könnten mir vielleicht helfen. Bitte erbarmen Sie sich und kommen Sie heute abend zum Essen vorbei.«

Er freute sich so sehr über die Einladung, daß er Helena am liebsten geküßt hätte, wenn sie vor ihm gestanden hätte. Er wollte nicht bei Gulley vorbeifahren. Alice feierte das erste Meisterschaftszertifikat ihres Terriers Dynamit. Er wollte ihr die Freude nicht verderben und wußte, daß es ihm nicht gelingen würde, gute Laune vorzutäuschen.

Josh machte auf dem Weg zur Willowbank Farm einen kleinen Umweg und kaufte eine Glückwunschkarte mit einem Hund drauf. Es gab keine mit Terriern, aber das würde Alice bestimmt nicht stören. Gulley hatte ihm nichts von Alices Erfolg erzählt, weil er wohl das Gefühl hatte, daß dies nicht der richtige Zeitpunkt sei. Josh hatte es von Gwyn erfahren. Er schrieb eine kleine Nachricht und seinen Namen auf die Karte und warf sie dann in einen Briefkasten. Alice würde sie am Montag erhalten.

Bei Helena in der Küche legte er Spark vorsichtig auf eine Decke in der Nähe des Kamins. Lim schnüffelte an seinem Kumpan und blickte dann zu Josh hoch. Warum interessiert sich Spark nicht für mich? schien er zu fragen.

»Ich frage mich, ob sie durch ihre Unfähigkeit, das alles zu verstehen, so leiden, wie wir uns das denken?« fragte Helena.

Sie sah ihn an. Josh war müde und ausgelaugt; er brauchte Trost.

»Gibt es schon etwas Neues über diesen Unmenschen, der Glas in Ihren Garten geschüttet hat?«

»Nein, nichts. Ich würde diesen Teufel zu gerne in die Finger bekommen.«

Wut stieg in ihm hoch. »Vielleicht ist es besser, wenn wir ihn nicht erwischen. Alle erwarten von uns, daß wir uns wie Heilige benehmen, aber wir sind auch nur Menschen. Leute, die Kindern oder Hunden Schaden zufügen, haben eindeutig die Grenze überschritten.«

Helenas große Wohnküche war ein besonderer Ort. Er ließ sich dankbar in einen der großen Sessel fallen, lehnte sich gegen die Kissen und streckte seine Füße in Richtung des Feuers aus.

Die flackernden Flammen verursachten ein Spiel von Licht und Schatten auf den Porzellanhunden auf der Kommode, den Rosetten an den Bilderrahmen, den Wänden, dem Bild, das zwei Pferde zeigte, die einen Pflug zogen, und auf den vielen gerahmten Fotos von früheren Hunden. Alle Erinnerungen ihres Lebens. Brier lächelte ihn von einem Foto herab an. Sie stand gemeinsam mit ihrem Vater neben einem Jerseyrind. Der Pokal, den sie gerade gewonnen hatten, stand auf einem kleinen Tisch neben ihnen.

Helena war seinem Blick gefolgt und seufzte.

Ein schwarzbraunes Kätzchen saß Josh zu Füßen. Es forderte miauend, auf den Arm genommen zu werden. Josh lächelte und hob das kleine Tierchen hoch. Sofort fing es an, heftig zu schnurren, und schmiegte sich an ihn. Spark nahm keine Notiz von dem Geschehen. Er starrte unbestimmt in die Ferne, so, als sähe er Visionen jenseits seiner Welt. Lim dagegen stupste eifersüchtig gegen Joshs Beine. Helena lachte.

»Murmel ist auf der Suche nach einem neuen Besitzer«, erklärte sie. Lim stupste nun mit seiner Nase gegen das kleine Tierchen. Offensichtlich wollte er es fortstoßen.

Murmel reagierte mit einem heftigen Schimpfen. Die Ohren des Spaniels stellten sich auf. Seine Augen verhießen nichts Gutes.

»Hinlegen«, kommandierte Josh, und widerwillig gehorchte der Hund. Aber er behielt jede Bewegung »seines« Menschen und der Katze genau im Blick. Spark hatte mittlerweile die Schnauze auf seine Pfoten gelegt und starrte in die Flammen.

»Whisky?« Helenas Stimme rief Josh, dessen Gedanken meilenweit entfernt waren, in die Gegenwart zurück. Er schüttelte ablehnend den Kopf.

»Ich bin viel zu müde und außerdem mit dem Auto da. Ich möchte nicht den Kollegen von der Verkehrspolizei mit zuviel Whisky im Blut in die Hände fallen.«

Helena schenkte ihm ein Glas Apfelsaft ein. Als Josh danach griff, sprang Murmel auf den Boden und wackelte vorsichtig an den Hunden vorbei. Helena hatte ihre eigenen Hunde und den Kater draußen in den Zwingern untergebracht, damit sie Spark nicht stören konnten. Mit gerunzelter Stirn schaute sie Spark an.

Die Katzenmutter hatte es sich auf dem Teppich aus Schafwolle bequem gemacht. Sie hielt ihr zappelndes Junges fest und putzte es so intensiv, daß es schrie. Endlich gelang es dem kleinen Kerl, sich zu befreien. Er kletterte auf dem kürzesten Weg zu Josh über Spark, wobei seine kleinen Krallen im dichten Fell des Hundes verschwanden. Schließlich sprang er wieder auf Joshs Schoß. Aufgeschreckt setzte sich Spark hin. Plötzlich aufkeimende Eifersucht setzte ihn in Bewegung, und er humpelte über die Decke und stieß Murmel auf die Erde.

»Na so was«, staunte Josh, und Helena mußte über den Hund lachen. Spark legte sich seinem Herrchen zu Füßen und paßte auf, daß die freche Katze ja nicht noch mal näher kam.

»Anscheinend braucht er ein kleines Kätzchen, das ihn aus seiner Depression herausholt«, sagte sie. »Ist es nicht interessant, was Eifersucht alles bewirken kann?«

»Rindfleisch und Markknochenbrühe.« Helena schüttete etwas davon in einen Napf und beobachtete, wie Spark tatsächlich davon schleckte. Das war das erste Mal, daß er seit dem Unfall wieder Interesse an Futter zeigte. »Das Zeug wirkt Wunder.«

Spark schlabberte seine Suppe sorgfältig und gierig. Er ließ keinen Tropfen übrig. Trotzdem leckte Lim den Napf noch einmal aus, damit auch wirklich keine Reste blieben.

»Bevor Sie gehen, bekommt er noch etwas mehr davon. Sie sollten ihm dann zu Hause auch so etwas zubereiten«, riet ihm Helena. »Mein Großvater sagte immer, daß das Zeug selbst Tote aufweckt. Ich habe auch noch ein paar Knochen übrig. Die können Sie mitnehmen.«

Josh streichelte liebevoll die weichen Ohren des Hundes, und Spark setzte sich wieder hin. Nun entspannte er sich etwas mehr und leckte die Hand seines Herrchens.

»Er ist auf dem Wege der Besserung.« Helena setzte sich auf die Ecke des Tisches.

»Josh, werden Sie irgendwann mit Spark wieder arbeiten können?«

»Wahrscheinlich nicht. Paul hat gesagt, daß er wohl niemals wieder springen können wird. Und dazu müßte er unbedingt in der Lage sein, denn stellen Sie sich vor, was passiert, wenn wir während eines Einsatzes auf ein Hindernis stoßen würden. Wenigstens dürfen wir die Hunde jetzt behalten, auch wenn sie nicht mehr arbeiten können, aber wo, um Himmels willen, bekomme ich nun einen Ersatz her?«

»Darüber wollte ich mit Ihnen sprechen. Das Tierheim ist zur Zeit überfüllt, und man hat mich gebeten, einen zwölf Monate alten Hund aufzunehmen, weil er aus meiner Zucht stammt. Er ist ziemlich talentiert und hat außerdem bisher in einem fast perfekten Zuhause gelebt. Dann hatten die Leute jedoch Pech. Sie hatten ein wunderschönes Haus mit einem großen Grundstück. Der arme Khan. In einem Zwinger fühlt er sich jetzt natürlich nicht gerade wohl, und ich kann ihn nicht hereinlassen. Die älteren Hunde tolerieren das nicht.«

Helena wandte ihre Aufmerksamkeit einer Pfanne auf dem Herd zu. Sie rührte den brutzelnden Inhalt um.

»Heutzutage ist das anscheinend eine ganz gewöhnliche Geschichte. Ehemann arbeitslos, Firma pleite und kein Geld mehr. Sie haben das Haus verkaufen müssen und sind in eine Mietwohnung gezogen. Dahin konnten sie Khan nicht mitnehmen. Sie haben mich gebeten, ein richtig schönes Zuhause für ihn zu finden, und ich habe versprochen, ihn so lange bei mir zu behalten, bis ich etwas Angemessenes für ihn gefunden habe. Er ist sogar schon ein bißchen ausgebildet. Der Mann hat in dieser Richtung mit ihm gearbeitet.«

»Kann ich ihn mal sehen?«

»Sicher, aber vielleicht sollten wir erst essen. Es ist gleich fertig.«

Helena trug Reis mit Curry auf. Dabei wurde sie von Lim und der Katze genauestens beobachtet. Murmel war immer noch auf Joshs Knie scharf, aber Spark paßte genau auf, und Murmel war klug genug, es gar nicht erst zu versuchen.

»So vielen Leuten ergeht es heute so oder ähnlich. Fast die Hälfte aller Hunde im Tierheim haben auf diese Art und Weise ihr Zuhause verloren.« Helena stellte zwei Teller auf den Tisch. »Ich habe Sie lange nicht mehr gesehen.«

»Ich hatte so viel zu tun.« Josh seufzte. »Ich hoffe bloß, daß es heute nacht keinen Alarm mehr gibt.«

Er ging hinüber zum Tisch. Spark verfolgte ihn dabei mit den

Augen, entschloß sich jedoch, sich nicht zu bewegen. Lim saß zu Joshs Füßen.

»Jeder muß glauben, daß ich ihn ständig vom Tisch aus füttere. Lim sitzt immer so erwartungsvoll da.«

»Es könnte ja mal was herunterfallen.«

Helena sah ihn ernst an. Josh dachte, sie wolle etwas sagen, aber schließlich griff sie schweigend zu Messer und Gabel. Auch Josh blieb stumm. Er genoß Helenas Kochkünste. Es war schon ziemlich lange her, daß eine andere Frau als Alice ihm angeboten hatte, etwas für ihn zu kochen. Außerdem war es auch ziemlich lange her, daß ihm jemand anderer als Gulley geduldig zugehört hatte.

»Brier hat mir erzählt, daß Sie mit Lim in der letzten Zeit oft rausgerufen worden sind.«

»Die Hälfte der Bombenwarnungen hat sich als blinder Alarm herausgestellt, aber wir müssen da natürlich trotzdem immer hin. Wir haben nicht annähernd genug Hunde, die Sprengstoff aufspüren können. Wenn wir mehr hätten, würden wir auch viel mehr Bomben finden, bevor sie hochgehen, glaube ich. Wir sind völlig ausgebucht.«

Helena reichte ihm den Topf, und er nahm noch einmal nach. Heute war ihm den ganzen Tag lang nicht nach Essen gewesen. Zum Frühstück hatte er nur hastig und freudlos eine Scheibe Toast verschlungen.

»Essen Sie auch genug?«

»Alice Gulley versorgt uns mit ihrem hervorragenden Kuchen und anderen leckeren Dingen. Ihre Sandwiches sind sehr gut.«

»Ich glaube, ihr eßt zuviel ungesunde Sachen. Ihr werdet alle dick werden.«

»Bei all der Bewegung, die wir haben? Das glaube ich kaum.«

»Je älter ich werde, desto fauler werde ich«, sagte Helena. »Alles fängt an, anstrengend zu werden. Ich bräuchte hier eigentlich eine Hilfe, aber ich weiß nicht so recht, wo ich sie herbekommen soll. Es heißt, daß eine Menge Leute keine Arbeit haben, aber ich kann sie nicht finden. Ich habe immer irgendwelche Jugendliche, die im Rahmen einer Arbeitsbeschaffungsmaßnahme zu mir kommen. Der Haken ist, daß die sich entweder überhaupt nicht für die Arbeit hier interessieren oder aber sie haben sogar Angst vor Hunden.«

»Vielleicht würde Alice Ihnen helfen. Sie hat zwar gerade einen

Wettbewerb gewonnen, aber aus dem, was Gulley so erzählt, schließe ich, daß sie noch recht viel freie Zeit hat. Sie arbeitet nebenher noch viel für das Tierheim. Es würde Ihnen doch wahrscheinlich schon helfen, wenn jemand für ein paar Stunden in der Woche kommt, oder?«

»Und wie das helfen würde. Auf Alice könnte man sich verlassen. Ich hatte noch gar nicht daran gedacht, sie mal zu fragen. Ich nehme nicht an, daß Gulley allzuviel verdient, und mit einer Rente kommt man ja heute auch nicht mehr sehr weit.«

»Ich spreche mal mit Gulley.« Er erinnerte sich wieder an den Hund draußen. »Ich nehme an, Khan kommt aus demselben Wurf wie Roi? Ich könnte gut ein paar von seiner Sorte gebrauchen.«

»Nein, nein. Es war zwar meine eigene Hündin, aber der Vater ist aus einer anderen Zucht, Crutchmore. Es ist ein netter Kerl mit einem tollen Temperament. Vor zwei Jahren habe ich ihn als besten Welpen gekürt.«

»Ich kann es ja mal versuchen«, schlug Josh vor. »Ich kann ihn mit nach Hause nehmen und sehen, was passiert. Er wäre dann so eine Art Reserve und könnte schon mal ausgebildet werden. Selbst wenn ich zunächst wieder mit Spark arbeiten könnte, irgendwann ist er ja zu alt.«

»Ich wünschte, Sie kämen häufiger mal vorbei«, seufzte Helena. »Niemand hier in der Nähe hat sonst viel Lust, mit mir über Hunde zu sprechen.«

»Das kenne ich.« Josh setzte das Kätzchen wieder ab, das gerade dabei war, an ihm hochzuklettern, um von seinem Teller zu futtern. Beleidigt und mit hocherhobenem Schwanz marschierte Murmel ab. »Ich sehne mich auch oft danach, mal mit jemand anderem als Gulley zu sprechen. Ich kann ihn ja nicht so in Beschlag nehmen. Er hat schließlich sein eigenes Leben.«

Helena nahm die zwei leeren Teller vom Tisch und stellte sie in den Spülstein. Dann kehrte sie mit einem Johannisbeer-Käsekuchen und einer kleinen Schüssel Sahne an den Tisch zurück.

»Ich mache mir Sorgen um Brier. Normalerweise ist sie ja nicht empfindlich, aber sie hatte eine harte Zeit. Sie sollte das mit Tom langsam verwunden haben, aber sie ist noch weit davon entfernt. Ich hatte gehofft, daß Roi ihr dabei helfen würde, aber ich vermute, die Kinder machen ihr Probleme.«

»Ich denke, die sind gelöst«, sagte Josh, der stark hoffte, daß diese Einschätzung auch den Tatsachen entsprach.

Der Käsekuchen war viel zu gut, um die Zeit mit einer Unterhaltung zu verschwenden. Helena bereitete Kaffee, bevor sie wieder sprach. Sie nahm sich etwas Zucker.

Zum Kaffee bot sie winzig kleine Kuchenstücke mit Mandelgeschmack an, die im Mund schmolzen. Josh fragte sich plötzlich, ob Brier genausogut kochen konnte wie ihre Mutter. Helena war eine ebenso exzellente Köchin wie Alice.

Sie saßen vor dem Feuer und entspannten sich. Murmel hüpfte zur Abwechslung auf Helenas Schoß.

»Würden Sie ihn gerne mitnehmen? Er braucht ein Zuhause.«

»Ich bin mit den beiden Hunden vollauf beschäftigt. Das wird nicht besser, wenn ich auch noch Khan nehme. Und Gulley hat gerade erst die sechste Katze angeschafft. Ich kann ihm nicht noch eine anbieten.«

»Wie wäre es mit einer Bürokatze?« Helena lachte, als sich das Kätzchen auf den Rücken warf und heftig mit ihrer Hand kämpfte.

»Murmel ist an Hunde gewöhnt. Wahrscheinlich denkt er, er wäre ein Hund. Er könnte während der Ausbildung herumlaufen und die Polizeihunde spielerisch an Katzen gewöhnen. Er könnte im Büro schlafen und am Wochenende nach Hause kommen.«

Josh nahm das kleine schwarzbraune Tier hoch. Das Kätzchen schmiegte sich an seine Schulter und schnurrte laut.

»Anscheinend habe ich gleichzeitig einen neuen Hund und eine neue Katze gefunden. Sie sollten als Verkäuferin arbeiten, Helena.«

Sie lachte.

»Was glauben Sie denn, womit ich in all den Jahren mein Geld verdient habe? Ich habe Welpen verkauft! Aber eine Katze würde Ihnen Spaß machen, und einen neuen Hund brauchen Sie sowieso. Ich hole Khan.«

Er schmuste mit dem Kätzchen.

»Sie haben eines meiner Hauptprobleme gelöst. Ich hatte mir gar nicht vorstellen können, wo ich, zum Teufel, einen neuen Hund herbekommen sollte. Ich ahne, woher Ihre Tochter die Entschlossenheit hat«, fügte er hinzu.

»Nicht von mir. Sie ist an einem Donnerstag geboren worden.

Kennen Sie den alten Reim: ›Ein Donnerstagskind hat einen weiten Weg?‹ Simon ist übrigens auch an einem Donnerstag geboren worden. Er hat zwei Tage vor Brier Geburtstag.« Wenn Helena grinste, sah sie aus, als wäre sie im gleichen Alter wie Brier. »Ich, ich bin an einem Sonntag geboren worden. Sonntagskinder sind fröhlich, munter und haben Glück.«

Josh lachte. So entspannt hatte er sich seit Monaten nicht gefühlt. Die Zukunft war nun nicht mehr etwas, was er fürchten mußte, endlose Tage ohne Spark. Nein, plötzlich taten sich neue Möglichkeiten auf. Ein neuer, junger Hund, den er ausbilden konnte. Er liebte es, Hunde zu trainieren. Und in sein Haus würde neues Leben einziehen. Ein neuer Charakter, den er studieren und von dem er lernen konnte. Eine neue Frau? Sehnsuchtsvoll mußte er plötzlich an Brier denken.

Er sah Helena an.

»Wenn ich zwanzig Jahre jünger wäre, würde ich jetzt um Ihre Hand anhalten«, sagte er. »Sie sehen so jung aus.«

»Sie sind immer nur so alt, wie Sie sich fühlen. Aber ich würde niemals wieder heiraten. Und einen jungen Mann zum Spielen suche ich zur Zeit auch nicht.« Sie grinste ihn an. »Dazu genieße ich meine Freiheit viel zu sehr.« Plötzlich wurde sie wieder ernst. »Brier vermißt Tom. Sie braucht in ihrem Leben wieder einen Mann«, sagte sie. Aber dieses Thema wollte Josh lieber vermeiden. Als sie hinaus in die Dunkelheit gingen, reagierten die Bewegungsmelder, so daß der ganze Hof im Nu hell erleuchtet war. Der Hund, ganz unglücklich in der ungewohnten Umgebung, begrüßte Helena voller Freude; er sprang an ihr hoch, leckte ihre Hände und winselte. Josh hörte die Geräusche und folgte ihr nach draußen.

Josh pfiff. Khan, der sehr an seinem Herrchen gehangen hatte, zog Männer Frauen vor und trottete zu ihm hinüber. Dabei wedelte sein Schwanz lebhaft.

»Na komm schon«, ermutigte Josh ihn und führte ihn in die Küche. Spark und Lim waren beide an andere Hunde gewöhnt. Sie sahen regungslos zu und warteten gehorsam auf Joshs Befehle.

Er kniete sich hin und streichelte den Hund. Er sah ihm in die Augen, und der Hund schaute glücklich zurück. Sein Fell war schwarz und golden, der Rücken etwas grauer als der von Spark, der an dieser Stelle ganz schwarz war. Khan, der immer im Haus gehalten worden war und in seinem kurzen Leben ständig Gesellschaft gehabt hatte, war höchst erfreut über die Aufmerksamkeit, die ihm zuteil wurde. Er lehnte sich an Josh und leckte ihn. Josh betrachtete ihn nachdenklich.

»Sehr gut. Starker Knochenbau, kein Anzeichen von Aggression oder Nervosität. Scheint ein kluger Hund zu sein. Sehr wachsam.« Josh brauchte nicht lange, um eine Entscheidung zu treffen. Er konnte auf den ersten Blick sehen, daß Khan das Zeug zu einem guten Polizeihund hatte. Vielleicht war er keiner aus der allerersten Riege, aber er war zuverlässig und kräftig und genau das, was Josh brauchte. »Können Sie ihn noch bis Mitte nächster Woche hierbehalten? Ich bezahle auch für Futter und Unterbringung. Mit etwas Glück ist Spark dann wieder auf den Beinen. Außerdem sind dann auch der Kurs und die Abschlußprüfungen vorüber. Im Moment habe ich einfach nicht genügend Zeit, um für ihn schon die volle Verantwortung zu übernehmen. Ich brauche alle meine Kräfte für Montag und Dienstag.«

»Machen Sie sich Sorgen?« fragte Helena, als der Hund sich neben ihr niederließ. Lim schnüffelte an ihm, dann legte er sich neben ihn. Offensichtlich hatte er ihn akzeptiert. Spark beobachtete ihn genau. Er erwartete das Kommando, aufzustehen und nach Hause zu gehen.

»Ich habe schon Alpträume deswegen. Alles mögliche kann schiefgehen. Ein Mann krank, ein Hund krank. Ein schlechter Tag für die Prüfungen und Sturm, der jeden Geruch wegbläst. Irgendein Verrückter, der eine Bombe legt, zum Beispiel in ein Kraftwerk, genau dann, wenn die Prüfungen beginnen.«

»Ich kann Sie leider nur mit Kates Lieblingsspruch trösten: ›Machen Sie sich keine Sorgen, vielleicht passiert es gar nicht.‹«

Josh lachte.

»In unserem Job passiert es leider meistens doch. Zugunglücke, Flugzeugabstürze, Massenkarambolagen auf der Autobahn. Manchmal fühle ich mich so wie Don Quichotte, der gegen Windmühlen kämpft.«

Er gähnte. »Ich fahre jetzt besser. Beten Sie mal, daß morgen ein ganz ruhiger Tag ist und am Montag alle ausgeruht sind. Sie haben mich aufgemuntert und mir einen neuen Hund besorgt. Auch Roi haben Sie uns gegeben. Ich kann Ihnen gar nicht genug danken, Helena.«

Sie sah ihm noch nach und dachte bei sich, daß er einen sehr guten Schwiegersohn abgeben würde. Sie seufzte und wünschte sich, sie könne die Welt einfach umorganisieren. Sie hatte noch zwei Stunden, bis sie zu ihrer nächsten Runde durch die Zwinger aufbrechen mußte. Zur Zeit hatte sie nur vier Hunde in Pflege, und ihre eigenen Hunde verursachten keinerlei Probleme.

Sie schaltete den Fernseher ein.

Neunzehntes Kapitel

Am Samstag fühlte sich Brier total krank.

»Wehe, Sie sagen Mutter oder Josh etwas davon«, warnte sie Kate.

Kate nahm die Sache in die Hand, als sie bemerkte, daß Brier Fieber hatte und an einer sehr schlimmen Erkältung litt.

Sie rief Alice an, die versprach, Gulley vorbeizuschicken, um mit Roi einen ausgiebigen Spaziergang zu unternehmen. Außerdem sagte sie zu, Josh nicht von Briers Zustand zu unterrichten. Dann ermahnte Kate die Kinder, nicht zu laut zu sein und Brier in Ruhe zu lassen. Schließlich schickte sie Brier ins Bett zurück.

Brier war nicht sicher, ob das so eine gute Idee war. Angenommen, sie wäre am Montag immer noch nicht in Ordnung? Würde sie damit umgehen können? Kate brachte ihr heißen Tee, Aspirin und eine Wärmflasche. Außerdem bekam sie einige Zeitschriften, aber sie war kaum in der Lage, sich zu konzentrieren. Die Wörter ergaben einfach keinen Sinn.

Brier legte die Zeitschriften beiseite und versuchte, die dreizehn Wochen des Kurses Revue passieren zu lassen. Dabei überschlugen sich ihre Gedanken beinahe. Wie hatten sie es nur geschafft, so viel Stoff in so wenig Zeit zu packen? Wie konnte nur irgend jemand von den Hunden erwarten, daß sie alles gut machen würden, wenn sie bis an ihre Grenzen getrieben wurden?

Brier wünschte sich, keine Zeit zum Nachdenken zu haben. Tom sah sie von dem Foto auf ihrem Nachttisch an. Ach, könnte sie doch nur die Zeit zurückdrehen zu den Tagen, bevor er getötet worden war. Damals schien das Leben so sicher zu sein, und sie waren so glücklich gewesen.

Hoffentlich kam Gulley bald mit dem Hund zurück. Natürlich benötigte Roi die Bewegung, und sie hätte ihn keinesfalls den ganzen Tag im Haus lassen können, aber nun brauchte sie seine Nähe.

Sie las zum wiederholten Male die Blätter, die Josh an sie alle verteilt hatte. Es würde jeden Tag um zehn Uhr morgens losgehen. Gehorsam und kriminalistische Übungen auf dem Grundstück der örtlichen Fortbildungsstätte standen zuerst auf dem Programm. Hier wurden normalerweise zukünftige Führungskräfte ausgebildet. Sie hatten die Möglichkeit, sehr günstig ein dreigängiges Mittagessen zu bestellen, aber nach solch einer Mahlzeit wäre wohl kaum jemand in der Lage weiterzuarbeiten.

Ein Sandwich und Kaffee waren alles, was sie sich erlauben würde. Falls sie überhaupt etwas herunterbekam. Falls sie bis dahin ihre Prüfungen nicht schon so verpfuscht hatte, daß ihr ganz elend war.

Gulley kam ein paar Stunden später mit dem Hund zurück und schaute kurz bei Brier rein.

»Er ist ein ganzes Stück spazierengegangen und durfte dann noch zwanzig Minuten frei herumrennen. Ich habe dein Röhrchen geworfen. Wir waren auf der Gemeindewiese und hatten Publikum. Sie haben sich so gut unterhalten, daß ich beinahe Eintritt verlangt hätte«, berichtete er lachend.

»Danke, Gulley.« Brier mußte niesen. »Halte besser Abstand. Wie soll ich bloß am Montag wieder arbeiten können?«

»Das wird schon. Ein paar Tage Ruhe – das wirkt manchmal Wunder. Am besten machst du dir morgen einen faulen Tag. Dann bist du am Montag in Topform, und wir werden alle ganz stolz auf dich sein.«

Roi ließ sich ruhig neben ihrem Bett nieder, als wüßte er, daß sie krank war. Seine Gegenwart wirkte beruhigend. Sie sah ihm noch eine Weile zu, wie er sich reckte und streckte, und dann schlief sie ein.

Der Sonntag verlief ruhig. Gulley unternahm wieder etwas mit Roi und kam dann mit Alice zurück. Sie aßen zusammen mit Kate zu Mittag und spielten anschließend den ganzen Nachmittag über Monopoly mit den Kindern.

Die Ruhe hatte Brier gutgetan. Es war ein wunderschöner Tag im April, beinahe so warm wie ein Sommertag. Brier unternahm mit Roi einen ganz kurzen Spaziergang. Die Hügel in der Ferne schienen im Dunst fast blau zu sein. Junge Blätter reflektierten den Sonnenschein, und auf dem Kanal schwammen einige Schwäne. Ihr weißes Gefieder hob sich strahlend von dem trüben Wasser ab.

Am Montagmorgen wachte sie auf und fand Simon neben ihrem

Bett vor. In der einen Hand hielt er eine Tasse Tee, in der anderen ein kleines Päckchen.

Sie öffnete es. Darin befand sich eine kleine schwarze Katze aus Schiefer.

»Es ist von uns allen«, sagte er. »Es bringt Glück. Kate hat gesagt, wir sollen dich nicht beunruhigen. Mache ich nicht.«

Das Gesicht, das Brier aus dem Spiegel entgegenblickte, war nicht mehr so blaß. Ihre Erkältung war soweit zurückgegangen, daß sie sicher war, mit dem Tag zurechtzukommen, egal, was passierte.

Kate hatte ihre Uniform gebügelt, und ihre Schuhe blitzten. Ihr Haar war frisch geschnitten und glatt. Brier trug nur ganz wenig Make-up auf: Sie wollte den Prüfer gar nicht erst besonders darauf aufmerksam machen, daß sie eine Frau war. Entweder würde sie bestehen, weil sie eine gute Hundeführerin war, oder sie würde durchfallen.

Simon hatte Roi herausgeputzt. Sein Fell glänzte im Sonnenlicht, das durch das Fenster fiel. Sie aß ein wenig von dem Toast und trank Kaffee. Dabei konnte sie sich kaum auf das Geschnatter der Kinder konzentrieren.

Als sie ging, winkten ihr alle von der Tür aus nach.

»Viel Glück, viel Glück!« konnte sie noch eine ganze Weile hören.

Sie fuhr mit Roi zum Ausbildungszentrum. Mit Gwyn zusammen fuhr sie dann zum Ort der Prüfungen. Sie saßen schweigend nebeneinander. Keiner von beiden war in der Stimmung, Konversation zu betreiben.

Ihnen war ein kleiner Raum zugewiesen worden, in dem sie Platz nehmen und warten konnten. Rob schien Selbstgespräche zu führen, Pete gähnte. Sein kleiner Sohn bekam Zähne, und sie waren die halbe Nacht auf den Beinen gewesen.

»Das mußte natürlich ausgerechnet gestern nacht passieren«, stöhnte er. Es war die erste Nacht seit Wochen, in der das Baby ihren Schlaf unterbrach.

Tony, der eigentlich schon vor einigen Monaten das Rauchen aufgegeben hatte, hatte ein Päckchen Zigaretten gekauft und steckte nun eine nach der anderen an.

»Das ist das letzte Mal. Es wäre nämlich nicht gut für das Baby.« Er lächelte. »Am Mittwoch werde ich für immer damit aufhören.«

»Wie geht es der Kleinen?« fragte Brier. Sie war dankbar für alles, was sie von den näherrückenden Prüfungen ablenkte.

Tony sah auf einmal ganz entspannt aus. Ein ganz anderer Mann, dachte Brier.

»Es geht ihr prima. Sie ist das hübscheste Mädchen, das ihr euch vorstellen könnt. Und sie kann schon meinen Finger fassen.«

Gracie steckte seinen Kopf zur Tür herein, wünschte ihnen allen Glück und verschwand wieder. Sein Anblick erinnerte Brier an die Anhörung, aber sie verdrängte den Gedanken daran sofort wieder.

Zunächst mußte sie den heutigen Tag und morgen hinter sich bringen, dann war es immer noch genug Zeit, sich Sorgen zu machen.

Nach dem Regen der letzten Nacht war heute ein besonders schöner Tag. Das Sonnenlicht ließ das parkähnliche Grundstück, das zu dem Gebäude gehörte, ganz sommerlich aussehen. Morgen würden sie zur Fährtensuche irgendwohin fahren.

Das Warten war schrecklich. Am liebsten wäre Brier jetzt alleine gewesen. Die Nervosität der anderen färbte auf sie ab.

Noch eine Stunde. Sie hatte einen ganz trockenen Mund und bemerkte zu ihrem Entsetzen, daß ihre Hände zitterten, als sie nach dem Kaffee griff. Am besten trank sie gar nichts davon. Gulley hatte Thermoskannen mitgebracht und versorgte sie nun pausenlos.

»Wie geht es Spark?« fragte Brier.

Gulley zuckte mit den Schultern.

»Auf jeden Fall hat er es überlebt. Aber die Wunde ist nicht keimfrei. Er bekommt jede Menge Antibiotika, die offensichtlich nicht recht anschlagen. Paul sagt, daß es rauf und runter geht.« Spark war jetzt wieder in der Tierklinik an einen Tropf angeschlossen.

Mit besorgtem Blick ging Gulley weiter.

Josh war draußen. Er sah den Prüfungen aus einiger Entfernung zu, um die Leute nicht zu verunsichern. Wenn Spark starb... Brier wußte, wie er sich fühlen würde. Erstaunt registrierte sie, welche Bedeutung das alles für sie hatte. Josh war in der letzten Zeit immer wichtiger für sie geworden, wichtiger, als sie sich selber eingestanden hatte. Aber sie durfte ihn das auf keinen Fall merken lassen. Sie war für ihn nur das Mitglied in einem Team, nicht mehr.

Sie bemerkte, daß Gulley versuchte, ihre Aufmerksamkeit zu erregen. Es war soweit.

Brier war nun eine Schauspielerin auf der Bühne, die alle privaten Gefühle und Sorgen verbarg. Sie ließ sich auch ihre Angst vor dem Versagen nicht anmerken. Nur Mut, Kopf hoch, spiel deine Rolle, Frau! Ihr Gehirn gab Kommandos an ihren Körper. Wie sollte sie den Prüfer grüßen? Mit einem Lächeln, oder würde das zu selbstbewußt wirken? Würde er da etwas hineinlesen, was sie gar nicht beabsichtigte? Sie war die einzige Frau im Team. Wie würde er darauf reagieren?

Sie warf den Assistenten einen Blick zu. Es waren alles qualifizierte Hundeführer. Sie hatte das Gefühl, daß sie ihr gegenüber eine gewisse Reserviertheit an den Tag legten. So, als wären sie sicher, daß eine Frau für diesen Beruf nicht geeignet war. Ganz besonders, wenn es um den kriminalistischen Aspekt ging. Aber vielleicht irrte sie sich ja auch. Vielleicht reagierte sie als Frau ja auch übersensibel auf eine Welt, in der Männer dominierten. Wie war sie überhaupt auf den Gedanken gekommen? Ihre Furcht vor der Meinung des Prüfers über Frauen als Hundeführer? Vielleicht war ja das Ergebnis der Prüfungen schon vorhersehbar, bevor sie überhaupt loslegte?

»Na los, Mädchen«, sagte Josh leise, als sie an ihm vorbeiging. »Zeig, was du kannst.«

Was ich kann, dachte sie, wenn nur...

Der Prüfer nickte ihr zu und überprüfte ihren Namen und den ihres Hundes.

Über ihr spielten die Wolken ihr Spiel mit dem Wind. Nicht zuviel Wind, überwiegend blauer Himmel – es versprach, ein sehr schöner Tag zu werden. Sie blickte über die ganze Anlage. War irgend etwas falsch aufgebaut, so daß der Hund gegen das Sonnenlicht springen mußte? Nein, alles war in Ordnung. Sie wußte, daß der Prüfer ihrem Blick gefolgt war. Er schrieb etwas auf seinen Block.

»Laß mich jetzt nicht im Stich«, bat sie Roi leise. Die Aufmerksamkeit des Hundes war von ihrer Stimme geweckt worden, und er schaute sie mit wedelndem Schwanz an.

Nun konnte es losgehen. Plötzlich vergaß sie alles außer der Tatsache, daß sie mit einem eifrigen und willigen Partner arbeitete, daß das Wetter gut war und daß Roi gut mitmachte.

Das Bei-Fuß-Gehen funktionierte sehr gut. Normale Geschwindigkeit, dann langsamer, wie bei einer Beerdigung, der Hund war immer exakt neben ihr. Als sie schneller ging, befürchtete sie, er würde zu aufgeregt werden, aber dann schaute sie hinunter und sah, daß Roi immer noch genau neben ihr her lief. Zum Glück wußte der Hund nicht, daß dies die Prüfung war, die allen Prüfungen ein Ende setzen konnte, und daß ihre gesamte Zukunft davon abhing.

Glücklicher Hund, dachte sie. Du hast keine Ahnung, daß alles davon abhängt, wie du und ich das hier heute hinkriegen.

Als nächstes mußte sie den Hund zu irgendeinem Ziel fortschicken. Brier faßte etwas Mut, denn Roi liebte diese Übung.

Am Horizont war ein Baum, der die Sache erleichtern würde.

»Schicken Sie Ihren Hund zu dem Baum. Auf der Höhe der Ecke dieses Gebäudes soll er sich fallen lassen.«

Das Gebäude war ein heruntergekommener Pavillon am Rand des Grundstücks. Dahinter lagen die Schulungsgebäude halb versteckt hinter den dicht gepflanzten Bäumen. In der Sonne glitzerten die vielen Autos auf dem Vorhof irritierend.

Brier schaute konzentriert auf Baum und Pavillon, bevor sie den Hund losschickte. Sie überlegte dabei genau, wann sie das Kommando geben mußte. Roi würde über die Stelle hinausschießen, wenn er zu schnell war. Sie mußte ihm das Zeichen zum Hinlegen ungefähr neun Meter vor dem Ziel geben.

Er rannte in Richtung Baum und ließ sich sofort fallen, als sie ihm das Kommando dazu zurief. Sie schaute zu dem Pavillon hinüber. Roi lag genau da, wo er sein sollte. Keine Probleme bis jetzt.

»Schicken Sie ihn sechsundvierzig Meter zu dem Pavillon hin.«

Sie steckte ihre Hand in die Tasche und berührte die kleine schwarze Katze, die die Kinder ihr geschenkt hatten. Sie fühlte sich glatt und hart an. Bring mir bitte Glück!

Eine neue Richtung einzuschlagen war immer etwas schwierig. Plötzlich wurde ihr klar, daß sie diese Übung bislang immer an einem Zaun ausgeführt hatte. Wie hatte sie nur so dumm sein können? Hunde tendierten dazu, schnell Gewohnheiten anzunehmen. Vielleicht ging er gar nicht dahin, wohin sie ihn haben wollte, wenn da nicht eine Barrikade hinter ihm war. Hier gab es nirgendwo einen Zaun.

Josh hatte sie gewarnt. Aber da gab es eine Begrenzung auf Helenas Grundstück, wo sie oft geübt hatte, und sie hatte einfach nicht weitergedacht.

Eine Minute des Zögerns, das würde Punktabzug bringen, und dann verstand Roi und lief nach rechts. Sie gab ihm das Kommando, sich fallen zu lassen. Brier mochte die Art, wie er sich rasend schnell hinwarf. Er war dabei wesentlich eleganter als die anderen Hunde. Sie warf dem Prüfer einen Blick zu. Er lächelte. Er war ein großer Mann, dessen dünner werdendes blondes Haar langsam grau wurde. Sein Gesicht war uneben, das Leben hatte darin seine Spuren hinterlassen. Seine Nase sah nach einem Schlag, den er vor vielen Jahren in einem Kampf mit zwei Einbrechern abbekommen hatte, ziemlich schief aus.

Roi hatte bei dieser Übung sicherlich nicht allzu viele Punkte verloren. Es hatte jetzt keinen Sinn mehr, etwas verbessern zu wollen. Sie würde es schon rechtzeitig erfahren, wenn es nicht reichte.

Roi beobachtete sie. Die Zeit hatte plötzlich ihr Tempo verändert. Jede Minute dauerte nun scheinbar eine Stunde. Würde er etwa zu früh versuchen, zu ihr zu kommen? Sie hatte keine Zeit, sich darum Sorgen zu machen.

»Rufen Sie den Hund.«

Brier mußte ihn stoppen, bevor er bei ihr angekommen war. Nun standen sie sich gegenüber. Einige Schritte nach ihrem Signal. Nicht ganz so genau, wie es hätte sein sollen.

Die Kontrolle aus der Distanz war eine andere Übung, die sie oft spätabends noch geübt hatten. Sie ließ den Hund dann sitzen, liegen und wieder aufstehen. Brier hatte diese Übung mehrfach wiederholt, aber niemals in derselben Reihenfolge.

Eine kleine, rudernde Bewegung mit einer Vorderpfote, als er dastand. Punktabzug? Es war nur eine kurze Bewegung gewesen. Vielleicht hatte der Prüfer es gar nicht gesehen.

»Ihr Hund soll sich hinlegen.«

Roi legte sich sofort hin, und Brier atmete tief durch.

»Er soll sich setzen.«

Wieder gehorchte er. Dabei konnte er nun wirklich nicht viele Punkte verloren haben, oder? Es hing alles davon ab, wie streng der Prüfer kleinere Fehler bewertete. Aber hier ging es nicht darum herauszufinden, wer gewinnt. Es ging darum festzustellen, ob Hundeführer und Hund ein gutes, einsatzfähiges Team bildeten.

Brier holte tief Luft. Sie fragte sich kurz, wie wohl die anderen

Hunde abgeschnitten hatten, aber die Zeit lief weiter, und sie mußte sich konzentrieren.

»Rufen Sie Ihren Hund.«

Roi flog förmlich zu ihr und setzte sich mit heraushängender Zunge. Er wedelte wieder mit dem Schwanz, denn er freute sich immer, wenn er bei Brier sein konnte. Sogar wenn er nicht an der Leine war, hielt er sie immer genau im Blick, immer in Bereitschaft, sie zu verteidigen. Der Hund wußte, daß er für ihre Sicherheit verantwortlich war.

Eine Aufgabe folgte auf die andere. Es ging alles so schnell, daß Brier kaum Zeit zum Atmen blieb. Roi apportierte schnell und akkurat. Er kam mit seiner Trophäe stolz zu ihr, so, als würde er ihr einen Schatz bringen.

Es war kein einfacher Gegenstand, den er da apportieren mußte. Der Prüfer hatte eine Spülmittelflasche ausgesucht und zur Hälfte mit Wasser gefüllt. Roi mußte das Ding erst einmal ausbalancieren, bevor er es tragen konnte. Während er rannte, lief das Wasser in der Flasche hin und her und hätte ihn leicht aus dem Gleichgewicht bringen können. Aber er schaffte es und hielt ihr die Flasche hin, damit sie sie aus seinem Maul nehmen konnte.

Nun zur Beweglichkeit. Manchmal zog er seine Hinterpfoten etwas nach, während er über Hürden sprang. Sie hielt den Atem an und betete. Bitte mach es heute nicht, Junge. Schau auf die Stange und halte die Pfoten hoch.

Über die Hürde. Er hatte sogar noch zwei Zentimeter Sicherheitsabstand. Und wieder runter. Manchmal machte ihn ein Erfolgserlebnis überschwenglich. Sie hörte noch Joshs Stimme. Kontrolle. Kontrolle. Kontrolle. Er hatte es so oft gesagt. In dem Moment, in dem sie zu dem Hund sprach, setzte er auf. Langsam kehrte ihre Zuversicht zurück.

Das ein Meter achtzig hohe Kletterbrett war für Roi überhaupt kein Problem. Er liebte das Ding regelrecht. Seine Körperstatur war ihm bei dieser Übung von großem Nutzen. Dereks Hund fand sie dagegen äußerst beschwerlich. Jago mochte sie einfach nicht. Unwillkommene Gedanken huschten ihr durch den Kopf, aber sie verbannte sie direkt wieder.

Konzentration.

Roi war mittlerweile auf der anderen Seite angekommen und wartete auf das Kommando, zu ihr zurückzukehren. Auf Kommando rannte er los und blieb direkt vor ihr stehen. Er schaute zu ihr hoch und schien zu sagen: Na, bin ich nicht gut?

O ja, du bist sehr gut. Hoffentlich lasse ich dich nicht im Stich, dachte sie bei sich.

Dann kam der weite Sprung. Roi meisterte ihn elegant, mit ausgestreckten Vorderpfoten und angezogenen Hinterpfoten. Plötzlich wurde Brier klar, welch ein eleganter Hund Roi war. Spike und Storm waren beide sehr schlaksig und ungeschickt. Für einen Moment hielt Brier inne, um Roi anzuschauen. Aber die Zeit lief.

Als sie zu einem der Helfer ging, lief der Hund stolz neben ihr her. Sie begann frohe Erregung zu spüren.

Der Erfolg ermutigte sie. Jetzt kam es darauf an. Plötzlich überkam sie eine Welle der Zuneigung für Simon. Er hatte so sehr versucht, Roi zu ignorieren, und alles getan, worum Gulley ihn gebeten hatte. Roy war nun viel stärker an sie gebunden.

»Bellen auf Kommando.«

Das tiefe Bellen ertönte selbstbewußt über den Platz. Sie gab das Signal für Ruhe, und sofort war er still. Gott sei Dank hatten die Kinder das in den letzten beiden Wochen jeden Morgen mit ihm geübt. Beide Jungen konnten ein Bellen provozieren und Roi dann wieder zum Verstummen bringen. Sie hatten richtig Spaß an diesem Spiel. Roi mußte bellen, wenn er eine Belohnung von einem der beiden wollte. Die Jungen hielten sich bei ihren Spielen mit dem Hund nun genau an Briers Anweisungen. Nach Gulleys Standpauke hatten sie sie auch nie mehr im Stich gelassen.

Gleichmütigkeit gegenüber dem Gewehr. Auch das hatten sie geübt. Normalerweise zeigte er dabei keinerlei Anzeichen von Angst. Aber vielleicht verwendete der Prüfer auch ein Gewehr, das weit mehr Lärm produzierte als ihr Übungsgewehr. Man konnte nie sicher sein.

Roi zeigte nicht das geringste Zeichen von Furcht, als der Schuß ertönte. Brier zuckte zusammen, obwohl sie ihn erwartet hatte. Der Hund hatte das Geräusch nicht vorhersehen können, denn er stand mit dem Rücken zu dem Mann, der geschossen hatte.

Brier versuchte, ihre Gedanken zu ordnen, während sie die langsam verstreichenden Sekunden zählte. Zehn Minuten erschienen endlos, die längsten zehn Minuten, die sie alle jemals verbracht hatten. Die Hundeführer mußten sich außer Sichtweite begeben. Dabei wußten sie nicht, was die Hunde gerade taten. Brier hatte nun genügend Zeit, sich schon wieder Sorgen zu machen. Was, wenn Roi losging, sie zu suchen? Die kleinste Bewegung, eine Drehung, ein Kratzen, und er würde Punkte verlieren. Nicht ein oder zwei, sondern alle, die bei dieser Übung zu holen waren. Er mußte perfekt sein. Man mußte sich absolut auf ihn verlassen können, ansonsten wäre er im Polizeidienst nicht zu gebrauchen. Alle sechs Hunde mußten diese Übung zur selben Zeit absolvieren.

Brier ging zurück und sah, daß Roi ganz ruhig dalag. Jede Pfote war da, wo sie sein sollte. Sie konnte ein breites, erfreutes Grinsen nicht unterdrücken. Roi, Roi, mein Liebling, dachte sie frohlockend. Na komm schon, wir können es schaffen, du und ich. Es ist mir egal, ob wir gewinnen oder nicht, Hauptsache, wir kommen durch. Keiner der anderen Hunde hatte sich bewegt. Auch die anderen grinsten erleichtert.

Das war das Ende der Übungen zur Kontrolle. Ganz sicher waren alle Hunde gut gewesen. Sie schaute hoch zu dem Prüfer, der auf einem Hochstand über ihnen saß. Sie fühlte sich wieder wie ein Schulmädchen, das dem Direktor gegenüberstand.

»Das ist ein guter Hund«, sagte er.

Und wieder warten. Noch mehr Zeit, um nervös zu werden. Noch mehr Zeit zuzusehen, wie Tony hin und her lief und rauchte, wie Derek Kaugummi kaute. Noch mehr Zeit zuzuhören, wie Gwyn unaufhörlich über alles mögliche schwatzte. Rob sagte kaum etwas. Manchmal gab er völlig falsche Antworten. Alle waren sie angeschlagen, aber keiner von ihnen würde zugeben, wie nervös er war.

Kriminalistische Übungen. Sie versuchte, sich an die Reihenfolge auf den Zetteln zu erinnern. Temperament des Hundes, Verhalten des Hundeführers. Kopf hoch, selbstbewußt schauen, den Hund nie im Stich lassen. Sie ging los. In ihrem blauen Overall sah sie richtig adrett aus.

Dann konzentrierte sie sich voll auf die Übungen. Kontrolle in einer Menge, Verfolgen, Angreifen. Einen Mann verfolgen, der sie bat, den Hund zurückzurufen. Roi mußte auf Kommando sofort von ihm ablassen. Brier, die Panik in sich aufsteigen fühlte, schrie das Kommando lauter, als sie es vorgehabt hatte. Roi erschrak und blieb reglos stehen, so, als sei auf ihn geschossen worden. Genauso sollte es sein, aber vorher hatte er es so noch nie gemacht. Er bellte und sah plötzlich aus wie ein wildes und furchteinflößendes Tier, weit entfernt von seinem normalerweise sanften Wesen.

Einen »Verbrecher« aufspüren, der einen Anschlag auf ihre Ernsthaftigkeit unternahm, indem er ihr zuzwinkerte. Es fiel Brier schwer, das Lachen zu unterdrücken. Dann mußten sie ihn zum Prüfer eskortieren. Die Strecke erschien beinahe endlos. Einmal versuchte er wegzulaufen, aber Roi war auf der Hut und brachte ihn sofort zurück. Er bellte bedrohlich und warnte ihn damit, das ja nicht noch einmal zu versuchen.

Dann mußte Roi einen Verbrecher hetzen und auf Kommando sofort von ihm ablassen. Das fand er aufregend. Die Gefahr bestand darin, daß der Hund zu enthusiastisch wurde, wenn er sein Ziel erreicht hatte. Er wollte unbedingt in den gepolsterten Ärmel beißen, denn das war die Trophäe, um die es hier ging. Wenn er nicht in der Sekunde, in der das Kommando kam, von seinem Opfer abließ, würde er Punkte verlieren.

Der weglaufende Mann blieb stehen und drehte sich nach dem Hund um. Roi, Roi, laß mich jetzt nicht im Stich! Der plötzliche Stillstand war sein Signal, und er umkreiste den Mann mit einem warnenden Bellen. Versuch ja nicht, auch nur einen Finger zu bewegen! Der Prüfer nickte.

Brier ging die zehn Meter hinüber zu dem Mann und dem Hund. Sie mußte aufpassen, daß ihre eigene Nervosität nicht die ganze Übung ruinierte.

»Roi, hierher.«

Roi kam zu ihr und stellte sich neben sie. Dabei ließ er seinen Mann keinen Moment aus den Augen. Sie bedeutete ihm, sich nicht zu rühren, und ging hinüber zu ihrem »Verdächtigen«. Dabei hoffte sie inständig, daß der Mann ihr nicht zuzwinkern oder sie sonstwie necken würde.

Einige Fragen, aber dieser Mann war kein Verbrecher. Er war ein unschuldiger Fußgänger, der zufällig vorbeigekommen und zur falschen Zeit am falschen Ort gewesen war. Sie lächelte ihn an und ließ ihn weitergehen. Dann rief sie Roi und ging mit ihm zum Prüfer. Das war eine schwierige Übung gewesen.

Sie waren nicht schlecht gewesen, da war sie sich sicher. Sie hatte Roi die ganze Zeit unter Kontrolle gehabt, und der Hund hatte zu keiner Zeit versucht, etwas selbständig zu tun.

Dann kam eine Tapferkeitsübung. Brier beobachtete ihren Hund, als der »Verbrecher« auf ein Feld raste und dabei einen Stock schwang und laut schrie.

Der Stock kam auf Roi zu. Er stürzte sich darauf und versuchte, das angreifende Objekt zu fassen. Dabei ging er entschlossen vor. Der Mann gab nicht auf und zog den Stock wieder aus Rois Maul. Wie konnte nur jemand den Versuch wagen, ihn zu schlagen? Das Verhalten des Hundes drückte diese Empörung deutlich aus. Als der Stock wieder auf ihn zukam, schnappte er danach und nahm ihn dem Mann ab. Dann ließ er ihn fallen und bellte.

Brier gab ihm das Kommando, stehenzubleiben und ruhig zu sein. Er drehte sich um, warf ihr einen Blick zu und konzentrierte sich dann wieder auf seine Beute.

Und nun zum Gewehr. Die Aufgabe bestand darin, den »Verbrecher« zu entwaffnen. Die letzte Übung. Roi flog förmlich zu dem Arm, der auf ihn deutete, und drehte dann leicht ab, um den Mann von der Seite anzugreifen. Er schnappte nach dem gepolsterten Arm und setzte ihn damit außer Gefecht. Die Waffe fiel zu Boden.

Als Brier das Feld verließ, war sie sicher, genug Punkte gesammelt zu haben, um zu bestehen. Allzu viele Punkte konnte Roi nicht verloren haben. Sie wußte, daß Derek und Tony wahrscheinlich beide ein paar Punkte wegen mangelnder Kontrolle verloren hatten. Pete und Rob? Sie war nicht sicher. Ihr Hauptkonkurrent war Gwyn. Sie wollte unbedingt beweisen, daß sie alle Männer schlagen konnte, daß eine Frau diesen Beruf sehr wohl ausüben konnte, und zwar sehr gut.

»Okay?« fragte Josh. Alle hatten aus der Entfernung zugesehen. Bis jetzt waren ihr die Zuschauer noch gar nicht aufgefallen.

Brier dachte nach, bevor sie antwortete. Sie war plötzlich erschöpft und müde.

»Ich glaube schon, ich hoffe es.« Dankbar trank sie etwas Kaffee. Es war schon Zeit zum Mittagessen.

»Ich habe beschlossen, daß wir das Restaurant hier nicht aufsuchen«, sagte Josh. »Laßt uns besser in den Pub gehen. Wir heben uns das dreigängige Menü für hinterher auf.«

Nachdem sich alle niedergelassen hatten, ging Josh zu dem Prüfer hinüber. Sie setzten sich in sicherer Entfernung zu den Kandidaten hin und begannen eine ernste Diskussion. Alle bemerkten das und warteten ängstlich ab. So viel hing von diesen Ergebnissen ab. Die ganze berufliche Zukunft. Vielleicht sogar ihr ganzes weiteres Leben.

Brier aß, ohne genau zu schmecken, was sie da aß. Sie spielte in Gedanken noch einmal alle Übungen durch und versuchte, ihre Punktzahl zu schätzen. War sie mit ihren Kommandos zu langsam gewesen? Hatte Roi nur zögernd gehorcht? Hatte er sorgfältig genug apportiert? Hatte er versucht, den zu apportierenden Gegenstand zu kauen, während er zu ihr zurücklief?

Kleine Fehler konnten ganz schön viel Punktverlust bedeuten, wenn man alles zusammenzählte.

Der Nachmittag kroch noch langsamer dahin als der Vormittag. Sie konnte nichts weiter tun, als auf die Resultate zu warten. Sie verbrachte einige Zeit damit zuzusehen, beschloß dann aber, daß ihre Erkältung den Rückzug nach drinnen rechtfertigte. Die Wärme schläferte ein. Sie erschrak, als Gwyn sie rüttelte.

»Der Jüngste Tag naht.«

Sie starrte ihn an und fragte sich, wovon, zum Teufel, er redete. Dann wurde ihr plötzlich klar, daß es Zeit für die Ergebnisse des Tages war.

Mit teilnahmsloser Miene verteilte Josh die Zettel mit den Punkten.

Brier sah auf ihren Zettel: einhundertvierundneunzig von zweihundert. Sie hatte nur sechs Punkte beim Gehorsam verloren. Mühsam verbarg sie ein Grinsen. Wer war schon perfekt?

Dann wandte sie sich dem Zettel mit den kriminalistischen Übungen zu. Da hatte sie wahrscheinlich die meisten Punkte verloren.

Sie studierte die Eintragungen. Die schwarze Schrift des Prüfers war groß und steil. Zweihundertachtundneunzig von dreihundert Punkten. Gwyn hatte zweihundertvierundneunzig erreicht. Sie hatte bestanden und alle Männer geschlagen.

Aber sie hatten gerade erst die Hälfte hinter sich. Der morgige

Tag stand ihnen noch bevor, und sie durften sich nicht auf ihren Lorbeeren ausruhen.

Der Prüfer sagte etwas, aber sie war viel zu müde, um aufzunehmen, wovon er sprach. Dann war alles vorbei, und sie verglichen bei einer Tasse Kaffee ihre Punkte. Josh und der Prüfer konferierten bereits wieder.

Sie hatte gehofft, noch einmal mit Josh sprechen zu können, aber er machte sich direkt auf den Weg, nachdem der Prüfer gegangen war. Er nahm sich nur noch kurz die Zeit, ihnen allen Glück zu wünschen und sie daran zu erinnern, am nächsten Tag pünktlich zu erscheinen. Er mußte sich jetzt unbedingt nach Spark erkundigen.

Als Brier endlich zu Hause ankam, machte ihr die Erkältung wieder zu schaffen. Sie war dankbar dafür, daß Gwyn das Fahren übernommen hatte. Auch das Wissen darum, daß sie bisher führte und daß Roi hervorragend gearbeitet hatte, konnte ihre Erschöpfung nicht lindern.

Gwyn ließ sie und den Hund am Tor raus.

Die Türe öffnete sich, bevor sie überhaupt ganz angekommen war, und die Kinder kamen ihr erwartungsvoll entgegengestürmt. Simon nahm Roi in die Arme. Ben schaute sie ängstlich an. Dana stellte als erste die Fragen.

»Wie war es? Hat er es gut gemacht? Hast du bestanden?« Die Fragen überstürzten sich. Kate stand mit fragendem Blick hinter den Kindern.

Plötzlich wurde es ihr klar: Sie waren erfolgreich gewesen.

»He, he, laßt mich doch erst mal rein. Bis jetzt sind wir die ersten. Wir haben zwar erst die Hälfte hinter uns, aber bis jetzt waren wir sehr gut.«

Morgen würden sie es genau wissen. Morgen würde es viel schwieriger werden. Wenn der Hund beim Fährtenaufspüren versagte, würde es so viel Punkteabzug geben, daß sie ihre Chance verspielt hätte. Sie konnte sich jetzt noch keinesfalls sicher fühlen. Noch eine Nacht, noch ein Tag voller Warten. Alles mögliche konnte passieren.

Nachdem die Kinder endlich im Bett waren, versuchten sich Brier und Kate vor dem Fernseher zu entspannen, aber Brier war ruhelos.

Sie mußte unbedingt ihre Mutter anrufen. Plötzlich hatte sie ein schlechtes Gewissen. Helena wartete bestimmt auf Neuigkeiten. Sicher war es für sie sehr wichtig, wie Roi abgeschnitten hatte.

»Gehen Sie besser ins Bett. Sie können sich ja kaum noch auf den Beinen halten«, riet Kate ihr. »Ich werde Helena anrufen. Sie müssen morgen wieder in Form sein. Das ist der Tag, an dem die Spreu vom Weizen getrennt wird.«

Und die Männer von den Frauen, dachte Brier. Sie gähnte. Das Leben schien plötzlich wieder sehr vielversprechend zu sein, auch wenn sie im Moment so müde war, daß sie sich fragte, ob sie es überhaupt bis zum Bett schaffen würde. Roi müßte auch noch mal spazierengeführt werden.

Sie warf noch einen letzten Blick auf den Beurteilungsbogen, bevor sie zu Bett ging. Josh würde stolz auf sie sein. Sie brauchte sein Lob. Ihr war mehr als je zuvor bewußt, wie wichtig er ihr war. Aber diese Tagträumerei brachte nichts. Bald würden diese Prüfungen vorbei sein. Wenn sie doch nur morgen auch so gut wären. Und wenn das Wetter wieder mitspielen würde. Wenn doch nur... Langsam glitt sie in den Schlaf hinüber.

Sie rannte los, um einen Zug noch zu erwischen. Ihr Auto hatte nämlich eine Panne. Aber dann kam der Zug nicht. Sie ging mit Roi, rannte mit ihm und versuchte verzweifelt, rechtzeitig zum Prüfungsort zu kommen.

Endlich kam sie an. Sie fand Gulley vor, der eine Metzgerschürze trug. Er reinigte mit einem Besen den Rasen und sagte: »Du bist zu spät. Es ist schon alles vorbei. Alle sind schon wieder nach Hause gegangen.«

Simon weckte sie auf. In der Hand hielt er die unvermeidliche Tasse Tee mit zuviel Milch.

»Hast du gut geschlafen?« Brier mußte lachen.

»Ich hatte einen Alptraum, Simon. Ich dachte, ich müßte den Zug zur Prüfung erwischen, weil mein Auto eine Panne hatte. Als ich dann ankam, war nur noch Gulley da.«

Der absurde Traum war noch ganz lebendig, und einen Moment lang wurde sie ganz vergnügt.

»Er trug eine blauweiß gestreifte Schürze und reinigte das Gras. Er sagte, daß alle schon wieder nach Hause gegangen seien.«

Simon lachte mit ihr zusammen über diese Vorstellung.

Langsam und mit nervösem Bauchgrimmen ging sie nach unten. Simon hatte Haferflocken gekocht und etwas Sahne hinzugefügt. Auf der Herdplatte standen Rühreier und Toast warm. Sie mußte wenigstens versuchen, etwas zu essen.

Kate beobachtete sie, wie sie mit dem Löffel spielte.

»Es wird schon alles gutgehen«, ermunterte sie sie. »Erinnern Sie sich mal, wie gut Sie gestern waren.«

Brier biß sich auf die Lippen. »Gestern war ich nervös«, sagte sie. »Aber heute bin ich ganz panisch aufgewacht. Angenommen, ich vermassele heute alles?«

»Sie können es schaffen«, sagte Kate. »Und Roi kann es auch. Sie haben genug Arbeit reingesteckt. Er weiß alles, was er wissen muß, wirklich in- und auswendig. Entspannen Sie sich.«

»Leichter gesagt als getan.« Sie würde nicht mal halb so gut sein wie gestern. Roi war übereifrig. Er wollte unbedingt rausgehen, kam dann wieder rein und bellte sie grundlos an. Dann rannte er zur Haustür, als wolle er sagen: Nun mach schon, laß uns gehen.

Diese unbändige Energie könnte ihr Verderben werden. Es würde schwierig werden, ihn unter Kontrolle zu halten. Hoffentlich wartete er auf ihre Kommandos und war nicht zu voreilig. Die Kinder sahen ihr schweigend zu. Kate nahm sie kurz in die Arme.

»Wir denken den ganzen Tag an Sie und drücken Ihnen die Daumen.«

»Birdie, wir können immer noch durchfallen. Heute wird es viel schwieriger.«

»Aber Sie werden nicht durchfallen«, sagte Kate. »Wenn Sie erst mal angefangen haben, ist alles nur noch halb so wild. Sie werden es sehen. Ah, da kommt ja auch schon Gwyn.« Simon begleitete sie noch zum Tor. Er hatte wieder diesen verzweifelten Gesichtsausdruck. Schon während des ganzen Frühstücks hatte er sie so besorgt angesehen. Simon beugte sich vor und umarmte Roi. Dabei versteckte er sein Gesicht in dem Fell des Hundes.

Sie bückte sich und umarmte ihn. »Versuch, dir keine Sorgen zu machen, mein Schatz«, beruhigte sie ihn. Sie wußte, daß er sich um die Anhörung ebensoviel Sorgen machte wie um den Hund. »Bis jetzt war er supertoll.«

Sie winkte dem verängstigten Kind zu, als sie die Straße entlangfuhren. Der Wind schüttelte die Bäume. Aus den tiefen Wolken regnete es heftig. Heute würden sie alle naß bis auf die Haut werden.

Sie haßte es ebenso wie Roi, im Regen zu arbeiten.

Zwanzigstes Kapitel

Gwyn tröstete Brier auch nicht gerade.

»Heute wirst du alle Kräfte brauchen«, sagte er und blickte angestrengt an den Scheibenwischern vorbei auf die nasse Straße. »Besonders bei diesem Wetter. Außerdem haben wir heute auch noch einen anderen Prüfer. Der von gestern hat es ja schon ziemlich genau genommen, aber dem, der heute kommt, sagt man nach, er sei der schlimmste. Der würde dich schon einbuchten, wenn du nur über eine Straftat nachdenkst. Der Typ ist mehr als kleinlich, der zieht bereits Punkte ab, wenn der Hund mal einen Zentimeter danebentappt.«

»Versuchst du, mir Mut zu machen?« fragte Brier.

»Nein, ich versuche nur, meine eigenen Ängste zu teilen.«

»Vielen herzlichen Dank«, erwiderte sie. »Vielleicht sollte ich lieber fahren. Hier ist nur Tempo fünfzig erlaubt. Ich möchte nicht schon verhaftet werden, bevor ich überhaupt angekommen bin.«

»He, ärger mich nicht«, antwortete er. Er nahm eine Kurve und seufzte, als er hinter einem alten Milchtransporter festhing. »Als ob ich dir das antun würde.«

So weit er sehen konnte, kamen ihm Autos entgegen. Der Wagen vor ihm kroch daher. »Ach, verdammt! Ich wünschte, er würde abbiegen. Wann bist du dran mit Fährten aufspüren?«

»Um halb zwölf. Und du?«

»Nach dir. Na, dann haben wir ja genug Zeit. Entspanne dich.«

»Bei diesem Wetter und dem, was heute auf dem Plan steht? Du machst wohl Witze.«

»Denk einfach an die Abschlußparade. Vor der Kapelle und all deinen Verwandten.«

»Meine Mutter könnte kommen«, fiel Brier plötzlich ein.

»Sie hat immerhin Roi gestiftet.« Sie dachte wieder an ihre Punkte. »Heute könntest du mich leicht schlagen. Du brauchst nur ein kleines bißchen Glück...«

»Wenn ich Roi hätte, würde ich dich mit verbundenen Augen schlagen. Er ist einfach phantastisch. Mit Loki ist das schon schwieriger. Ich bin bereits eine Stunde mit ihm herumgelaufen, bevor ich dich abgeholt habe, damit er sich schon mal etwas eingewöhnt. Wenn du gewinnst, dann wegen deines Hundes. Wenn ich gewinne, dann deswegen, weil ich so hervorragend mit Hunden umgehen kann.« Er grinste sie provozierend an.

Brier war versucht, ihm anzubieten, die Hunde zu tauschen, um sich zu beweisen. Würde man ihr denn ewig vorwerfen, sie gewinne nur wegen Roi und nicht wegen ihrer eigenen harten Arbeit? Sie schaute hinaus in die Morgendämmerung. Wolken bedeckten den Himmel und drohten starken Regen für die nächsten Stunden an. Die Scheibenwischer waren kaum noch in der Lage, für klaren Durchblick zu sorgen.

Gwyn überholte schließlich den Milchwagen und behielt dann eine Geschwindigkeit von achtzig Kilometern bei. Er schaute die Straßenschilder an.

»Ich habe keine Lust, mich zu verfahren«, sagte er.

Brier wurde es plötzlich etwas leichter ums Herz, und sie grinste.

»Wir könnten ja einen Polizisten nach dem Weg fragen.« Dann kehrte sie zu ihren Gedanken zurück. »Ich fürchte, ich bin dazu verdammt, immer nach meinem Hund und nicht nach meinen eigenen Fähigkeiten beurteilt zu werden.«

»Mach dir keine Sorgen. Josh weiß genau, welchen Anteil der Hund hat und wieviel du. Ich denke, ich könnte mit Roi ungefähr so gut sein wie du, aber bei den anderen glaube ich das nicht. Der arme Derek klingt immer so, als würde er fluchen, wenn er ›guter Hund‹ sagt. Aber Spike scheint das ja trotzdem richtig zu verstehen.«

»Tony kommt mit Jacko, ich meine mit Jago, besser zurecht, als ich erwartet hatte. Der arme Tony. Er konnte den Hund am Anfang überhaupt nicht leiden.«

»Tony hat eigentlich alle Anlagen zu einem guten Hundeführer, aber er wird zu schnell ungeduldig. Das ist ein schlimmer Fehler. Und er lobt den Hund nicht genug. Wer immer auch gesagt hat, daß Lob die geheime Waffe im Umgang mit Hunden sei, wußte genau, wovon er sprach.«

Gwyn fuhr von der Straße auf einen Feldweg und dann durch ein

Gatter. Schließlich parkte er neben den anderen Wagen auf dem Gras. »Gott sei Dank, wir sind da. Ich hatte schon gedacht, ich sei beim Kreisverkehr falsch abgebogen.« Er betrachtete den matschigen Boden. »Ich hoffe, wir kommen hier heute abend wieder weg. Dieses Feld sieht jetzt schon völlig durchweicht aus.«

Brier studierte den Plan mit der Reihenfolge der Prüflinge.

Sie war um zwanzig nach elf dran, nicht um halb zwölf. Sie war die fünfte, nicht die vierte. Danach mußte sie etwas warten, bis sie mit dem Aufspüren von Fährten auf hartem Untergrund an der Reihe war. Das würde ganz schön schwierig werden, wenn der Regen nicht aufhörte. Fährten aufspüren auf Straßen oder Gehwegen war ja schon unter optimalen Bedingungen schwierig genug.

Allgemeine Polizeifragen waren ebenfalls Bestandteil der Übung. Da würden die Karten bestimmt noch einmal neu gemischt werden, besonders, weil das nichts mit der Arbeit mit den Hunden zu tun hatte.

Die Suche nach Gegenständen und versteckten Personen würde dann den langen Tag beenden. Auf jeden Fall war sie die fünfte auf der Liste. Gwyn kam dann als letzter dran. Tony war immer der zweite in der Reihenfolge. Das war auch ganz gut so, denn immer, wenn er auf den Beginn der nächsten Übung wartete, wurde er extrem reizbar. Er haßte es, auf irgend etwas zu warten. »Er gehört zu der Sorte Menschen, die die Ergebnisse immer schon gestern haben wollten«, hatte Gwyn gesagt, als sie beisammensaßen.

Derek war der erste. Er schien am wenigsten unter seiner Nervosität zu leiden. Aber auch er mußte immer etwas warten, bis der nächste Prüfungsabschnitt begann.

Schließlich war es soweit. Brier wünschte, sie bräuchte ihre Jacke nicht zu tragen, aber es regnete heftig. Als sie zum Rand der Wiese ging, peitschte ihr der Regen ins Gesicht. Die Sicht war schlecht, der Boden durchweicht, mit holperigem Rasen, Disteln und Stechginster.

Sie betrachtete die Oberfläche und hoffte, daß es wenigstens verräterische Fußspuren oder zertretenes Gras gab, aber nichts davon war zu sehen. Der Boden sah aus, als sei noch nie jemand darübergegangen. Manchmal konnte man ja am frühen Morgen Fußspuren im Tau erkennen, aber hier? Nun hing alles von ihrem Hund ab. Sie konnte nichts tun. Der Fährtenleger konnte in jede Richtung gegangen sein.

Vielleicht hatte der Regen schon jeglichen Geruch vernichtet. Möglicherweise gab es aber auch Spuren von irgendwelchen Tieren, die Roi von der menschlichen Witterung weglocken würden.

Wie sollte ein Mann, der einfach nur über einen solchen Boden gegangen war, jemals von irgendeinem Hund aufgespürt werden? Über diese Frage hatte sie schon oft nachgedacht.

Der Prüfer heute war kleiner als der von gestern. Seine Augen waren kälter, und sein Gesicht sah aus, als wisse es nicht, wie man lächelt. Ein Mann, der Frauen sicher nicht sehr mochte, zumindest nicht als Konkurrentinnen, vermutete sie und hoffte, daß sie sich täuschte. Es würde vielleicht seine Beurteilung ungünstig beeinflussen.

Zeit, anzufangen. Der Prüfer nickte. Der Helfer sagte etwas, und mit trockenem Mund ging sie los. Roi suchte den Boden ab. Seine Nase hielt er dabei ganz tief. Dann lief er los, und mit sinkendem Mut bemerkte Brier, daß er zurückkam. Er hatte die Spur des Mannes in der falschen Richtung erwischt. Sie schickte ihn erneut los.

Er schien verwirrt zu sein und schaute zu ihr zurück, als bezweifle er ihre Urteilsfähigkeit. Er war doch auf der Fährte gewesen. Was hatte er denn falsch gemacht? Nichts, mein Guter, gar nichts, sagte Brier zu sich selbst, und sie hoffte inbrünstig, daß er verstehen würde, was los war.

Brier schöpfte neuen Mut, als Roi seine Nase wieder in Richtung Boden bewegte. Nun lief er erneut los, diesmal in die andere Richtung. Er zog so stark, daß Brier beinahe hingefallen wäre. Zu schnell – so würde er es ja verpassen, wenn der Mann irgendwo abgebogen war.

Sie sprach mit dem Hund, und er verlangsamte das Tempo. Aber er war gespannt und aufmerksam. Er wollte unbedingt die Neugier, die sie in den letzten Wochen in ihm geweckt hatte, befriedigen. Wohin war dieser Mann gegangen? Was hatte er entlang der Fährte fallen gelassen? Wohin würden sie gehen? Meilenweit raus aufs Land, dachte sie, als der Hund die Witterung wieder verlor. Er hielt kurz an und schüttelte den Regen ab. Mistwetter!

Roi mußte vier Gegenstände finden. Achthundert Meter, und es waren, wie die zehn Minuten gestern, weitaus längere achthundert Meter, als sie jemals zuvor gegangen war. So viel konnte schiefgehen!

Ein Hase lief über die Spur, die der Fährtenleger vor zwei Stunden gelegt hatte. Es war nur ein Mann, der ganz normal gegangen war. Hoffentlich war es wenigstens ein schwerer Mann. Dann hätte er eine tiefere Spur im Boden hinterlassen.

Vielleicht roch Roi den Hasen und lief in die falsche Richtung. Und sie würde es nicht mal wissen. Würden ihm Punkte abgezogen werden, weil ihn der Regen störte? Er schüttelte sich schon wieder. Vielleicht hatte der Regen ja auch die Witterung völlig vernichtet.

Der Hund lief im Kreis, Nase unten, und wußte, daß er weitermachen mußte und daß die Witterung, nach der er suchte, hier irgendwo sein mußte. Brier seufzte vor Erleichterung, als die Leine wieder Spannung bekam und sie sich wieder vorwärts bewegten. Roi hatte die Fährte wiedergefunden und drängelte mit seinem ganzen Körper weiter.

Dann blieb er plötzlich stehen, drehte sich um und sah sie an. Hier war etwas, das sie sich genauer ansehen sollte. Ungläubig starrte sie die Brieftasche an, die er gefunden hatte. Sie war voller Geldscheine und Kreditkarten. Die mußten doch total verrückt sein. Aber wenn sie es genauer bedachte, dann waren sie hier noch sehr nah am Anfang der Fährte. Vielleicht hatte die Brieftasche überhaupt nichts mit der Prüfung zu tun. Sie hob sie auf und steckte sie ein.

Dann hob sie ihren Arm und zeigte an, daß Roi etwas gefunden hatte.

»Weiter, alter Junge«, sagte sie. Der Hund strebte vorwärts. Eine Ecke, ein kurzes Zögern, dann ging es auch schon wieder weiter. Roi beschnüffelte jeden Zentimeter, zog sie weiter und stoppte dann doch ein paarmal, um den Regen abzuschütteln. Mach das nicht, mein Guter, dachte sie. Das könnte Punktverlust bedeuten.

Der Regen lief ihr schon in den Kragen. Sie hätte sich einen Schal wie ein Handtuch um den Hals wickeln sollen. Ihre Jacke war nämlich ein bißchen zu groß und ließ um den Hals herum zuviel Platz.

Bisher hatten sie noch nie in solch einem entsetzlichen Wetter eine Fährte suchen müssen. Briers Haare klebten an ihrem Nacken. Sie trocknete sich ihr Gesicht ein paarmal mit Taschentüchern ab, die aber auch sehr bald völlig durchnäßt waren. Das Fell des Hundes klebte so sehr an seinem Körper, daß er ganz anders als sonst aussah. Ein schlankes Tier, dessen Muskeln und Sehnen sich deutlich abzeichneten. Roi legte wieder eine Pause ein, um den Regen kräftig aus seinem Fell zu schütteln.

Briers Nervosität schlug in echte Sorge um. Roi verlor wahrscheinlich jedesmal Punkte, wenn er stehenblieb, um sich zu schütteln. Aber es regnete auch ungewöhnlich heftig. Hoffentlich schüttete es nicht nur so, während sie dran war. Die anderen hätten sonst einen unfairen Vorteil. Aber das waren nicht gerade sehr nette Gedanken, und sie rief sich zur Ordnung. Brier beobachtete Roi genau und bemerkte jede kleine Abweichung von der direkten Linie, der er folgen sollte.

Sie bogen um eine weitere Ecke. Nun hatten sie den Wind im Rükken. Er blies so heftig, daß Brier beinahe sicher war, daß der Hund nun neben der Spur herlief, abgetrieben von dem heftigen Wind. So würde er die anderen Gegenstände verpassen, die er finden sollte. Sie konnten es sich nicht leisten, noch mehr Punkte zu verlieren.

Wieder hielt er an. Dieses Mal hatte er eine Patronenhülse gefunden. Das erschien ihr schon wesentlich wahrscheinlicher. Niemand würde eine volle Geldbörse zu Übungszwecken auslegen. Bestimmt hatte sie jemand dort zufällig verloren. Nun mußte Roi noch drei weitere Dinge finden.

Sie befanden sich also noch auf der richtigen Spur, es sei denn, es hätte hier neulich eine Schießerei gegeben, und die Patronenhülse war lediglich ein weiterer Zufall.

Wieder um die Ecke, diesmal ganz scharf, und der Hund lief los. Er kämpfte gegen den Wind an, als würde er etwas am Ende der Spur wittern. Sie mußten sich schon fast am Ende befinden. Sie hatte vergessen, daß der Prüfer sie genau beobachtete, hatte alles vergessen außer der Notwendigkeit, Roi genau zu beobachten und sicherzugehen, daß er auf der Fährte war und nicht nur spielend der Witterung eines Hasen folgte.

Ein Gegenstand. Sie mußten sich nahe am Ende befinden. Hatte Roi etwas nicht aufgespürt? Er blieb wieder stehen. Ein Stück Leder. Einsammeln und das Zeichen geben. Und weiter im Regen.

Noch ein Stop. Diesmal sammelte sie eine Zündkerze ein. Sie waren also immer noch auf der richtigen Fährte. Das Ding hätte hier nun wirklich niemand zufällig verlieren können. Oder doch? Die Leute machten schließlich die merkwürdigsten Sachen.

Roi blieb wieder stehen. Jetzt wußte sie, daß sie sich am Ende der

Fährte befanden. Sie hob das letzte Objekt hoch. Es war ein kleines Päckchen mit weißem Pulver. Zucker? Das sollte wohl Rauschgift darstellen. Das Ende der Fährte, das Ende der Prüfung. Keine Chance mehr, irgendeinen Fehler zu korrigieren.

Zurück zum Prüfer.

»Sie können Ihren ersten Fund wieder wegwerfen. Dort gab es für den Hund nichts zu finden«, sagte der Prüfer, als sie sich ihm näherte.

Sie reichte ihm die Brieftasche.

»Sind Sie sicher?«

Der Mann, der die Fährte und die Gegenstände ausgelegt hatte, kam näher und starrte ungläubig die Brieftasche an. Er tastete hektisch seine Taschen ab.

»Die muß mir heruntergefallen sein, als ich angefangen habe. Wahrscheinlich, als ich die Patronenhülse aus der Tasche genommen habe. Ich hatte es überhaupt noch nicht bemerkt«, sagte er. »Der Hund sollte eine Prämie bekommen. So was aber auch, ich wäre total verloren gewesen, wenn ich sie nicht wiederbekommen hätte.« Er lächelte und belohnte Roi mit einem Streicheln über den Kopf.

Der Prüfer schaute auf seinen Beurteilungsbogen.

»Da habe ich aber ein Problem«, sagte er. Brier wußte, daß er dafür Punkte abgezogen hatte. Vielleicht würde er sie jetzt wieder hinzufügen.

Zeit. Wartezeit. Endlose Zeit. Zeit, an den Fingernägeln zu kauen. Zeit, sich Sorgen zu machen. Zeit, zurückzudenken. Wenn ich doch nur das oder jenes getan hätte. Wenn mir doch nur klargewesen wäre... Aus der Ferne zusehen. Die anderen Hunde waren sicher viel besser als Roi.

Hatte sie es vermasselt? Die Zeit zwischen den einzelnen Prüfungen schien stillzustehen. Wenn sie doch für jeden die Prüfungen zügig in einem durchziehen könnten. Ohne dieses furchtbare Herumsitzen und Warten darauf, daß sie endlich weitergeprüft wurden.

So bewußt wie jetzt hatte sie die Zeit noch nie wahrgenommen. Diese Wartezeit war schlimmer als alles, was sie jemals mitgemacht hatte.

Die Fährte auf harter Oberfläche war auf einer nicht mehr befahrenen Straße neben dem Prüfungsgelände ausgelegt worden. Das war die schwierigste Übung für die Hunde. Nur der Himmel wußte, ob bei diesem Wetter überhaupt noch eine Witterung möglich war.

Roi hielt seine Nase dicht über den Boden. Brier folgte ihm. Sie spürte den Zug an der Leine, die an seinem Geschirr befestigt war. Immer die Straße entlang. Roi benahm sich, als habe er wundersamerweise doch noch eine Witterung aufgenommen. Er ging ein wenig schief. Sie sah die kleine Karte, die am Ende, einige Zentimeter zu seiner Rechten, lag.

War das das Ende der Spur, oder hatte sie jemand fallen gelassen? Vielleicht hatte es der Wind hierhergeweht? Sie war in Plastik eingewickelt und schwerer, als sie erwartet hätte.

Ein kleines Gewicht in Form eines Fisches aus Blei war in der Plastikverpackung. Das würde doch niemand hierherlegen – oder doch? Ein Fischer?

Name und Adresse auf der Karte kamen ihr nicht bekannt vor. Eine Visitenkarte. Sie nahm das Ding und brachte es zum Prüfer. Roi interessierte sich nun nicht weiter für die Fährte. Er benahm sich, als ob die Spur hier endete. Sie mußte sich auf ihn verlassen. Sonst war nichts zu sehen.

Der Prüfer gab ihr keinen Hinweis, ob sie sich irrte oder alles in Ordnung war. Noch war es nicht zu Ende. Die Prüfungen schienen eine Ewigkeit zu dauern.

»Ich kann diese Warterei zwischen den Prüfungen einfach nicht ertragen«, klagte Tony. Er fing gerade mit der zweiten Schachtel Zigaretten an.

»Keiner von uns kann das.« Ärgerlich ging Derek weg.

»Ich weiß nicht, ob es besser ist, bei allen zuzuschauen oder gleich wegzugehen und gar nichts zu sehen«, sagte Gwyn. Er holte eine Packung mit extrastarkem Pfefferminz hervor. »Nehmt euch welche. Die blasen euch den Kopf frei. Dann braucht ihr nicht mehr zu grübeln.«

Brier lachte. Nichts würde ihren überdrehten Kopf davon abhalten, jede Minute noch einmal durchzugehen und sich zu fragen, wie sie wohl abgeschnitten hatten.

Sie fürchtete sich vor der Prüfung zu den allgemeinen Polizeifragen. Dabei ging es darum, ob sie eine tüchtige Polizeibeamtin war. Sicher war sie das, sonst hätte man sie doch nicht in der Hundestaffel aufgenommen? Da konnte sie doch wohl nicht durchfallen? Sollte sie Roi mitnehmen oder ihn besser bei Gulley lassen?

Niemand hatte ihr gesagt, wie sie sich in dieser Situation verhalten sollte. Sie entschied sich dafür, den Hund mitzunehmen und an ihrer Seite zu haben.

Brier ging zu dem Prüfer hin und fragte sich, was nun wohl auf sie zukäme. Ein Mann lag neben dem Prüfer auf dem Boden. Eines seiner Beine lag irgendwie merkwürdig unter ihm, an seinem Kopf war Blut. Schockiert starrte Brier ihn an. Zuerst dachte sie, daß sie es hier mit einem echten Notfall zu tun hatte, dann jedoch wurde ihr klar, daß der Mann nur spielte. Sie schaute zu dem Mann herunter.

»Er braucht einen Krankenwagen«, sagte sie. »Verletztes Bein, vielleicht gebrochen, und eine Verletzung am Kopf. Ich kümmere mich sofort um einen Krankenwagen.«

Der Prüfer nickte und machte sich eine Notiz.

Sie traute sich nicht, den Mann zu bewegen, und es hatte auch nur wenig Sinn, ihren durchnäßten Mantel auszuziehen, um es ihm damit bequemer zu machen. Sie mußte so tun, als sei dies hier eine echte Situation, denn wenn sie die Verletzungen des Mannes nicht ernst nahm, weil sie nur vorgetäuscht waren, wäre das sicherlich ein Fehler.

»Was ist Ihnen passiert?« fragte sie.

»Er hat mich aus dem Wagen geschmissen, das Schwein.«

»Warum hat er das getan?« Diese Antwort hatte sie nicht erwartet.

»Hatten einen Streit.«

»Worum ging es?«

»Ich habe gesagt, wir sollten halbe-halbe machen. Aber er wollte das nicht. Er meinte, er hätte die ganze Arbeit gemacht, deshalb solle ich vierzig und er sechzig bekommen. Und nun hat er alles.«

»Alles was?«

»Wir haben bei der Baugenossenschaft auf der High Street eingebrochen, und nun hat der Kerl die ganze Beute.«

»Was für einen Wagen fährt er?«

»Blauer Lieferwagen. Wahrscheinlich hat er ihn schon längst irgendwo stehenlassen und einen anderen geschnappt.«

»Ist der Wagen gestohlen?«

»Na, was glauben Sie denn? Denken Sie etwa, daß wir mit unseren eigenen Kisten vorfahren würden, he?«

Da schienen noch so viele Fragen zu sein, bevor sie die Geschichte entwirren konnte. Aber sie hatte den Eindruck, die wichtigsten Details der wüsten Geschichte erfahren zu haben. Deshalb verließ sie den Mann, um sich den Schauplatz genauer anzusehen. Es war ein Weg, der zur Hauptstraße führte. Der andere Mann konnte in verschiedene Richtungen geflohen sein. Sie mußte andere Streifenwagen verständigen. Und dann sollte der Hund sicherheitshalber die Gegend absuchen. Es machte sie nervös, daß sich der Prüfer ständig irgendwelche Notizen machte.

Roi beschnüffelte das »Opfer« und begann dann, mit seiner Nase den Boden genauer abzusuchen. Einige Meter vor der Einbiegung auf die Hauptstraße blieb er stehen, drehte sich um und schaute sie an. Hier ist etwas, sagten seine Augen. Komm und sieh selbst.

Roi war sich nicht ganz sicher, welches Spiel sie hier eigentlich spielten. Sollte er etwas apportieren oder eine Fährte suchen? Brier war sich da auch nicht sicher. Sie ging zu ihm hin. Er stand neben einer Pistole. Brier war mit Papiertaschentüchern gut ausgerüstet und nahm einige aus ihrer Tasche. Dann hob sie damit die Waffe vorsichtig auf. Sie hatte außerdem eine Plastiktüte dabei. Die war eigentlich gar nicht für die Prüfungen gedacht, sondern für den Fall, daß Roi einen kleinen »Unfall« hatte.

Sie hoffte, daß der Prüfer das nicht bemerken und denken würde, sie sei besonders umsichtig. Sie steckte die Waffe in die Tüte.

Der Prüfer hatte also versucht, ihr eine Falle zu stellen. Sie hatte Glück gehabt, daß sie Roi losgeschickt hatte.

Der Hund untersuchte das Terrain noch eine Weile, fand jedoch nichts mehr.

»Was ist das hier?« fragte sie den Mann und zeigte ihm die Waffe.

»Die hat er rausgeschmissen, als er in die Hauptstraße abgebogen ist«, antwortete er abfällig. Seine Rolle machte ihm ganz offensichtlich Spaß. »Er hat sie nicht benutzt. Er hat mich nur damit bedroht.«

Schließlich fiel Brier nichts weiter ein, was sie fragen könnte. Sie hatte keine Ahnung, wie sie diese Aufgabe bewältigt hatte. Der Prüfer hatte eine interessante Notizmappe, ein Klemmbrett aus Plastik mit einem gewölbten Schutz, damit der Regen nicht das Papier durchweichte. Das Ding machte Roi furchtbar neugierig, und er behielt es ständig im Auge.

Zeit für eine Pause.

Das Mittagessen bestand aus einer heißen Suppe. In dem kleinen Pub wurden sie schon erwartet. Die Wirtin hatte Mitleid mit den armen Prüflingen. Sie wußte, wie wichtig die Prüfungen für sie waren und wie ungünstig das Wetter war.

Brier begnügte sich damit zu essen, etwas zu entspannen und den Männern zuzuhören. Gwyn war der Meinung, ganz gut abgeschnitten zu haben, während Tony alles gekränkt auf den Regen schob.

Rob und Pete dachten, daß sie wahrscheinlich ganz gut dabei waren, während Derek schweigend sein Essen anstarrte, als hätte es ihm etwas getan.

Josh aß wieder mit dem Prüfer. Er hatte kurz mit ihnen gesprochen, doch mit den Gedanken war er bei Spark gewesen. Der Zustand des Hundes war labil und alles andere als zufriedenstellend. Zu ganz unpassenden Gelegenheiten stieg die Sorge in Josh hoch, und er mußte sich genau auf das, was gesagt wurde, konzentrieren. Gulley, der sich um den Hund genauso viele Sorgen machte wie Josh, war immer noch wütend. Es war sonst gar nicht seine Art herumzuschnauzen, so daß Brier sich fragte, ob sie ihn irgendwie verärgert hatte.

Josh, der übernervös war, verfluchte das Wetter. Er dachte über sein Team nach, ermutigte sie, erklärte ihnen die genaueren Umstände und versuchte, ihnen allen ein positives Gefühl zu vermitteln. Auch für ihn war ihr Erfolg wichtig. Er konnte es sich im Moment überhaupt nicht leisten, auch nur einen einzigen Hund oder Hundeführer zu verlieren.

Außerdem machte Josh sich Sorgen um Brier. Er wollte sie unbedingt in seinem Team haben. Er wollte sie täglich sehen, sie besser kennenlernen und vielleicht eines Tages, wenn Tom eine geliebte Erinnerung geworden und die Verbitterung überwunden war ...

Es war einer der schlimmsten Prüfungstage, die er jemals erlebt hatte. Hier ging es auf Biegen und Brechen. Sie würden später bei jedem Wetter arbeiten müssen, aber dann waren sie im Einsatz und nicht in einer Prüfung. Die heutige Prüfung fand unter besonders schwierigen Bedingungen statt. Der Wind und der Regen waren so schlimm wie nie zuvor bei seinen anderen Kursen. So viel hing von dem Prüfer ab, von dem Niveau, das er verlangte, und von seiner Art, Punkte zu verteilen.

Das Ergebnis konnte eine Enttäuschung werden. Heute war es kritisch, und Josh wußte, daß dieser Prüfer wirklich sehr streng benotete. Außerdem war der Mann bekannt dafür, daß er Frauen als Polizistinnen nicht besonders schätzte, schon gar nicht in der Hundestaffel. Josh wurde allmählich nervöser als die Prüfungskandidaten. Er beobachtete sie alle genau und voller Sorge, ob sie auch alles gut machen würden. Hauptsache, der Prüfer versuchte nicht, Brier zu leimen. Das wäre einfach nicht fair. Aber an der Entscheidung des Prüfers konnte er nichts ändern.

Unerwarteterweise schien Derek überhaupt keine Nerven zu haben. Seinem Hund hatte schlechtes Wetter noch nie etwas ausgemacht. Gwyn fühlte sich unbehaglich. Er beobachtete seinen Hund scharf, denn er wußte, daß Loki Regen nicht leiden konnte. Wahrscheinlich würde der Hund ziemlich viel Zeit damit verbringen, sich zu schütteln.

Tony hielt sich mit dem Gedanken an seine kleine Tochter über Wasser. Sie war wirklich bezaubernd. Gestern war er in Windeseile mit einem Arm voller Blumen zu seiner Frau nach Hause gerannt. Aber heute konnte er sich auch nicht mehr länger gegen die Nervosität wehren. Jago hatte einfach schon zu viele Punkte verloren und würde wahrscheinlich noch mehr verlieren. Der Hund schien plötzlich seinen eigenen Kopf zu entwickeln.

Der Tag zog sich dahin. Die Wartezeit schien endlos zu sein, obwohl dann anschließend die Prüfungen viel zu schnell abliefen und zu schnell zu Ende waren. Ob sich wohl alle so wie sie selber fühlten? Brier stellte sich diese Frage. Oder war das ein besonders typisch weiblicher Zug? Sie war schon langsam eine Art Automat, der von bloßer Gewohnheit getrieben wurde.

Das Aufspüren von Gegenständen. Der Augenblick der Wahrheit. Machte sich all das Training wirklich bezahlt, oder würde Roi wieder zu seiner alten Gewohnheit zurückkehren und die aufgespürten Gegenstände herumwerfen? Sie hielt den Atem an, als Roi loslief. Seine Nase hatte er dicht über dem Boden. Er fing die Witterung im Wind auf. Er mußte vier Gegenstände finden. Vier Gelegenheiten, in das alte Spiel mit Dana zu verfallen. Vier Gelegenheiten, den Tag zu ruinieren.

Er brachte jeden Gegenstand stolz zurück. Elegant und sicher hielt er jedes Teil fest im Maul und drückte es in ihre Hand. Ein kaputtes Uhrenarmband, eine Wäscheklammer, ein kleines gespaltenes Stöckchen. Nein, das konnte nicht richtig sein! Aber dann bemerkte sie, daß ein winziges Stückchen Stoff in dem Spalt hing. Und schließlich brachte er noch einen Metallschlüssel.

Am liebsten hätte sie ihn umarmt. Sie schaute auf ihre Uhr. Genau in der Zeit. Hier würde sie keinen Punktabzug bekommen.

Roi hatte nicht einmal versucht, eines seiner Fundstücke hochzuwerfen.

Zeit, um Gulleys starken, süßen Kaffee zu trinken und von dem Gebäck zu probieren. Er bestand darauf, daß ihr das neue Energie verleihen würde. Jago hatte auch vier Gegenstände aufgespürt, Storm jedoch nur drei. Major hatte alle vier sehr schnell gefunden. Er arbeitete wirklich sehr gut. Loki mochte Metall nicht. Als Brier zusah, wie er den Schlüssel fallen ließ, wußte sie, daß es für sie nicht mehr länger wichtig war, die Männer zu schlagen, sondern daß es einzig und alleine darum ging, die Prüfungen zu bestehen.

Nun war Roi an der Reihe, das unbewegliche Objekt zu finden. Das war eine andere Leidenschaft von ihm: Alles, was er fand, da war er sicher, mußte er zu Brier bringen. Er konnte Zeit damit verschwenden und Punkte verlieren, wenn er versuchte, das festverankerte Objekt loszureißen.

Sie war dankbar für die vielen Stunden, die sie mit den Kindern verbracht hatte, in denen sie alberne Dinge versteckt hatten, die Roi finden mußte. Eine große, mit Sand gefüllte Plastiktüte, die Fahrräder der Kinder, den Mülleimer. Roi versuchte immer noch, die Sachen zu tragen.

Er war sich wohl ziemlich sicher, daß sie genau das von ihm erwarteten.

Sie gingen hinaus auf das Feld. Es war schon lange her, daß jemand es bearbeitet hatte. Ungeheure Massen von Sträuchern und Büschen bedeckten die Fläche. Dazwischen lagen überall große Steine. Das alte Farmhaus auf dem nächsten Feld war nur noch eine Ruine. Das hohe Gras des letzten Jahres war vertrocknet und reichte beinahe höher als Rois Kopf.

Er verschwand. Nur die Bewegung der Grashalme verriet ihr, wo er gerade war. Der Hund fand den versteckten Gegenstand ohne Probleme, obwohl er dann versuchte, das Motorrad zu apportieren. Er faßte nach dem Lenker. Brier konnte ihn keuchen und zerren hören und fragte sich, ob der Prüfer ihm wohl Punkte abziehen würde.

Das Ding ließ sich einfach nicht tragen. Roi wurde klar, daß er wohl stehenbleiben und bellen mußte. Wieder ein Prüfungsabschnitt vorbei. Sie fühlte sich langsam gefangen in der Zeit. Ging dieser Tag denn niemals vorbei?

Im Laufe des Nachmittags hatten Pete und Rob anscheinend die Sprache verloren. Beide Männer machten sich Sorgen. Rob hatte vielleicht sogar Grund dazu. Gestern hatte Storm eine Übung nicht beendet. Als er alleine ausgeschickt worden war, hatte er sich geweigert, die Richtung zu wechseln. Dadurch hatte er eine Menge Punkte verloren. Gwyn konnte Loki überzeugen, aber der frustrierte Rob hatte erreicht, daß sich Storm noch dümmer anstellte. Der Hund wurde durch Robs Inkonsequenz zuerst ängstlich und dann verwirrt.

Unerwarteterweise hatte Jago das Aufspüren von Fährten auf hartem Untergrund prima absolviert. Normalerweise war dies eine seiner schlechtesten Übungen. Die Leistungen des Hundes waren eine Erleichterung für Tony, und er entwickelte neues Selbstvertrauen.

Roi sollte Brier mitziehen. Sie sah an diesem Nachmittag zunehmend müder aus, und Josh machte sich Sorgen um sie. Er hoffte, daß ihre Müdigkeit nicht auf den Hund abfärben würde. Man konnte ja nie wissen.

Roi war bis jetzt sehr gut gewesen. Das wußte sie sicher, wenn sie auch sonst nichts sicher wußte. Sie war es leid, im Regen zu stehen. Brier ging zurück und setzte sich in den Wagen. Sie zitterte, und ihre Zähne klapperten. Dann startete sie den Motor und ließ ihn laufen, bis er warm war und sie die Heizung einschalten konnte.

»Kannst du noch durchhalten?« fragte Josh, der seinen Kopf durch das Fenster steckte, das sie für ihn heruntergekurbelt hatte.

Sie schaute zu ihm hoch.

»Sorge für mein leibliches Wohl und bete für meine Seele«, scherzte sie.

Ich würde gerne noch viel mehr tun als das, dachte Josh.

Er versteckte diesen Gedanken hinter einem strengen Gesichtsausdruck. Das wiederum erweckte in Brier den Eindruck, daß sie nicht besonders gut gewesen war und er es wußte.

»Wir werden alle froh sein, ins Warme und Trockene zu kommen«, sagte er.

Aber auch sein Verhalten konnte ihr nicht völlig die Hoffnung nehmen. Sie und Roi hatten vielleicht nicht gewonnen, aber sie waren sicher durchgekommen.

»Ich werde mehr als froh sein. Mir ist kalt, ich fühlte mich etwas krank, und ich werde äußerst dankbar sein, wenn das alles vorbei ist. Egal, ob gute oder schlechte Tage kommen. Nein, Moment mal, der Satz gehört doch in eine Trauung, oder?« Sie begann sich zu fragen, ob sie langsam wirr im Kopf wurde. Aus ihrem Munde kamen ja wohl die albernsten Bemerkungen.

Josh starrte sie an, stand dann auf und ging fort, so daß sie sich fragte, ob ihn der blöde Scherz so außer Fassung gebracht hatte.

Gulley schien jeden Moment des Wartens mit Kaffee und Essen zu füllen. Alice hatte in der Hoffnung, daß häufige kleine Mahlzeiten sie alle beruhigen würden, ein Festmahl vorbereitet. Er schien überall gleichzeitig zu sein, munterte auf, kommentierte und brachte Tony zum Lachen mit einer kurzen Bemerkung, die Brier nicht hören konnte.

»Was ist denn so lustig?« fragte sie.

»Jago hat sich an Gulleys Tasche herangemacht und seine Brieftasche entführt, während wir alle Storm beim Fährtenaufspüren zugesehen haben. Ich habe das nicht einmal bemerkt. Gulley hat sie ihm wieder abgenommen. Er hat vorgeschlagen, daß ich mich auf die Rennbahn versetzen lasse und wir Partner werden. Wir könnten da ganz schön aufräumen.«

»Neue Version des miesen Polypen«, sagte Brier.

»Das ist mal was anderes. Wie hoch wäre die Strafe? Und wen würden sie verknacken, dich oder den Hund?«

Es war keine besonders sinnvolle Unterhaltung, aber die Zeit ging dabei rum. Überraschenderweise kam Derek dazu und steuerte noch einige andere Tricks bei, die sie den Hunden beibringen könnten, zum Beispiel Ladendiebstahl.

»Bis jetzt hatte ich keine Ahnung davon, daß ich eine Horde Gauner ausbilde«, sagte Josh, der einiges im Vorbeigehen aufgeschnappt hatte. Der Prüfer machte gerade eine Kaffeepause mit reichlich Kuchen und Plätzchen.

»Vielleicht stimmt ihn das milde«, sagte Gulley, als er mit einem Tablett voller leerem Geschirr an ihnen vorbeikam. »Da waren Berge von Zucker drin. Alice hatte schon vorgeschlagen, alles mit Cognak zu tränken, aber wir dachten, daß das vielleicht nicht so gut aussieht.«

Alle grinsten bei dem Gedanken. Es war gut zu wissen, daß sie Gulley auf ihrer Seite hatten. Auch wenn seine Methoden wahrscheinlich keinen Einfluß auf die Ergebnisse hatten.

Endlich war alles vorbei.

Sie ergatterten Mitfahrgelegenheiten bei den zusehenden Hundeführern und fuhren zu ihrem Ausbildungszentrum zurück, um sich umzuziehen. Endlich wieder trocken. Brier wunderte sich über ihre Launenhaftigkeit. In einem Moment war sie noch voller guten Mutes und selbstsicher, im nächsten war sie fest davon überzeugt, durchgefallen zu sein. Wenn sie doch bloß die Ergebnisse wüßte, und zwar jetzt.

»Na komm schon.« Gulley war etwas eher dagewesen. »Laß uns was Warmes tanken.« Brier folgte ihm hinein. Die anderen waren noch nicht da.

Er schaltete das kleine Heizgerät in seinem Brüo an und plazierte sie genau davor. Dazu bekam sie die unvermeidliche Tasse heißen, süßen Kaffee. Briers Blick fiel auf die Pappschachtel. Plötzlich hörte sie ein Schreien und Quietschen. Sie ging hinüber und schaute hinein.

»Also das ist dein Geheimnis. Wir hatten uns schon alle gewundert. Bess hatte Junge!«

»Ich wollte einen Sohn von ihr, bevor es zu spät ist«, sagte Gulley. »Zu Hause konnte ich sie nicht lassen. Alice hat zuviel zu tun. Sie wird zukünftig deiner Mutter helfen und außerdem weiter im Tierheim mitarbeiten. Eines davon ist für deine Kinder. Vielleicht sollte Simon etwas anderes zum Bemuttern haben als Roi. Die Kleinen haben ein ganz nettes Temperament, obwohl sie von Jackie sind. Es wird nicht schwierig sein, für jedes ein Zuhause zu finden.«

»Gulley, du bist ein Engel. Die Kinder werden sich riesig freuen. Hast du Kate schon gefragt?«

»Ja, ich habe sie vor dir gefragt. Es hätte keinen Sinn, wenn sie sich nicht tagsüber auch darum kümmern würde. Sie war vor ein paar Tagen mit Alice essen. Dabei haben sie darüber gesprochen.«

Brier sah zu, wie Bess die Kleinen säugte. Die Augen der Tierchen waren noch nicht mal offen. Es würde wohl noch vier Wochen oder länger dauern, bis die Kinder ihren eigenen Hund hatten. Zeit, Pläne zu schmieden.

Natürlich hatte der Regen nachgelassen, sobald der letzte Hund mit den Prüfungen fertig war. Josh hatte einen gemütlichen Raum im *Schwan* reserviert. Die Wirtin brachte ihnen heiße Suppe, Sandwiches und so starken Tee, daß die Löffel beinahe darin stehenblieben. Sie hatten sich selten so über eine Mahlzeit gefreut.

Der Prüfer faßte seine Ergebnisse und seine Kritik zusammen.

»Ich habe niemandem Punkte dafür abgezogen, wenn sein Hund den Regen abgeschüttelt hat. Es war einer der schlimmsten Tage, die ich je gesehen habe, und es hat mir gut gefallen, wie sich Ihre Hunde verhalten haben. Hinsichtlich ihrer Einsatztauglichkeit sind sie alle durchgekommen, niemand ist durch die Prüfungen gefallen. Der Wind war für einige Probleme beim Fährtensuchen und Aufspüren verantwortlich. Die Witterung ist teilweise ziemlich weggeweht worden, aber auch da habe ich Nachsicht geübt.«

Er schaute rüber zu Brier.

»Ihre neue Frau in der Abteilung war die einzige von Ihnen, die daran gedacht hat, den Hund loszuschicken, um das Gebiet rund um den Mann abzusuchen. Da lag eine Waffe versteckt im Gras, direkt vor der Einmündung in die Hauptstraße. Ihr Hund hat sie gefunden.«

Er lächelte sie an, was sein ganzes Gesicht so sehr veränderte, daß sie anfing, ihn zu mögen.

Halte niemals irgend etwas für selbstverständlich, dachte sie, als Josh die Beurteilungsbögen austeilte.

Es dauerte eine Minute, bis sie genug Kräfte gesammelt hatte, um auf ihren Bogen zu schauen: vierhundertzweiundfünfzig von fünfhundert Punkten heute und vierhundertzweiundneunzig von fünfhundert gestern.

Insgesamt hatte sie also neunhundertvierundvierzig von tausend Punkten geschafft.

Sie hatte bestanden. Sie hatten es in die Abteilung geschafft. Sie wäre immer noch gerne Erste geworden, aber sie hatte doch einige Punkte verloren.

Wie hatte Gwyn wohl abgeschnitten? Sie drehte sich zu ihm um.

»Neunhundertunddreißig«, sagte er. »Du hast mich geschlagen. Ich hätte nie daran gedacht, Loki bei der Übung mit dem Mann als Polizeihund einzusetzen.«

Brier grinste ihn an.

»Halte niemals etwas für selbstverständlich.«

Der Prüfer kam zu ihr rüber.

»Das haben Sie sehr gut gemacht«, sagte er. »Es ist nicht einfach, bei einem solchen Wetter wie heute zu arbeiten. Das war für alle ganz schön hart. Sie haben einen prima Hund. Jemand hat der Polizei etwas Gutes gegönnt, als er ihn gestiftet hat.«

»Meine Mutter hat ihn uns gegeben«, antwortete Brier. »Sie hatte ihn als Zuchthund gekauft, aber dann hatte er eine Infektion und ist seitdem steril.«

»Welch ein Glück für uns. Ich werde Sie beide im Auge behalten.« Er nickte ihr noch einmal zu und ging zu Gwyn hinüber.

Josh kam zu ihr und setzte sich neben sie. Er streckte seine langen Beine aus.

»Ich bin stolz auf euch alle. Sehr gute Arbeit.«

»Es hätte noch besser sein können«, entgegnete Brier. Sie legte bei sich selbst immer einen sehr strengen Maßstab an. »Die Punkte, die wir verloren haben, gingen auf mein Konto, nicht auf Rois.«

»Das Wetter hatte sich gegen euch alle verschworen. Derek hat es auch geschafft, obwohl Spike am Ende einer Fährte in die falsche Richtung gelaufen ist. Na ja, vergessen wir das. Jetzt habe ich also sechs neue Hunde und sechs neue Mitarbeiter.«

Gulley kam herein. Er hatte den Tierarzt angerufen, um sich nach Spark zu erkundigen. Er kam gerade rechtzeitig, um Joshs letzten Satz aufzuschnappen, und grinste.

»Spark wird wieder in Ordnung kommen. Er ist vom Tropf weg und hat sogar schon was gefressen.«

Josh seufzte tief und lächelte dann.

»Ich hoffe, du verstehst mich richtig, wenn ich sage, daß diese Neuigkeit der Höhepunkt des Tages ist, obwohl ich mich natürlich sehr über eure Erfolge freue. Ich hatte schon die Hoffnung verloren, daß Spark durchkommen würde. Es tut mir leid, wenn ich etwas kurz angebunden dir gegenüber war, aber ich hatte solche Angst wegen Spark.«

Er stand auf.

Der Prüfer packte gerade seine Tasche und nickte ihnen zu.

»Es war ein sehr interessanter Tag«, sagte er. »Ich gratuliere allen. Bisher mußte ich noch nie in einem solch entsetzlichen Wetter eine Prüfung durchführen. Es war neben allem anderen ein ernsthafter Ausdauertest.« Lächelnd schüttelte er Josh die Hand. Dann verließ er das Lokal.

»Ich muß ein paar Nächte Schlaf nachholen. Ihr wahrscheinlich auch. Heute wollt ihr sicher alle schnell nach Hause, um die Kälte aus den Knochen zu bekommen, wenn ihr euch so ähnlich fühlt wie ich.« Alle waren froh, Josh wieder lächeln zu sehen. Die Sorgen waren aus seinen Augen gewichen.

Sie hatten alle bestanden, und Spark würde überleben, vielleicht sogar wieder arbeiten können. Sie sahen Josh und Gulley nach, die zusammen hinausgingen. Brier dachte an ihren eigenen Hund und daran, wie es sein würde, ihn zu verlieren. Das wäre sicherlich mit das Schlimmste, was ihr jetzt noch passieren konnte. Aber irgendwann würde sie ihn verlieren, und zwar wahrscheinlich noch während sie für die Hundestaffel arbeitete. Nur wenige Hunde arbeiteten über ihr achtes Lebensjahr hinaus. Niemand, der nicht selbst einen Hund besaß oder besessen hatte, konnte sich die entsetzliche Lücke vorstellen, die der Verlust eines Hundes bedeutete.

»Ganz schön hart«, sagte Gwyn. »Und er hat uns nie auch nur raten lassen, wie es ihm wirklich ging. Was für ein Mann. Er hat sich für uns wirklich abgeschuftet. Seid ihr alle fertig?«

Sie waren alle bester Stimmung, schwatzten durcheinander und lachten. Die Hunde mußten nach Hause gebracht und getrocknet, gebürstet und gefüttert werden. Simon würde das für sie übernehmen, dachte Brier und stieß ein kleines Gebet aus, daß die Behörden ihr den Jungen ließen. Ängstlich dachte sie daran, was ihm passieren könnte, wenn er woandershin müßte.

Die Fahrt nach Hause schien endlos zu sein. Sie konte es kaum noch erwarten, ihre Neuigkeiten zu erzählen. Gwyn setzte sie ab und düste dann los. Auch er wollte so schnell wie möglich nach Hause. Hinter jedem Fenster des Hauses schien Licht zu brennen. Der Flur stand voller Leute, als sie die Tür öffnete. Alle standen ganz still da und schauten sie an.

Kate und die Kinder, Helena mit ängstlichen Augen, Gracie und Meg.

Nun konnte sie ihren Erfolg voll auskosten. Das war der Höhepunkt all der Wochen voll harter Arbeit, Planung, Sorgen und Training. Roi sprang herein und drehte eine Runde. Er konnte sich gar nicht entscheiden, wen er zuerst begrüßen sollte.

»Darf ich vorstellen: Polizeihund Roi. Der Beste seiner Klasse. Ist er nicht toll?« Sie wollte alle auf einmal in den Arm nehmen. Sie wollte tanzen und singen. Brier sah hinüber zu Toms Foto und spürte, daß ihre Verbitterung verschwunden war.

Ich habe es geschafft, erzählte sie ihm in der Hoffnung, daß er irgendwo in der Nähe war und sie hören konnte.

Dann waren sie alle um sie herum. Helena umarmte sie, Simon grinste von einem Ohr bis zum anderen, Ben streichelte Roi, und Dana tanzte und sang:

»Roi ist ein Polizeihund, Roi ist ein Polizeihund, Roi ist ein Polizeihund!«

Der Braune fühlte sich durch den Lärm gestört. Er zog sich auf den Schrank zurück und betrachtete sie von oben mit einem Blick, der verriet, daß er diese Leute wohl alle für verrückt hielt.

Roi rannte von einem zum anderen, ganz überwältigt von der Aufregung um ihn. Er verstand zwar nicht, warum alle so überschwenglich waren, aber er war nur zu gerne bereit, Mittelpunkt dieser Show zu sein.

»Mein toller Hund«, lobte Helena ihn. »Das entschädigt mich für alles. Nun möchte ich ihn als Polizeihund des Jahres sehen.«

»Steck deine Ziele bloß nicht zu niedrig, was immer du auch tust«, scherzte Brier, die das Gefühl hatte, überhaupt nicht mehr mit dem Lächeln aufhören zu können.

»Das mache ich tatsächlich nie«, sagte Helena. »Warum sollte man sich auch unter Wert verkaufen?«

Brier zog die Jacke aus und ging ins Eßzimmer. Ungläubig starrte sie den Tisch an, der für ein Festmahl gedeckt war.

In der Mitte stand ein riesiger glasierter Kuchen, obendrauf das Bild eines Hundes und die Worte »Herzlichen Glückwunsch, Brier und Roi«.

»Ihr wart ja ganz schön optimistisch«, sagte Brier verwirrt.

»Es wäre ganz einfach gewesen, die Glasur wieder abzumachen, aber ich war ganz sicher, daß das nicht nötig sein würde.« Kate sah so selbstgefällig aus, als wäre sie alleine für den Erfolg verantwortlich.

Und vielleicht ist sie das sogar, dachte Brier. Ohne sie hätte ich das nicht geschafft.

»Meinen Glückwunsch«, sagte Gracie. »Ich wußte, daß du es schaffen würdest. Und es gibt noch mehr gute Neuigkeiten. Die Anhörung war schon heute. Ich habe dir das lieber nicht vorher erzählt. Ich wollte deinen Sorgen an einem solchen Tag nicht noch mehr hinzufügen, deshalb habe ich einfach so getan, als wäre sie erst morgen. Es ist alles in Ordnung. Simon kann als Pflegekind bei dir bleiben.«

Alles Weitere konnten sie später klären, dachte Brier. Jetzt war nicht der richtige Zeitpunkt, in Zweifel über die Zukunft auszubrechen.

»Das ist für Simon«, sagte Kate und brachte einen weiteren Kuchen herein, auf dem stand »Willkommen zu Hause, Simon!«

Der Junge raste zu Brier und umarmte sie stürmisch.

»Ich kann für immer, immer, immer hierbleiben?« fragte er.

»Das ist eine sehr lange Zeit.« Brier lachte. »Vielleicht, bis du von hier weggehen und heiraten oder dein eigenes Leben leben möchtest. Aber hier wird immer ein Platz für dich sein.«

Über seinen Kopf hinweg schaute sie Ben und Dana an. Ben hielt einen Daumen nach oben. Er grinste über das ganze Gesicht. Dana lächelte und sagte »gut«. Sie wünschte sich zwar eigentlich lieber eine Schwester, aber sie wußte, daß es besser war, das nicht laut zu sagen. Sie wurde eben langsam etwas älter und verständiger.

Kate erhob ihre Kaffeetasse.

»Auf Roi!« sagte sie. »Auf Simon, auf uns alle!«

Alle lachten und nahmen sich ihre Tassen vom Tablett.

Roi war verblüfft und lief von einem zum anderen. Er konnte einfach nicht herausfinden, warum sie alle dauernd seinen Namen sagten.

»Gulley will uns eine von Bess' Welpen geben«, erzählte Dana. Sie schlich sich näher an ihre Mutter heran. »Den dürfen wir doch behalten, oder?«

Brier umarmte ihre Tochter. Dabei bemerkte sie, daß diese sich ihr nicht entzog. Dana hatte sich in den letzten Wochen verändert.

»Natürlich dürft ihr. Gulley hat mir schon davon erzählt. Wie soll er denn heißen?«

»Schatz«, schlug Dana vor.

»Das ist doch albern. Lucky ist ein viel besserer Name«, protestierte Ben.

»Pirat«, schlug Simon vor. »Sie sehen doch alle wie Bess aus und haben eine Binde über dem Auge.«

»Gulley hat gesagt, daß wir einen aussuchen können, wenn wir zur Parade kommen, um dich und Roi zu sehen. Wir dürfen doch kommen, oder?« Ben sah sie gespannt an.

»Es wäre für mich gar kein richtiger Umzug, wenn ihr nicht alle dabei wärt. Vielleicht kann euch Gulley ja auch dabei helfen, einen Namen zu finden. Meg, kommst du auch?«

»Versuch mal, mich davon abzuhalten. Übrigens, anscheinend hat niemand daran gedacht, dir zu sagen, daß Josh angerufen hat. Er hat erzählt, daß Spark wieder zu Hause ist und es ihm offensichtlich bessergeht. Er hat Lims Futter gestohlen.«

Diese Neuigkeit machte den wundervollen Abend perfekt. Später ging Brier überglücklich ins Bett. Roi folgte ihr und machte es sich vor ihrer Tür bequem. Die Aufregung hielt sie eine Weile wach, aber schließlich glitt sie in einen tiefen, zufriedenen Schlaf.

Das Klingeln des Telefons unterbrach ihre Träume. Sie blinzelte schlaftrunken auf die Uhr. Es war zwei Uhr nachts.

»Brier?« Es war die Stimme von Josh. »Es tut mir leid, aber Gulley und ich haben einen Dienstplan aufgestellt. Wir haben eure Namen aus einem Hut gezogen, um festzulegen, wer zuerst arbeiten muß. Du bist diejenige welche. Wir wollten das nicht noch mal ändern, obwohl du ja schon zweimal draußen warst. Im Golfclub ist eingebrochen worden.«

»Ich bin schon unterwegs.«

»So höre ich das gerne. Brier...« Er zögerte. Beinahe hätte er ihr gestanden, daß er sie liebte.

Aber das war jetzt nicht der richtige Zeitpunkt.

»Viel Glück. Sie warten schon auf dich.«

Schnell zog sie sich an und ging mit Roi hinunter. Das Licht in der Küche brannte, und Simon, ganz zerknittert vom Schlaf, stand neben dem Tisch mit einer Thermoskanne in der Hand.

»Schwarzer, süßer Kaffee. Kate sagt, daß das die Für-den-Fall-daß-du-raus-mußt-Kanne ist. Sie hat vergessen, dir zu sagen, daß sie fertig ist.«

»Ohne dich käme ich überhaupt nicht zurecht, Simon.« Sie wuschelte durch sein blondes Haar. Er lächelte sie an, plötzlich selbstsicher und sich seines Platzes innerhalb der Familie bewußt.

Es war Neumond. Darüber stand ein Stern. Das Zeichen für einen Neubeginn.

Roi sprang eifrig in den Wagen. Er freute sich auf die Arbeit.

Das ist es, dachte Brier, als sie zum Golfclub fuhr. Das ist es, wofür wir trainiert haben, dies ist unser Schicksal. Wir sind nur ein kleines Glied in einer Kette bei dem Versuch, das Verbrechen in Schach zu halten.

Später in der Nacht, als sie nach dem erfolgreichen Einsatz nach Hause zurückkehrte, kam ihr ein merkwürdiger Gedanke.

Bis jetzt waren es die Erinnerungen an Tom, die sie über Wasser gehalten hatten. Die Sehnsucht danach, seine Zustimmung zu erhalten, obwohl er gar nicht mehr da war.

Heute, nachdem sie den Flüchtigen übergeben hatte, hatte sie nur einen Gedanken gehabt: Josh wird stolz auf mich sein.

Sie dachte noch darüber nach, bis sie einschlief. Sie träumte, daß sie mit Josh im Wald spazierenging. Dann kamen sie an den Waldrand, die Schatten verschwanden, und vor ihnen lag das Sonnenlicht.